Graça Infinita

Obras da autora publicadas pela Record

Acidente
Agora e sempre
A águia solitária
Álbum de família
Amar de novo
Um amor conquistado
Amor sem igual
O anel de noivado
O anjo da guarda
Ânsia de viver
O apelo do amor
Asas
O baile
O beijo
O brilho da estrela
O brilho de sua luz
Caleidoscópio
A casa
Casa forte
A casa na rua Esperança
O casamento
O chalé
Cinco dias em Paris
Desaparecido
Um desconhecido
Desencontros
Doces momentos
Ecos
Entrega especial
O fantasma
Final de verão
Forças irresistíveis
Galope de amor
Graça infinita
Honra silenciosa
Imagem no espelho
Impossível
Jogo do namoro
Joias
A jornada
Klone e eu
Um longo caminho para casa
Maldade
Meio amargo
Mensagem de Saigou
Mergulho no escuro
Milagre
Momentos de paixão
Um mundo que mudou
Passageiros da ilusão
Pôr do sol em Saint-Tropez
Porto Seguro
Preces atendidas
O preço do amor
O presente
O rancho
Recomeços
Relembrança
Resgate
O segredo de uma promessa
Segredos de amor
Segredos do passado
Segunda chance
Solteirões convictos
Sua Alteza Real
Tudo pela vida
Uma só vez na vida
Vale a pena viver
A ventura de amar
ZoyaZoya

DANIELLE STEEL

Graça Infinita

Tradução de
Yedda Araújo

1ª edição

EDITORA RECORD
RIO DE JANEIRO • SÃO PAULO
2014

CIP-BRASIL. CATALOGAÇÃO NA FONTE
SINDICATO NACIONAL DOS EDITORES DE LIVROS, RJ

S826g   Steel, Danielle, 1947-
        Graça infinita / Danielle Steel; tradução de Yedda Araújo. – 1. ed. –
        Rio de Janeiro: Record, 2014.

        Tradução de: Amazing Grace
        ISBN 978-85-01-09656-2

        1. Romance americano. I. Araújo, Yedda. II. Título.

13-06867   CDD: 813
                                        CDU: 821.111(73)-3

Título original em inglês:
AMAZING GRACE

Copyright © 2007 by Danielle Steel

Texto revisado segundo o novo Acordo Ortográfico da Língua Portuguesa.

Todos os direitos reservados. Proibida a reprodução, no todo ou em parte, através de quaisquer meios. Os direitos morais da autora foram assegurados.

Direitos exclusivos de publicação em língua portuguesa somente para o Brasil adquiridos pela
EDITORA RECORD LTDA.
Rua Argentina, 171 – Rio de Janeiro, RJ – 20921-380 – Tel.: 2585-2000, que se reserva a propriedade literária desta tradução.

Impresso no Brasil

ISBN 978-85-01-09656-2

Seja um leitor preferencial Record.
Cadastre-se e receba informações sobre nossos lançamentos e nossas promoções.

EDITORA AFILIADA

Atendimento e venda direta ao leitor:
mdireto@record.com.br ou (21) 2585-2002.

Aos meus filhos amados,
Beatrix, Trevor, Todd, Nick, Sam,
Victoria, Vanessa, Maxx e Zara,
todos abençoados por uma graça infinita,
a quem eu tanto admiro,
de quem tenho um imenso orgulho e
a quem amo de todo coração.

Com muito amor,
Mamãe/ d.s.

Existe um ganho em cada perda.
E em cada ganho existe uma perda.
E cada fim traz um novo começo.

— Shao Lin

Ao se atingir a plenitude,
conquistamos tudo.

— Tao Te Ching

Capítulo 1

Sarah Sloane entrou no salão de festas do hotel Ritz-Carlton em São Francisco e achou o lugar lindo. Toalhas adamascadas cobriam as mesas, os castiçais de prata, os talheres e os cristais brilhavam. Tudo havia sido doado para essa noite e era uma opção mais elegante do que a oferecida pelo hotel. Os pratos tinham bordas de ouro. Cada convidado receberia lembrancinhas da festa, embrulhadas em papel prateado e arrumadas nas mesas diante de cada assento. Escritos em uma bela caligrafia em papel Vergé, os cardápios foram colocados em pequenos suportes de prata. Os cartões de mesa com os nomes dos convidados e desenhos de pequenos anjos dourados foram organizados de acordo com o cuidadoso planejamento de Sarah. Os patrocinadores ouro ocupariam as três primeiras fileiras de mesas do salão, e os patrocinadores prata e bronze ficariam logo atrás deles. Em cada lugar havia um lindo programa da noite, com um catálogo do leilão e uma placa numerada para as ofertas.

Sarah havia organizado esse evento com a mesma diligência meticulosa e precisão com que fazia tudo, e com as quais já tinha organizado eventos beneficentes semelhantes em Nova York. Ela deu um toque pessoal a cada detalhe, parecia mais um casamento que uma festa beneficente, vendo as rosas na cor creme amarradas com fitas douradas e prateadas em cada mesa. Foram fornecidas pelo melhor florista da cidade e custaram um terço do preço normal. A loja de departamentos Saks iria organizar um desfile de moda, modelos exibiriam em meio aos convidados joias enviadas pela Tiffany. Haveria um leilão de objetos caros, incluindo joias, viagens exóticas, pacotes esportivos, oportunidades para conhecer celebridades e um Range Rover preto, estacionado em frente ao hotel com um laço dourado gigante amarrado no teto. Naquela noite, alguém ficaria muito feliz ao ir embora dirigindo aquele carro. E a unidade neonatal do hospital, o beneficiário do evento, ficaria mais feliz ainda. Essa era a segunda festa beneficente do Pequenos Anjos que Sarah tinha organizado para eles. A primeira gerou mais de 2 milhões de dólares, somando o preço do ingresso, o leilão e as doações. Ela esperava chegar a 3 milhões esta noite.

A grande diversão do evento iria ajudar a obter essa quantia. Uma banda tocaria em intervalos regulares durante toda a noite. Uma das integrantes do comitê era filha de um empresário importantíssimo do ramo da música em Hollywood. O pai convencera Melanie Free a se apresentar na festa, o que permitiu a cobrança de preços altos por ingressos individuais e, em especial, para as mesas dos patrocinadores. Melanie havia ganhado um Grammy três meses antes, e suas apresentações particulares como essa normalmente custavam 1,5 milhão de dólares. Ela doaria o cachê da apresentação. O Pequenos Anjos arcou somente com o custo de produção, que era bem alto. O valor de transporte, estada, alimentação e a organização dos roadies e da banda deveria totalizar 300 mil dólares, o que era uma pechincha, levando em consideração a artista e o efeito que sua apresentação teria.

Todos os convidados ficaram impressionados quando receberam os convites e viram quem iria se apresentar. Melanie Free era a cantora mais popular no momento, além de ser linda. Tinha 19 anos, e sua carreira tivera uma subida meteórica nos últimos dois anos, graças aos seus sucessos. O Grammy recém-conquistado consolidou sua fama, e Sarah estava agradecida, porque a apresentação seria de graça. Seu maior medo era que Melanie cancelasse o show na última hora. Em casos assim, muitos artistas desistem pouco antes do espetáculo. Mas o assessor da cantora jurou que ela estaria lá. A noite prometia ser ótima, e a imprensa iria aparecer em peso para fazer a cobertura. O comitê até conseguira que alguns famosos viessem de Los Angeles apenas para comparecer, além de socialites locais. Essa fora a festa beneficente mais importante de São Francisco nos últimos dois anos — e, segundo o que todos disseram, a mais divertida.

A ideia da festa beneficente resultou da própria experiência de Sarah com a unidade neonatal, que salvou a vida de sua filha, Molly, quando ela nascera há três anos, prematura de seis meses. A menina é sua filha mais velha. A gravidez correu bem. Ela se sentia ótima e, aos 32 anos, imaginou que não teria problemas, até o momento que entrou em trabalho de parto durante uma noite chuvosa, e os médicos não conseguiram interromper as contrações. Molly nasceu no dia seguinte e passou dois meses na incubadora na UTI neonatal, com Sarah e o marido, Seth, ao lado da filha. Sarah passou dia e noite no hospital, e a menina foi salva sem apresentar sequelas. Hoje, ela é uma criança de 3 anos, feliz e irrequieta, pronta para começar o maternal no outono.

O filho mais novo de Sarah, Oliver — Ollie —, nascera no verão anterior, sem problemas. Ele é um bebê de 9 meses, todo gordinho e gostoso. As crianças são a alegria da vida de Sarah e do marido. Sarah era mãe em tempo integral; sua única outra atividade séria era organizar a festa beneficente todo ano. Isso dava um trabalho enorme, mas ela o fazia com perfeição.

Vindos de Nova York, Sarah e Seth se conheceram na faculdade de administração e negócios de Stanford, seis anos antes. Eles se casaram assim que se formaram e ficaram em São Francisco. Seth conseguiu um emprego no Vale do Silício e, logo depois do nascimento de Molly, abriu o próprio fundo de hedge. Sarah decidiu não trabalhar. Ela engravidou na noite de núpcias e preferiu ficar em casa, cuidando dos filhos. Antes de Stanford, ela havia trabalhado em Wall Street, em Nova York, por cinco anos, como analista. Portanto, decidiu tirar alguns anos de folga para aproveitar a maternidade. Os negócios de Seth estavam indo tão bem que não havia motivo para ela voltar a trabalhar.

Aos 37 anos, Seth já tinha juntado uma boa fortuna — ele era um dos analistas mais promissores e bem-sucedidos da comunidade financeira, tanto em São Francisco como em Nova York. Eles compraram uma casa de tijolos enorme, de frente para a baía, no bairro de Pacific Heights, e a decoraram com obras de vários artistas contemporâneos: Calder, Ellsworth Kelly, de Kooning, Jackson Pollock e vários outros ainda desconhecidos, mas promissores. O casal aproveitava bem a vida em São Francisco. Mudar para lá foi fácil, pois os pais de Seth tinham morrido anos antes e os de Sarah se mudaram para Bermuda, portanto, não tinham mais vínculos familiares em Nova York. Era bem claro para todos, tanto na Costa Leste quanto na Oeste, que eles estavam ali para ficar e se encaixaram muito bem no mundo de negócios e no cenário social da cidade. Um fundo de hedge rival até havia oferecido um emprego a Sarah, mas ela queria apenas passar o tempo com os filhos — e Seth, quando ele tinha tempo. Ele tinha comprado um avião recentemente, um G5, e viajava para Los Angeles, Chicago, Boston e Nova York com frequência. A vida deles era maravilhosa e se tornava melhor ainda com o passar dos anos. Embora tivessem vindo de famílias com boa situação financeira, nenhum dos dois teve esse tipo de vida extravagante de hoje em dia. Às vezes, Sarah se preocupava por eles gastarem muito dinheiro, com uma casa de veraneio em Tahoe, além da mansão na cidade e do avião. Mas Seth insistia que não havia problema, o dinheiro que ganhava era para ser aproveitado. E com certeza aproveitavam.

Ele dirigia uma Ferrari, Sarah, uma SUV Mercedes que era perfeita para as crianças, mas ela estava de olho no carro a ser leiloado. Comentou com Seth que tinha adorado o Range Rover. Acima de tudo, era por uma boa causa, que importava muito para eles. Afinal de contas, foi a unidade neonatal que salvou a vida de Molly. Se isso tivesse acontecido em um hospital menos equipado, a adorável menina de 3 anos não estaria viva hoje. A ideia de organizar a festa beneficente era uma maneira de agradecer muito importante para Sarah. Após as despesas da festa terem sido pagas, o comitê organizador obtivera um lucro enorme, que Seth aumentou com uma doação de 200 mil dólares em nome dos dois. Sarah tinha muito orgulho dele. Sempre o teve e ainda o tinha. Ele era o astro do seu paraíso, e, mesmo depois de quatro anos de casados e dois filhos, ainda estavam bastante apaixonados. E faziam planos de ter outro filho. Nos últimos três meses, ela ficara sobrecarregada com os preparativos para a festa. Em agosto, iriam alugar um iate na Grécia, seria a época ideal para engravidar de novo.

Sarah andou em volta das mesas bem devagar, verificando mais uma vez os nomes dos convidados nos cartões. Parte do sucesso da festa era a organização impecável. Um evento de primeira classe. Após verificar as mesas dos patrocinadores ouro, ela achou dois erros nas mesas dos patrocinadores prata e colocou os cartões nos lugares certos, pensativa. Depois de ter conferido as mesas, ela estava prestes a verificar as sacolas de lembrancinhas preparadas por seis dos integrantes do comitê, para serem distribuídas no final da noite, quando a assistente da festa beneficente a procurou com uma expressão empolgada. Ela era uma mulher linda, alta, loira, casada com o presidente de uma grande empresa que adorava exibi-la por ela ter sido modelo em Nova York e ter apenas 29 anos. Não tinha filhos nem planos para tê-los. Ela havia insistido para participar do comitê da festa com Sarah porque esse evento era muito importante e divertido.

Ela adorou ajudar Sarah a organizar a festa, e as duas se deram bem. Angela era loira. Já Sarah tinha cabelo comprido, castanho-escuro, pele de porcelana e olhos verdes imensos. Mesmo de rabo de cavalo, sem maquiagem e de jeans, moletom e sandálias, ela era uma mulher bonita. Já passava de uma da tarde, e em seis horas as duas estariam arrumadas. Mas, por enquanto, trabalhavam.

— Ela chegou! — sussurrou Angela sorridente.

— Quem? — perguntou Sarah, apoiando a prancheta na cintura.

— Você sabe quem! Melanie, claro! Acabaram de chegar. Fui levá-la até o quarto.

Foi um alívio para Sarah saber que eles chegaram na hora, no avião particular que o comitê alugara para trazê-los de Los Angeles. A banda e os roadies vieram em voos comerciais e já estavam no hotel havia duas horas. Melanie, a melhor amiga, o empresário, a assistente, a cabeleireira, o namorado e a mãe vieram no jatinho.

— Ela está bem? — indagou Sarah, preocupada.

Eles tinham providenciado a lista de pedidos dela, incluindo garrafas d'água Calistoga, iogurte desnatado, vários tipos de alimentos naturais e uma caixa de champanhe Cristal. A lista tinha 26 páginas, detalhando todas as suas preferências, as comidas prediletas da mãe dela, até mesmo a marca de cerveja que o namorado bebia. Sem contar as outras quarenta páginas falando somente da banda e de todos os equipamentos necessários. O piano de cauda que Melanie pedira para a apresentação já havia sido entregue na véspera. O ensaio estava marcado para aquela tarde, às duas horas. O salão teria que estar vazio até lá, por isso Sarah precisava conferir tudo até uma hora.

— Ela está bem. O namorado é meio esquisito e a mãe é assustadora, mas a melhor amiga dela é um amor. E Melanie é muito bonita mesmo e bem legal.

Sarah também teve essa impressão na única vez que conversaram ao telefone. Nas outras vezes, ela falou diretamente com o empresário de Melanie, mas, mesmo assim, Sarah quis ligar e agradecer à cantora pessoalmente por se apresentar na festa. E o grande dia chegou. Melanie não cancelou para se apresentar em outro lugar, o avião não caiu, todos chegaram na hora. Até o tempo estava mais ameno que o normal. Era uma tarde ensolarada de maio. Na realidade, estava quente e úmido, coisa rara em São Francisco, parecia mais um dia de verão em Nova York. Ela sabia que isso não duraria, mas a cidade ficava em clima de festa em noites assim. A única coisa que não gostava é que haviam dito que dias assim eram propensos a terremoto. Tinha sido uma brincadeira, mas ela detestou. Era o que mais a preocupava desde a mudança para a cidade, mas todo mundo havia garantido que terremotos eram raros e, quando aconteciam, eram de pequena magnitude. Nos seis anos que moravam lá, nunca sentiram nenhum. Então ela deixou de lado esse pensamento. Havia mais coisas para se preocupar no momento, como a cantora e sua banda.

— Você acha que devo passar no quarto dela para dar um oi? — perguntou Sarah a Angela. Ela não queria ser grosseira, mas também não queria parecer intrometida. — Eu tinha pensado em conhecê-los aqui embaixo, na hora do ensaio.

— Você pode dar uma passada lá rapidamente para dar um oi.

Melanie e seu grupo ocupavam duas suítes grandes e mais cinco quartos no andar do salão, todos cedidos gratuitamente pelo hotel. O hotel adorou a ideia de sediar o evento e cedeu gratuitamente cinco suítes para as estrelas, 15 quartos e suítes juniores para os convidados VIP. A banda e os roadies estavam em um andar mais abaixo, em quartos mais simples, pagos pelo comitê com parte do orçamento da festa, que dependia das arrecadações daquela noite.

Sarah concordou com a sugestão de Angela, colocou a prancheta na bolsa e deu uma olhada nas funcionárias que arrumavam as lembrancinhas. Logo depois, já estava no elevador em direção ao andar do salão. Ela e o marido também estavam hospedados naquele andar, então Sarah usou o próprio cartão do quarto para pegar o elevador. Era a única maneira de ter acesso àquele andar. Eles decidiram que seria mais fácil se arrumar no hotel. A babá das crianças concordara em dormir na casa deles, o que deu uma boa folga para o casal. Ela mal podia esperar a manhã seguinte, quando poderiam ficar na cama até mais tarde, pedir café da manhã no quarto e conversar sobre a festa. Mas por ora ela simplesmente rezava para tudo dar certo.

Logo que saiu do elevador, Sarah viu a área gigante de recepção daquele andar. Folhados, sanduíches e frutas estavam arrumados nas mesas, além de garrafas de vinho. Também havia um pequeno bar, cadeiras confortáveis, mesas, telefones, uma variedade de jornais, uma TV gigante e duas mulheres no balcão à disposição dos hóspedes para providenciar reservas para jantar, informações sobre a cidade e direções, manicures, massagens, o que eles precisassem. Sarah perguntou onde era o quarto de Melanie e foi andando até lá. Para evitar problemas com a segurança, Melanie se registrou com o nome de solteira de sua mãe, Hastings. Eles faziam isso em todo hotel, assim como outros famosos, que dificilmente se registram com os nomes verdadeiros.

Ela bateu suavemente na porta. Dava para ouvir música lá dentro, e, logo depois, a porta foi aberta por uma mulher baixinha, gordinha, vestindo camiseta e jeans. Ela tinha um bloco de anotações nas mãos e uma caneta enfiada no cabelo e carregava um vestido de festa. Sarah imaginou, corretamente, que deveria ser a assistente de Melanie, com quem ela também conversara no telefone.

— Pam? — perguntou Sarah. A mulher sorriu e assentiu. — Eu sou Sarah Sloane. Só vim dar um alô.

— Entre — disse Pam, sorridente, e Sarah a seguiu até a sala, que estava um caos.

Várias malas estavam abertas no chão, com os conteúdos espalhados. Uma delas estava cheia de vestidos de festa. Dentro das outras, viam-se botas e calças jeans, bolsas, blusas, um cobertor de caxemira e um urso de pelúcia. Parecia que todas as mulheres tinham jogado as suas coisas no chão. E ao lado disso, sentada no chão, estava uma menina loira que parecia uma fada. Ela olhou para Sarah e voltou a procurar algo naquela bagunça. Achar qualquer coisa ali não parecia uma tarefa fácil.

Sarah deu uma olhada no resto da suíte, meio sem jeito, até que viu Melanie Free deitada no sofá com roupa de ginástica, a cabeça encostada no ombro do namorado. Concentrado, ele mexia no controle remoto e segurava uma taça de champanhe com a outra mão. Ele era bonito. Sarah sabia que era ator e que deixara havia pouco uma série de TV devido a problemas com drogas. Ela lembrou que ele havia saído de uma clínica de reabilitação recentemente, e parecia sóbrio quando a olhou e sorriu, apesar da garrafa de champanhe ao lado dele. Seu nome era Jake. Melanie se levantou para cumprimentá-la. Ela parecia ainda mais jovem sem maquiagem. Parecia ter uns 16 anos, com cabelo liso, bem comprido e loiro. O cabelo do namorado era bem preto e curto. E, antes que Melanie pudesse dizer algo, sua mãe apareceu do nada e apertou a mão de Sarah com força.

— Oi, sou Janet, mãe de Melanie. Estamos adorando este lugar. Obrigada por ter comprado tudo da nossa lista. Minha filhinha adora ter o que ela gosta por perto, sabe como é, né? — disse ela, sorrindo de orelha a orelha. Janet era uma mulher bonita, na casa dos 40 anos, que devia ter sido muito bonita quando jovem. Apesar do belo rosto, os quadris eram largos por causa do excesso de peso. Sua "filhinha" ainda não tinha aberto a boca. Não teve chance, pois a mãe era uma tagarela. O cabelo de Janet Hastings era vermelho vivo. Uma cor agressiva, principalmente do lado das madeixas loiras bem claras de Melanie e de sua carinha de criança.

— Oi — disse Melanie, calmamente.

Ela não parecia uma cantora famosa, mas, simplesmente, uma adolescente bonita. Sarah apertou as mãos das duas, e, enquanto Janet não parava de falar, mais duas mulheres entraram no quarto, e o namorado se levantou e disse que ia para a academia.

— Não quero me intrometer. Vou deixar vocês se acomodarem — disse Sarah para mãe e filha e, então, olhou diretamente para Melanie. — Vocês ainda vão ensaiar às duas horas?

Melanie assentiu e olhou para a assistente, enquanto o empresário falou do corredor:

— A banda estará pronta para ensaiar às duas e quinze. Melanie entra às três. Só precisamos de uma hora para ela testar o som no salão.

— Está bem — reafirmou Sarah, ao ver uma camareira chegar para levar o vestido de Melanie para passar. Era semelhante a uma rede com lantejoulas. — Vou esperar vocês no salão, só para ter certeza de que têm tudo de que precisam. — A própria Sarah deveria estar no cabeleireiro às quatro horas, para fazer o cabelo e as unhas, e estar de volta ao hotel às seis horas, para se vestir e estar pronta às sete horas, verificar tudo pela última vez e receber os convidados. — O piano chegou ontem à noite. E já foi afinado.

Melanie sorriu, assentiu de novo e se jogou em uma cadeira, enquanto sua amiga que estava sentada no chão ao lado das malas deu um berro de satisfação. Sarah ouviu alguém a chamar de Ashley, e ela também parecia bem nova, como Melanie.

— Achei! Posso vestir esta noite?

A peça de roupa que ela segurava era um vestido colado ao corpo com estampa de oncinha. Melanie concordou e Ashley berrou de novo quando achou os sapatos plataforma que combinavam com o figurino, com salto de uns vinte centímetros. Ashley saiu correndo para experimentá-los, e Melanie sorriu meio sem jeito para Sarah.

— Ashley e eu estudamos juntas desde os meus 5 anos — explicou Melanie. — Ela é a minha melhor amiga e me acompanha a todos os lugares.

Obviamente ela tinha se tornado parte do grupo de Melanie e era impossível não pensar que essa era uma maneira estranha de viver, meio circense, frequentando hotéis e bastidores. Em questão de segundos, eles deram uma aparência de dormitório universitário à suíte do Ritz. E depois que Jake foi para a academia, ficaram apenas mulheres no quarto. A cabeleireira arrumou um aplique de cabelo do mesmo tom louro de Melanie, ficou uma perfeição.

— Obrigada por estar aqui — disse Sarah, olhando sorridente para Melanie. — Eu a vi no Grammy, e você foi fantástica. Você vai cantar "Don't Leave Me Tonight"?

— Ela vai — respondeu a mãe, ao entregar a Melanie uma garrafa de Calistoga, e se colocando entre Sarah e a filha, falando por ela como se aquela cantora loira e linda fosse muda. Sem mais nada a dizer, Melanie se sentou no sofá, pegou o controle remoto, tomou um enorme gole d'água e começou a assistir à MTV. — Nós adoramos essa música — acrescentou Janet, sorrindo.

— Eu também — concordou Sarah, um pouco assustada com a impetuosidade de Janet. Parecia que ela tomava conta da vida da filha e se achava uma estrela tão grande quanto ela. Melanie não dava a impressão de se importar, obviamente já estava acostumada. Logo depois, sua amiga entrou no quarto, mal conseguindo andar com os sapatos altos e o vestido de oncinha, que ficou um pouco grande nela. Na mesma hora ela se sentou no sofá para se juntar à amiga de infância e assistir à TV. Era impossível saber quem Melanie era. Ela parecia não ter personalidade nem voz, a não ser para cantar.

— Eu fui dançarina de cabaré em Las Vegas, sabia? — informou Janet a Sarah, que fingiu estar impressionada.

Dava mesmo para acreditar, ela fazia o tipo, apesar da calça jeans grande e dos seios enormes, que Sarah, corretamente, suspeitou que não fossem verdadeiros. Os de Melanie também eram impressionantes, mas ela era jovem o suficiente para que fizessem sentido no seu corpinho esguio, torneado e sensual. Janet parecia exagerada demais. Demais mesmo, pois ela era uma mulher robusta, que falava alto e tinha uma personalidade marcante. Sarah começou a se sentir pouco à vontade ao pensar em desculpas para sair do quarto, enquanto Melanie e a amiga de colégio estavam hipnotizadas pela TV.

— Eu encontro você lá embaixo para garantir que tudo estará preparado para o seu ensaio — disse Sarah a Janet, que parecia responder pela filha.

Sarah calculou rapidamente que, se passasse vinte minutos com eles, ainda teria tempo de ir ao cabeleireiro. Até lá, tudo já estaria pronto, e, na verdade, já estava.

— Até mais — disse Janet, contente, enquanto Sarah ia embora.

No próprio quarto, Sarah se sentou por alguns minutos e verificou as mensagens no celular. Ele tinha vibrado duas vezes enquanto ela estava na suíte de Melanie, mas não quis atender. Uma ligação era do florista, dizendo que as quatro urnas gigantes na entrada do salão estariam prontas até as quatro horas. A outra era da banda contratada para tocar, confirmando que começaria às oito horas. Ela ligou para casa para saber dos filhos, e a babá disse que tudo estava bem. Parmani era uma moça do Nepal, adorável, que trabalhava para eles desde que Molly nasceu. Sarah não queria uma babá que morasse com eles, pois adorava tomar conta dos filhos, mas Parmani trabalhava durante o dia para dar uma ajuda e às vezes ficava até mais tarde quando ela e Seth saíam para jantar. Hoje ela iria dormir lá, o que era raro, mas Parmani não se incomodava de ajudar em uma ocasião especial como essa. Sabia bem o quanto esse evento era importante para Sarah e o quanto ela tinha trabalhado para organizá-lo. Ela desejou boa sorte a Sarah antes de desligar. Sarah queria falar com Molly, mas ela estava dormindo.

Quando Sarah terminou, verificou algumas anotações e penteou o cabelo todo desarrumado, pois já era hora de ir para o salão encontrar Melanie e a banda. Já havia sido avisada de que Melanie não queria ninguém presente nos ensaios. Sarah se perguntou se a norma tinha sido imposta mesmo por Melanie ou pela mãe dela. A cantora não tinha jeito de quem se importava com isso. Ela parecia muito desligada do que acontecia ao redor. Talvez fosse diferente quando estivesse cantando, Sarah pensou, embora Melanie parecesse ter a indiferença e a passividade de uma criança dócil — e com uma voz incrível. Como todos que compraram ingresso, Sarah também mal podia esperar para ouvi-la cantar.

A banda já se encontrava no salão quando Sarah chegou. Estavam de pé, conversando e rindo, enquanto os roadies desempacotavam e arrumavam o equipamento. Estavam quase acabando, e pareciam um grupo bem variado. A banda de Melanie era composta por oito homens, e Sarah lembrou que aquela menina bonita loira que ela tinha visto assistindo à MTV era uma das maiores cantoras do mundo. Não demonstrava pretensão nem arrogância. Apenas o tamanho da sua comitiva revelava sua fama. Mas ela não se comportava mal como a maioria das estrelas. A cantora que se apresentou na festa do Pequenos Anjos no ano anterior tivera um ataque devido a problemas no som logo antes de começar a cantar. Jogou uma garrafa d'água em sua empresária e ameaçou ir embora. O problema foi resolvido, mas Sarah quase entrou em pânico só de pensar em um cancelamento de última hora. Apesar das exigências da mãe, a calma de Melanie era um alívio.

Sarah esperou mais uns dez minutos enquanto eles acabavam de arrumar tudo, na dúvida se Melanie iria descer mais tarde do que o esperado, mas não teve coragem de perguntar. Ela já havia perguntado discretamente se a banda precisava de algo, e, quando disseram que não, ela se sentou em uma mesa fora do caminho deles, para esperar Melanie. Já eram quase quatro horas quando Melanie apareceu, e Sarah sabia que iria se atrasar para o cabeleireiro. Ela teria que se apressar para conseguir se arrumar a tempo, mas havia obrigações em primeiro plano, e essa era uma delas — tirar os obstáculos do caminho da estrela, estar disponível e pajeá-la, se fosse necessário.

Melanie chegou de sandálias, camiseta e calça jeans rasgada. O cabelo estava preso, e a melhor amiga a acompanhava. Primeiro entrou a mãe dela, marchando, depois a assistente e o empresário lá atrás e dois guarda-costas por perto. Jake, o namorado, não apareceu, provavelmente ainda estava na academia. Melanie era a mais discreta do grupo e quase desaparecia no meio deles. Seu baterista lhe entregou uma Coca-Cola, ela abriu, tomou um gole, subiu ao palco e franziu a testa ao olhar o salão. Comparado aos lugares onde se apresentava, aquele espaço era mínimo. Ele possuía um ar aconchegante, especialmente da maneira que Sarah o tinha decorado, e, quando as luzes fossem suavizadas e as velas acesas, iria ficar lindo. O salão estava bem-iluminado agora, e depois que Melanie deu uma olhada nele por um minuto berrou para um dos roadies apagar as luzes. Ela estava entrando no clima. Sarah percebeu e se aproximou do palco com cautela. Melanie sorriu ao vê-la.

— Está tudo como você quer? — perguntou Sarah, mais uma vez com a sensação de falar com uma criança, e lembrando-se de que Melanie era apenas uma adolescente, embora já famosa.

— Tudo está ótimo. Você fez um trabalho fantástico — elogiou Melanie de forma amável, e Sarah ficou emocionada.

— Obrigada. A banda tem tudo de que precisa?

Melanie se virou e a olhou com um sorriso afirmativo. Ela se sentia tão feliz no palco. Era o que sabia fazer melhor. Esse era um mundo familiar para ela, embora o palco fosse melhor do que os que ela estava acostumada. Melanie e Jake adoraram a suíte.

— Pessoal, vocês têm tudo de que precisam? — perguntou para a banda. Todos assentiram e começaram a afinar os instrumentos, ao mesmo tempo que Melanie se esqueceu de que Sarah estava lá e se virou para eles. Ela falou qual música queria ensaiar primeiro. Eles já haviam concordado com a sequência a ser tocada, incluindo seu sucesso do momento.

Então, Sarah percebeu que eles não precisavam mais dela e foi embora. Já passava das quatro horas e ela chegaria meia hora atrasada no cabeleireiro. Só com sorte conseguiria fazer as unhas. Mal ela saiu do salão, foi parada por um dos membros do comitê acompanhado de um dos gerentes do serviço de bufê. Havia um problema com os aperitivos. As ostras Olympia não haviam chegado, o que eles tinham não era bom o suficiente e ela precisava escolher outra coisa. Pelo menos dessa vez era uma decisão fácil. Ela estava acostumada a decisões bem mais complicadas. Sarah mandou o membro do comitê decidir, contanto que não fosse caviar ou algo caro que ultrapassasse o orçamento deles, correu para o elevador, passou voando pela recepção do hotel e pegou o carro com o manobrista.

O manobrista tinha deixado o carro dela estacionado lá perto, graças à gorjeta gorda deixada de manhã. Ela saiu cantando pneu, virou à esquerda e foi a caminho de Nob Hill. Em 15 minutos já estava no cabeleireiro, sem fôlego ao entrar, pedindo desculpas pelo atraso. Já eram quatro e trinta e cinco, ela tinha que sair de lá no mais tardar às seis horas. Na realidade, ela tinha esperança de sair 15 minutos antes, o que já seria impossível. Eles sabiam que ela estava organizando a festa beneficente naquela noite e logo a atenderam. Trouxeram água mineral com gás e uma xícara de chá. A manicure começou a fazer suas unhas assim que o cabelo dela foi lavado, e o cabeleireiro fez a escova cuidadosamente.

— Então, como Melanie Free é de verdade? — perguntou o cabeleireiro, louco por uma fofoca. — Jake veio com ela?

— Sim, veio — respondeu Sarah com discrição. — Ela parece ser um amor, tenho certeza de que vai ser um sucesso esta noite.

Sarah fechou os olhos, tentando desesperadamente relaxar. A noite seria longa e, se tudo corresse bem, fantástica. Ela mal podia esperar.

Enquanto o cabelo de Sarah era penteado em um elegante coque banana, enfeitado com várias estrelas brilhantes, Everett Carson chegou ao hotel. Ele tinha 1,92m, era do estado de Montana e ainda parecia um caubói, tal como em sua adolescência. Alto e magro, com cabelo compridinho precisando ser penteado, vestia calça jeans, camiseta branca e o que ele se referia como suas botas de vaqueiro da sorte. Eram velhas, bem batidas e confortáveis, de couro de lagarto. Eram a coisa de que ele mais gostava, e realmente estava pensando em não tirá-las do pé mais tarde, ao vestir o terno alugado, pago pela revista para vestir naquela noite. Ele mostrou suas credenciais de imprensa na recepção e o funcionário sorriu e disse que estavam à sua espera. O hotel Ritz-Carlton era bem mais chique que os outros lugares onde normalmente se hospedava. Esse trabalho era novo, ele estava lá para cobrir o evento para a *Scoop*, uma revista de fofocas de Hollywood. Everett tinha passado anos fazendo cobertura de zonas de guerra para a agência Associated Press e, depois de sair de lá e tirar um ano de folga, precisava de um emprego, então aceitou esse. Fazia três semanas que ele estava lá. Até então, tinha ido a três shows de rock, um casamento de celebridades, e essa era a sua segunda festa beneficente. Com certeza, não era algo do seu estilo. Everett já se sentia como um garçom de tanto usar ternos. E estava com saudades das condições precárias com as quais se acostumara depois de 29 anos na Associated Press. Everett tinha acabado de fazer 48 anos. Entrou no quarto reservado e jogou no chão a bolsa caindo aos pedaços que o acompanhara ao redor do mundo. Tentou ficar agradecido pela acomodação boa, embora pequena, e fechou os olhos. Talvez pudesse fingir que estava de volta em Ho Chi Minh, ou Nova Délhi... No Afeganistão, no Líbano, ou na Bósnia, durante a guerra. Everett se perguntava como alguém como ele acabou cobrindo festas beneficentes e casamentos. Parecia um castigo bem cruel.

— Obrigado — disse ao funcionário que o levou até o quarto.

Na escrivaninha havia um panfleto sobre a unidade neonatal e a festa do Pequenos Anjos, com o qual ele pouco se importava. Mas iria cumprir o dever. Estava ali para tirar fotos dos famosos e para cobrir o show de Melanie, considerado de grande importância para o seu editor.

Ele pegou uma garrafa de limonada do frigobar, abriu-a e tomou um gole. A vista do quarto dava para o prédio do outro lado da rua, e tudo parecia muito elegante e imaculado. Mas ele tinha saudades dos sons e dos cheiros dos hotéis pé de chinelo onde passara as noites nos últimos trinta anos. Do fedor das ruelas pobres de Nova Délhi e de todos os outros lugares exóticos que conhecera a trabalho.

— Vai com calma, Ev — disse a si mesmo, ao ligar a TV na CNN e sentar aos pés da cama, olhando um pedaço de papel que tirou do bolso.

Ele o imprimira antes de sair de Los Angeles. Devia ser seu dia de sorte, pois havia uma reunião ali perto, em uma igreja chamada Old St. Mary, na California Street. Era às seis horas, durava uma hora e ele estaria de volta na hora da festa, às sete. Mas teria que ir à reunião já vestido para a festa. Não queria chegar atrasado para não dar motivo para reclamações a seus editores, ainda era muito cedo para esse tipo de coisa. Isso sempre acontecera, mas naquela época ele bebia. Esse era um recomeço, e Everett não queria queimar o seu filme. Estava se comportando direito, sendo bem honesto e responsável. Como se estivesse de novo no colégio. Depois de ter tirado fotos de soldados morrendo em trincheiras e enfrentar tiroteios, cobrir uma festa em São Francisco era bem tranquilo, e outras pessoas adorariam fazer isso. Infelizmente, ele não era uma delas. Esse era um sacrifício para ele.

Everett respirou fundo quando acabou de beber a limonada, jogou fora a garrafa, tirou as roupas e entrou no chuveiro.

A água estava uma delícia. O dia tinha sido muito quente em Los Angeles e estava bem úmido em São Francisco. O quarto tinha ar-condicionado, e ele se sentiu bem melhor quando saiu do banho, dizendo a si mesmo que deveria parar de reclamar, e se vestiu. Decidiu aproveitar a ocasião ao máximo e comeu uns chocolates que estavam na mesa de cabeceira e pegou um biscoito que estava no frigobar. Então se olhou no espelho enquanto prendia a gravata-borboleta. Por fim colocou o casaco do smoking alugado.

— Meu Deus, estou parecendo um músico... ou um cavalheiro — disse ao se ver no espelho. — Não, estou mais para garçom mesmo.

Ele era um ótimo fotógrafo, que já tinha até ganhado um Pulitzer, além de várias fotos suas já terem sido capa da revista *Time*. Seu nome era conhecido no mercado, mas ele pusera tudo a perder por causa da bebida. No entanto, isso mudou. Depois de seis meses em uma clínica de recuperação, passou mais cinco em um ashram para tentar dar rumo à sua vida. E Everett achava que havia conseguido, a bebida não fazia mais parte da sua vida. Quando chegou ao fundo do poço, quase morreu uma vez em um hotel de quinta categoria em Bangkok, sendo salvo pela prostituta que estava com ele. Ela o manteve vivo até a ambulância chegar. Um de seus colegas jornalistas o mandou de volta para os Estados Unidos. Foi demitido por ter desaparecido por quase três semanas e não ter cumprido os prazos pela milésima vez naquele ano. Seu mundo estava desabando, então se internou, mesmo achando que isso era um erro, por trinta dias. Somente depois de estar internado Everett percebeu a gravidade da situação. Ou ficava sóbrio ou morria. Acabou passando seis meses lá e decidiu ficar sóbrio.

Desde então, conseguiu aumentar de peso, estava com uma aparência saudável e ia a reuniões dos Alcoólicos Anônimos todos os dias, ocasionalmente três vezes por dia. Não era mais tão difícil quanto no começo, mas descobriu que, mesmo que as reuniões não o ajudassem, ele iria ajudar alguém lá. Everett tinha um padrinho, era padrinho de outros membros e estava sóbrio há pouco mais de um ano. Trazia sua moeda comemorativa de um ano no bolso, as botas da sorte, e se esqueceu de pentear o cabelo. Pegou a chave do quarto e foi para a reunião pouco depois das seis horas, com a bolsa da câmera a tiracolo e sorrindo. Estava se sentindo bem melhor que meia hora antes. A vida não era fácil sempre, mas era bem mais fácil do que há um ano. Alguém em uma das reuniões comentou "Ainda tenho dias difíceis, mas antes tinha anos difíceis". No momento em que saiu do hotel em direção à California Street e andou uma quadra até a igreja Old St. Mary, a vida lhe parecia bem agradável. Everett estava no clima para a reunião. Como sempre fazia para se lembrar do último ano, tocou a moeda comemorativa que guardava no bolso.

— Isso mesmo — disse a si mesmo ao entrar na igreja e procurar o grupo. Passavam exatamente oito minutos das seis horas. Como sempre, iria compartilhar uma experiência na reunião.

Na mesma hora que Everett entrava na igreja, Sarah chegava ao hotel. Ela tinha 45 minutos para se vestir e cinco para chegar ao salão da festa. As unhas estavam feitas, embora duas tenham borrado quando foi pegar a carteira dentro da bolsa para dar a gorjeta. Mas elas não estavam mal, e Sarah adorou o penteado. Suas sandálias de borracha fizeram barulho quando ela passou correndo pela recepção. O concierge sorriu para ela e disse:
— Boa sorte hoje à noite!
— Obrigada — respondeu ela acenando.
Sarah entrou no elevador, usou sua chave para chegar ao andar do salão e, três minutos depois, já estava no quarto, enchendo a banheira e tirando o vestido do cabide. Ele era branco e prata, brilhante, e deixaria seu corpo bem-delineado. Trouxera as sandálias prateadas Manolo Blahnik — seria terrível andar com elas, mas combinavam perfeitamente com o vestido. Em cinco minutos ela já havia saído da banheira e começou a se maquiar. Já eram quase sete horas, e estava colocando os brincos de diamante quando Seth chegou. Era quinta-feira, e ele tinha implorado para ela fazer a festa no final de semana, para que ele não tivesse que acordar cedo no dia seguinte, mas esse foi o único dia que o hotel e Melanie tinham livre.

Seth parecia estressado, como sempre quando chegava do trabalho. Ele trabalhava muito. Um sucesso assim era conseguido à custa de muito esforço. Mas naquela noite ele parecia mais esgotado. Sentou-se na borda da banheira, passou a mão nos cabelos e se inclinou para dar um beijo na esposa.
— Você parece morto — comentou ela, de forma solidária.
Eles formavam um time ótimo. Sempre se deram bem, desde que se conheceram na faculdade de administração. Tinham um

casamento feliz, adoravam a vida que levavam e eram loucos pelos filhos. Ele dera a Sarah uma vida fantástica nos últimos anos. E ela adorava tudo na vida deles; mais do que isso, adorava tudo nele.

— Estou morto mesmo — confessou Seth. — E como estão as coisas com você?

Ele adorava saber como tinha sido o dia dela, era o maior fã de Sarah e quem mais a incentivava. Às vezes achava que o fato de ela não trabalhar era um desperdício de inteligência, sem falar do MBA, mas Seth ficava feliz por ela ser tão dedicada à família.

— Tudo fantástico! — respondeu Sarah sorrindo, ao vestir uma calcinha fio dental branca rendada. Ela tinha corpo para isso, e só de vê-la ele ficava excitado. Seth não resistiu e passou a mão na coxa dela. — Nem começa, amor — avisou Sarah, rindo. — Ou eu vou me atrasar. Você não precisa se apressar, já está bom se chegar na hora do jantar. Às sete e meia.

Ele olhou o relógio e concordou. Faltavam dez minutos para as sete. Ela tinha cinco minutos para se vestir.

— Vou descer em meia hora, tenho que fazer umas ligações antes.

Seth sempre tinha que fazer ligações, Sarah entendia bem isso. Administrar o fundo de hedge o mantinha muito ocupado, dia e noite. Ela se recordou da época em Wall Street, quando faziam algum lançamento público de ações na Bolsa. A rotina dele agora era sempre assim, e essa era a razão de estar feliz e de terem aquele tipo de vida tão luxuoso, desfrutado normalmente por pessoas com o dobro da idade dos dois. Sarah dava valor a isso. Ela se virou para que ele fechasse o zíper do seu vestido. O vestido ficou lindo nela.

— Nossa! — exclamou Seth. — Você está um arraso, meu amor!

— Obrigada.

Ela sorriu e eles se beijaram. Sarah colocou algumas coisas em uma bolsa prateada pequena, calçou as sandálias e acenou ao sair do quarto. Ele já estava falando ao telefone com seu melhor amigo, em Nova York, fazendo preparativos para o dia seguinte. Ela não se dava ao trabalho de escutar a conversa. Deixou uma garrafa pequena de uísque e um copo com gelo do lado dele, e Seth já estava se servindo quando ela foi embora.

Sarah entrou no elevador e foi até o salão de festas, três andares abaixo da recepção do hotel, e viu que tudo estava perfeito. As urnas tinham rosas brancas, mulheres jovens em vestidos de cores pastel estavam sentadas em mesas compridas, esperando para recepcionar os convidados. Modelos estavam circulando, de vestidos pretos longos, ostentando joias maravilhosas da Tiffany, e apenas alguns poucos convidados chegaram antes dela. Sarah verificava se tudo estava em ordem, e, nesse momento, entrou um homem bem alto, com cabelo grisalho despenteado e uma bolsa a tiracolo. Ele sorriu para ela, admirando o seu corpo, e disse que trabalhava para a revista *Scoop*. Isso a agradou muito. Quanto mais cobertura a festa tivesse na imprensa, mais sucesso eles teriam no ano seguinte, e seria mais fácil de convencer os artistas a se apresentarem de graça, o que resultaria em mais dinheiro arrecadado. A cobertura da mídia era muito importante.

— Olá, sou Everett Carson — declarou ao colocar uma credencial de imprensa no bolso do terno. Ele parecia relaxado e bem à vontade.

— Sou Sarah Sloane, a organizadora da festa. Quer beber algo? — ofereceu Sarah, mas ele recusou sorrindo, pensando que esta era sempre a primeira coisa que as pessoas falavam quando davam as boas-vindas e eram apresentadas a alguém. "Quer beber algo?" vinha logo depois de "Oi".

— Não, obrigado. Existe alguém em especial que você gostaria que eu fotografasse? Celebridades locais, socialites?

Sarah disse que a família Getty estaria lá, Sean e Robin Wright Penn e Robin Williams, sem falar de alguns nomes locais que ele não reconheceu, mas que ela o avisaria quando os visse.

Então, ela foi para perto das mesas da entrada para cumprimentar os convidados. E Everett Carson começou a tirar fotos das modelos. Duas delas eram maravilhosas, com seios empinados, bem redondos e artificiais, exibidos pelos decotes cobertos com colares de diamantes. As outras eram muito magrelas para o gosto dele. Everett se virou e tirou uma foto de Sarah, antes que fosse tarde demais. Ela era uma jovem muito bonita, o cabelo escuro preso com os prendedores de estrela brilhando e olhos verdes enormes que pareciam sorrir para ele.

— Obrigada — disse Sarah, e ele sorriu.

Ela se perguntou por que ele não penteara o cabelo, se havia esquecido ou se esse era seu estilo. Então reparou nas botas velhas de couro. Ele parecia uma figura, e Sarah tinha certeza de que existia uma boa história por trás, mas não teria a chance de saber. Ele era somente um jornalista da revista *Scoop*, que viera de Los Angeles para a festa.

— Boa sorte com a festa — disse Everett, no momento em que chegavam umas trinta pessoas ao mesmo tempo.

Para Sarah, a noite do Baile do Pequenos Anjos havia acabado de começar.

Capítulo 2

O programa estava atrasado, pois demorou mais para os convidados entrarem no salão e sentarem do que o previsto por Sarah. O mestre de cerimônias daquela noite era um apresentador de programas de entrevistas de Hollywood, recém-aposentado, que era fantástico. Ele pediu que todos se sentassem, enquanto apresentava as celebridades que vieram de Los Angeles para a festa e, claro, o prefeito e as estrelas locais. Tudo estava de acordo com o planejado.

Sarah tinha prometido que os discursos e os agradecimentos seriam curtos. Após um discurso breve de um dos médicos responsáveis pela unidade neonatal, eles mostraram um filme rápido sobre os milagres realizados na unidade. Então, Sarah relatou a própria experiência com Molly. E depois foram direto ao leilão. Foi o maior sucesso. Um colar de diamantes Tiffany foi vendido por 100 mil dólares. A oportunidade de conhecer as celebridades custou uma fortuna. Um cão yorkshire terrier miniatura foi vendido por 10 mil dólares. E o Range Rover, por 110 mil dólares. Seth estava de olho no carro, mas depois de certo tempo, desistiu. Sarah sussurrou que não tinha problema, ela estava feliz com o carro que tinha. Ele sorriu, mas parecia distraído. Sarah reparou de novo que ele parecia bem estressado, e simplesmente presumiu que tinha tido um dia difícil no trabalho.

Ela viu Everett Carson algumas vezes durante a noite. Sarah tinha lhe dado os números das mesas das celebridades. As revistas *W, Town and Country, Entertainment Tonight* e *Entertainment Weekly* também compareceram. Várias câmeras de TV estavam prontas para filmar Melanie no palco. A noite era um sucesso. Eles arrecadaram mais de 400 mil dólares no leilão, graças a um leiloeiro bastante experiente. Dois quadros muito caros de uma galeria de arte local também ajudaram, e eles ainda tiveram cruzeiros e viagens para oferecer. Somando o preço de cada ingresso, haviam arrecadado mais do que esperavam, e sempre acabavam recebendo cheques pelo correio nos dias seguintes.

Sarah passou pelas mesas agradecendo a presença de todos e falando com os amigos. Várias mesas no fundo do salão foram doadas a organizações de caridade como a Cruz Vermelha local, uma fundação para prevenção de suicídios, e uma mesa com padres e freiras havia sido comprada pela Catholic Charities, instituição associada ao hospital que tinha a unidade neonatal. Sarah viu que os padres estavam de estola e as freiras de roupas simples, de cor preta ou azul-marinho. Somente uma delas estava de hábito — uma mulher bem baixinha, ruiva, de olhos azuis. Imediatamente Sarah a reconheceu. Era a irmã Mary Magdalen Kent, a madre Teresa de São Francisco. O trabalho dela com os moradores de rua era bastante conhecido, e seus protestos contra o governo estadual que não fazia o suficiente para ajudá-la geravam muita controvérsia. Sarah adoraria conversar com ela, mas estava muito ocupada com todos os detalhes que devia supervisionar para garantir que tudo daria certo. Passou pela mesa sorrindo para os padres e as freiras, que estavam aproveitando a festa. Eles conversavam, riam e bebiam vinho, o que alegrou Sarah.

— Achei que você não viria, Maggie — disse o padre responsável pelo refeitório gratuito para os pobres que a cidade mantinha.

Ele conhecia bem a irmã Mary Magdalen, uma leoa nas ruas, defendendo todos sob seus cuidados, mas uma formiguinha em outras situações. Ele não conseguia se lembrar de já tê-la visto em outra festa. Uma das freiras, em um terninho azul todo arrumado, com uma cruz dourada na lapela, e cabelo curto, era a diretora da faculdade de enfermagem na Universidade de São Francisco. As demais freiras que usavam roupas mais modernas estavam à vontade. Já a irmã Mary Magdalen, — Maggie — se mostrou desconfortável desde o começo da noite, envergonhada de participar do evento — seu capuz meio fora do lugar, sempre escorregando pelo cabelo ruivo curto. Ela parecia mais um duende vestido de freira.

— Quase não vim — disse a irmã ao padre O'Casey. — Não me pergunte por quê, mas ganhei um ingresso de uma das assistentes sociais com quem trabalho. Ela tinha que ir a um rosário hoje. Eu bem que disse para ela dar o ingresso a outra pessoa, mas não quis parecer ingrata — explicou, sentindo-se culpada de estar ali; achava que deveria estar nas ruas. Esse tipo de evento não era seu estilo.

— Dê uma folga a si mesma, Maggie. Você trabalha mais do que qualquer pessoa que conheço — disse generosamente o padre O'Casey. Os dois se conheciam há anos e ele a admirava pelas ideias radicalmente benevolentes e pelo trabalho sério. — Estou surpreso de vê-la de hábito — comentou, rindo, ao lhe entregar uma taça de vinho, que ela nem tocou.

Mesmo antes de ir para o convento aos 21 anos, Maggie nunca bebeu ou fumou. Ela riu ao ouvir o comentário e declarou:

— Este é o único vestido que tenho. Trabalho de calça jeans e moletom todos os dias. Não preciso de roupas chiques para o meu trabalho.

Ela olhou para as outras três freiras na mesa, que mais pareciam donas de casa ou professoras de faculdade do que freiras, a não ser pelas cruzes douradas nas lapelas.

— Às vezes sair pode fazer bem para você — comentou o padre.

Eles começaram a falar dos assuntos da Igreja, de uma decisão controversa do arcebispo de ordenar os padres e do último pronunciamento vindo de Roma. Ela tinha interesse especificamente em um projeto de lei da cidade, avaliado pelo Conselho Supervisor, que afetaria os moradores de rua com os quais trabalhava. Ela achava o projeto bastante limitado, injusto e prejudicial a essas pessoas. Maggie era bem esperta, e alguns minutos depois mais dois padres e uma freira entraram na discussão. Eles queriam saber a opinião dela, pois ela sabia mais disso do que eles.

— Você é muito linha-dura, Maggie — declarou a irmã Dominica, a diretora do maternal. — Não podemos resolver todos os problemas de todo mundo ao mesmo tempo.

— Eu tento resolver um de cada vez — disse humildemente Maggie.

As duas freiras tinham algo em comum, pois a irmã Maggie havia se formado em enfermagem antes de entrar no convento. E achava suas habilidades bastante úteis no seu campo de trabalho. Enquanto continuavam a debater, as luzes se apagaram de repente. O leilão tinha acabado, e era hora do show de Melanie. O mestre de cerimônias a havia apresentado, e o salão ficou completamente em silêncio.

— Quem é ela? — perguntou a irmã Maggie, e o resto da mesa sorriu.

— A cantora mais famosa do momento. Acabou de ganhar um Grammy — sussurrou o padre Joe.

Essa noite definitivamente não era para Maggie. Ela estava cansada e louca para tudo acabar, justo na hora em que a música começou. A banda começou a tocar o sucesso do momento de Melanie, e, em uma explosão de som, luz e cor, a garota subiu ao palco. Ela andou pelo palco parecendo uma criança delicada, diferente, cantando a música de abertura.

A irmã Mary Magdalen a observou fascinada, tal como todos os presentes. Estavam impressionados com sua beleza e com o poder de sua voz. O único som que se ouvia era o canto de Melanie.

— Uau! — exclamou Seth ao vê-la, sentado na primeira fila, apertando a mão de sua mulher. Sarah havia se superado. Ele tinha estado preocupado e distraído mais cedo, mas agora estava atencioso com ela. — Caramba! Ela é fantástica!

Sarah viu Everett Carson agachado na frente do palco, tirando fotos de Melanie. Ela estava deslumbrante naquele vestido quase invisível, que parecia uma ilusão de ótica, só se viam pontos brilhantes. Sarah tinha ido ao backstage antes de o show começar. A mãe de Melanie estava no meio do caminho, como um obstáculo para a filha, e Jake já estava meio bêbado, tomando gim.

As músicas que ela cantou deslumbraram o público. Na última canção, ela sentou na beira do palco, estendendo as mãos para a plateia, cantando para todos, desmanchando seus corações. Todos os homens presentes estavam apaixonados por ela, todas as mulheres queriam ser ela. Melanie era mil vezes mais bonita agora do que Sarah tinha achado quando a vira na suíte, horas antes. Ela possuía uma presença de palco eletrizante e uma voz inesquecível. Melanie fez a noite de todos, e Sarah se encostou na cadeira com um sorriso de satisfação no rosto. A noite havia sido perfeita. A comida estava deliciosa, o salão lindo, a imprensa compareceu em peso, o leilão arrecadou uma fortuna e Melanie foi a atração principal. O evento foi realmente um sucesso, e eles conseguiriam vender os ingressos mais rápido ainda para o ano seguinte, talvez até aumentar os preços. Sarah sabia que seu trabalho tinha dado certo. Seth disse que estava orgulhoso dela, e ela também estava.

Sarah viu Everett Carson se aproximar ainda mais de Melanie para tirar outras fotos. Sarah estava bastante animada com tudo, mas de repente sentiu o chão se mover suavemente. Por um momento, achou que estava tonta. Mas então, por instinto, olhou para cima e viu que o lustre balançava. Aquilo não fazia sentido, e naquele momento ela ouviu um ruído alto, como um gemido horrível à volta de todos. Por um minuto, tudo parou, enquanto as luzes piscavam e o chão tremia. Alguém perto dela se levantou e berrou:

—Terremoto!

A música parou e mesas e pratos começaram a cair e quebrar, bem na hora em que as luzes se apagaram e todos gritaram. O salão estava às escuras, o barulho aumentou, as pessoas começaram a berrar mais alto ainda, o chão se moveu com mais força e as paredes começaram a balançar.

Sarah e Seth já estavam no chão, ele a tinha puxado para baixo antes de a mesa virar.

— Ai, meu Deus — exclamou Sarah a Seth, se agarrando ao marido enquanto ele a abraçava forte. Ela só conseguia pensar nos filhos em casa, com Parmani. Sarah estava chorando, apavorada por eles e desesperada para encontrá-los, caso sobrevivessem. O chacoalhar da sala parecia interminável. Demorou vários minutos até tudo parar de mexer. Ouviam-se ainda alguns barulhos de coisas quebrando e de pessoas berrando e empurrando umas às outras ao tentar sair do hotel. Era uma cena de caos.

— Não se mova por uns minutos — disse Seth, deitado ao lado dela. Sarah conseguia senti-lo por perto, mas não o via. — Você vai ser pisoteada pela multidão.

— E se o prédio desabar na nossa cabeça? — perguntou Sarah tremendo e chorando.

— Se isso acontecer, estamos ferrados — respondeu ele, sem rodeios.

Eles e todos os outros presentes sabiam muito bem que estavam três andares abaixo da superfície. Ninguém fazia ideia de como sair de lá ou por onde. O barulho era ensurdecedor, com as pessoas gritando. Então, funcionários do hotel apareceram com lanternas nas saídas. Alguém dizia em um alto-falante para manterem a calma e irem em direção às saídas, sem entrar em pânico. Havia luzes bem fracas no hall de entrada, mas o salão continuava às escuras. Essa tinha sido a experiência mais aterrorizante da vida de Sarah. Seth agarrou seu braço e a ajudou a se levantar, enquanto 560 pessoas iam em direção às saídas. Ouviam-se choros, gemidos, gritos e pedidos de ajuda para os feridos.

A irmã Maggie já estava de pé, andando na direção oposta à multidão.

— O que você está fazendo? — berrou o padre Joe. A luz do hall iluminava um pouco o local. As urnas de rosas tinham caído no chão, e o salão de festas estava um caos. O padre Joe pensou que a irmã Maggie estava confusa ao caminhar na direção oposta à da saída.

— Eu encontro você lá fora! — berrou Maggie, desaparecendo no meio da multidão.

Em poucos minutos ela já estava ajoelhada ao lado de um homem que achava ter tido um ataque cardíaco, mas que tinha nitroglicerina no bolso da jaqueta. Ela meteu a mão no bolso dele para pegar o remédio e o ajudou a tomá-lo, instruindo-o para não se mexer. Maggie estava certa de que alguém viria ajudá-los logo.

Ela o deixou com sua esposa, assustada, e foi andando em direção aos outros feridos, por uma área cheia de detritos, sonhando com suas botas de trabalho no lugar das sapatilhas que usava. O chão estava repleto de obstáculos — mesas, comida, pratos e vidro quebrados em todos os lugares, sem falar de pessoas deitadas em meio aos destroços.

A irmã Maggie e vários outros que se identificaram como médicos foram naquela direção. Havia vários médicos na festa, mas somente alguns ficaram para trás para ajudar os feridos. Uma mulher que chorava com o braço machucado achou que estava entrando em trabalho de parto. Maggie disse para que ela nem pensasse nisso até eles saírem do hotel, e ela sorriu quando a irmã a ajudou a se levantar e caminhar em direção à saída, segurando firme o braço do marido. Todos temiam tremores secundários, que poderiam ser mais intensos ainda. Ninguém tinha dúvida de que fora um tremor de mais de sete pontos na escala Richter, talvez até de oito pontos, e ouviam-se barulhos à volta enquanto a terra se ajustava de novo, o que dava mais medo ainda.

Na frente do salão, Everett Carson estava ao lado de Melanie quando o terremoto aconteceu. Quando o salão começou a tremer, ela caiu do palco direto nos braços dele, e os dois caíram no chão. Ele a ajudou a se levantar quando o tremor cessou.

— Você está bem? Foi um show fantástico, a propósito — elogiou Everett. Na hora em que as portas foram abertas e um pouco de luz entrou no salão, ele percebeu que o vestido dela estava rasgado e um dos seios estava à mostra. Ele entregou seu paletó para que ela se cobrisse.

— Obrigada — disse Melanie, meio assustada. — O que aconteceu?

— Um terremoto de uns sete ou oito pontos, eu acho.

— Cacete, e agora? — perguntou Melanie amedrontada, mas sem entrar em pânico.

— Vamos fazer o que nos mandarem fazer, vamos sair daqui e tentar não ser pisoteados.

Everett já tinha enfrentado terremotos, tsunamis e outros desastres na Ásia. Mas sem sombra de dúvida esse fora devastador. O último terremoto dessa escala em São Francisco havia sido exatamente cem anos atrás, em 1906.

— Acho melhor eu procurar a minha mãe — disse Melanie, olhando para os lados.

Não havia sinal de sua mãe ou de Jake, nem dava para reconhecer alguém facilmente, pois ainda estava muito escuro. A gritaria e o pandemônio eram tão grandes que era impossível escutar alguém.

— É melhor você procurar sua mãe lá fora — aconselhou Everett, ao vê-la voltar para o palco, que tinha despencado com todo o equipamento da banda. O piano estava inclinado em um ângulo meio esquisito, e, felizmente, não havia caído em ninguém. — Você está bem? — perguntou Everett para Melanie, que ainda parecia meio assustada.

— Sim... estou.

Everett a guiou em direção à saída e disse que iria ficar ali por mais alguns minutos. Ele queria ver se poderia ajudar.

Minutos depois, ele se deparou com uma mulher ajudando um homem que tinha tido um ataque cardíaco. A mulher foi auxiliar outras pessoas e Everett ajudou o homem a sair dali. Ele e outro sujeito que disse ser médico colocaram o doente em uma cadeira e o levaram para fora, carregando-o por três andares de escada. Do lado de fora, havia ambulâncias, médicos e bombeiros prestando socorro aos feridos. Um batalhão de bombeiros entrou correndo no hotel. Não havia sinal de fogo, mas os cabos elétricos estavam rompidos, soltando faíscas no ar, e os bombeiros instruíam todos por meio de alto-falantes a se afastarem deles. Depois montaram barricadas. Everett percebeu que a cidade estava às escuras. Então, por instinto, pegou a câmera que estava pendurada em seu pescoço e começou a tirar fotos, tomando cuidado para não ser muito intrusivo na privacidade dos feridos. Todo mundo à sua volta parecia confuso. O homem que tinha sofrido o ataque cardíaco já estava a caminho do hospital em uma ambulância, junto de outro que havia quebrado a perna. A maioria dos feridos deitados na rua havia vindo do hotel. Os semáforos não estavam funcionando, e não havia tráfego. Um bonde na esquina tinha saído dos trilhos, ferindo umas quarenta pessoas que estavam sendo assistidas por médicos e bombeiros. Uma mulher morta tinha sido coberta por um pano. Era uma cena horrível, e, até chegar lá fora, ele não havia percebido que tinha um corte no rosto. Não fazia ideia de como isso acontecera. Parecia um corte superficial, então não se preocupou. Pegou uma toalha que um funcionário do hotel ofereceu e limpou o rosto. Vários funcionários distribuíam cobertores, toalhas e garrafas d'água. Ninguém sabia o que fazer. Todos se olhavam e conversavam sobre o que tinha acontecido. Havia milhares de pessoas na rua, vindas do hotel. Meia hora depois, os bombeiros disseram que o salão de festas já estava vazio. Só então Everett viu Sarah Sloane ao lado dele, junto do marido. O vestido dela estava rasgado e sujo de vinho e torta derrubados com a queda da mesa.

— Você está bem? — perguntou ele a Sarah.

Era a pergunta que todos faziam. Sarah estava chorando, e seu marido parecia assustado, como o restante das pessoas que choravam, em choque, com medo e aliviadas, mas também preocupadas com suas famílias. Sarah tentava fazer ligações desesperadamente, mas os celulares dela e do marido não funcionavam.

— Estou preocupada com meus filhos — explicou ela. — Eles estão em casa com a babá e nem sei como vamos conseguir chegar lá. Acho que teremos que ir andando.

Alguém comentou que a garagem onde estavam todos os carros havia desabado com pessoas dentro. Eles não tinham mais acesso ao carro, assim como todos na mesma situação; também não havia táxis. Em questão de minutos, São Francisco virou uma cidade fantasma. Já passava da meia-noite, e o terremoto acontecera uma hora atrás. Os funcionários do Ritz-Carlton estavam sendo fantásticos, andando pela multidão, oferecendo ajuda. Naquele momento, contudo, somente os paramédicos e os bombeiros tinham o que fazer, realizando a triagem dos feridos.

Alguns minutos depois, os bombeiros anunciaram que havia um abrigo de emergência para terremotos a duas quadras dali e indicaram o caminho. Eles imploraram que as pessoas saíssem da rua e fossem para lá, pois estava sem luz e havia cabos de eletricidade soltos. Os bombeiros os aconselharam a passar bem longe dos cabos e ir para o abrigo, em vez de ir para casa. A possibilidade de outro tremor assustava a todos. Everett continuou tirando fotos enquanto os bombeiros davam as instruções. Esse era o tipo de trabalho que amava fazer. Ele não estava explorando a desgraça alheia, era bem discreto ao captar esse momento extraordinário que certamente seria histórico.

Finalmente a multidão começou a caminhar, com as pernas bambas, para o abrigo. Todos continuavam conversando sobre a catástrofe, sobre o que pensavam que estava acontecendo e onde estavam. Um homem estava tomando banho no hotel quando o terremoto começou, e, nos primeiros segundos, tinha pensado que era alguma função especial da banheira. Ele vestia somente um roupão de banho e estava descalço, tinha cortado um dos pés nos inúmeros cacos de vidro espalhados nas ruas, mas não dava para fazer nada nessa situação. Uma mulher disse que havia pensado que tinha quebrado a cama no momento em que escorregou para o chão, mas então o quarto todo começou a sacudir. Esse era o segundo maior desastre por que aquela cidade passara.

Everett pegou uma garrafa d'água oferecida por um dos funcionários do hotel. Ele a abriu, tomou um gole grande e só então percebeu o quanto estava com sede. Nuvens de poeira vinham do hotel e das estruturas que tinham quebrado e desabado. Nenhum corpo tinha sido trazido para fora. Na recepção, os bombeiros cobriam os mortos com lonas. Havia por volta de vinte corpos até então, mas ouviam-se boatos de que tinha gente presa dentro do prédio, o que só aumentava o pânico. Em todos os lugares as pessoas estavam chorando, por não ter encontrado amigos ou parentes hospedados com eles ou aqueles que os acompanhavam na festa. Era fácil identificar os participantes do evento devido às roupas de festa sujas ou rasgadas. Pareciam sobreviventes do *Titanic*. Só então Everett avistou Melanie e a mãe, que chorava histericamente. A garota parecia calma e alerta e ainda vestia o paletó do terno alugado pela *Scoop*.

— Vocês estão bem? — perguntou ele, e Melanie sorriu e assentiu.

— Sim, minha mãe está muito nervosa, ela acha que vai haver outro tremor maior. Você quer seu paletó de volta? — Ela teria ficado seminua sem a peça, e Everett recusou. — Eu posso me cobrir com um cobertor.

— Pode ficar com ele. Ele caiu bem em você. Você achou todo o seu pessoal? — perguntou o fotógrafo, sabendo que Melanie tinha um grupo grande a acompanhando, mas ela estava somente com a mãe.

— Minha amiga Ashley machucou o tornozelo e está sob os cuidados dos paramédicos. Meu namorado estava bêbado e os caras da minha banda tiveram que carregá-lo para fora. Ele está vomitando por aí. Todos os outros estão bem.

Fora do palco, Melanie parecia uma adolescente, mas ele se lembrava bem de sua performance impressionante no show. E, depois dessa noite, com certeza todos se lembrariam.

— Vocês devem ir para o abrigo. É mais seguro lá — recomendou Everett para as duas, e Janet Hastings começou a cutucar a filha, porque ela concordava com o fotógrafo e queria sair dali antes do próximo tremor.

— Acho que vou ficar aqui mais um pouco — comentou Melanie calmamente. Janet chorou mais ainda por ter que ir para o abrigo sem a filha.

Melanie queria ficar para ajudar, o que Everett achou bastante admirável. Então, pela primeira vez, ele pensou se queria tomar um drinque e ficou feliz ao perceber que não. Era um fato único. Mesmo com a desculpa de um terremoto daquele, Everett não queria beber. Deu um enorme sorriso ao constatar isso. Janet foi em direção ao abrigo e Melanie foi para o meio da multidão, fazendo a mãe entrar em pânico.

— Ela vai ficar bem — disse ele a Janet para tranquilizá-la.

— Quando eu a vir de novo, vou mandá-la ir ao abrigo para encontrar você. Pode ir com os outros agora.

Janet parecia indecisa, mas o movimento da multidão e a própria vontade de sair dali foram mais fortes. Everett imaginou que Melanie estaria bem mesmo que ele não a encontrasse. Ela era jovem e esperta, e o pessoal da banda dela estava por perto, e, se ela queria ajudar os feridos, isso não parecia uma má ideia. Muitos precisavam de assistência, e não havia médicos suficientes.

Everett estava tirando fotos de novo quando se deparou com a ruiva baixinha que tinha visto ajudar o homem que teve o ataque cardíaco. Ele a viu auxiliar uma criança e levá-la até um bombeiro para tentar achar a mãe dela. Tirou várias fotos dessa mulher e parou por um instante quando ela se distanciou da criança.

— Você é médica? — perguntou. Ela parecia saber o que fazer quando ajudou o homem do ataque cardíaco.

— Não, sou enfermeira — respondeu ela, com simplicidade, os olhos azuis brilhantes fitando Everett por um momento, até ela sorrir. Havia algo de engraçado e emocionante a respeito dela. Ela possuía os olhos mais magnéticos que ele já tinha visto.

— Ótima profissão neste momento.

Várias pessoas haviam se ferido, mas nem todas com gravidade. Muitas tinham cortes e lesões pequenas e mais profundas, sem falar que inúmeras estavam em choque. Ele sabia que tinha visto essa mulher na festa, mas havia algo de incongruente entre o vestido simples e as sapatilhas. O seu capuz já tinha caído, e não passou pela cabeça dele que ela era mais do que uma enfermeira. Ela tinha um rosto que tornava difícil adivinhar sua idade. Imaginou que ela tinha 30 e tantos ou 40 e poucos, mas na realidade ela tinha 42 anos. Ela parou para conversar com alguém e ele a seguiu, até que ela fez uma pausa para beber água. Todos estavam sentindo os efeitos da poeira vinda do hotel.

— Você está indo para o abrigo? Provavelmente precisam de ajuda lá também — comentou ele. Everett já havia jogado a gravata fora e tinha sangue na camisa devido ao corte no rosto.

— Só irei para lá depois de terminar aqui. Imagino que na minha vizinhança também devam precisar de ajuda.

— E onde você mora? — perguntou Everett, apesar de não conhecer a cidade bem. Essa mulher tinha algo de intrigante, talvez houvesse uma história ali, seus instintos jornalísticos estavam à flor da pele só de olhar para ela.

— Eu moro em Tenderloin, perto daqui — respondeu Maggie, sorrindo. A sua área era completamente diferente do local onde estavam.

Naquela parte da cidade, algumas quadras faziam uma diferença enorme.

— Não é um bairro perigoso? — perguntou Everett cada vez mais intrigado. Tinha ouvido falar de Tenderloin e de drogados, prostitutas e delinquentes que frequentavam a região.

— Sim, é — respondeu Maggie honestamente. Mas ela era feliz ali.

— E você mora lá? — indagou ele, confuso.

— Sim, eu gosto de lá.

Ela sorriu para ele, os cabelos ruivos e o rosto sujos, os olhos azuis afáveis. Everett tinha um sexto sentido em relação à história dela e já sabia que acabaria sendo uma das heroínas da noite. Quando essa mulher fosse a Tenderloin, ele iria junto. Com certeza havia uma história ali.

— Meu nome é Everett, posso ir com você? — perguntou ele, indo direto ao ponto. Maggie hesitou por um momento, depois concordou.

— Pode ser perigoso chegar lá devido aos fios partidos espalhados pela rua. E ninguém vai se apressar para ajudar as pessoas daquele bairro. Todas as equipes de socorro estarão aqui e em outras partes da cidade. Pode me chamar de Maggie, a propósito.

Demorou mais de uma hora para eles saírem da área do Ritz. Já eram quase três da manhã e a maioria das pessoas tinha ido para o abrigo ou para casa. Everett não viu Melanie de novo, mas não estava preocupado com ela. As ambulâncias já haviam levado os feridos em estado crítico e os bombeiros tinham tudo sob controle. Dava para ouvir sirenes lá longe, e Everett imaginou que devia haver focos de incêndio e canos de água rompidos, então os bombeiros iriam ter trabalho para apagar o fogo. Ele seguiu com perseverança aquela mulher baixinha até seu bairro. Subiram pela California Street, desceram a Nob Hill e foram em direção ao sul. Passaram pela Union Square e acabaram dobrando à direita e seguindo na direção oeste, na O'Farrell Street. Os dois ficaram chocados ao ver que quase todas as vitrines das lojas de departamento da Union Square estavam quebradas. E na frente do hotel St. Francis, a cena era a mesma do Ritz. Os hotéis haviam sido esvaziados e os residentes seguiram para os abrigos. Demorou meia hora para chegarem onde Maggie morava.

Os moradores estavam nas ruas, mas havia uma grande diferença. Estavam vestidos de forma mais simples, alguns ainda se encontravam sob o efeito de drogas, outros pareciam assustados. As vitrines das lojas estavam quebradas, bêbados estavam deitados nas ruas e um grupo de prostitutas se amontoava em um canto. Ele achou interessante ver que todos conheciam Maggie. Ela parou e conversou com eles, perguntou como estavam, se haviam se machucado, se alguma ajuda tinha chegado até eles e como estava o bairro. Todos conversavam de forma animada com ela, e finalmente Maggie e Everett se sentaram na porta de uma casa. Eram quase cinco horas da manhã e Maggie não mostrava sinal de cansaço.

— Quem é você? — perguntou ele, fascinado. — Parece que estou em um filme, com um anjo que caiu do céu, e só eu vejo.

Maggie riu da descrição de Everett e observou que as outras pessoas também a viam. Ela era real, humana e completamente visível, e todas as prostitutas lá diriam o mesmo.

— Talvez a resposta para a sua pergunta seja o quê, e não quem — respondeu Maggie, ansiosa para trocar o hábito simples, preto, pela calça jeans. Pelo que ela podia ver, o prédio onde morava tinha sido abalado, mas não fora muito danificado, e nada a impediria de entrar. Os policiais e os bombeiros não estavam mandando as pessoas de lá para abrigos.

—. O que você quer dizer? — perguntou Everett confuso. Ele estava cansado. A noite tinha sido longa para os dois, mas ela parecia novinha em folha e, na realidade, muito mais animada do que na festa.

— Eu sou uma freira. Essas são as pessoas com as quais eu trabalho e das quais eu cuido. Faço a maior parte do meu trabalho nas ruas. Todo, na realidade. Moro aqui há quase dez anos.

— Você é *freira*? Por que não me disse isso? — perguntou ele perplexo.

— Sei lá.

Maggie parecia completamente à vontade conversando com ele, especialmente na rua. Afinal, esse era um mundo que ela conhecia melhor, bem melhor do que qualquer salão de festa.

— Faz diferença não ter contado?

— Claro que faz... quero dizer, não — falou Everett. Pensando melhor, declarou: — Sim, faz diferença. Esse é um detalhe muito importante a seu respeito. Você é uma pessoa bem interessante, ainda mais por morar aqui. Você não vive em um convento, ou algo assim?

— Não, o meu fechou há anos. Não havia freiras o suficiente lá para justificar o seu funcionamento. Então ele virou uma escola. A arquidiocese nos dá uma pensão e nós todas moramos em apartamentos. Algumas freiras moram juntas, duas ou três no mesmo apartamento, mas ninguém quis ficar aqui comigo. Elas preferiram bairros melhores. Mas o meu trabalho é aqui, essa é a minha missão.

— E qual é o seu nome verdadeiro? — perguntou ele, completamente intrigado. — Quero dizer, o seu nome de freira.

— Irmã Mary Magdalen — respondeu ela gentilmente.

— Estou sem palavras — admitiu Everett, ao tirar um cigarro do bolso. Era o primeiro que ele fumava a noite toda, e Maggie não esboçou nenhuma desaprovação. Ela parecia bem à vontade no mundo real, apesar de ser freira. Era a primeira freira com quem ele conversava em anos, embora nunca tenha falado tão abertamente dessa forma. Era como se fossem amigos de guerra, depois do que passaram naquela noite. — E você gosta de ser freira?

Ela assentiu e se virou para Everett depois de pensar um pouco.

— Adoro. Ter ido ao convento foi a melhor coisa que fiz. Desde pequena, eu sempre soube o que queria fazer. Tal como quem quer ser médico ou advogado ou bailarina. Dizem que isso é vocação. Para mim sempre foi assim.

— Alguma vez você se arrependeu?

— Não — respondeu Maggie sorrindo. — Nunca. Sempre foi a escolha perfeita para mim. Entrei no convento logo depois de me formar em enfermagem. Cresci em Chicago, sou a mais velha de sete filhos. Sempre soube que esse era meu destino.

— Você chegou a ter namorado? — indagou Everett intrigado.

— Um — confessou Maggie, sem se envergonhar. Há muito tempo que não pensava nele. — Quando eu estava na faculdade.

— E o que aconteceu?

Ele tinha certeza de que Maggie acabou no convento devido a alguma tragédia romântica. Não conseguia imaginar qualquer outro motivo. Essa ideia era completamente estranha para Everett, que fora criado como luterano e nunca tinha visto uma freira até ir embora de casa. A ideia em si nunca fez muito sentido para ele. Mas ali estava essa ruiva baixinha, perfeitamente feliz, e que falava com tanta serenidade, alegria e paz de sua vida em meio a prostitutas e drogados. Isso realmente o fascinava.

— Ele morreu em um acidente de carro no segundo ano da faculdade. Mas mesmo que tivesse vivido, não teria feito diferença. Desde o começo eu disse para ele que queria ser freira, embora não saiba se ele acreditou em mim. Nunca mais saí com ninguém depois disso, porque naquela época eu já tinha certeza do que queria. Provavelmente eu teria parado de sair com ele também, mas éramos novos e as coisas eram bem inocentes naquela época, em comparação a hoje em dia.

Em outras palavras, Everett entendeu, ela era virgem quando entrou no convento e continuava sendo. Tudo parecia inacreditável para ele. Além de ser um desperdício de uma mulher tão bonita. Ela parecia bastante animada e vibrante.

— Isso é incrível.

— Não, não é. É o que algumas pessoas fazem.

Maggie achava isso normal, embora ele não pensasse assim.

— E você? Casado? Divorciado? Filhos?

Maggie sentia que ele tinha uma história, e ele se sentia à vontade com ela para contar. Conversar com Maggie era fácil, e ele gostava da companhia dela. Só então entendeu que o vestido preto era o hábito de freira, o que explicava por que ela não estava como as outras mulheres da festa.

— Eu engravidei uma menina quando tinha 18 anos, casei com ela porque o seu pai ameaçou me matar se eu não fizesse isso, e nos separamos no ano seguinte. Casamento não era para mim, pelo menos não com aquela idade. Ela pediu o divórcio e acabou casando de novo, acho. Só vi meu filho novamente uma vez depois que nos divorciamos, ele tinha uns 3 anos. Eu não estava preparado para ser pai naquela época, me senti mal por ir embora, mas era tão sufocante para um garoto da minha idade... Por isso fui embora, eu não sabia mais o que fazer. Passei a vida inteira dele e a maior parte da minha correndo o mundo em zonas de guerra e catástrofes, trabalhando para a Associated Press. Tem sido uma vida louca, mas eu gosto. Amo fazer o que eu faço. E agora já amadureci, e ele também. Ele não precisa mais de mim, e sua mãe estava tão furiosa comigo que anulou o casamento na igreja para poder se casar de novo. Então, oficialmente, eu nunca existi — disse Everett calmamente.

— Sempre precisamos dos nossos pais — falou Maggie suavemente, e eles ficaram calados por um minuto enquanto ele pensava naquilo. — A Associated Press vai ficar feliz com as fotos que você tirou esta noite.

Everett não contou sobre o Pulitzer, nunca falava do prêmio.

— Não trabalho mais para eles — continuou Everett. — Adquiri péssimos hábitos na estrada e perdi o controle há mais ou menos um ano, quando quase morri de overdose de álcool em Bangkok e uma prostituta me salvou. Ela me levou para um hospital, e eu acabei voltando e ficando sóbrio. Fui para uma clínica de reabilitação quando fui demitido por justa causa. Estou sóbrio há um ano, e me sinto ótimo. Comecei a trabalhar na revista para a qual tirei as fotos da festa. Mas não é meu estilo, é uma publicação de fofocas. Prefiro fugir de um tiroteio em algum lugar no fim do mundo a estar em uma festa como hoje, de terno.

— Eu também! — respondeu Maggie rindo. — Isso não é para mim.

Ela explicou que estava em uma mesa que fora doada e ganhou o convite de uma amiga. Apesar de não querer ir, resolveu não desperdiçar o ingresso.

— Prefiro mil vezes estar nas ruas, trabalhando com essas pessoas, a fazer qualquer outra coisa. E você pensa sobre o seu filho ou em encontrá-lo? Quantos anos ele tem agora?

Maggie também estava curiosa a respeito de Everett e mencionou o filho dele de novo porque acreditava piamente na importância da família. E não era sempre que tinha a oportunidade de conversar com alguém como ele. Isso era ainda mais inusitado para Everett.

— Ele vai fazer 30 anos daqui a algumas semanas. Às vezes eu penso nele, mas está tarde para isso, bem tarde. Não dá para voltar para a vida de alguém que já tem 30 anos e perguntar se está tudo bem. Ele provavelmente me odeia por tê-lo abandonado.

— Você se odeia por tê-lo abandonado?

— Às vezes. Nem sempre. Pensei nisso quando estava na clínica. Mas não dá para simplesmente voltar para a vida de alguém que já é um adulto.

— Talvez dê — rebateu ela de forma gentil. — Talvez ele queira saber de você. Você sabe onde ele mora?

— Sabia. Mas posso tentar descobrir. Talvez não deva fazer isso. O que vou dizer a ele?

— Talvez ele queira perguntar algo. Seria legal fazer isso por ele, explicar que o fato de ter ido embora não teve nada a ver com ele...

Maggie era uma mulher inteligente, e Everett assentiu. Andaram pela vizinhança por um tempo, e, por incrível que pareça, tudo estava em ordem. Algumas pessoas foram para os abrigos, outras tinham se machucado e foram levadas para os hospitais. O resto parecia estar bem, embora todos falassem da força do terremoto. Esse tinha sido forte mesmo.

Às seis e meia da manhã, Maggie disse que iria tentar dormir um pouco, para voltar para a rua mais tarde. Everett falou que procuraria um ônibus, um trem ou um avião para retornar a Los Angeles assim que possível, ou alugaria um carro. Ele havia tirado muitas fotos e queria dar uma última volta pela cidade para ver se não havia mais nada a fotografar. Não queria perder uma história e conseguira um material fantástico. Na realidade, estava tentado a ficar mais uns dias, mas não sabia como seu editor iria reagir. Como São Francisco e suas vizinhanças estavam sem telefone, não tinha como perguntar.

— Tirei umas fotos ótimas de você esta noite — comentou Everett com Maggie quando a deixou em casa. Ela morava em um prédio velho, que parecia pouco respeitável, mas isso aparentemente não a preocupava. Ela disse que morava lá havia anos e todos a conheciam. Ele anotou o endereço dela para depois enviar as fotos. Também pediu seu número, caso voltasse à cidade. — Se eu voltar, vou levá-la para jantar — prometeu. — Foi muito bom conversar com você.

— Também gostei de conversar com você. Vai demorar um tempo para limpar a cidade. Espero que não tenha morrido muita gente.

Ela parecia preocupada. Não havia como saber as notícias. Estavam isolados do mundo, sem eletricidade ou telefone. Era uma sensação estranha.

O sol estava nascendo quando ele se despediu, e ficou pensando se a veria de novo. Provavelmente não. Aquela tinha sido uma noite esquisita e inesquecível para todos eles.

— Adeus, Maggie — despediu-se Everett ao vê-la entrar no prédio. Havia pedaços das paredes quebradas no chão da entrada, mas ela comentou sorrindo que o local não estava com uma aparência pior que o normal. — Se cuida.

— Você também — disse Maggie ao acenar e fechar a porta.

Um cheiro horrível veio na direção deles quando ela abriu a porta, e Everett não conseguia imaginar como ela morava ali. Maggie era realmente uma santa, ele pensou ao ir embora, e riu sozinho. Tinha passado a noite do terremoto com uma freira. Ela era uma heroína. Mal podia esperar para ver as fotos dela. Então, estranhamente, no caminho de volta, começou a pensar em seu filho e em como Chad era aos 3 anos, e, pela primeira vez nos 27 anos desde que o vira pela última vez, sentiu saudades. Se voltasse um dia para Montana, talvez o procurasse. Isso era algo a se pensar. Alguns dos conselhos da irmã Maggie ficaram na cabeça dele, e Everett tentou não pensar nisso. Não queria se sentir culpado, já era tarde demais e não ajudaria ninguém. Então continuou andando, com suas botas da sorte, passando pelos bêbados e pelas prostitutas na rua de Maggie. O sol já estava subindo quando ele se dirigiu ao centro da cidade para descobrir mais histórias sobre o terremoto. As possibilidades para tirar fotos eram infinitas. E quem sabe poderia até ganhar outro Pulitzer? Há muito tempo não se sentia tão bem, mesmo depois dos eventos da noite anterior. Ele havia retomado a carreira de jornalista e se sentia mais confiante e no controle da sua vida.

Capítulo 3

Seth e Sarah começaram a longa caminhada para casa depois da festa. Era quase impossível andar com aquelas sandálias de salto tão alto, mas havia tanto caco de vidro nas ruas que ela não teve coragem de andar descalça. Cada passo criava mais uma bolha em seus pés. Fios arrebentados soltavam faísca em todos os lugares, e eles passavam com cuidado longe deles. Finalmente, nas últimas 12 quadras, conseguiram pegar carona com um médico que voltava para casa, vindo do hospital St. Mary. Já eram três horas da manhã e ele tinha ido ao hospital para verificar seus pacientes depois do terremoto. O médico contou que tudo estava relativamente tranquilo no hospital. Os geradores de emergência estavam funcionando e apenas uma pequena parte do laboratório de radiologia no andar térreo tinha sido destruída. De resto, tudo parecia sob controle, apesar de os pacientes e funcionários estarem abalados.

As linhas telefônicas do hospital também não funcionavam, mas eles contavam com o rádio e a TV para saber quais partes da cidade haviam sido mais atingidas.

O médico também disse que Marina tinha sido bastante atingida, tal como no terremoto de 1989. Construída em um aterro, a região tinha focos não controlados de incêndio. Foram relatados saques no centro da cidade. Os bairros de Russian Hill e Mob Hill sobreviveram ao terremoto de 7,9 relativamente bem, como todos no Ritz-Carlton viram. Algumas áreas no oeste da cidade foram muito atingidas, como Noe Valley, Castro e Mission, e algumas partes de Pacific Heights sofreram danos graves. Os bombeiros tentavam resgatar quem ficou preso em elevadores e prédios e, mesmo assim, ainda tinha um efetivo suficiente para combater os incêndios na cidade, o que não era uma tarefa fácil devido ao rompimento de várias tubulações de água.

Enquanto seu benfeitor dirigia, Sarah e Seth ouviam barulhos de sirenes. E as duas pontes principais da cidade, a Golden Gate e a Bay Bridge, foram fechadas minutos depois que o terremoto começou. A Golden Gate sacudiu muito e várias pessoas se machucaram. Dois trechos superiores da Bay Bridge desabaram sobre a parte inferior da estrutura, esmagando diversos carros e deixando alguns passageiros presos nas ferragens, e até aquele momento ainda não tinham sido resgatados. Os relatos sobre pessoas presas nos carros que morreram gritando eram terríveis. Ainda era impossível calcular o número de mortos, mas era fácil de imaginar que seriam muitos, sem contar os milhares de feridos. Os três ouviram o rádio do carro no caminho de casa.

Sarah deu o endereço deles ao médico e ficou o tempo todo calada, rezando pelos filhos. Não havia como se comunicar com a babá, porque nenhum telefone, fixo ou celular, funcionava. A cidade estava completamente isolada do mundo. E tudo que ela queria era saber se Molly e Oliver estavam bem. Seth olhava pela janela, como que em transe, e continuava verificando se o celular funcionava. Finalmente chegaram em casa, no topo da ladeira da Divisadero Street com a Broadway, com vista para a baía. A casa parecia intacta. Agradeceram ao médico, desejaram-lhe boa sorte e saíram do carro. Sarah correu para a porta, com Seth logo atrás dela, exausto.

Quando ele a alcançou, Sarah já havia aberto a porta, tirado os sapatos desconfortáveis e se precipitava pelo corredor. Como não tinha luz, a rua e a residência estavam bastante escuras. Ela correu pela sala para ir ao andar de cima, até que os avistou. A babá estava dormindo no sofá, com o bebê no colo, Molly dormia ao lado, e havia velas acesas na mesa. Apesar de dormir pesado, a babá acordou quando Sarah se aproximou.

— Ah... oi... nossa, que terremoto forte — sussurrou ela, para não os acordar.

Quando Seth entrou na sala e os adultos começaram a conversar, as crianças acordaram. Sarah olhou a sua volta e viu que os quadros estavam fora do lugar, duas estátuas tinham caído e uma mesa antiga e algumas cadeiras tinham virado no chão. A sala estava desarrumada, com livros e alguns objetos pequenos espalhados pelo chão. Mas as crianças estavam bem, e só isso importava. Estavam vivas e sem machucados, e, à medida que seus olhos se adaptaram ao escuro, ela percebeu que Parmani tinha um machucado na cabeça. Ela explicou que a estante de livros de Oliver caíra em cima dela quando saíra correndo para tirá-lo do berço. Sarah deu graças a Deus por ela não ter desmaiado e também por a estante não ter matado o bebê. No terremoto de 1989, um bebê que morava em Marina morreu no berço quando um objeto caiu de uma estante em cima dele. Sarah ficou agradecida por a história não se repetir.

Oliver se mexeu no colo da babá, levantou a cabeça e viu a mãe, então Sarah o pegou no colo. Molly ainda dormia pesado, toda encolhida. Parecia uma boneca, e seus pais sorriram olhando para ela, felizes por estar bem.

— Ei, meu amor, você estava tirando uma boa soneca, né? — perguntou Sarah ao bebê.

Oliver parecia assustado e começou a chorar, o que para Sarah foi o som mais lindo do mundo, tão lindo quanto no dia em que ele nasceu. Ela havia passado a noite apavorada por causa dos filhos e tudo que queria era chegar em casa para vê-los. Sarah se abaixou e passou a mão suavemente na perna de Molly, como para se assegurar de que ela estava viva.

— Isso deve ter sido muito assustador para você — disse Sarah para a babá.

Seth entrou na sala e pegou o telefone, mas ainda não tinha sinal. Não havia serviço telefônico em toda a cidade, e ele deve ter verificado o celular um milhão de vezes no caminho de casa.

— Isso é ridículo! — reclamou Seth ao voltar para a sala. — Qualquer um imaginaria que eles conseguiriam pelo menos manter os telefones funcionando. O que vamos fazer agora? Ficar isolados do mundo na próxima semana? Acho bom que tudo esteja funcionando amanhã.

Sarah sabia tanto quanto ele que a chance de isso acontecer era mínima. Também não tinham eletricidade, e Parmani teve a grande ideia de fechar a válvula de gás, ou seja, a casa estava fria, mas pelo menos a temperatura estava amena. Em uma noite típica de São Francisco, eles estariam com frio.

— Vamos ter que acampar aqui por um tempo — comentou ela calmamente, feliz por ter seu bebê nos braços e a filha ao alcance da vista.

— Talvez eu dirija até Stanford ou San Jose amanhã — declarou Seth. — Preciso fazer umas ligações.

— Mas o médico disse que ouviu falar no hospital que as estradas estão fechadas. Acho que estamos presos aqui.

— Isso não é possível — disse Seth bastante abalado, checando o relógio. — Vou tentar ir até lá agora. São quase sete horas da manhã em Nova York. Quando eu chegar lá encontrarei todos nos escritórios. Eu preciso finalizar uma transação hoje.

— Você não pode tirar um dia de folga? — sugeriu Sarah, mas ele subiu para o segundo andar sem responder.

Cinco minutos depois Seth voltou, de jeans, tênis e um casaco, com um olhar muito sério e a pasta na mão. Os carros dos dois estavam soterrados no hotel, provavelmente perdidos para sempre. Não havia esperança de recuperá-los, caso fossem achados, e, mesmo assim, não por um bom tempo, pois boa parte da garagem tinha desabado. Então ele se virou sorrindo para Parmani no meio da escuridão da sala. Ollie já estava dormindo de novo, acalmado pelo calor familiar da mãe.

— Parmani, você se importa se eu pegar o seu carro emprestado por algumas horas? Eu quero ver se consigo ir na direção sul e fazer umas ligações. Talvez meu telefone funcione por lá.

— Sem problema — respondeu a babá, pega de surpresa.

Ela e Sarah acharam o pedido estranho. Isso não era hora de tentar ir a San Jose. Não fazia sentido para Sarah a obsessão do marido com os negócios a ponto de deixá-las sozinhas.

— Não dá para você relaxar um pouco? Ninguém vai esperar ter notícias de São Francisco hoje. Isso não faz sentido, Seth. E se acontecer mais algum tremor? A gente vai ficar sozinha aqui e você talvez não consiga voltar.

Ou algo pior, como um viaduto cair e esmagá-lo dentro do carro. Sarah não queria que ele fosse a lugar nenhum, mas Seth estava determinado ao se dirigir para a porta. Parmani disse que o carro estava na garagem deles, com a chave na ignição. Era um Honda Accord, caindo aos pedaços, mas que ainda a levava nos lugares. Sarah não deixava que ela andasse com as crianças nele e não estava gostando da ideia de Seth dirigi-lo. O automóvel tinha mais de 160 mil quilômetros rodados, nenhum dispositivo de segurança moderno e pelo menos 12 anos.

— Não se preocupem. — Ele sorriu para elas. — Eu volto.

E Seth saiu correndo da sala. Sarah ficou preocupada de ele sair assim, com as ruas sem iluminação, nenhum semáforo funcionando e talvez até obstáculos nas pistas. Mas dava para perceber que nada o impediria. Ele saiu antes que ela pudesse dizer algo. Parmani foi buscar outra lanterna e as velas piscaram quando Sarah se sentou na sala, pensando em Seth. Uma coisa era ser obcecado pelo trabalho, outra era sair correndo em uma situação dessas para fazer ligações, deixando a esposa e os filhos sozinhos. Ela não estava nem um pouco feliz com isso. Esse comportamento dele parecia obsessivo demais, irracional.

Sarah e Parmani ficaram sentadas na sala, conversando até quase o amanhecer. Ela pensou em ir até seu quarto no andar de cima e colocar as crianças para dormir na cama com ela, mas achou que estavam mais seguras lá embaixo, mais próximas à porta, caso houvesse outro tremor. Parmani disse que uma árvore caíra no jardim e estava tudo bagunçado no andar de cima, um espelho grande tinha despencado e quebrado, e várias janelas também se estilhaçaram. A maior parte dos pratos e dos cristais estava no chão da cozinha, junto a alimentos que, literalmente, voaram das prateleiras. Parmani falou que várias garrafas de suco e de vinho quebraram, e Sarah não queria nem pensar em limpar tudo aquilo. A babá pediu desculpas por não ter ajeitado nada, mas ela estava preocupada com as crianças e não quis deixá-las sozinhas. Sarah disse que limparia tudo. Em certo ponto, ela foi até a cozinha depois de deixar Oliver, que ainda dormia no sofá. Ficou horrorizada com a cena de desastre na qual sua cozinha tinha se tornado em poucas horas. A maioria das portas dos armários estava aberta e tudo caíra no chão. Demoraria dias para limpá-la.

Quando o sol nasceu, Parmani se levantou para fazer um café, mas então lembrou que eles não tinham nem eletricidade nem gás. Passando por cima de destroços e cacos de vidro, ela colocou um pouco de água quente da torneira em uma xícara para fazer chá. A bebida mal estava morna, mas Sarah se sentiu bem ao tomá-la. Parmani comeu uma banana, contudo Sarah insistiu que não queria nada, ainda estava muito abalada e preocupada.

Mal ela havia terminado o chá, Seth voltou, com uma aparência péssima.

— Voltou rápido — comentou Sarah.

— As estradas estão fechadas — respondeu ele, atordoado. — Todas as estradas. A rampa de entrada da 101 desabou.

Seth não relatou a cena de terror naquela área, com ambulâncias e policiais em todos os lugares. O patrulheiro o mandou voltar e disse bem claramente para que ficasse em casa. Aquela não era a hora de ir a lugar nenhum. Ele tentou justificar que morava em Palo Alto, mas o patrulheiro respondeu que ele teria que ficar na cidade até as rodovias serem abertas de novo; e isso ainda demoraria dias. Talvez até uma semana, devido à grandiosidade dos danos.

— Tentei ir pela 19th Avenue para chegar na 280, mas aconteceu a mesma coisa. Há desabamentos de terra na área da praia para chegar à Pacifica, então eles bloquearam tudo. Nem tentei ir até as pontes porque ouvimos no rádio que estavam fechadas. Merda, Sarah! Estamos presos.

— Por um tempo. Não sei por que você não consegue se acalmar. Sem falar que temos muita coisa para limpar. Ninguém em Nova York vai ficar esperando você ligar. Eles sabem mais sobre o que está acontecendo aqui do que a gente. Acredite em mim, Seth, ninguém vai sentir a sua falta.

— Você não entende — falou Seth entre dentes e correu para o andar de cima, batendo a porta do quarto.

Sarah deixou as crianças com Parmani, que tinha assistido a essa cena com interesse, e foi atrás do marido. Ele estava andando de um lado para o outro do quarto como louco, parecia um leão enjaulado. Um leão muito furioso, prestes a devorar alguém, e, na falta de opções, ela seria a vítima.

— Sinto muito, meu querido — confortou Sarah gentilmente. — Eu sei que você está no meio de uma negociação. Mas não podemos controlar desastres da natureza. Não há nada que possamos fazer. Vão esperar mais uns dias para fechar o negócio.

— Não vão — respondeu Seth, furiosamente. — Certas negociações não podem esperar. E essa é uma delas. Eu só preciso da porra de um telefone que funcione.

Ela teria produzido um telefone para ele, se pudesse, mas isso era impossível. Sarah dava simplesmente graças a Deus porque as crianças estavam bem. Essa obsessão dele com o trabalho naquelas circunstâncias era mais do que extrema. Ao mesmo tempo ela percebeu que o sucesso de Seth se devia a isso. Ele nunca parava, sempre estava ao telefone, dia e noite, fazendo negociações. E agora, sem poder fazer isso, ele se sentia impotente e preso, como se tivessem amarrado suas mãos e o amordaçado. Estava pregado no chão de uma cidade morta, sem poder se comunicar com o resto do mundo. Dava para perceber que ele considerava isso uma crise enorme, e ela adoraria acalmá-lo.

— O que eu posso fazer para ajudá-lo, Seth? — perguntou ao se sentar na cama. Talvez uma massagem, um banho de banheira, um calmante ou simplesmente um abraço carinhoso o acalmasse.

— Como você pode me ajudar? Você está brincando comigo? Isso é uma piada?

Ele estava praticamente berrando no quarto de casal, decorado com tanta beleza. O sol já havia nascido e a luz refletia em completa harmonia com os tons de azul e amarelo-claro das paredes. Mas Seth nem reparava nessas coisas ao encará-la furiosamente.

— Sério — respondeu Sarah calmamente. — Faço o que for preciso.

— Sarah, você não tem ideia do que está acontecendo. Nenhuma ideia — declarou, encarando a mulher como se ela fosse louca.

— Então me explica. Nós fizemos faculdade juntos, eu não sou burra.

— Eu que sou — respondeu Seth ao sentar na cama, passando as mãos no cabelo. Ele não conseguia nem olhar para ela. — Eu tenho que transferir 60 milhões de dólares dos nossos fundos até o meio-dia de hoje — revelou sem emoção na voz, e Sarah ficou impressionada com isso.

— Você está fazendo um investimento desse tamanho? O que você está comprando? Commodities? Isso me parece arriscado em quantias tão altas.

Comprar commodities era, com certeza, arriscado, mas dava um lucro alto se o investidor fizesse a transação direito, e Sarah sabia que ele era um gênio nos negócios.

— Eu não estou comprando — confessou Seth ao olhar rapidamente para ela. — Estou tentando livrar a minha cara. Só isso. E, se eu não conseguir, estou ferrado... estamos ferrados... vamos perder tudo que temos... e eu posso acabar na cadeia.

Seth estava olhando para o chão ao falar com ela.

— O que você quer dizer? — perguntou Sarah em pânico. Claro que ele estava exagerando, mas o olhar dele dizia que era sério.

— Uns auditores foram na empresa essa semana para dar uma olhada no nosso novo fundo. A auditoria foi realizada a pedido de investidores para ter certeza de que nós tínhamos tanto dinheiro quanto alegamos. No final das contas, claro que teremos. Eu já fiz isso antes. Sully Markham já me deu cobertura nessas auditorias antes. E, com o tempo, a gente acaba fazendo esse dinheiro e colocando na conta. Mas às vezes, no começo, quando ainda não temos, Sully me ajuda a aumentar um pouco o saldo da conta para essas auditorias.

— Um pouco? — declarou Sarah petrificada, percebendo a situação do marido. — E desde quando 60 milhões de dólares são um pouco, Seth? Meu Deus, Seth, o que você tinha na cabeça para fazer isso? Você podia ter sido pego e não ter conseguido fazer esse dinheiro. — Na mesma hora, ela percebeu a gravidade da situação.

— Eu tenho que pegar esse dinheiro senão Sully *vai* ser flagrado em Nova York. Ele precisa do dinheiro de volta na conta dele hoje. Os bancos estão fechados, não tenho nenhum telefone que funcione, não tenho nem como ligar para ele para avisá-lo para tentar cobrir o rombo de alguma maneira.

— Mas ele já deve saber disso. Com a cidade isolada, ele tem que saber que você não pode fazer nada — argumentou ela.

Sarah estava pálida. Nunca passou pela sua cabeça que Seth podia ser desonesto. E 60 milhões de dólares não eram um pequeno escorregão, eram um problema enorme. Era fraude em grande escala. Nunca passara pela sua cabeça que ele poderia se corromper dessa maneira. Isso colocava em dúvida toda a vida deles e, mais do que isso, quem ele realmente era.

— Eu tinha que ter feito isso ontem — falou Seth de modo sombrio. — Prometi a ele que faria o depósito até o final do dia. Mas os auditores ficaram lá até as seis horas da tarde. Por isso cheguei no hotel atrasado. Sabia que eu tinha que resolver isso até as duas horas da tarde de hoje na Costa Leste, ou seja, às onze da manhã na Costa Oeste. Então imaginei que não tinha problema, eu faria isso de manhã. Eu estava preocupado, mas não em pânico. Agora estou em pânico. Estamos completamente ferrados. Ele tem uma auditoria na segunda e terá que adiar. Até lá os bancos daqui não estarão abertos. E não posso nem ligar para avisá-lo.

Seth estava prestes a chorar, e Sarah olhou para ele sem conseguir acreditar no que ouvia.

— Ele já deve ter verificado que você não fez a transferência — declarou ela, se sentindo um pouco tonta. Tinha a impressão de estar em uma montanha-russa, mal conseguindo se segurar e sem cinto de segurança. Sarah não conseguia nem imaginar como ele se sentia, pois podia acabar na cadeia. E o que aconteceria com eles então?

— E daí que Sully sabe que eu não fiz a transferência? Com essa droga de terremoto que parou a cidade inteira, não tenho como devolver o dinheiro. Ele vai ter um déficit de 60 milhões na segunda, quando os auditores chegarem, e eu não posso fazer nada para ajudar.

Seth e Sully eram culpados de todos os tipos de fraude e roubo nos dois estados. Ela sabia bem, tanto quanto ele quando cometera um crime federal do pior tipo. Era melhor nem pensar nisso. Sarah sentia o quarto girar à sua volta quando olhou para ele.

— O que você vai fazer, Seth? — sussurrou Sarah, sabendo muito bem as implicações das ações do marido. Ela só não conseguia entender por que ele fizera aquilo ou quando se tornara um criminoso. Como isso poderia estar acontecendo com eles?

— Não sei — respondeu ele honestamente ao olhá-la nos olhos. Seth estava tão aterrorizado quanto Sarah. — Acho que vou ser pego, Sarah. Eu já tinha feito esse tipo de coisa antes, já havia ajudado Sully também, somos velhos amigos. Mas nunca tínhamos sido flagrados, e eu sempre conseguia limpar a minha barra. Dessa vez, estou atolado na merda.

— Ai, meu Deus — exclamou ela, suavemente. — E o que acontece se eles te processarem?

— Não sei. Vai ser difícil me livrar dessa. Não creio que Sully possa adiar a auditoria. A data fica a critério dos investidores, e eles não gostam de dar tempo a ninguém para dar um jeitinho nos livros de registros contábeis. E os nossos livros foram bem-arrumados. Bem-maquiados. Não sei se ele tentou adiar quando soube do terremoto e viu que não fiz o depósito. É meio difícil empurrar 60 milhões para debaixo do tapete. Esse é um rombo que eles vão ver. O pior de tudo é que as pistas levam direto a mim. A não ser que ele consiga fazer milagre até segunda-feira, estamos ferrados. Se os auditores descobrirem, a Comissão de Títulos e Câmbio vai estar na minha cola em cinco minutos. E só vou poder sentar e esperar, não tenho como fugir dessa. Se acontecer, aconteceu. Vamos precisar de um advogado espetacular para ver se conseguimos fazer algum acordo com o procurador federal. Fora isso, só se eu fugir para o Brasil, mas não vou fazer isso com você. Então, acho que só nos resta sentar e esperar, ver o que acontece quando a poeira do terremoto baixar. Tentei usar meu BlackBerry há pouco e ainda não funcionava. Só nos resta esperar... Desculpa, Sarah.

Seth não sabia mais o que dizer, e lágrimas escorriam pelo rosto dela. Sarah nunca, de maneira alguma, tinha suspeitado que ele fosse desonesto, e agora sentia tudo ruir.

— Como você foi fazer uma coisa dessas? — perguntou Sarah, aos prantos. Ela não se moveu, simplesmente o encarava sem conseguir acreditar no que tinha ouvido. Mas sem sombra de dúvida era tudo verdade. A vida dela tinha acabado de virar um filme de terror.

— Imaginei que nunca seríamos pegos — respondeu ele, dando de ombros. Seth também achava tudo isso inacreditável, mas por motivos diferentes. Ele não entendia como Sarah estava se sentindo traída.

— Mesmo que vocês não fossem pegos, como você foi fazer uma coisa tão desonesta? Você transgrediu todas as leis possíveis e imagináveis ao deturpar o seu ativo para os investidores. E se você tivesse perdido todo o dinheiro deles?

— Imaginei que conseguiria cobrir. E sempre consegui. E do que você está reclamando? Olha como eu construí o meu negócio rápido. Como você acha que temos tudo isso? — perguntou ele, mostrando o quarto ao redor.

Só então Sarah percebeu que não o conhecia. Ela achava que sim, mas estava errada. Era como se o Seth que conhecia tivesse desaparecido e um criminoso estivesse em seu lugar.

— E o que acontece com tudo isso se você for para a cadeia?

Sarah nunca tinha imaginado que ele seria tão bem-sucedido, mas agora possuíam uma vida de luxo, com uma casa na cidade, outra na beira do lago Tahoe, o jatinho, carros, bens e joias. Ele havia construído um castelo de cartas prestes a desabar, e ela só conseguia pensar no que mais podia acontecer. Seth parecia bastante estressado e envergonhado, e deveria mesmo se sentir assim.

— Perdemos tudo, acho — respondeu Seth. — Mesmo que eu não vá para a cadeia, vou ter que pagar multas e juros por causa do dinheiro que peguei emprestado.

— Você não pegou emprestado, você passou a mão. Esse dinheiro também não era de Sully. Ele pertence aos investidores, não a vocês. Você fez um acordo com seu amigo para poder mentir para as pessoas. E nada a esse respeito está certo, Seth.

Para o bem de Seth e da família, ela não queria que o marido fosse pego, mas sabia muito bem que seria apenas justo se isso acontecesse.

— Obrigado pela lição de moral — falou ele amargamente. — E para responder a sua pergunta, tudo isso aqui provavelmente seria tomado de nós rapidamente. Eles iriam confiscar tudo ou quase tudo, as casas, o jatinho e quase todo o resto. O que não confiscarem, podemos vender — explicou, com muita praticidade. Logo que o terremoto aconteceu, ele sabia que estava ferrado.

— E como nós vamos viver?

— Pegamos dinheiro emprestado com os amigos. Não sei, Sarah. A gente resolve na hora. Agora, hoje, estamos bem. Ninguém vai vir atrás de mim logo depois de um terremoto. Semana que vem a gente vai ver o que acontece.

No entanto, ela sabia tão bem quanto ele que o mundo dos dois estava prestes a desabar. Era inevitável devido à trapaça de Seth. Ele colocara a vida deles em risco da pior maneira possível.

— Você acha que eles tirariam a nossa casa?

De repente, Sarah entrou em pânico ao olhar a sua volta. Aquele era seu lar. Ela não precisava de uma casa com tanto luxo quanto a deles, mas ali era onde moravam, onde seus filhos nasceram. Apavorou-se só de pensar em perder tudo. De uma hora para a outra, podiam ficar na miséria se ele fosse preso e processado. E isso começou a deixá-la nervosa. Sarah teria que procurar um emprego, um lugar para morar. E onde Seth estaria? Na cadeia? Horas atrás, tudo que ela queria era saber se os filhos estavam vivos e seguros, que a casa deles não tinha desabado sobre as crianças. E, de repente, depois da confissão de Seth, as crianças eram tudo que lhe restava, pois ela nem sabia mais quem o marido era. Estava há quatro anos casada com um estranho. E ele era o pai dos seus filhos. Sarah havia amado e confiado nele.

Então, Sarah começou a chorar mais ainda, e Seth foi abraçá-la, mas ela não deixou. Não sabia se ele era um aliado ou um inimigo. O marido tinha colocado tudo em risco, sem sequer pensar nela ou nas crianças. Ela estava furiosa e com o coração partido.

— Eu te amo, meu bem — disse ele suavemente, e ela o encarou sem acreditar no que ouvia.

— E como você pode dizer isso? Eu também te amo, mas olha o que você fez com a gente. Não só comigo e com você, mas com as crianças também. Podemos ser despejados e você pode acabar na cadeia. E provavelmente era isso o que aconteceria.

— Talvez não seja tão ruim — falou ele, tentando confortá-la, mas Sarah não acreditou.

Ela conhecia bem as regras da Comissão de Títulos e Câmbio para engolir justificativas banais. Seth estava correndo um perigo enorme de ser preso. E, se isso acontecesse, a vida da família iria embora com ele. Nunca mais as coisas seriam as mesmas.

— O que fazemos agora? — perguntou Sarah, sentindo-se péssima e assoando o nariz em um lenço.

Ela não parecia nem um pouco com a socialite glamorosa da noite anterior. Agora, era uma mulher muito assustada. Vestia um suéter por cima do vestido e estava descalça, sentada na cama, chorando feito uma adolescente que teve seu mundo destruído. E foi exatamente isso que tinha acontecido, graças a seu marido.

Sarah desfez o penteado e deixou o cabelo solto. Aparentava ter metade da idade, sentada ali olhando para Seth e se sentindo completamente traída. Não pelo dinheiro e pelo estilo de vida que perderiam, embora isso também fosse importante. A suposta segurança que eles tinham era importante para o casal, para seus filhos. No entanto, era mais do que isso, Seth os privara de uma vida feliz, que já estava planejada, de uma segurança com a qual ela contava. Ele colocou toda a família em risco quando transferiu o dinheiro emprestado por Sully Markham. Ele jogou a vida dela para o alto, junto com a dele.

— Tudo que podemos fazer é esperar — declarou Seth calmamente ao se dirigir para a janela.

Avistou pequenos focos de incêndio a distância, e, com a luz do dia, dava para ver os danos sofridos pelas casas vizinhas. Árvores caíram, varandas desabaram, chaminés despencaram dos telhados. As pessoas andavam com um ar meio perdido. Mas ninguém estava tão perdido quanto Sarah, que chorava no quarto. Agora era somente uma questão de tempo para a vida deles acabar e, provavelmente, o casamento também.

Capítulo 4

Melanie continuou na rua perto do hotel por um bom tempo naquela noite, ajudando as vítimas, tentando levar os paramédicos até elas. Auxiliou duas meninas perdidas a acharem a mãe. Não havia muito o que pudesse fazer. Melanie não tinha o conhecimento de enfermagem da irmã Mary Magdalen, mas podia confortar as pessoas. Um dos músicos da banda ficou com ela por um tempo, mas acabou indo se juntar aos outros no abrigo. Ele sabia que ela já era bem grandinha para cuidar de si mesma. Ninguém do grupo ficou com ela. A cantora ainda estava com o vestido e os sapatos plataforma da noite anterior, além do paletó de Everett Carson, que, a essa altura campeonato, estava imundo e coberto de poeira e sangue dos feridos que Melanie tinha ajudado. Mas Melanie se sentia bem por estar fazendo algo. Pela primeira vez em muito tempo, apesar da poeira no ar, conseguia respirar.

Melanie sentou na traseira do caminhão de bombeiros para comer uma rosquinha e tomar café, enquanto conversava com os bombeiros sobre o que tinha acontecido naquela noite. E eles estavam chocados mas felizes de estarem batendo papo com Melanie Free.

— Então, como é ser Melanie Free? — perguntou um dos bombeiros mais jovens. Ele havia nascido em São Francisco e cresceu no bairro Mission. O pai e dois dos irmãos eram policiais; os outros dois eram bombeiros como ele. As irmãs se casaram logo que terminaram o colégio. Melanie Free era completamente diferente da realidade dele, embora, ao vê-la tomar café e comer rosquinha, ela parecesse tão normal quanto qualquer um.

— Às vezes é bem legal — admitiu Melanie. — E às vezes é um saco. É muito trabalho, muita pressão, especialmente quando temos um show. E a imprensa é um pé no saco.

Todos riram do comentário enquanto ela pegava outra rosquinha para comer. O bombeiro que fizera a pergunta tinha 22 anos e três filhos. Para ele, a vida de Melanie era bem mais interessante que a sua, embora amasse a esposa e os filhos.

— E você? — perguntou ela. — Você gosta do que faz?

— Na maior parte do tempo, sim. Principalmente em noites como essa. A gente tem realmente a impressão de que está fazendo a diferença, que está ajudando. É melhor que ser atingido por garrafas de cerveja ou criticado quando aparecemos num bairro barra-pesada para apagar o incêndio que os próprios moradores começaram. Mas nem sempre é assim. No geral, eu gosto de ser bombeiro.

— Os bombeiros são uma gracinha — comentou Melanie rindo. Ela não conseguia se lembrar da última vez que comera duas rosquinhas. Sua mãe a teria matado. Diferentemente de Janet e por insistência da própria, Melanie estava sempre de dieta. Esse era um dos pequenos sacrifícios que ela fazia pela fama. Sentada no degrau de baixo do caminhão e conversando com os bombeiros, parecia ter menos de 19 anos.

— Você também é uma gracinha — comentou um dos bombeiros mais experientes. Ele tinha acabado de passar quatro horas retirando pessoas de um elevador. Uma mulher havia desmaiado, mas as outras pessoas estavam bem. Fora uma longa noite para todos. Melanie acenou para as duas meninas que havia encontrado quando elas passaram, a caminho do abrigo. A mãe das meninas arregalou os olhos quando percebeu quem era Melanie. Mesmo com o cabelo despenteado e com sujeira no rosto, era fácil reconhecê-la.

— Você não se cansa de ser reconhecida? — perguntou outro bombeiro.

— Bastante. Meu namorado odeia. Uma vez ele deu um soco em um fotógrafo e acabou na cadeia. Isso realmente o irrita.

— Parece que sim.

O bombeiro sorriu e voltou a trabalhar. Os outros disseram que ela deveria ir para o abrigo. Melanie tinha passado a noite ajudando os hóspedes do hotel e outras pessoas, mas a Secretaria para Assuntos de Emergência queria que todos fossem para os abrigos. Por toda parte havia escombros, vidros de janelas, letreiros e pedaços de concreto dos prédios. Não era seguro ficar do lado de fora. Sem falar nos fios elétricos partidos no meio das ruas.

O mais novo dos bombeiros se ofereceu para levá-la até o abrigo, e ela acabou aceitando. Já eram sete horas da manhã, e Melanie sabia que a mãe estaria morrendo de preocupação e tendo um chilique. Foi conversando com o bombeiro até o abrigo, que ficava no auditório de uma igreja. O prédio inteiro estava lotado, e os voluntários da Cruz Vermelha e os membros da igreja serviam café da manhã. Quando viu o tamanho da multidão, Melanie ficou sem saber como iria achar a mãe. Agradeceu ao bombeiro por tê-la escoltado e foi se metendo no meio da aglomeração, procurando algum rosto conhecido. Era uma multidão conversando, chorando, rindo, algumas preocupadas e centenas sentadas no chão.

Finalmente, ela achou a mãe sentada ao lado de Ashley e de Pam, sua assistente. Elas estavam preocupadas com Melanie. Janet deu um berro quando viu a filha e a abraçou, quase esmagando

Melanie, e então começou a dar bronca por ela ter desaparecido a noite toda.

— Pelo amor de Deus, Mel, eu pensei que você estivesse morta, eletrocutada ou que algo tivesse caído na sua cabeça.

— Não. Eu só estava ajudando os outros — declarou Melanie docemente.

Diante da mãe, sua voz sempre desaparecia. Melanie reparou que Ashley tinha o semblante pálido. A coitada estava morrendo de medo e completamente traumatizada pelo terremoto. Ela ficou sentada ao lado de Jake a noite toda, apesar de o rapaz ignorá-la e ter dormido a maior parte do tempo devido ao excesso de álcool e drogas.

Ele abriu um olho e deu uma espiada em Melanie quando ouviu o berro de Janet. Devia estar com uma ressaca terrível ao olhar para Melanie sem saber o que estava acontecendo. Jake nem se lembrava do show na noite anterior; na verdade, não sabia se tinha estado lá ou não, mas com certeza se recordava do tremor do terremoto.

— Que belo paletó — comentou Jake ao vê-la vestindo a roupa suja. — Onde você esteve a noite toda? — perguntou mais curioso do que preocupado.

— Estive ocupada — respondeu Melanie, sem se abaixar para beijá-lo. Tinha um péssimo aspecto, ali deitado no chão, dormindo, com a jaqueta enrolada embaixo da cabeça como um travesseiro. A maioria dos roadies e dos integrantes da banda também cochilava por perto.

— Você não ficou com medo de estar lá fora? — perguntou Ashley, com um olhar apavorado ao ver Melanie negando com a cabeça.

— Não. Tinha muita gente precisando de ajuda. Crianças perdidas, pessoas que necessitavam de auxílio médico. Muita gente se cortou com o vidro que caiu dos prédios. Eu fiz o que pude para ajudar.

— Pelo amor de Deus, você não é uma enfermeira — berrou Janet. — Você é uma cantora que já ganhou um Grammy. Quem tem um Grammy não sai por aí limpando o nariz dos outros — gritou furiosa. Essa não era a imagem que queria para a filha.

— E por que não, mãe? Qual é o problema em ajudar os outros? Lá fora estava cheio de pessoas assustadas que precisavam de alguém para ajudá-las.

— Então deixa outra pessoa fazer isso — disse Janet ao se deitar ao lado de Jake. — Ai, Jesus, será que vamos ficar encalhados aqui por muito tempo? Disseram que o aeroporto está fechado, porque a torre sofreu danos. Realmente espero que a gente possa voltar no jatinho.

Esse tipo de coisa era muito importante para ela, que não perdia uma oportunidade de tirar proveito desses privilégios e se importava muito mais com isso do que a própria Melanie, que estaria feliz da mesma maneira dentro de um ônibus interestadual.

— E daí, mãe? Talvez a gente consiga alugar um carro. Alguma hora vai dar para a gente voltar. Eu não tenho compromisso até semana que vem.

— Bom, eu não vou ficar aqui deitada no chão de um auditório de igreja até a semana que vem. Minhas costas estão me matando. Eles têm que arranjar um lugar decente para a gente.

— Todos os hotéis estão fechados, mãe. Os geradores não funcionam, nem os refrigeradores, não é seguro — afirmou Melanie, repassando a informação transmitida pelos bombeiros. — Pelo menos aqui nós estamos seguros.

— Eu quero voltar para Los Angeles — reclamou Janet.

Janet mandou Pam ficar perguntando sobre a reabertura do aeroporto, e a assistente prometeu que faria isso. Pam admirava Melanie por ter passado a noite ajudando os outros. Já havia ficado trazendo cobertores, cigarros e café para Janet. O pânico de Ashley era tamanho que ela tinha vomitado duas vezes. Jake estava tão apagado quanto as luzes, completamente bêbado. A noite tinha sido horrível, mas pelo menos eles estavam vivos.

A cabeleireira e o empresário de Melanie trabalharam distribuindo sanduíches, biscoitos e água para as pessoas no auditório. A comida, preparada na cozinha gigante da igreja em geral para alimentar os mendigos, acabou rápido. Quando isso aconteceu, passaram a entregar latas de patê de presunto e atum e pacotinhos com carne-seca. Não ia demorar muito para acabar, mas Melanie não estava preocupada com isso, pois não sentia fome.

Ao meio-dia, eles foram informados de que seriam transferidos para um abrigo em Presidio, um parque e antiga base militar. Iriam de ônibus para lá, divididos em grupos, e receberiam cobertores, sacos de dormir e produtos de higiene pessoal para levar, juntamente com seus objetos pessoais, pois não iriam retornar à igreja.

Já eram três da tarde quando Melanie e sua turma conseguiram finalmente lugar em um ônibus. Ela tinha dormido por umas duas horas e se sentia bem melhor quando foi ajudar a mãe a enrolar os cobertores e acordar Jake.

— Anda, Jakey, estamos indo embora — chamou Melanie, pensando no tipo de droga que ele devia ter tomado na noite anterior. Jake havia passado o dia dormindo e ainda parecia de ressaca. Seu namorado era bonito, mas, ao se levantar e olhar ao redor, parecia bem acabado.

— Nossa, odeio esse filme. Isso aqui parece o cenário de um daqueles filmes de desastre, e eu me sinto um figurante, como se a qualquer momento alguém fosse pintar sangue cenográfico no meu rosto e colocar um esparadrapo na minha cabeça.

— Você estaria lindo mesmo de esparadrapo e ensanguentado — comentou Melanie, prendendo o cabelo em uma trança.

Sua mãe reclamou o caminho inteiro e disse que eles estavam sendo tratados de maneira inaceitável, questionando se não sabiam quem eles eram. Melanie respondeu que isso não fazia diferença nenhuma e, naquele momento, não era importante. Eles eram apenas um bando de gente que tinha sobrevivido ao terremoto, da mesma maneira que os outros.

— Fica quieta, menina — retrucou Janet. — Isso não é maneira de uma celebridade falar.

— Eu não sou celebridade nenhuma aqui, mãe. Ninguém está se importando se sei cantar ou não. Essas pessoas estão cansadas, famintas, assustadas, e todo mundo quer ir para casa tanto quanto nós. Não somos melhores do que eles.

— É isso aí, Mellie — falou um dos integrantes da banda, quando entraram no ônibus. Logo depois, duas adolescentes a reconheceram e começaram a gritar. Melanie assinou autógrafos para elas, embora isso parecesse ridículo. Ela não se sentia como uma estrela famosa, malvestida e suja, com um paletó masculino que já havia sido apresentável um dia e o vestido do show todo rasgado.

— Canta algo para a gente — implorou uma das meninas, e Melanie riu e respondeu que não iria cantar. Elas ainda eram bem novinhas, deviam ter uns 14 anos, moravam perto da igreja e estavam lá com suas famílias. Parte do prédio delas tinha desabado, e foram salvas pela polícia. Apenas uma senhora que morava no último andar se machucou, quebrando uma perna. As meninas estavam cheias de histórias para contar.

Vinte minutos mais tarde, todos chegaram a Presidio e foram levados aos abrigos montados pela Cruz Vermelha, em uma antiga base militar. Um hospital improvisado fora erguido em um dos hangares, e médicos, enfermeiras, paramédicos da Guarda Nacional e voluntários trabalhavam lá.

— Talvez eles tenham como nos tirar daqui de helicóptero — comentou Janet ao sentar em uma das camas no hangar, horrorizada com as acomodações.

Jake e Ashley saíram para procurar algo para comer e Pam se ofereceu para trazer algo para Janet, que reclamava que estava cansada e traumatizada demais para se mover. Ela não era tão velha assim para precisar de tanta ajuda, mas também não via razão nenhuma para ficar horas numa fila esperando para receber uma comida horrível. Os integrantes da banda e os roadies ficaram fumando do lado de fora, e, depois que todos se foram, Melanie foi até a porta da sala onde alguns soldados administravam tudo. Ela conversou com a mulher responsável pelo comando, uma sargento da reserva da Guarda Nacional que vestia roupa camuflada e botas, que reconheceu Melanie imediatamente.

— O que você está fazendo aqui? — perguntou a oficial, sorrindo. Ela não disse o nome de Melanie, mas não precisava. Ambas sabiam muito bem quem ela era.

— Eu me apresentei em uma festa beneficente aqui, ontem à noite — explicou Melanie calmamente, sorrindo para a oficial. — Acabei presa como todo mundo.

— E como posso ajudar? — perguntou a oficial, animada por conhecer Melanie pessoalmente.

— Eu queria saber o que posso fazer para ajudar, vocês precisam de voluntários? — indagou Melanie, preferindo fazer algo em vez de passar o dia todo ouvindo a mãe reclamar.

— Eu sei que o refeitório está cheio de gente ajudando a cozinhar e distribuir a comida. O hospital é logo no final da rua, mas não sei do que eles precisam. Eu posso colocar você para trabalhar aqui na recepção, mas é capaz de todo mundo perturbar quando reconhecer quem é.

Melanie concordou. Ela já havia pensado nisso.

— Acho que vou passar primeiro no hospital — concluiu. Essa parecia a melhor opção.

— Ótimo. Mais tarde você me procura se não precisarem de você lá. Desde que os ônibus começaram a chegar, isso aqui virou uma zona. E ainda vamos receber mais umas cinquenta mil pessoas, vindas de toda a cidade.

— Obrigada — agradeceu Melanie.

A cantora foi procurar a mãe. Janet estava deitada na cama, chupando um picolé trazido por Pam e com um saquinho de biscoitos na outra mão.

— Onde você estava? — perguntou ao olhar para a filha.

— Dando uma geral — respondeu Melanie, vagamente. — Já volto.

Então ela saiu e Pam foi atrás. Melanie disse a sua assistente que estava indo ao hospital para trabalhar como voluntária.

— Você tem certeza? — perguntou Pam preocupada.

— Absoluta. Não quero ficar aqui sentada o tempo todo sem fazer nada e escutando minha mãe reclamar. Pelo menos assim serei útil.

— Ouvi dizer que eles têm bastante gente da Guarda Nacional e voluntários da Cruz Vermelha lá.

— Pode ser. Mas imagino que precisem de mais ajuda em um hospital. Tudo o que posso fazer aqui é distribuir água e servir comida. Eu volto daqui a pouco, e, se não voltar, você sabe que estou lá. O hospital é logo ali no final da rua.

Pam concordou e voltou para a companhia de Janet, que reclamou de dor de cabeça e que precisava de aspirina e água. Isso tudo era distribuído no refeitório, porque muitas pessoas sofriam com dor de cabeça devido à poeira, ao estresse e ao trauma. Ela mesma estava com dor de cabeça, que piorou por conta dos pedidos de Janet.

Melanie saiu do prédio sorrateiramente, de cabeça baixa para não ser reconhecida, com as mãos nos bolsos do paletó. Foi então que se surpreendeu ao achar uma moeda em um dos bolsos. Quando pegou o objeto, percebeu que ele tinha o numeral romano I gravado, com as letras AA e, no outro lado, a "Oração da serenidade". Melanie imaginou que a moeda era de Everett Carson, o fotógrafo dono do paletó. Colocou a moeda de volta no bolso, pensando no quanto seria bom se estivesse com outros calçados. Não era fácil andar em uma rua de paralelepípedo com sapatos de salto plataforma. Ela ficava sem equilíbrio.

Em menos de cinco minutos, Melanie chegou ao hospital, que estava bastante movimentado. Um gerador iluminava a recepção, e uma quantidade imensa de equipamento fora guardada no parque ou enviada por outros hospitais. Realmente parecia uma operação profissional, cheia de gente de jaleco branco, uniforme militar e braçadeira da Cruz Vermelha. Por um momento, Melanie se sentiu pouco à vontade e uma tola por querer ser voluntária.

Havia uma mesa de registro na recepção, e, mais uma vez, ela perguntou ao soldado responsável se poderia ajudar.

— Com certeza — respondeu o soldado dando um grande sorriso e falando com sotaque do sul do país. Foi um alívio perceber que ele não a tinha reconhecido. O rapaz foi se informar para onde deveria encaminhá-la e logo depois retornou.

— Você se importa de trabalhar com os sem-teto? Eles estão chegando a toda hora.

Até então, uma boa parte dos acidentados era de moradores de rua.

— Sem problema — respondeu Melanie sorrindo.

— Muitos deles se machucaram dormindo nos vãos das portas. Estamos há horas suturando os ferimentos deles. E de todos os outros.

Era um desafio a mais tratar esses pacientes já em más condições mesmo antes do terremoto. Vários tinham problemas mentais, e era difícil lidar com eles. Mas isso não assustou Melanie. O soldado não contou sobre o sujeito que perdeu uma perna quando uma janela caiu em cima dele, principalmente porque ele já havia sido levado para outro hospital. A maioria dos casos ali não era grave, mas havia milhares que precisavam de tratamento.

Dois voluntários da Cruz Vermelha estavam encarregados de registrar as pessoas. Também havia assistentes sociais para dar reforço. Eles ofereciam ajuda para registrá-los nos programas da prefeitura de auxílio aos moradores de rua, para que tivessem abrigo temporário ou permanente, se fosse o caso, embora vários não aceitassem. Eles estavam em Presidio porque, como o restante, não tinham mais para onde ir. E lá dispunham de cama e comida, além de um salão inteiro só de chuveiros.

— Você quer uma muda de roupas? — perguntou uma das voluntárias, sorrindo. — Deve ter sido um tremendo vestido, mas é capaz de alguém enfartar se esse paletó abrir — declarou a voluntária, e Melanie riu ao olhar para baixo e ver seu busto quase explodindo para fora da roupa. Ela tinha se esquecido completamente disso.

— Sim, por favor. Eu adoraria outros sapatos também, se você tiver. Estes estão me matando.

— Dá para ver — comentou a voluntária. — Temos um monte de chinelos nos fundos do hangar. Alguém os doou para ajudar as pessoas que tiveram que sair descalças de casa. Passamos o dia tratando pés feridos por cacos de vidro.

A maioria tinha chegado lá desse jeito. Melanie ficou feliz só de pensar em chinelos, e alguém lhe entregou uma calça camuflada e uma camiseta. Na camiseta estava escrito "Harvey's Bail Bonds", e a calça era grande demais. Melanie achou um pedaço de corda e amarrou na cintura para prendê-la. Calçou os chinelos e jogou fora os sapatos, o vestido e o paletó. Ela acreditava que não veria Everett de novo e tinha pena de jogar fora a roupa, mas ela estava imunda, coberta de poeira. No último momento Melanie se lembrou da moeda do Alcoólicos Anônimos e a colocou no bolso da nova calça. Nesse momento, a moeda era como um talismã, e, se algum dia o visse de novo, ela a devolveria.

Cinco minutos mais tarde, Melanie estava com uma prancheta na mão, registrando as pessoas e conversando com homens que viviam nas ruas há anos, com bafo de bebida; mulheres viciadas em heroína e desdentadas; crianças machucadas que chegaram acompanhadas dos pais, vindas dos bairros de Marina e Pacific Heights. Havia casais jovens, idosos, alguns que obviamente tinham uma vida boa e outros que eram indigentes. Pessoas de todas as raças, idades e tamanhos. Era uma grande amostra dos diferentes tipos que moravam na cidade e da vida real. Alguns ainda estavam em choque, andando sem rumo, falando de suas casas que desabaram; outros mancavam, com os tornozelos e as pernas machucados. Vários tinham ombros e braços quebrados. Melanie não parou por horas a fio, nem mesmo para se sentar ou comer. Em nenhum outro momento da vida ela havia se sentido tão feliz ou trabalhado com tanto afinco. Já era quase meia-noite quando as coisas começaram a se acalmar. Estava lá havia oito horas, sem descansar, mas sem se importar com isso.

— Ei, loirinha — berrou um senhor, e Melanie parou para ajudá-lo com sua bengala e sorriu. — O que uma menina bonita como você está fazendo aqui? Você é do Exército?

— Não, eu só peguei essa calça emprestada. Em que posso ajudar?

— Preciso de ajuda para ir ao banheiro. Será que você pode chamar um menino para me acompanhar?

— Claro.

Melanie chamou um soldado da Guarda Nacional, e ele e o senhor foram em direção aos banheiros portáteis nos fundos do hospital. Logo depois, pela primeira vez na noite, ela se sentou e pegou uma garrafa d'água oferecida por um dos voluntários da Cruz Vermelha.

— Obrigada.

Melanie sorriu ao agradecer. Estava morrendo de sede, mas até então não tinha tido tempo para mais nada. Não sentia fome, apesar de não ter comido nada desde o meio-dia, estava cansada demais. Enquanto saboreava a água, viu uma ruiva baixinha passar por ela, de calça jeans, moletom e All Star rosa. Estava bem quente no hospital, e o moletom era rosa-shocking e dizia "Jesus está vindo, finja estar ocupado". A mulher tinha olhos azuis que brilhavam e, ao fitar Melanie, abriu um sorriso e sussurrou:

— Adorei o seu show ontem à noite.

— Gostou? Você estava lá? — Era claro que sim, e Melanie se emocionou. Parecia que o show e o terremoto tinham acontecido há um milhão de anos. — Obrigada. Foi uma noite e tanto, né? Você conseguiu sair de lá sem problemas? — A mulher não parecia machucada e carregava uma bandeja cheia de curativos, esparadrapo e tesoura. — Você trabalha para a Cruz Vermelha?

— Não. Eu sou enfermeira. — Ela parecia mais uma adolescente com aquela blusa e o tênis rosa. Também tinha uma cruz pendurada no pescoço, e Melanie sorriu ao ler o que estava escrito no moletom dela. Seus olhos azuis estavam brilhando, e ela parecia bastante ocupada. — E você? Trabalha para a Cruz Vermelha?

Ela precisava de ajuda. Há horas suturava pequenos cortes e mandava as pessoas para outros salões para dormir. No hospital tentavam liberar os pacientes o mais rápido possível, para dar lugar a novos enfermos, e faziam a triagem da melhor maneira que conseguiam naquele momento. Os piores casos eram mandados para outros hospitais com aparelhos médicos mais avançados. Em Presidio, mantinham os casos menos graves para não sobrecarregar a emergência dos outros hospitais. E até então isso estava funcionando bem.

— Não. Eu estava aqui e decidi ajudar — explicou Melanie.

— Muito bem. E você aguenta ver as pessoas levarem pontos ou desmaia quando vê sangue?

— Ainda não desmaiei.

Melanie tinha visto muito sangue desde a noite anterior, e, ao contrário de sua amiga Ashley, de Jake e da mãe, não se importava.

— Ótimo, você pode vir comigo então.

A enfermeira guiou Melanie até a parte de trás do hangar, onde ela já havia montado uma área para trabalhar, com uma mesa de exame improvisada e instrumentos esterilizados. Havia uma fila à espera de suturas, e, em poucos minutos, ela fez com que Melanie lavasse as mãos com sabão cirúrgico e lhe entregasse os instrumentos para costurar os pacientes. A maioria dos casos não era grave, com algumas exceções. E aquela baixinha ruiva não parava quieta. Em torno de duas da manhã, tudo ficou mais tranquilo, e elas sentaram para beber água e conversar.

— Eu sei o seu nome — disse a pequena elfa sorrindo —, mas esqueci de dizer o meu. Meu nome é Maggie. Irmã Maggie.

— Irmã? Você é freira? — perguntou Melanie boquiaberta. Nunca tinha passado pela sua cabeça que aquela pessoa de rosa com cabelo ruivo pudesse ser uma freira. Sua aparência não sugeria isso, a não ser talvez pela cruz no pescoço, mas qualquer um poderia usar um colar assim. — Você não parece uma freira.

Melanie riu. Ela havia estudado em um colégio católico quando criança, e algumas das freiras, as mais novas, eram bem legais. As mais velhas eram insuportáveis, mas não disse isso a Maggie, pois ela era só sorriso, diversão e trabalho duro. Melanie achou que ela sabia lidar muito bem com as pessoas.

— Mas eu pareço uma freira. É assim que as freiras se vestem hoje em dia — insistiu Maggie.

— Não era assim quando eu estava no colégio — respondeu Melanie. — Adorei seu moletom.

— Ganhei de umas crianças que me conhecem. Duvido que o bispo o aprove, mas todo mundo ri quando lê isso aqui. Imaginei que hoje era um dia bom para fazer as pessoas sorrirem. Parece que houve uma grande destruição na cidade, muitas casas perdidas, principalmente devido a incêndios. E onde você mora, Melanie? — perguntou a irmã Maggie quando elas acabaram de tomar a água e se levantaram.

— Em Los Angeles, com a minha mãe.

— Que bom. Com o sucesso que você tem poderia estar morando sozinha e se metendo em confusões. Você tem namorado?

Melanie sorriu e assentiu.

— Sim, tenho. Ele também está aqui, provavelmente dormindo no salão onde nos colocaram. Também trouxe uma amiga e minha mãe, e umas outras pessoas que trabalham para mim e, claro, o pessoal da minha banda.

— Parece um grupo e tanto. E o seu namorado trata você bem?

Os olhos azuis de Maggie a fitaram, e Melanie hesitou antes de responder. A irmã estava interessada em saber mais sobre a cantora, que parecia ser uma menina tão doce e inteligente, nada indicando ser famosa. Melanie não era pretensiosa, mas discreta e humilde. Maggie achava isso ótimo, pois ela agia como uma menina da idade dela, não como uma celebridade.

— Às vezes ele me trata bem — respondeu Melanie. — Mas ele tem seus próprios problemas, e isso interfere na nossa vida.

Maggie leu nas entrelinhas e imaginou que ele devia beber ou usar drogas. O que a surpreendeu mais foi o fato de Melanie não ter jeito de quem fazia essas coisas, ela tinha vindo sozinha para o hospital para ajudar e era realmente sensível e útil ao trabalhar. Era uma menina com os pés no chão.

— Que pena — comentou Maggie sobre Jake. Depois disse a Melanie que ela já havia trabalhado muito por um dia.

Melanie estava ocupada havia quase onze horas, sem ter dormido na noite anterior. A irmã Maggie a aconselhou a voltar para o salão e descansar, senão ficaria inútil no dia seguinte. Maggie iria dormir em uma cama de armar em uma área do hospital reservada para voluntários e médicos. Eles tinham planos de abrir um outro prédio para abrigá-los, mas ainda não haviam feito isso.

— Devo voltar amanhã? — perguntou Melanie, esperançosa. Ela tinha adorado estar ali e se sentira realmente útil, o que fez o tempo de espera para voltar para casa passar mais rápido e ser mais interessante.

— Pode vir assim que acordar. Você pode tomar café da manhã no refeitório. Eu estarei lá. Venha na hora que quiser — disse a irmã, gentilmente.

— Obrigada — respondeu Melanie educadamente, ainda surpresa com o fato de Maggie ser uma freira. — Nos vemos amanhã, irmã.

— Boa noite, Melanie — despediu-se Maggie, sorrindo. — Obrigada pela ajuda.

Melanie acenou ao ir embora, e Maggie ficou observando-a. Ela era tão bonita, e Maggie não sabia por quê, mas tinha a impressão de que ela estava à procura de algo, algo mais importante que faltava em sua vida. Isso era difícil de imaginar, por causa daquela aparência, da voz e do sucesso. Mesmo assim, Maggie torceu para Melanie encontrar o que buscava.

Finalmente, Maggie foi embora dormir e Melanie voltou sorrindo para o salão onde havia deixado os outros. Ela tinha adorado trabalhar com Maggie e ainda não conseguia acreditar que aquela mulher tão animada era uma freira. Desejou ter uma mãe assim, cheia de compaixão, sabedoria e calor humano, em vez de Janet, que sempre havia exigido muito dela e aproveitava os benefícios da sua fama. Melanie sabia muito bem que a mãe queria ser uma celebridade, e se achava uma, porque a filha era famosa. Às vezes era difícil viver os sonhos de sua mãe em vez dos seus. Ela nem sabia quais eram. Mas, por algumas horas, devido ao terremoto em São Francisco, se sentiu mais plena do que quando estava no palco.

Capítulo 5

Melanie estava de volta ao hospital às nove horas da manhã. Ela teria voltado antes, mas tinha parado, com outras centenas de pessoas, para ouvir um comunicado sobre as condições na cidade. Havia mais de mil mortos e demoraria pelo menos uma semana ou mais para a eletricidade voltar. Deram uma lista das áreas mais atingidas e disseram que levaria pelo menos mais dez dias para os celulares funcionarem de novo. O país inteiro estava mandando suprimentos de emergência, e o presidente havia passado lá no dia anterior para ver a devastação, mas já tinha voltado para Washington, prometendo ajuda federal e cumprimentando os moradores de São Francisco por sua coragem e compaixão uns com os outros. Informaram aos moradores temporários de Presidio que um abrigo especial tinha sido montado pela Sociedade Protetora dos Animais para acolher os animais perdidos, na esperança de reunir os bichos e os donos. Também falaram que tradutores em mandarim e espanhol estavam disponíveis, e o responsável pelo comunicado agradeceu a todos pela cooperação e pelo cumprimento das regras desse acampamento improvisado. Mais de 80 mil pessoas estavam morando lá agora e mais dois refeitórios seriam abertos naquele dia. Prometeram mantê-los informados sobre os próximos acontecimentos e desejaram um bom-dia a todos.

Quando Melanie encontrou Maggie no hospital, a freira estava reclamando que o presidente tinha passado por Presidio de helicóptero, sem conhecer o hospital. A visita do prefeito no dia anterior também havia sido rápida, e o governador iria lá hoje. A imprensa tinha aparecido em peso também. Presidio se tornou uma cidade-modelo dentro de outra cidade, profundamente abalada pelo terremoto dois dias antes. Levando em consideração os estragos, as autoridades estavam bastante impressionadas com a organização e a camaradagem dos moradores. Havia um ar de compaixão em todo Presidio, quase como o de soldados em uma zona de guerra.

— Acordou cedo — comentou a irmã Maggie ao ver Melanie.

Melanie parecia jovem e bonita, e limpa, apesar de vestir as mesmas roupas. Não tinha outras, no entanto havia se levantado às sete horas para entrar na fila do chuveiro. Foi uma sensação maravilhosa lavar os cabelos e tomar um banho quente. E ela tinha comido mingau de aveia e pão torrado no café da manhã.

Felizmente os geradores funcionavam e mantinham a comida gelada. A equipe médica estaria preocupada com disenteria e intoxicação alimentar, caso não funcionassem. Mas, até então, as feridas, e não as doenças, eram o maior temor, embora, com o tempo, isso fosse se tornar também um problema.

— Conseguiu dormir? — perguntou Maggie.

A insônia era um dos sintomas de trauma e várias pessoas não dormiam há dois dias. Um grupo de psicólogos voluntários estava tratando as vítimas traumatizadas. Maggie tinha enviado vários residentes do abrigo para eles, especialmente os idosos e os jovens, que estavam muito assustados e abalados.

Ela colocou Melanie para anotar os dados dos pacientes, os sintomas, os detalhes de cada um. Não havia cobrança e nem faturamento do serviço prestado, e os voluntários cuidavam de toda a papelada administrativa. Melanie se sentia feliz por estar ali.

A noite do terremoto havia sido assustadora, mas, pela primeira vez em sua vida, teve a sensação de estar fazendo algo importante em vez de estar nos bastidores de alguma casa de espetáculos, em um estúdio ou cantando. Pelo menos ali, ajudava os outros. E Maggie estava muito feliz com sua assistência.

Vários padres e freiras de diversas ordens e igrejas trabalhavam em Presidio. Pastores, com escritórios montados no local, andavam por lá, conversando e orientando os residentes. Clérigos de vários cargos visitavam os acidentados e os doentes. Só uns poucos usavam algum tipo de hábito ou qualquer outra forma de identificação religiosa. Eles se apresentavam simplesmente e conversavam com quem estava lá. Alguns até serviam a comida no refeitório. Maggie conhecia vários dos padres e das freiras. Mais tarde, quando pararam para descansar, Melanie comentou que a irmã parecia conhecer todo mundo, e Maggie riu.

— Estou aqui há muito tempo.

— Você gosta de ser freira?

Melanie estava curiosa a respeito de Maggie por achá-la a mulher mais interessante que já havia conhecido. Em toda sua vida, ela jamais encontrara uma pessoa tão gentil, sábia, com tanta compaixão e profundidade quanto Maggie. Ela era o exemplo vivo de suas crenças. E todos se impressionavam com sua bondade e sua estabilidade. Um funcionário do hospital disse que Maggie possuía uma graça sublime, Melanie riu, porque sempre gostou do hino "Amazing Grace" e o cantava com frequência. Tinha gravado essa música em seu primeiro CD, explorando bem sua voz. E, daquele momento em diante, sabia que sempre se lembraria de Maggie quando ouvisse falar em "graça sublime".

— Eu adoro ser freira — respondeu Maggie. — Sempre gostei. Nunca me arrependi, nem por um minuto. Isso é perfeito para mim — acrescentou ela, parecendo feliz. — Adoro ser casada com Deus, ser a noiva de Jesus — afirmou, impressionando sua jovem amiga. Melanie percebeu então a fina aliança de ouro branco no dedo de Maggie, um presente recebido há dez anos quando a irmã fez seus votos finais. Ela disse que tinha esperado muito por aquela aliança, que era o símbolo da vida e do trabalho que tanto amava e dos quais tinha tanto orgulho.

— Deve ser difícil ser freira — comentou Melanie, com um profundo respeito.

— É difícil fazer qualquer coisa nessa vida — retrucou Maggie. — O que você faz também não é fácil.

— É, sim — discordou Melanie. — Para mim, é. Cantar é fácil e eu adoro, por isso que faço. As turnês é que são difíceis às vezes, porque um músico viaja muito e tem que trabalhar todos os dias. A gente costumava viajar em um ônibus e dirigíamos o dia todo, fazíamos show a noite inteira e ensaiávamos assim que chegávamos nos lugares. Agora, com o jatinho, é bem mais fácil.

— O sucesso lhe proporcionou as vantagens da fama.

— A sua mãe sempre viaja com você? — perguntou Maggie, curiosa sobre a vida de Melanie. A cantora tinha dito que a mãe e várias outras pessoas estavam com ela em São Francisco. Maggie sabia que aquele tipo de trabalho exigia uma equipe que a acompanhasse, mas achava inusitado a mãe ir junto, até mesmo para uma menina daquela idade, com quase 20 anos.

— Viaja sim, ela manda na minha vida — respondeu Melanie, dando um suspiro. — Ela queria ter sido cantora. Trabalhou em cabarés em Las Vegas e fica bastante animada porque as coisas estão dando certo para mim. Animada demais para o meu gosto. Ela sempre exige muito de mim — acrescentou Melanie, sorrindo.

— Mas isso não é ruim — comentou Maggie. — Contanto que ela não passe dos limites. O que você pensa sobre isso?

— Às vezes é muita pressão — respondeu Melanie, honestamente. — Eu gosto de tomar as minhas próprias decisões, e ela sempre acha que sabe mais do que eu.

— E ela sabe?

— Não sei. Acho que ela toma as decisões que tomaria para si mesma. Mas não tenho certeza se é isso o que eu quero. Ela quase morreu quando ganhei o Grammy — comentou Melanie, sorrindo, e Maggie a olhava fascinada.

— Isso deve ter sido um momento fantástico, o ápice do seu trabalho, uma tremenda honra.

Maggie mal conhecia Melanie, mas estava orgulhosa dela.

— Eu dei o troféu para minha mãe — declarou Melanie. — Senti que ela que merecia. Eu não teria conseguido sozinha.

Melanie disse isso de um jeito que fez Maggie se questionar se esse tipo de fama era algo que a garota realmente desejava ou se estava tentando apenas agradar a mãe.

— É preciso ter muita sabedoria e coragem para saber qual caminho tomar por nossa própria vontade e qual tomar somente para agradar os outros — declarou a irmã, deixando Melanie pensativa.

— A sua família queria que você fosse freira? Ou eles não gostaram de sua decisão? — Os olhos de Melanie estavam inquisidores.

— Eles adoraram. Preferiam que os filhos optassem pelo sacerdócio em vez de casarem. Hoje em dia isso parece loucura, mas há vinte anos, nas famílias católicas, os pais sempre contavam vantagem de algo assim. Um dos meus irmãos era padre.

— Era? — perguntou Melanie, e Maggie sorriu.

— Depois de dez anos ele desistiu e se casou. Eu pensei que minha mãe ia morrer. Meu pai já havia morrido, senão isso o teria matado. Na minha família, os votos são para sempre. Para ser sincera, fiquei um pouco decepcionada com ele. Mas ele é um cara legal, e acho que nunca se arrependeu. Ele e sua esposa têm seis filhos e são muito felizes. Então, acho que essa era realmente a vocação dele.

— Você gostaria de ter filhos? — perguntou Melanie, melancólica.

Ela achava a vida de Maggie tão triste, longe da família, sem ter se casado, trabalhando nas ruas com desconhecidos em meio à pobreza. Mas, ao mesmo tempo, essa vida parecia ser perfeita para Maggie. Dava para ver nos olhos dela. Era uma mulher feliz e realizada.

— Considero todos como filhos. Os moradores de rua que vejo ano após ano, aqueles que ajudo a melhorar de vida. E as pessoas especiais como você, Melanie, que aparecem e entram no meu coração. Fico muito feliz de ter conhecido você. — Maggie abraçou Melanie, que retribuiu o abraço, e ambas voltaram a trabalhar.

— Também fiquei muito feliz por conhecer você. Quero ser como você quando crescer — declarou Melanie rindo.

— Uma freira? Sua mãe não vai gostar disso. Não dá para ser uma celebridade no convento! Levamos uma vida humilde e restrita.

— Eu quis dizer que quero ajudar as pessoas como você. Queria fazer algo assim.

— E você pode, se quiser. Não precisa fazer parte de nenhuma ordem religiosa para ajudar os outros. Você só precisa arregaçar as mangas e começar a trabalhar. Tem muita gente necessitada a nossa volta, até mesmo aqueles que têm uma vida boa precisam de auxílio. Dinheiro e sucesso nem sempre trazem felicidade.

Melanie sabia que essa era uma mensagem para ela e, especialmente, para sua mãe.

— Nunca tenho tempo para fazer serviço voluntário — reclamou ela. — E minha mãe não quer que eu ande com gente doente para não ter que cancelar shows ou turnês.

— Talvez você ache tempo para isso um dia. Quando for mais velha.

E quando a mãe dela desse uma folga, se é que isso iria acontecer. Maggie tinha a impressão de que a mãe de Melanie aproveitava a fama da filha. Ela estava vivendo os seus sonhos através da filha. Sorte dela que Melanie era uma estrela. A freira de olhos azuis tinha um sexto sentido em relação às pessoas e sentia que Melanie era refém da própria mãe e, bem lá no fundo e de forma inconsciente, a jovem tentava se libertar.

As duas passaram a se ocupar com os pacientes. Viram uma fila sem fim de feridos, porém a maioria das lesões não era grave e poderia ser tratada por uma enfermeira. Os casos mais sérios, segundo a triagem do hospital de campo, iam para outras pessoas. Melanie era uma ótima assistente, e a irmã Maggie não cansava de elogiá-la.

Elas pararam para almoçar mais tarde e sentaram ao ar livre no sol, comendo sanduíches de peru surpreendentemente gostosos. Alguns dos cozinheiros voluntários eram muito bons, e a comida, doada por outras cidades e até por outros estados, era trazida de helicóptero até Presidio. Equipamentos médicos, roupas, cobertores e lençóis também eram levados até eles pelo ar. Era como morar em uma zona de guerra, com helicópteros passando por lá noite e dia. Vários idosos reclamavam que o barulho interrompia seu sono. Os mais jovens não se incomodavam, já haviam se acostumado. Isso era um símbolo da experiência que estavam vivendo.

Elas tinham acabado de comer quando Melanie viu Everett passar. Como tantos outros, ele ainda vestia a mesma calça e camisa branca da noite do terremoto. O fotógrafo caminhou sem notá-las, com a câmera pendurada no pescoço e a bolsa dela no ombro. Melanie o chamou, e ele ficou surpreso. Everett foi até as duas rapidamente e se sentou por perto.

— O que vocês estão fazendo aqui? E juntas, ainda por cima. Como isso aconteceu?

— Estou trabalhando no hospital de campo — explicou a irmã Maggie.

— E eu sou a assistente dela. Tenho ajudado como voluntária desde que eles nos transferiram para cá. Estou me tornando uma enfermeira — respondeu Melanie, cheia de orgulho.

— E uma ótima enfermeira — acrescentou Maggie. — E o que você está fazendo, Everett? Tirando fotos ou está acampado aqui também? — perguntou curiosa. Ela não o via desde a manhã seguinte ao terremoto, quando ele fora verificar os acontecimentos na cidade. Desde então, Maggie também não tinha ficado em casa, caso Everett a tivesse procurado, o que duvidava.

— Acho que vou ter que ficar aqui. Eu estava em um abrigo no centro, mas ele fechou. O prédio do lado começou a inclinar e eles sugeriram que a gente viesse para cá. Achei que já teria ido embora a essa altura, mas não tem como. São Francisco ainda está isolada, estamos todos presos aqui. Mas há coisas piores que isso — falou Everett sorrindo. — E eu tirei fotos ótimas — declarou, aproveitando para fazer mais uma imagem das duas sorrindo, no dia ensolarado. Apesar das circunstâncias, ambas pareciam felizes e relaxadas, porque gostavam de ajudar os outros, isso era óbvio. — Não creio que alguém vai acreditar nessa versão de Melanie Free, a estrela mundialmente famosa, sentada em um tronco de árvore, de calça camuflada e sandálias, trabalhando em um hospital improvisado como assistente médica, depois de um terremoto. Essa vai ser uma foto histórica.

Além disso, Everett tinha as fotos da irmã Maggie na primeira noite e mal podia esperar para vê-las quando voltasse para Los Angeles. Ele tinha certeza de que seus editores adorariam quaisquer imagens feitas depois do terremoto. E talvez pudesse vender as fotos que a revista não fosse usar para outras publicações. Talvez até ganhasse outro prêmio. Seu instinto dizia que o material que possuía era ótimo e tinha uma importância histórica. Essa era uma situação única que não acontecia há cem anos e talvez não fosse acontecer de novo por mais cem. Pelo menos, Everett esperava que não. Mas, apesar do tremor enorme, a cidade e as pessoas conseguiram reagir bem.

— E o que vocês duas vão fazer agora? — perguntou Everett.

— Voltar ao trabalho ou descansar?

Elas estavam lá há apenas meia hora quando o viram, e já iam retornar ao serviço.

— Voltar ao trabalho — respondeu Maggie pelas duas. — E você?

— Pensei em me inscrever para conseguir uma das camas de armar. E talvez então eu volte para ver vocês. Acho que vai dar para tirar umas fotos ótimas de vocês trabalhando, se os pacientes não se incomodarem.

— Você terá que perguntar a eles — falou Maggie com seriedade, sempre respeitando os pacientes, não importando quem eles fossem.

De repente, Melanie se lembrou do paletó de Everett.

— Mil desculpas, a roupa estava acabada e eu achei que não ia ver você de novo, acabei jogando fora.

— Não se preocupe, era alugado. Eu vou dizer que ele literalmente se rasgou durante o terremoto. Eles não devem me cobrar e não acredito que quisessem de volta. Falando sério, Melanie, não tem problema — respondeu rindo, ao vê-la tão envergonhada.

Nesse momento, ela se lembrou da moeda. Colocou a mão no bolso para pegá-la e a entregou a Everett. Era a sua moeda de um ano de sobriedade, e ele ficou muito feliz.

— Já isso eu quero de volta. É minha moeda da sorte. — Everett passou a mão no objeto como se fosse mágico, e, para ele, era. Everett estava sentindo falta de ir às reuniões nesses últimos dois dias, e a moeda era como um elo com aquilo que o salvara um ano atrás. Ele a beijou e a colocou no bolso da calça, tudo o que restava do terno alugado. E agora nem a calça podia ser devolvida. Iria jogá-la fora quando chegasse em casa. — Obrigado por ter cuidado da minha moeda por mim. — Sentia falta das reuniões do AA para lidar com o estresse, mas não tinha vontade de beber. Estava exausto. Esses dois últimos dias tinham sido um desafio para ele, e para algumas pessoas foram também trágicos.

Maggie e Melanie voltaram para o hospital, e Everett foi se inscrever para conseguir uma cama naquela noite. Presidio tinha tantos prédios que não havia risco de ficarem sem espaço. Era uma antiga base militar desativada há anos, mas com todas as estruturas ainda intactas. George Lucas tinha construído seu estúdio lendário ali mesmo, no antigo hospital, na área de Presidio.

— Volto depois para ver vocês — prometeu Everett.

Mais tarde, em uma hora mais tranquila, Sarah Sloane apareceu com os filhos e a babá. O bebê estava com febre, tossindo e com a mão em um dos ouvidos. Ela resolveu levar a filha junto, porque não queria deixá-la em casa. Sarah não queria ficar longe deles nem por um minuto depois do desastre da noite de quinta. Se acontecesse outro terremoto, como todos temiam, ela queria estar perto dos filhos. Seth estava sozinho em casa, ainda completamente angustiado e desesperado. E só piorava, porque ele sabia muito bem que não havia nenhuma esperança de os bancos abrirem ou de se comunicar com o resto do mundo tão cedo, para cobrir a trapaça. A carreira e, possivelmente, a vida dele estavam acabadas. E a vida de Sarah também. Mas naquele momento ela estava preocupada com o bebê. Essa não era uma hora boa para ele ficar doente. Como a emergência do hospital perto de sua residência só tratava os casos graves, Sarah foi encaminhada para o hospital de Presidio. Elas chegaram lá no carro de Parmani. Melanie a viu na recepção e falou para Maggie quem era. As duas foram até Sarah, e Maggie conseguiu rapidamente fazer o bebê sorrir, embora ele ainda estivesse com a mão no ouvido.

Sarah explicou o problema. Oliver também estava com o rosto meio vermelho.

— Vou chamar um médico — prometeu Maggie, desaparecendo e voltando dois minutos mais tarde. Sarah estava conversando com Melanie a respeito da festa, de como o show tinha sido fantástico e como o terremoto pegou todos de surpresa.

Melanie, Sarah, sua filha e a babá seguiram Maggie até onde o médico estava. Como Sarah havia imaginado, o bebê tinha uma infecção no ouvido. A febre já baixara, mas a garganta estava um pouco inflamada. Ele receitou um antibiótico que Oliver já tinha tomado antes e deu um pirulito a Molly. O médico foi muito gentil com as crianças, apesar de estar trabalhando sem parar desde a noite do terremoto. Todos estavam se empenhando muito, principalmente Maggie e Melanie.

Elas estavam deixando o médico quando Sarah viu Everett chegando. Parecia que ele estava procurando alguém, e Maggie e Melanie acenaram. Ele veio na direção delas, com as mesmas botas de couro de lagarto que tanto adorava e que tinham sobrevivido ao terremoto sem nenhum arranhão.

— Mas o que é isso? Uma reunião da festa — brincou Everett com Sarah. — Foi um evento e tanto. Um pouquinho agitado no final, mas até então você organizou uma tremenda festa.

Everett sorriu para ela, e Sarah agradeceu. Maggie observou Sarah com o bebê no colo e percebeu que continuava angustiada. Ela havia achado que era só preocupação com o bebê, porém, notou que tinha algo mais. A freira possuía um grande poder de observação.

Maggie sugeriu que a babá ficasse com o bebê e Molly por um instante, então chamou Sarah para conversar com ela um pouco. As duas deixaram Melanie e Everett batendo um papo animado enquanto Parmani tomava conta das crianças. Ela levou Sarah longe o suficiente para que os outros não ouvissem a conversa.

— Você está bem? — perguntou Maggie. — Você me parece preocupada. Posso ajudar de alguma forma?

Maggie viu lágrimas se formando nos olhos de Sarah e ficou feliz por ter perguntado.

— Não... Eu... estou bem... mesmo... bom, na verdade, tenho um problema, mas não há nada que você possa fazer. — Ela havia começado a se abrir, mas percebeu que não podia fazer isso. Poderia ser perigoso para Seth. Mas ela ainda rezava, sem chances, ela sabia, para que Seth não fosse descoberto. Com 60 milhões de dólares repassados de forma ilegal para ele, era impossível que isso passasse despercebido ou impunemente. Ela se sentia mal ao pensar nisso, o que era bastante óbvio para os outros. — É o meu marido... não posso entrar em detalhes. — Sarah enxugou as lágrimas e olhou com gratidão para a freira. — Obrigada por perguntar.

— Bom, você sabe onde me achar, pelo menos por agora — declarou Maggie, pegando uma caneta e um pedaço de papel para anotar seu número. — Quando os celulares estiverem funcionando de novo, você pode me ligar. Até lá, estarei aqui. Às vezes conversar com alguém ajuda, só como amigos. Não quero me intrometer, então você me liga se achar que posso ajudar de alguma maneira.

— Obrigada — respondeu Sarah, com gratidão. Lembrou que Maggie era uma das freiras da festa. E, tal como Everett e Melanie, também achava que ela não parecia uma freira, especialmente de tênis rosa e calça jeans. Maggie era uma graça e parecia ser bem jovem, mas possuía olhos experientes de quem já tinha visto muita coisa. — Eu te ligo — prometeu Sarah, e elas voltaram para onde os outros estavam.

Sarah enxugou as lágrimas no caminho. Everett também tinha percebido algo, mas não disse nada. Simplesmente a elogiou mais uma vez por causa da festa e da arrecadação. Ele comentou que o evento havia sido de primeira classe, especialmente com o show de Melanie. Ele sempre tinha algo agradável a dizer aos outros.

— Eu adoraria ser voluntária aqui — declarou Sarah, impressionada com a eficiência do local.

— Agora você precisa ficar em casa com seus filhos — comentou Maggie. — Eles precisam de você. — E ela sentia que Sarah precisava deles também. Qualquer que fosse o problema com o marido, dava para perceber que ela estava muito abalada.

— Nunca mais vou deixá-los — declarou Sarah, tendo um calafrio. — Eu enlouqueci até chegar em casa na quinta e ver que estavam bem.

O galo na testa de Parmani já tinha baixado. A nepalesa continuou hospedada com Sarah, pois não havia como voltar para casa. Eles dirigiam até o bairro dela, mas toda a área estava isolada. A polícia não deixou que ela entrasse no seu prédio porque parte do teto tinha desabado.

O comércio e os serviços da cidade ainda estavam fechados, assim como o bairro financeiro. Era impossível trabalhar sem eletricidade, sem telefone e com lojas e postos de gasolina sem funcionar.

Sarah foi embora logo depois, com a babá e as crianças. Entraram no carro velho de Parmani e voltaram para casa, depois de agradecer a ajuda da freira. Sarah deu seu número e endereço a Maggie e pensou em quanto tempo mais eles morariam ali, se perderiam a casa. Rezava para que pudessem ficar ali por um bom tempo e que Seth tivesse como fazer um acordo com a promotoria. Ela também havia se despedido de Melanie e Everett. Duvidava que os encontraria de novo, pois ambos moravam em Los Angeles. Ela tinha realmente gostado de Melanie. O show tinha sido impecável, como Everett comentou. Qualquer um que assistiu teria dito o mesmo, apesar da tragédia que se seguiu.

Maggie mandou Melanie pegar mais suprimentos logo depois que Sarah foi embora e ficou conversando com Everett. Ela sabia que o depósito era bem distante, e Melanie demoraria. Isso não havia sido proposital, ela precisava realmente de fios de sutura cirúrgica. Todos os médicos com quem já havia trabalhado elogiavam seus pontos, dados com perfeição devido aos muitos anos bordando no convento. Quando mais jovem, era uma ótima atividade após o jantar, enquanto as freiras estavam reunidas para conversar. Desde que foi morar sozinha, raramente fazia isso, mas ainda era hábil com a agulha.

— Ela parece ser bem legal — comentou Everett sobre Sarah. — Eu achei a festa fantástica mesmo.

Ele a elogiou mesmo depois de ela ter ido embora, e, apesar de Sarah ser bem mais tradicional do que as pessoas com quem Everett convivia, ele tinha gostado realmente dela. Apesar da aparência conservadora, Sarah transmitia integridade e conteúdo.

— É engraçado como o caminho das pessoas continua se cruzando, não é? O destino é mesmo incrível — continuou Everett. — Eu esbarrei em você no lado de fora do Ritz e a segui a noite toda. E agora estou aqui e esbarro em você de novo. Conheci Melanie naquela noite também e dei meu paletó para ela vestir. Então, vocês se encontraram aqui e acabo achando as duas, e a organizadora da festa que fez com que nossos caminhos se cruzassem vem para cá da mesma forma com seu bebê doente. Que semana. Em uma cidade desse tamanho, é um milagre duas pessoas se encontrarem de novo, mas foi isso o que aconteceu conosco nos últimos dias. Pelo menos é um alívio ver rostos conhecidos. Gosto disso — acrescentou ele ao sorrir para Maggie.

— Eu também — concordou Maggie. Ela encontrara tantos desconhecidos em sua vida que gostava de ver rostos amigos.

Eles continuaram conversando por um tempo, e finalmente Melanie voltou com os pedidos de Maggie, parecendo bastante feliz. Ela estava ansiosa para ajudar no que fosse possível, e ficou animada por achar tudo da lista de Maggie. O funcionário que cuidava do estoque lhe entregou todos os remédios, os tamanhos certos de curativos e uma caixa inteira de esparadrapo.

— Às vezes eu acho que você é mais enfermeira que freira. Você ajuda muito os doentes — comentou Everett. Maggie concordou, porém não completamente.

— Eu ajudo com as doenças físicas e espirituais— disse Maggie calmamente. — E você só acha que pareço mais uma enfermeira porque talvez considere isso mais normal. Na verdade, eu sou muito mais freira do que qualquer outra coisa. Não se deixe enganar pelo tênis rosa, faço isso para me divertir. Mas ser freira é sério e é a coisa mais importante na minha vida. "O seguro morreu de velho." Sempre gostei desse ditado. Não sei quem o inventou, mas concordo com ele. As pessoas se sentem desconfortáveis se eu ando por aí dizendo que sou freira.

— Mas por quê? — perguntou Everett.

— Acho que elas têm medo de freiras — respondeu Maggie, de forma prática. — Por isso é ótimo não termos mais que usar nossos hábitos. Eles sempre intimidavam os outros.

— Eu os achava tão bonitos. As freiras sempre me impressionaram quando eu era menino. Algumas eram tão bonitas. Não se veem mais freiras jovens como aquelas. Talvez isso seja bom.

— Talvez você tenha razão. As mulheres não entram no convento tão cedo quanto antigamente. No ano passado, a minha ordem admitiu uma freira de 40 anos e outra de 50 que era viúva. Os tempos mudaram. Na minha época, várias pessoas erraram ao entrar no convento. Essa vida não é fácil — falou Maggie, honestamente. — E é uma grande mudança, seja lá que tipo de vida se levava antes. É um desafio viver em comunidade. Hoje em dia, admito que sinto falta, mas chego em casa só para dormir.

Maggie morava em um apartamento bem pequeno em um bairro ruim. Everett vira apenas a fachada do prédio ao acompanhá-la.

Uma nova leva de pacientes chegou naquele momento, todos com pequenos machucados, então Maggie e Melanie voltaram a trabalhar. Everett marcou de encontrá-las no refeitório naquela noite, caso conseguissem ter uma folga. Nenhum deles havia jantado na noite anterior. E acabaram sem comer naquela noite também. Chegou uma emergência, e Maggie precisou da ajuda de Melanie para suturar a mulher. Melanie estava aprendendo muito com Maggie e, mais tarde, ao se juntar ao grupo, ainda pensava nisso. Eles estavam sentados, completamente entediados, sem nada para fazer. Melanie já tinha sugerido a Ashley e a Jake que eles também deveriam ajudar, porque poderiam ficar lá por mais uma semana, de acordo com os comunicados matinais. A torre do aeroporto havia caído e não tinha como sair de lá. Ele continuava fechado tanto quanto as estradas.

— Por que você está passando o tempo todo no hospital? — reclamou Janet. — Você vai acabar se contaminando.

Melanie balançou a cabeça e olhou nos olhos da mãe.

— Mãe, eu acho que quero ser enfermeira — declarou Melanie sorrindo, meio que provocando a mãe. Mas ela estava mesmo feliz de ajudar no hospital. Adorava trabalhar com Maggie e estava aprendendo muita coisa.

— Você está louca? — disse Janet com um olhar e um tom ofendidos. — Enfermeira? Depois de tudo que eu fiz pela sua carreira? Como você ousa falar isso? Você acha que eu trabalhei que nem louca para te transformar no que você é hoje em dia para depois jogar tudo para o alto e ir trocar penico dos outros?

Janet ficou em pânico e magoada só de pensar que a filha poderia querer outra carreira, depois de ter a fama e o mundo aos seus pés.

— Eu ainda não troquei penico — respondeu Melanie com firmeza.

— Vai por mim, isso vai acontecer. Nunca mais me diga isso.

Melanie não respondeu nada. Ela foi conversar com o resto do grupo, contou piadas com Ashley e Jake e depois caiu na cama e dormiu, ainda vestida. Estava exausta. Melanie sonhou que tinha fugido e se alistado no Exército. Mas logo percebeu que o sargento que comandava sua vida lá era sua mãe. Quando acordou e se lembrou do sonho, ficou sem saber se tinha sido um pesadelo ou simplesmente sua realidade.

Capítulo 6

No domingo, o comunicado matinal relatou vários resgates na cidade inteira, vítimas tiradas de escombros e de elevadores. O aumento da rigidez do código de construção, desde o terremoto de 1989, evitou uma tragédia maior, porém a intensidade do tremor causou uma destruição muito grande e deixou mais de 4 mil mortos. No entanto, várias áreas ainda estavam sendo exploradas. Bombeiros procuravam sobreviventes nos destroços e embaixo das passarelas de ligação para a autoestrada. Apenas sessenta horas tinham se passado desde o terremoto na noite de quinta, e ainda havia esperança de resgatar muitas pessoas.

As informações apavoravam e encorajavam ao mesmo tempo. Os comunicados deixavam todos com aparência fúnebre ao voltar. Logo após o anúncio, muitos se encaminharam para o refeitório para tomar o café da manhã. Também foram avisados de que provavelmente demoraria semanas até poderem voltar para suas casas. Pontes, estradas, aeroportos e várias outras áreas da cidade permaneciam fechados. Ninguém sabia quando a eletricidade retornaria e, menos ainda, quando a vida voltaria ao normal.

Everett estava conversando com a irmã Maggie quando Melanie chegou, depois do café da manhã, com a mãe, a assistente, Ashley, Jake e vários músicos da banda. Eles estavam nervosos e não viam a hora de voltar para Los Angeles, o que obviamente ainda não era possível. Já comentavam no acampamento sobre a presença de Melanie Free lá. Ela havia sido vista no refeitório com os amigos, e sua mãe se vangloriava da filha. Mas até então ninguém no hospital prestara atenção nela. Mesmo se a reconheciam, sorriam e continuavam com suas atividades. Seu esforço como voluntária era óbvio. Pam tinha se inscrito para trabalhar na recepção, pois Presidio continuava a receber muita gente em busca de abrigo e comida.

— Oi, menina — saudou Everett, sem a menor cerimônia, ao ver Melanie.

Melanie vestira outra camiseta, que pegara na caixa de doações, e um enorme suéter masculino, cheio de furos, que lhe dava um aspecto de órfã. Ainda usava a mesma calça e as sandálias. A irmã Maggie também tinha se trocado. Ela havia trazido algumas roupas quando chegou para trabalhar. A camisa que ela vestia dizia: "Jesus é meu parceiro", e Everett caiu na gargalhada quando a viu.

— Imagino que essa seja a versão moderna do hábito.

Maggie calçava um tênis vermelho de cano alto e ainda parecia uma supervisora em treinamento de uma colônia de férias. Por ser pequena, dava a impressão de ser muito mais nova. Com certeza aparentava uns 30 anos, apesar de ter 42 e de ser apenas seis anos mais nova que Everett, que, por sua vez, parecia ser pai dela. Entretanto, quem conversava com a freira percebia que era uma mulher madura e sábia.

Ele foi dar uma volta por Presidio para tirar fotos; depois iria até por Marina e Pacific Heights, em busca de algo interessante. As autoridades pediram para as pessoas evitarem a área financeira, o centro, onde os prédios eram muito mais altos e perigosos e a destruição também era maior. A polícia ainda temia que objetos pesados e pedaços dos edifícios caíssem. Era mais fácil passear nos bairros residenciais, embora vários estivessem bloqueados pela polícia e pelos bombeiros. Os helicópteros patrulhavam a cidade voando tão baixo que dava para ver o rosto dos pilotos. Volta e meia eles pousavam em Crissy Field, em Presidio, e os pilotos conversavam com as pessoas que se aproximavam pedindo notícias do resto da cidade e das regiões em volta. Vários residentes atuais de Presidio moravam nas regiões de East Bay, Peninsula e Marin e não tinham como voltar para casa, com as pontes e as estradas fechadas. Era difícil saber realmente o que estava acontecendo, e havia boatos de mortes, destruição e matanças pela cidade. Era um conforto ouvir notícias recentes, e os pilotos eram a fonte mais segura no momento.

Melanie passou o dia ajudando Maggie, tal como nos anteriores. Os feridos chegavam a toda hora, enviados pelas emergências dos outros hospitais. Eles receberam um estoque enorme de comida e medicamentos naquela tarde. As refeições eram fartas, e um número grande de voluntários cozinhava muito bem. O dono e chef de um dos melhores restaurantes da cidade estava em um dos hangares com a família e tinha assumido o comando de um dos refeitórios, para a alegria geral. A comida era ótima, mas nem Melanie nem Maggie tinham muito tempo para se alimentar. Em vez de pararem para almoçar, as duas foram com os médicos do acampamento ao encontro do helicóptero e carregaram os medicamentos para dentro.

Melanie estava carregando uma caixa com dificuldade, mas, antes que a derrubasse, foi socorrida por um jovem de jeans rasgado e suéter caindo aos pedaços. Melanie respirou aliviada, pois a caixa estava repleta de coisas frágeis. Ele a segurou com facilidade e ela agradeceu por evitar um desastre e não quebrar as ampolas de insulina e seringas para os inúmeros diabéticos registrados no acampamento. Um hospital no estado de Washington enviara os medicamentos.

— Obrigada — disse Melanie, quase sem fôlego, porque a caixa era enorme. — Quase deixei cair.

— Essa coisa é maior que você — comentou seu benfeitor, sorrindo. — Eu já vi você por aqui — comentou ele, andando com ela na direção do hospital. — Você me parece familiar. A gente já se encontrou antes? Eu estou no último ano de engenharia da Universidade de Berkeley, me especializando em países subdesenvolvidos. Você estuda lá? — Ele sabia que já tinha visto o rosto dela antes, mas Melanie apenas sorriu.

— Não, eu sou de Los Angeles — respondeu ela, vagamente, quando eles se aproximaram do hospital. Ele era alto, loiro e com olhos azuis, com uma aparência saudável e jovem. — Eu vim para cá somente por uma noite — explicou ela.

Ele sorriu para Melanie, impressionado com a sua beleza, mesmo com cabelo despenteado, roupas sujas e sem maquiagem. Ambos pareciam sobreviventes de um naufrágio. Ele usava um tênis emprestado, depois de ter passado a noite na cidade, na casa de um amigo, e de ter saído correndo de cueca e descalço antes de o lugar desabar. Felizmente, todos os moradores sobreviveram.

— Sou de Pasadena — comentou ele. — Eu estudava na Universidade da Califórnia, em Los Angeles, mas me transferi para cá ano passado. Gosto muito daqui. Pelo menos gostava, até então. — Ele sorriu. — Mas também há terremotos em Los Angeles.

Ele a ajudou a levar a caixa, e a irmã Maggie disse onde poderia deixá-la. Ele ficou curioso para saber mais sobre Melanie. Até então, ela não tinha falado muito, e ele queria saber em qual universidade ela estudava.

— Meu nome é Tom. Tom Jenkins.

— O meu é Melanie — disse ela baixinho, sem acrescentar o sobrenome.

Maggie sorriu ao passar por eles. Era óbvio que Tom não sabia quem ela era, o que Maggie considerava ótimo para Melanie. Pelo menos uma vez, alguém conversava com ela como se fosse uma menina qualquer, e não porque era famosa.

— Estou trabalhando no refeitório — acrescentou ele. — Parece que vocês estão bastante ocupadas aqui.

— Muito mesmo — comentou Melanie enquanto ele a ajudava a abrir a caixa.

— Acho que vocês vão permanecer aqui por um tempo. Todos nós vamos. Ouvi dizer que a torre do aeroporto caiu como um castelo de cartas.

— É, não acho que a gente vai sair daqui tão cedo.

— Só tínhamos mais duas semanas de aula, mas não acredito que voltaremos à faculdade. Também não acredito que vamos ter festa de formatura. Eles vão acabar nos enviando os diplomas pelo correio. Eu ia passar o verão aqui, tinha conseguido um emprego na prefeitura, mas acho que agora isso já era. Se bem que eles vão precisar de engenheiros. Mas eu quero voltar para Los Angeles o mais rápido possível.

— Eu também — comentou ela ao desempacotar a caixa.

Tom não parecia ter pressa para voltar ao refeitório. Estava adorando conversar com Melanie. Ela era gentil e tímida, além de parecer ser muito legal.

— Você tem algum tipo de treinamento médico?

— Até agora não tinha. Mas estou aprendendo aqui.

— Ela é uma ajudante excelente — elogiou Maggie ao voltar para pegar os suprimentos enviados. Tudo de que ela precisava estava ali, o que era um grande alívio. O hospital local e o exército tinham fornecido insulina, mas o estoque estava no fim. — Ela daria uma ótima enfermeira — acrescentou Maggie sorrindo e carregando o conteúdo da caixa para o depósito de medicamentos.

— O meu irmão está fazendo medicina, em Syracuse — comentou ele. Melanie percebeu que Tom estava fazendo hora e sorriu para ele.

— Eu adoraria fazer enfermagem — admitiu Melanie. — Mas minha mãe me mataria. Ela tem outros planos para mim.

— Tipo o quê? — perguntou Tom intrigado com ela, principalmente por causa de seu rosto familiar. De certa maneira, Melanie era como qualquer menina, mas com um toque especial.

— É complicado. Ela tem vários sonhos e quer que eu os realize. É besteira de mãe e filha. Eu sou filha única, então todas as apostas dela são em mim. — Era um alívio poder reclamar com Tom, apesar de ela não o conhecer. O rapaz foi solidário e realmente a escutava. Pelo menos daquela vez, tinha a sensação de que alguém se importava com sua opinião.

— Meu pai queria que eu fosse advogado. Ele vive reclamando da minha escolha, acha que ser engenheiro não é interessante. E vive me lembrando de que não vou ganhar dinheiro trabalhando em países subdesenvolvidos. Eu sei que nessa parte ele tem razão, mas, com um diploma de engenharia na mão, posso fazer outra especialização mais tarde. Eu teria odiado a faculdade de direito. Ele sempre quis um médico e um advogado na família. A minha irmã é Ph.D. em Física e dá aula no MIT. Meus pais são obcecados com escolaridade. Mas os diplomas não nos tornam um ser humano decente. Eu quero ser mais do que alguém com boa formação. Eu quero fazer diferença no mundo. A minha família tem mais interesse em estudar para ter dinheiro.

Era claro que a família de Tom tinha uma excelente instrução, e Melanie não teria como explicar que sua mãe queria apenas que ela fosse famosa. Melanie ainda sonhava em um dia ir para a faculdade, mas com um calendário lotado de shows e gravações não tinha tempo e desse jeito nunca teria. Para compensar, ela lia bastante e se informava sobre o que acontecia no mundo. A vida de celebridade não era o suficiente para Melanie.

— É melhor eu voltar para o refeitório — falou Tom. — Tenho que ajudar a fazer sopa de cenoura. Não sei cozinhar direito, mas até agora ninguém reclamou.

Tom deu uma risada e comentou que esperava vê-la por lá de novo. Melanie disse para ele voltar caso se machucasse, embora esperasse que não, e ele foi embora acenando para ela. Maggie passou por lá e comentou sobre o encontro.

— Ele é bonitinho — disse a irmã com um brilho nos olhos.

Melanie riu como uma adolescente e não como uma superestrela.

— É, é mesmo. E legal. Está se formando em engenharia em Berkeley. Ele é de Pasadena.

Tom era bastante diferente de Jake, com seu visual todo moderno e carreira de ator, visitas frequentes a clínicas de reabilitação, embora tivesse sido apaixonada por ele durante um tempo. Mas recentemente ela tinha reclamado do egoísmo de Jake com Ashley. E também não tinha certeza se ele era totalmente fiel. Tom parecia completamente decente, centrado, um cara legal. Como Melanie teria dito a Ashley, um tremendo gato. Um tesão. E com cérebro. E um sorriso lindo.

— Quem sabe vocês não se encontram em Los Angeles — comentou Maggie, cheia de esperança.

Ela adorava a ideia de dois jovens se apaixonando. E, até então, o namorado de Melanie não a impressionara. Jake só tinha passado no hospital uma vez para visitá-la, disse que o lugar cheirava mal e foi embora para o hangar onde eles ficavam. Ele não tinha se prestado a fazer nada para ajudar a quem o ajudava e achava ridículo uma cantora famosa como Melanie ficar brincando de enfermeira. Ele pensava da mesma maneira que a mãe dela, visivelmente aborrecida com a atuação de Melanie e reclamando toda noite quando a filha voltava para dormir.

Maggie e Melanie voltaram a trabalhar, enquanto no refeitório Tom conversava com seu amigo, dono da casa onde ele estava na noite do terremoto. O amigo estava no último ano de faculdade na Universidade de São Francisco.

— Eu vi com quem você estava conversando — comentou o rapaz, com um sorriso malicioso. — Malandro, hein?

— É, ela muito bonita — comentou Tom, meio envergonhado. — E bem legal também. Mora em Los Angeles.

— Não brinca! — debochou o amigo de Tom, rindo enquanto eles colocavam panelas de sopa de cenoura no fogão a gás de botijão fornecido pela Guarda Nacional. — E onde você achava que ela morava? Em Marte?

Tom não tinha a menor ideia de por que seu amigo estava achando isso tão engraçado.

— E o que isso quer dizer? Ela poderia morar aqui.

— Ai, meu Deus, será que você não lê nenhuma fofoca de Hollywood? Claro que mora em Los Angeles, com uma carreira como a dela. Cacete, cara, ela acabou de ganhar um Grammy.

— Sério? — questionou Tom, sem entender nada. — Ela disse que o nome dela é Melanie... — Então ficou mortificado ao entender o que havia feito e quem era ela. — Ai, meu Deus, ela deve estar pensando que sou um idiota. Eu não a reconheci. Ah, Deus... Eu pensei que ela era apenas uma loira bonita que estava prestes a derrubar uma caixa. E que bumbum ela tem — comentou, rindo com seu amigo. Porém, mais do que isso, Melanie parecia ser realmente legal e fora bem despretensiosa e realista. Os comentários que ela fizera sobre a ambição da mãe deveriam ter sido um sinal para Tom. — Ela disse que quer fazer enfermagem, mas a mãe não deixa.

— Com certeza. Com a grana que ela deve faturar cantando. Porra, eu também não deixaria que ela fizesse enfermagem se fosse a mãe dela. Ela deve ganhar milhões com seus álbuns.

— E daí? — perguntou Tom, irritado. — Se ela não gosta do que faz... Dinheiro não é tudo o que importa.

— Quando você está no nível dela, é sim — rebateu o rapaz de forma prática. — Ela pode juntar uma boa grana agora e fazer o que quiser mais tarde. Mas não consigo imaginá-la como enfermeira.

— Parece que está gostando do que faz, e a voluntária que trabalha com ela disse que é muito boa nisso. Deve ser um alívio para ela estar aqui sem ser reconhecida. — De repente, Tom ficou envergonhado de novo. — Ou será que sou o único no planeta que não sabia quem ela era?

— Provavelmente. Eu tinha ouvido falar que Melanie Free estava aqui. Mas ainda não a tinha visto até hoje, quando vi vocês conversando. Sem sombra de dúvida, ela é gata. Mandou bem, cara — declarou, parabenizando Tom pelo bom gosto.

— Até parece. Ela deve achar que sou o cara mais burro do acampamento. E provavelmente o único que não a reconheceu.

— Ela provavelmente achou isso fofo — comentou o amigo.

— Eu disse que ela tinha um rosto familiar — resmungou Tom. — Pensei que ela estudava na Berkeley.

— Não — respondeu o amigo sorrindo. — Muito melhor que isso! Você vai encontrar de novo com ela? — Ele esperava que sim, mesmo que só mais uma vez, para poder dizer que finalmente a havia reconhecido.

— Talvez. Se eu superar a vergonha.

— Supera sim. Ela vale a pena. Sem falar que você não vai ter outra chance como essa de conhecer uma superestrela.

— Ela não age como se fosse uma. Parece uma pessoa do mundo real — comentou Tom. Essa foi uma das coisas que ele gostara em Melanie, ela tinha os pés no chão. E claro que a inteligência e a beleza também ajudavam. E, obviamente, trabalhava duro.

— Então, para de reclamar que mandou mal. Vai encontrar com ela de novo.

— É. Talvez — respondeu Tom, ainda sem estar convencido. Ele começou a mexer a sopa e ficou pensando se Melanie iria ao refeitório na hora do almoço.

Everett voltou naquela tarde da caminhada em Pacific Heights. Ele tirou fotos de uma mulher sendo resgatada dos escombros de uma casa. Ela havia perdido uma perna, mas estava viva. O resgate foi uma cena muito emocionante, e até Everett chorou. Os últimos dias tinham sido emocionantes, e, mesmo com a experiência em zonas de guerra, vários episódios no acampamento o marcaram profundamente. Ele aproveitou para conversar com Maggie a respeito disso assim que ela conseguiu parar para descansar. Melanie estava lá dentro entregando as ampolas de insulina e as agulhas aos diabéticos que ouviram o comunicado para irem pegá-las no hospital.

— Sabe, vou sentir falta daqui quando voltar para Los Angeles — comentou ele, sorrindo. — Gostei daqui.

— Eu sempre gostei — acrescentou ela, baixinho. — Quando cheguei, vinda de Chicago, me apaixonei pela cidade. Vim para cá para me juntar à Ordem das Carmelitas e acabei em outra ordem. Adorei trabalhar com os pobres nas ruas.

— A nossa madre Teresa — brincou Everett, sem saber que ela havia sido comparada à santa freira várias vezes.

Maggie tinha as mesmas qualidades de humildade, energia e uma compaixão sem fim, tudo devido a sua fé e personalidade. Parecia ser iluminada.

— Acho que as Carmelitas teriam sido muito paradas para mim. Muita oração e pouco trabalho. Eu combino mais com a minha ordem — disse ela, parecendo relaxada, enquanto ambos bebiam água.

Mais uma vez o dia estava quente, como vinham sendo desde antes do terremoto, o que não era comum. Nunca fazia calor em

São Francisco, mas agora estava bem quente. O sol do final de tarde era uma delícia.

— Alguma vez você já ficou cansada ou questionou sua vocação? — perguntou Everett, bastante interessado. Eles tinham se tornado amigos, e ela o fascinava.

— E por que eu faria isso? — perguntou Maggie, completamente surpresa.

— Porque chega uma hora que a maioria de nós se questiona a respeito do que estamos fazendo com nossas vidas, se fizemos as escolhas corretas. Eu já fiz isso muitas vezes — admitiu ele, e Maggie concordou.

— Você fez escolhas difíceis — comentou ela, gentilmente. — Você se casou com 18 anos, se divorciou, largou seu filho, saiu de Montana, e seu emprego era praticamente uma vocação também, não apenas um trabalho. Você teve que sacrificar sua vida pessoal. Aí largou o trabalho e parou de beber. Todas essas foram decisões importantes e difíceis. As minhas escolhas sempre foram mais fáceis. Eu vou aonde me mandam e faço o que me ordenaram. Obediência. Isso torna a vida mais simples — acrescentou ela, soando serena e confiante.

— É simples assim? Você nunca discorda dos seus superiores e quer fazer as coisas de outra maneira?

— Meu superior é Deus — respondeu ela. — No final das contas, trabalho para Ele. E sim — acrescentou cuidadosamente —, às vezes acho que o que a madre superiora ou o bispo querem não tem tanta importância assim ou é muito conservador. A maioria deles acha que sou muito radical, mas agora me deixam livre para fazer o que quero. Eles sabem que não vou envergonhá-los, e tento não me meter em política local. Isso acaba irritando a todos, especialmente quando estou certa — declarou Maggie, rindo.

— E você não se importa em não ter vida própria?

Everett não conseguia imaginar isso. Ele era independente demais para viver obedecendo aos outros, especialmente uma igreja ou seus administradores. Mas esta era a essência da vida de Maggie.

— Essa é a minha vida. Eu a adoro. Não interessa se trabalho aqui em Presidio ou em Tenderloin, ou com prostitutas ou drogados. Estou aqui para ajudá-los, servindo ao Senhor. Como o Exército serve ao país. Eu simplesmente sigo ordens. Não preciso criar as regras.

Everett sempre tivera problemas com regras e autoridade, o que foi, por um tempo em sua vida, o motivo para beber. Essa foi a maneira que encontrou de não seguir as regras e de escapar da pressão alheia. Maggie era bem mais fácil de lidar do que ele, mesmo agora que não bebia mais. Everett ainda se incomodava com figuras de autoridade, no entanto conseguia se controlar mais. Já estava mais velho, mais calejado, e a abstinência tinha ajudado nesse sentido.

— Você faz isso parecer tão fácil — declarou Everett, suspirando ao terminar de beber a água e olhando para Maggie. Ela era uma mulher bonita, mas sabia se conter para não se envolver com os outros de uma maneira mais pessoal, mais feminina. Era um colírio para os olhos, porém mantinha uma muralha invisível ao redor. Algo mais poderoso que o hábito que Maggie não vestia. Mesmo que não fosse perceptível, ela estava sempre bem consciente de que era uma freira e ponto final.

— Mas é simples, Everett — disse Maggie, gentilmente. — Eu sigo as ordens do padre e faço o que me mandam. Estou aqui para servir e não para mandar, para dizer como as pessoas devem seguir a vida delas. Meu trabalho não é esse.

— Nem o meu, mas tenho opiniões fortes sobre a maioria das coisas. Você não tem vontade de ter sua própria casa, um marido, filhos?

— Nunca pensei nisso. Jamais achei que isso era para mim. Se eu fosse casada e tivesse filhos, estaria cuidando deles, mas dessa maneira posso cuidar de mais pessoas — respondeu Maggie, perfeitamente contente.

— E você não quer mais que isso na vida?

— Não — disse Maggie, sorrindo. — Não mesmo. Minha vida é perfeita da maneira que é, e eu a adoro. Isso é o que significa ter uma vocação. Esse é o meu chamado. É como ser escolhida para um propósito especial, é uma honra. Eu sei que você imagina que seja um sacrifício, mas não vejo dessa maneira. Eu não desisti de nada e ganhei muito mais do que imaginava. Não posso pedir mais da vida.

— Você tem sorte — retrucou Everett, tristemente. Era óbvio que Maggie não queria nada para si, que não tinha necessidade nem desejo de mudar de vida ou conseguir algo. Ela era completamente feliz e realizada dedicando sua vida a Deus. — Eu sempre quis algo que nunca tive, e fico pensando como seria ter essas coisas. Dividir minha vida com alguém, ter filhos e vê-los crescerem em vez do filho que nunca conheci. Simplesmente ter alguém com quem aproveitar a vida. Depois de uma certa idade não é mais legal fazer tudo sozinho. Você se sente vazio e egoísta. E qual é o sentido da vida se você não a divide com alguém? Para acabar morrendo sozinho? Eu nunca tive tempo de fazer nada disso porque estava sempre cobrindo zonas de guerra. Ou talvez tivesse medo de me comprometer depois de ter me casado tão cedo. Ser baleado me assustava menos do que casar — admitiu, deprimido. Maggie tocou de leve em seu braço.

— Você deve procurar seu filho — falou ela, suavemente. — Quem sabe ele não precisa de você, Everett. Isso pode ser um grande presente para seu filho. E ele pode preencher o vazio que você sente. — Maggie via claramente que Everett se sentia solitário e achava que, em vez de encarar um futuro sozinho, ele deveria retomar um elo do passado com o filho.

— Talvez — respondeu ele, pensando no assunto, mas resolvendo mudar o rumo da conversa. Procurar o filho o assustava, isso seria difícil demais. Tudo havia acontecido muito tempo atrás e Chad provavelmente o odiava por ter sido abandonado. Na época, Everett tinha 21 anos e aquela responsabilidade toda fora demais para ele. Então foi embora e ficou bebendo pelos 26 anos seguintes. Everett tinha mandado a pensão para o menino até ele fazer 18 anos, mas isso já havia acabado há 12 anos. — Sinto falta das minhas reuniões — comentou ele ao se sentar. — Sempre me sinto mal se não vou às reuniões do AA. Tento ir duas vezes por semana, às vezes até mais. — E fazia três dias que Everett não ia a nenhuma. Não havia eventos assim na cidade, e ele também não tinha feito nada para organizar algum no acampamento.

— Acho que você deve tomar essa iniciativa — encorajou Maggie. — Podemos passar outra semana aqui, ou mais. É muito tempo para você passar sem ir a uma reunião. Com tanta gente em um só lugar, tenho certeza de que conseguiria um grupo grande.

— Quem sabe eu não faço isso — respondeu Everett, sorrindo. Ela sempre o fazia se sentir melhor. Maggie era extraordinária. — Acho que te amo, Maggie, mas de uma maneira respeitosa. Nunca conheci ninguém como você. Você é como a irmã que eu nunca tive, mas que sempre quis.

— Obrigada — respondeu ela docemente ao se levantar. — Você lembra um pouco um dos meus irmãos. O que era padre. Acho que você deveria considerar o sacerdócio — brincou ela. — Você tem muita história para contar. E imagina as confissões apimentadas que ouviria!

— Nem mesmo por isso! — disse Everett, revirando os olhos.

Ele saiu de lá, procurou um dos voluntários da Cruz Vermelha que cuidava da administração do acampamento e voltou para seu dormitório para fazer um cartaz. "Amigos de Bill W." Os membros do AA entenderiam, era um código para as reuniões que usava o nome do fundador. E com o tempo ameno, o encontro poderia ser até mesmo ao ar livre. Havia uma área arborizada que descobrira ao andar por lá que seria o lugar ideal. O administrador do acampamento prometeu fazer o anúncio no dia seguinte, pela manhã. O terremoto juntou todos eles ali, cada um com seus problemas e suas vidas, e agora estavam se tornando uma cidade independente. Mais uma vez, Maggie estava certa. A decisão de organizar a reunião do AA fez com que se sentisse melhor. Para Everett, Maggie não era simplesmente uma mulher ou uma freira, era magia pura.

Capítulo 7

Envergonhado, Tom voltou para o hospital no dia seguinte para ver Melanie. Ele a viu quando ela estava a caminho do galpão usado como lavanderia. Melanie estava carregando um monte de coisas e quase tropeçou quando o viu. Tom a ajudou a colocar as roupas para lavar, ao mesmo tempo que pedia desculpas por não a ter reconhecido.

— Desculpe, Melanie. Normalmente eu não sou tão desligado assim. Não me toquei, acho que é porque não esperava ver você aqui.

Ela sorriu, sem se incomodar por não ter sido reconhecida. Na realidade, havia gostado disso.

— Eu me apresentei em uma festa beneficente aqui na quinta.

— Adoro a sua música e a sua voz. Bem que achei que você tinha um rosto familiar — declarou Tom rindo, finalmente relaxando um pouco. — Mas achei que a gente se conhecia da faculdade.

— Quem dera — comentou Melanie sorrindo ao andar para fora do galpão. — Gostei quando você não descobriu quem eu era. Às vezes é chato ser reconhecida, porque todo mundo quer puxar seu saco.

— Imagino.

Eles voltaram para o outro hangar, pegaram umas garrafas de água no caminhão de distribuição e sentaram para conversar. Era um cenário muito bonito, a Golden Gate Bridge ao fundo e a baía brilhando com os raios de sol.

— Você gosta do seu trabalho, do que você faz?

— Às vezes. Mas às vezes é muito difícil, porque minha mãe exige muito de mim. Eu sei que deveria ser agradecida. Ela é responsável pela minha carreira, pelo meu sucesso. E sempre me diz isso. Mas ela quer essa vida muito mais do que eu. Adoro cantar e gosto das músicas. Às vezes é legal sair em turnê e fazer shows, mas tem vezes que é muita pressão. Não dá para fazer escolhas. Ou a gente faz tudo ao mesmo tempo, ou não faz nada.

— E você já tirou férias?

Ela negou e caiu na gargalhada.

— Minha mãe não deixa. Ela acha que isso é suicídio profissional. Ninguém tira férias na minha idade. Eu queria ir para a faculdade, mas não teve como. Comecei a ficar famosa no segundo ano do ensino médio, então larguei a escola, estudei em casa e me formei. Eu estava falando sério. Adoraria fazer enfermagem, mas ela nunca vai deixar.

Melanie achou que bancava a "pobre menina rica", mas Tom estava prestando atenção e teve uma ideia do tipo de pressão que ela sofria. Para ele, aquilo não parecia tão legal assim. Melanie desabafava com tristeza, como se tivesse perdido uma grande parte da juventude, o que era verdade. Tom se sensibilizou com isso e ficou com pena dela.

— Eu adoraria ver um show seu — comentou ele —, agora que a conheço.

— Vou fazer um show em Los Angeles em junho. Aí vou para a estrada. Primeiro paro em Las Vegas e depois viajo pelo país todo em julho, agosto e setembro. Quem sabe não dá para você ir ao show de junho.

Apesar de terem acabado de se conhecer, Melanie e Tom gostaram dessa ideia. Caminharam devagar de volta ao hospital, e ele prometeu voltar para conversar quando chegaram à porta. Tom não tinha perguntado se ela tinha namorado, e Melanie se esqueceu de mencionar Jake, afinal ele andava tão insuportável desde que chegaram lá, reclamava o tempo todo. Ele queria voltar para casa, assim como 80 mil outras pessoas em Presidio que, apesar disso, lidavam melhor com a situação. Essa inconveniência não afetava somente ele. Na noite anterior, Melanie tinha dito a Ashley que Jake parecia uma criança. E estava se cansando de lidar com ele, por ser bastante imaturo e egoísta. Mas, quando voltou a trabalhar com Maggie, esqueceu dele, e até de Tom.

A reunião do AA que Everett organizou naquela noite foi um sucesso. Para a surpresa dele, quase cem pessoas apareceram, felizes pela ocasião. O cartaz "Amigos de Bill W." tinha atraído participantes do AA, e naquela manhã comunicaram o local. A reunião durou duas horas, e muitos compartilharam suas experiências. Ele se sentia outro homem ao chegar no hospital às oito e meia da noite para falar com Maggie. Ela parecia cansada.

— Você estava certa! A reunião foi fantástica! — declarou com os olhos brilhando de felicidade. Ele relatou o sucesso da reunião para Maggie, que ficou muito feliz. Everett ficou no hospital por uma hora, pois as coisas estavam calmas. Maggie já havia mandado Melanie ir embora para descansar, então os dois conversaram por um bom tempo.

Ela acabou indo embora com Everett, que a acompanhou até o prédio onde os religiosos se hospedavam. Havia freiras, padres, ministros, rabinos e dois monges budistas. Maggie gostava de conversar com Everett; ele se sentia com energia renovada depois da reunião, e agradeceu a ela de novo quando foi embora.

— Obrigado, Maggie, você é uma ótima amiga.

— Você também, Everett — respondeu ela, sorrindo. — Fico feliz por ter dado certo.

Por um momento, Maggie tinha ficado preocupada com o que aconteceria se ninguém comparecesse. Mas o grupo concordou em se reunir todos os dias no mesmo horário, e ela tinha a impressão de que mais gente apareceria. Todo mundo estava bastante estressado. Até ela se sentia assim. Os padres rezavam a missa todas as manhãs, e isso ajudava a começar bem o dia, da mesma forma que a reunião havia ajudado Everett. E Maggie rezava por pelo menos uma hora todas as noites, ou por quanto tempo aguentasse, antes de dormir. Os dias estavam sendo bem longos e cansativos.

— Até amanhã — despediu-se Everett ao ir embora.

Maggie entrou no prédio onde estava hospedada. Lanternas a pilha iluminavam as escadas do corredor. Quando ela chegou ao quarto que dividia com mais seis irmãs, todas voluntárias no acampamento, estava pensando em Everett, e pela primeira vez se sentiu isolada das outras freiras. Uma delas reclamava que não podia vestir seu hábito, porque o havia esquecido no convento quando o prédio pegou fogo devido a um vazamento de gás. Ela chegou em Presidio com um roupão de banho e chinelos. A religiosa se sentia nua sem a indumentária. Maggie detestava vestir o hábito e, nos últimos anos, só o botara na noite da festa beneficente por não ter um vestido, apenas as roupas que usava para trabalhar nas ruas.

Era a primeira vez na vida que tinha esse tipo de sensação. Não sabia bem o motivo, mas elas pareciam ter uma visão limitada, e Maggie pensou na conversa com Everett sobre o quanto gostava de ser freira. Ela gostava mesmo, mas às vezes se irritava com as outras e com os padres. Mas ela se esquecia disso, pois sua conexão era com Deus e com as almas perdidas a quem ajudava. Às vezes, os membros das ordens religiosas a incomodavam, especialmente os moralistas e os que adotavam escolhas de vida limitadas.

Mas seus sentimentos a preocupavam. Everett tinha perguntado se alguma vez ela havia questionado sua vocação e Maggie nunca o tinha feito. E também não estava questionando agora, mas sentia falta de conversar com ele, dos papos filosóficos que tinham, das suas piadas. O pensamento a preocupou. Maggie não queria se apegar a um homem e cogitou que talvez a outra freira estivesse correta, as freiras precisassem de hábitos para os outros manterem a distância. Não havia essa distância entre ela e Everett. As atuais e incomuns circunstâncias ajudaram a formar novas amizades, elos inquebráveis e até romances. Ela queria ser amiga dele, nada mais. Maggie se lembrou disso de novo ao lavar o rosto com água fria e se deitar, começando a rezar. Tentou evitar que ele entrasse em seus pensamentos, mas isso acontecia volta e meia, e ela teve que se esforçar para impedir. Era um lembrete de que ela era a noiva de Deus e de mais ninguém. Ela pertencia somente ao Senhor e a mais ninguém. Era assim que as coisas eram e sempre seriam. À medida que rezava com fervor, conseguiu apagar a imagem de Everett da mente e pensou somente em Jesus. Respirou profundamente quando acabou de rezar, fechou os olhos e adormeceu em paz.

Melanie sentia-se exausta quando chegou ao hangar onde estava hospedada naquela noite. Era seu terceiro dia de serviço no hospital, e, apesar de adorar o trabalho, teve que admitir no caminho de volta que seria ótimo tomar um banho quente e deitar em sua cama, vendo TV até dormir. Entretanto, dividia com centenas de pessoas um galpão enorme, barulhento, malcheiroso e com uma cama desconfortável. E ela sabia bem que continuariam ali por vários dias mais. A cidade permanecia isolada, e não tinha como sair de lá. Como dizia a Jake sempre que ele reclamava, tinham que tornar aquela estada lá o mais agradável possível. Melanie estava decepcionada com o namorado, que reclamava tanto e descontava a raiva nela. E Ashley não era fácil também. Chorava o tempo todo, dizia que estava sofrendo de transtorno de estresse pós-traumático e queria ir para casa. Janet também não gostava de lá, porém ao menos estava fazendo novas amizades e falava da filha o tempo todo, para que todos soubessem como ela era importante. Melanie não ligava, já estava acostumada, a mãe fazia isso o tempo todo. E os meninos da banda e os roadies fizeram vários amigos e se encontravam constantemente para jogar pôquer. Melanie e Pam eram as únicas que trabalhavam, então Melanie quase nunca via os outros.

Ela pegou um refrigerante de cereja para beber. O corredor estava pouco iluminado, escuro o suficiente para fazer alguém tropeçar ou cair. Várias pessoas dormiam no chão, em sacos de dormir, e durante toda a noite havia crianças chorando. Era como viajar na terceira classe de um navio ou estar em um campo de refugiados. Melanie chegou até onde seu grupo dormia. Eles tinham mais de uma dúzia de camas, e alguns dos roadies estavam deitados no chão. A cama de Jake era ao lado da dela.

Ela se sentou na borda da cama e tocou no ombro dele, do lado de fora do saco de dormir. Jake estava de costas para ela.

— Ei, amor — sussurrou Melanie no escuro.

O galpão já estava silencioso, as pessoas dormiam cedo. Todos estavam assustados, aborrecidos, deprimidos, pensando nas perdas, e, como não havia nada para fazer à noite, iam dormir cedo. Jake não se mexeu, portanto Melanie pensou que ele estivesse cochilando. Sua mãe não estava lá, e ela já estava indo para sua cama quando viu movimentos no saco de dormir de Jake, e duas cabeças apareceram de dentro dele. Ashley e Jake.

— O que você está fazendo aqui? — perguntou ele, surpreso e zangado.

— Eu durmo aqui — respondeu Melanie, sem entender a princípio o que estava acontecendo, mas de repente compreendeu tudo. — Que ótimo — disse a Ashley, sua amiga durante a vida inteira. — Ótimo mesmo. Que merda que vocês fizeram — sussurrou Melanie para que os outros não escutassem. Ashley e Jake se sentaram, e Melanie percebeu que estavam nus. Ashley saiu do saco de dormir e vestiu rapidamente uma camiseta e uma calcinha fio dental que eram de Melanie. — Você é um babaca — falou ela para Jake, e foi andando. Ele segurou o braço de Melanie e saiu do saco de dormir, somente de cueca.

— Pelo amor de Deus, amor. Só rolaram uns amassos, nada sério.

Todos começaram a assistir à cena. O pior de tudo é que sabiam quem ela era, sua mãe fizera questão de contar.

— Para mim é sério — respondeu Melanie, virando para encará-los. Ela se dirigiu a Ashley. — Eu não me importo de você roubar minha calcinha, mas o meu namorado é um pouco demais, não acha?

— Desculpa, Mel — respondeu Ashley de cabeça baixa, chorando. — Eu não sei o que aconteceu, isso tudo é tão assustador... estou tão nervosa... eu tive uma crise de ansiedade hoje. Jake só queria me ajudar... eu... não era... — Ela chorava mais ainda, o que deixou Melanie com o estômago embrulhado.

— Poupe-me. Eu nunca teria feito isso com você. E se os dois tivessem colocado a preguiça de lado e feito algo de útil aqui, talvez não tivessem que trepar para passar o tempo. Estou com nojo de vocês — falou Melanie, sua voz tremendo.

— Para de querer bancar a certinha! — berrou Jake, ao decidir que a melhor defesa era o ataque. Não funcionou com Melanie.

— Vai se foder! — berrou ela, bem na hora em que sua mãe chegou, completamente confusa ao ver a cena.

Janet percebeu que eles estavam brigando, mas não sabia por quê. Ela havia acabado de jogar baralho com umas amigas novas e alguns homens interessantes.

— Vai se foder, você! Você não é tão gostosa quanto pensa! — gritou Jake quando Melanie deu as costas e foi embora, seguida pela mãe.

— O que aconteceu?

— Não quero falar sobre isso — respondeu Melanie, indo para fora do salão.

— Melanie! Aonde você vai? — perguntou Janet, acordando as pessoas no caminho.

— Vou lá para fora. Não se preocupe, não vou para Los Angeles.

Então ela saiu e Janet voltou para dentro do salão, onde encontrou Ashley chorando e Jake dando um ataque, sabe-se lá por quê. Ele chutava as coisas, e os outros nas camas ao lado o mandaram parar com aquilo ou iriam bater nele. Jake não era popular ali, porque tinha sido grosseiro com todo mundo e seu charme de ator não encantou ninguém. Janet ficou preocupada e pediu para um dos integrantes da banda ir conversar com ele.

— Eu odeio este lugar! — berrou Jake, saindo, e Ashley foi correndo atrás dele.

Ter ficado com Jake foi uma ideia idiota, ela estava ciente. Ashley sabia bem o quanto lealdade e honestidade eram importantes para Melanie, e tinha medo de nunca ser perdoada. Ashley disse isso a Jake quando eles sentaram do lado de fora, enrolados em cobertores e descalços, mas sem avistar Melanie por lá.

— Ela que se foda — falou Jake. — Quando é que vão nos tirar daqui?

Ele tinha pedido a um dos pilotos de helicóptero para levá-los até Los Angeles. O piloto o olhou como se Jake fosse louco. Disse que eles trabalhavam para o governo e não para empresa privada.

— Ela nunca vai me perdoar — reclamou Ashley.

— E daí? Por que você se importa com isso? — Jake respirou fundo. Ele só havia se divertido um pouco com Ashley, eles não tinham mais nada para fazer e Melanie estava ocupada brincando de enfermeira. Ele culpou Melanie, justificando que, se a namorada estivesse presente, aquilo nunca teria acontecido. Ela era a responsável, não eles. — Você é duas vezes mais mulher que ela — disse Jake para Ashley, que estava abraçada com ele.

— Você acha mesmo? — perguntou Ashley, cheia de esperança e aparentando estar se sentindo bem menos culpada.

— Claro que acho, querida.

Eles voltaram para o galpão minutos mais tarde. Ela dormiu na cama dele, pois Melanie não estava lá mesmo. Janet fingiu que não tinha visto, mas entendeu muito bem o que havia acontecido. Ela nunca gostou de Jake. Não o achava famoso o suficiente para estar com sua filha, sem falar que não apreciava nem um pouco o passado dele com drogas.

Melanie voltou para o hospital e dormiu em uma das macas vazias. A enfermeira responsável disse que poderia dormir ali quando ela explicou que houve um problema em seu galpão. Melanie prometeu que se levantaria se aparecesse algum paciente.

— Não se preocupe — disse a enfermeira. — Vá descansar, você parece exausta.

— Estou mesmo — respondeu ela.

Melanie ficou acordada por horas, pensando nos rostos de Ashley e Jake no saco de dormir. A traição do namorado não era uma surpresa, embora ela o achasse um cachorro e o odiasse por ter feito isso justo com sua melhor amiga. Mas a traição de Ashley doía mais. Os dois eram fracos, egoístas e não tinham vergonha de explorá-la. Ela sabia que essas coisas aconteciam com a fama e já havia passado por traições antes. Mas estava farta das decepções que a fama trazia. O que tinha acontecido com amor, honestidade, lealdade, decência e amigos verdadeiros?

Melanie dormia pesado quando Maggie chegou pela manhã. A freira pegou um cobertor para cobri-la. Ela não tinha a mínima ideia do que havia acontecido, mas com certeza não tinha sido nada bom. Maggie deixou Melanie descansar até tarde. Ela parecia uma criança dormindo, e Maggie foi logo trabalhar. Havia muito o que fazer.

Capítulo 8

Na segunda-feira de manhã, a tensão era palpável e sufocante na casa de Sarah e Seth, em Divisadero. Seth continuava tentando usar todos os telefones da casa, sem sucesso. São Francisco permanecia isolada do mundo. Helicópteros continuavam voando baixo para ver se alguém precisava de ajuda, e ainda se ouviam as sirenes pela cidade. E quem podia ficava em casa. As ruas estavam desertas. Dentro da casa deles, a sensação era de que o apocalipse estava prestes a acontecer. Sarah se mantinha afastada de Seth, ocupada com as crianças. Eles ainda tinham a mesma rotina de sempre, mas ela e Seth mal falavam um com o outro. A confissão do marido tinha sido um choque muito grande para ela.

Ela serviu o café da manhã para as crianças, embora o estoque de comida estivesse acabando. Depois, brincou com eles no jardim e os empurrou nos balanços. Molly achava engraçado ver a árvore caída. A tosse e a dor de ouvido de Oliver já estavam melhor. As crianças estavam de bom humor, os pais, não. Sarah e Parmani fizeram sanduíches de pasta de amendoim, geleia e fatias de banana para as crianças almoçarem e as colocaram para dormir. A casa estava silenciosa quando Sarah foi conversar com Seth, no escritório. Ele parecia arrasado, olhando fixamente para a parede, perdido em pensamentos.

— Você está bem? — Seth nem se deu ao trabalho de responder. Somente se virou para olhá-la com tristeza. Tudo o que tinha construído para a família estava prestes a desabar. Ele se sentia acabado. — Você quer almoçar? — perguntou ela. Seth recusou e olhou para Sarah, suspirando.

— Você entende o que vai acontecer, não entende?

— Não exatamente — respondeu Sarah, com calma, ao se sentar. — Eu sei o que você me contou, que eles vão investigar os livros contábeis de Sully, descobrir que o dinheiro não está lá e rastrear isso até as suas contas.

— Isso se chama roubo e fraude. São crimes federais. Sem falar nos processos que os investidores de Sully e os meus vão iniciar. Vai ser uma tremenda confusão, Sarah. Por muito tempo.

— Ele só pensava nisso desde quinta à noite, e ela, desde sexta pela manhã.

— Mas o que isso quer dizer? Defina confusão — declarou Sarah com tristeza, pensando que seria melhor saber de tudo logo, pois também seria afetada.

— Um processo criminal provavelmente, uma denúncia, júri de acusação, julgamento. É bem capaz de eu ser condenado e ir para a prisão. — Ele olhou para o relógio, já eram quatro horas da tarde em Nova York, quatro horas depois do prazo para devolver o dinheiro para Sully, a tempo de a auditoria dos investidores dele checarem a quantia. Foi um grande azar a proximidade entre as auditorias deles, e um azar maior ainda o terremoto em São Francisco isolar a cidade e os bancos. Eles iriam morrer na praia. — A essa hora, Sully já foi pego com a boca na botija, e ainda esta semana a Comissão de Títulos e Câmbio vai abrir uma investigação dos livros contábeis dele, e, quando essa cidade voltar a funcionar, dos meus também. Estamos no mesmo barco. Os investidores vão começar a nos processar por apropriação indébita de recursos, roubo e fraude. — Para piorar a situação, ele concluiu: — Tenho quase certeza de que vamos perder esta casa e tudo o que temos.

— E depois, o que acontece? — perguntou Sarah, com a voz trêmula. A descoberta de perder os bens materiais a chocava menos que a descoberta da desonestidade de Seth. Um criminoso, uma fraude. Há seis anos amava um homem que não conhecia. Se ele tivesse se transformado em lobisomem na frente dela, o choque teria sido menor. — E o que vai acontecer comigo e com as crianças?

— Não sei, Sarah — respondeu ele, honestamente. — Talvez você tenha que trabalhar.

Ela concordou. Trabalhar não era problema, havia coisas muito piores. Sarah estava pronta para arrumar um emprego se isso fosse ajudá-los, mas, se Seth fosse condenado, o que iria acontecer com a vida e o casamento deles? Se ele fosse para a cadeia, quanto tempo ficaria lá? Ela não tinha nem coragem de perguntar, ao vê-lo ali, sentado, balançando a cabeça, chorando. Também a assustava perceber que o marido pensava apenas em si mesmo e não nas consequências para a família. Mas o que iria acontecer com ela e com as crianças se ele fosse para a cadeia?

— Você acha que a polícia vai aparecer aqui assim que a cidade voltar a funcionar? — Ela não tinha ideia do que aconteceria. Sarah não havia pensado em algo assim nem em seu pior pesadelo.

— Não sei. Acho que eles vão começar com uma investigação da Comissão de Títulos e Câmbio. Mas isso pode ir de mal a pior bem rápido. Assim que os bancos abrirem, o dinheiro vai estar lá, e aí eu estarei ferrado.

Sarah assentiu, tentando digerir a informação.

— Você disse que já fez isso antes com Sully. Quantas vezes? — perguntou Sarah, com os olhos sem brilho e a voz emocionada. Seth não tinha agido de modo desonesto somente uma vez, mas talvez há anos.

— Algumas — respondeu ele, tenso.

— Quantas?

— E faz diferença? — perguntou Seth, contraindo os músculos da mandíbula. — Três, talvez quatro. Ele me ajudou a entrar nesse esquema. A primeira vez que fiz foi logo depois que começamos a trabalhar, para nos dar um empurrão e fazer com que os investidores ficassem interessados no nosso fundo de hedge. Demos uma maquiada nas coisas. E funcionou... então fizemos de novo. Isso atraiu os investidores grandes, porque eles pensaram que nós tínhamos todo aquele dinheiro nas contas.

Seth tinha mentido, traído a confiança dos investidores, cometido fraude, pura e simplesmente. Para Sarah, isso era inconcebível, e agora ela entendia a razão do repentino sucesso do marido. O menino prodígio de quem todos falavam não passava de um mentiroso e de um ladrão, um criminoso. E o pior de tudo é que era casada com ele. Até Sarah tinha sido enganada. Ela nunca quis todo o luxo e extravagância que ele deu à família, ela não precisava disso. No começo, Sarah até havia ficado preocupada com isso. Mas Seth insistiu que estava fazendo muito dinheiro e eles mereciam um estilo de vida fabuloso. Casas, joias, carros de luxo, o jatinho. E tudo conquistado por meio de ações criminosas. Agora ele estava prestes a ser pego, todos os frutos desse trabalho iriam desaparecer da vida dos dois.

— Também vamos ter problemas com a Receita Federal? — perguntou Sarah, em pânico. Como eles declaram os bens em conjunto no Imposto de Renda, ela poderia ter problemas. O que aconteceria com as crianças se também acabasse na cadeia? A hipótese a apavorou.

— Claro que não — reafirmou ele. — Nossas declarações não têm nenhuma irregularidade. Eu não faria isso com você.

— E por que não? — perguntou ela, chorando. Essa situação era demais para Sarah. O terremoto não era nada comparado ao que iria acontecer com eles. — Você fez todo o resto. Você se arriscou e com isso todos nós vamos afundar junto. — Ela não queria nem pensar no que iria dizer a seus pais. Eles ficariam horrorizados e completamente envergonhados, uma vez que essa notícia fosse divulgada. Não haveria como manter a imprensa quieta. Sarah conseguia ver isso como uma manchete importante, ainda mais se ele fosse condenado e acabasse na prisão. Os jornais iriam fazer a festa com o acontecimento. Quanto maior a altura, maior a queda. Ela se levantou e começou a andar pelo quarto. — Precisamos de um advogado, Seth, um dos bons.

— Deixe comigo — respondeu ele, olhando a mulher parada na frente da janela.

As floreiras das janelas do vizinho tinham caído e ainda estavam espatifadas na calçada, as flores e a terra por todo canto. Eles foram para o abrigo em Presidio quando a chaminé deles caiu e, até então, ninguém havia arrumado nada. Tinha muita coisa para ser limpa na cidade, mas nada se comparava à bagunça com a qual Seth teria que lidar.

— Sinto muito, Sarah — sussurrou ele.

— Eu sei — disse ela, ao se virar para olhar para o marido.

— Eu não sei se isso significa algo para você, mas eu te amo, Seth, desde que nos conhecemos. Mesmo depois disso tudo, eu ainda te amo. Mas não sei o que vai acontecer com a gente daqui para a frente.

Ela não disse que tinha dúvidas se conseguiria perdoá-lo pela desonestidade e falta de integridade. Isso havia sido uma revelação horrorosa a respeito do homem que amava. Se ele era tão diferente assim do homem que Sarah acredita que era, então quem ela amava? Nesse momento, Seth era um desconhecido.

— Eu também te amo — respondeu ele. — E sinto muito mesmo. Nunca imaginei que isso iria acontecer, que seríamos flagrados — declarou como se tivesse simplesmente roubado uma fruta ou não tivesse devolvido um livro à biblioteca. Sarah começava a duvidar se ele realmente entendia a grandiosidade da situação.

— Mas não é isso que importa. O que importa não é ter sido pego, é quem você é e o que você estava pensando quando fez isso. Como se arriscou. A mentira que estava vivendo. E as pessoas a quem enganou, não só os investidores, mas eu e as crianças. Isso vai afetá-los também. Se você for para a prisão, elas vão ter que lidar com isso para o resto da vida. Como terão você como exemplo? Que mensagem isso passa a seu respeito?

— Isso diz que eu sou humano e que errei — disse Seth, magoado. — Se eles me amam, vão me perdoar, assim como você.

— Não é tão simples assim. Eu não sei como você ou qualquer um de nós pode superar isso. Como se esquecer que alguém em quem confiava plenamente era na verdade uma fraude, um mentiroso... um ladrão... Como é que eu posso confiar em você de novo?

Seth não disse nada, ficou simplesmente sentado, olhando para ela. Há três dias que não tinha coragem de se aproximar da esposa. Sarah havia erguido um muro de 3 metros entre eles. Mesmo quando se deitavam, cada um ia para o seu lado da cama e ficava um espaço enorme entre eles. Ele não a tocava e ela não tinha coragem de chegar mais perto dele. Sarah estava muito magoada e sofrendo demais, realmente decepcionada com o marido. Seth queria que ela o perdoasse, entendesse e lhe desse apoio, mas Sarah não sabia se algum dia conseguiria, ou teria vontade de fazê-lo. A decepção fora grande demais.

De certa forma, ela estava dando graças a Deus pelo isolamento da cidade, pois precisava de um tempo para aceitar essa descoberta, antes que o teto desabasse sobre sua cabeça. Por outro lado, se não fosse pelo terremoto, tudo estaria normal. Ele teria devolvido o dinheiro a Sully, para que este maquiasse os seus livros contábeis. Mas, no futuro, eles provavelmente teriam feito isso de novo e acabariam sendo pegos. Mais cedo ou mais tarde, isso iria acontecer. Ninguém era tão inteligente assim nem conseguiria sair ileso de uma situação dessas para sempre. O esquema dos dois chegava a ser patético de tão simples, e tão desonesto que não dava para acreditar.

— Você vai se separar de mim, Sarah?

Isso seria a gota d'água para ele. Seth queria que Sarah ficasse ao seu lado, mas parecia que isso não iria acontecer. Sarah tinha ideias muito rígidas sobre honestidade e integridade. Ela cobrava muito de si mesma e dos outros, e Seth tinha infringido todos os seus princípios. Ele havia até arriscado a vida da família, o que para Sarah era imperdoável. A família era sagrada. Ela vivia realmente de acordo com os valores em que acreditava, era uma mulher de honra e esperava o mesmo dele.

— Não sei — respondeu ela, honestamente. — Não tenho a mínima ideia do que vou fazer. Minha mente ainda não conseguiu entender tudo direito. Você fez uma coisa de uma dimensão tamanha que nem sei se consigo realmente entender. — O terremoto não a havia chocado tanto quanto isso. Para Sarah, o mundo tinha desabado em cima dela e das crianças.

— Espero que você não me abandone — disse Seth, triste e vulnerável. — Eu não quero te perder. — Seth precisava dela e não sabia como conseguiria passar por isso sozinho, mas, de alguma maneira, essa possibilidade existia, e a culpa era somente dele.

— Eu não quero ir embora — disse Sarah, chorando. Nunca tinha se sentido tão devastada assim, exceto quando eles pensaram que Molly iria morrer. Graças a Deus, Molly havia sobrevivido, mas era difícil imaginar a salvação de Seth. Mesmo que ele contratasse um advogado maravilhoso e negociassem o máximo possível, não dava para imaginar que ele seria absolvido, não com as evidências bancárias. — Eu só não sei se consigo ficar — acrescentou ela. — Vamos ver o que vai acontecer quando voltarmos a nos comunicar com o mundo. Imagino que logo logo a merda vai bater no ventilador.

Seth concordou. Ambos sabiam que esses dias isolados do mundo eram uma folga. Não havia o que fazer, só podiam sentar e esperar, o que a deixava ainda mais estressada. Mesmo assim, se sentia agradecida por esse tempo extra para pensar. Isso ajudou mais a ela do que a Seth, que perambulava pela casa como um animal enjaulado, sempre pensando nas consequências. Ele estava louco para falar com Sully para saber o que tinha acontecido em Nova York. A toda hora ele verificava o BlackBerry, para ver se já estava funcionando. Mas o telefone continuava morto, assim como, provavelmente, o seu casamento.

Como nas três últimas noites, eles se deitaram bem longe um do outro. Seth queria fazer amor com ela, para lhe proporcionar conforto e sentir que Sarah ainda o amava, mas não teve coragem de chegar perto dela nem de culpá-la. Ele ainda ficou acordado por um bom tempo depois que Sarah adormeceu. No meio da noite, Oliver começou a chorar, colocando a mão no ouvido de novo. Ele estava com um dente nascendo, e Sarah não sabia se o choro era pelo dente ou se ainda tinha dor de ouvido. Ela ficou com o filho no colo por um bom tempo, ninando-o na cadeira de balanço do quarto dele, até que voltasse a dormir. Mas ela continuou com ele no colo, olhando a lua e ouvindo os helicópteros que patrulhavam a cidade. Foi aí que entendeu que eles estavam praticamente em uma zona de guerra. Sarah sabia que essa época seria muito difícil para eles. Não havia como voltar atrás, evitar ou mudar o passado. A cidade tinha sido sacudida pelo terremoto e a vida deles havia desabado, ou estava prestes a desabar. Tudo caíra do céu, direto no asfalto, se espatifando em milhares de pedaços.

Sarah passou o resto da noite na cadeira de balanço, com Ollie no colo. Não tinha coragem de voltar para a cama e deitar ao lado de Seth, talvez nunca mais conseguisse. No dia seguinte, Sarah se mudou para o quarto de hóspedes.

Capítulo 9

Na sexta-feira, oito dias depois do terremoto, os residentes do abrigo em Presidio foram informados de que as rodovias e os aeroportos seriam reabertos no dia seguinte. Uma torre temporária tinha sido erguida no aeroporto, porque demoraria meses para reconstruir a antiga. Com a abertura das autoestradas 280 e 101, seria possível ir para o sul, mas a Golden Gate permaneceria fechada por mais uns dias, impossibilitando o acesso para o norte. A Bay Bridge ainda ficaria interditada por meses até ser consertada. Com isso, o tráfego em direção à área leste da cidade seria através da ponte Richmond e da Golden Gate, ou das pontes Dumbarton e San Mateo na direção sul. O trânsito ia virar um pesadelo, extremamente lento. Por enquanto, somente os moradores da península poderiam ir para casa no sábado.

Com a reabertura de vários bairros, os moradores poderiam verificar o estado de suas casas. Em caso de condições perigosas, a polícia tinha feito barricadas e fechado com fita amarela o acesso a áreas perigosas. O Distrito Financeiro ainda estava um desastre e fora de alcance para todos, o que significava que os negócios não podiam ser retomados. Uma pequena parte da cidade teria eletricidade de novo no final de semana. Segundo os boatos, demoraria até dois meses para restaurar por completo a energia elétrica, se dessem sorte. A cidade tinha sido subjugada, mas agora estava começando a se reerguer. Depois de oito dias completamente isolada, ela renascia, mas todos sabiam que ainda demoraria meses até São Francisco voltar ao normal. Diversas pessoas nos abrigos queriam se mudar de lá. Elas viveram anos com a ameaça de um forte terremoto e, agora que isso tinha acontecido, o trauma fora grande demais. Algumas estavam prontas para ir embora, enquanto outras queriam permanecer. Os mais velhos não acreditavam que iriam viver o suficiente para passar por aquilo de novo, não se importavam. Os mais novos estavam loucos para reconstruírem tudo e recomeçarem. Já quem não era muito idoso ou muito jovem tinha perdido a paciência com a cidade, acumulado muitas perdas, e estavam muito assustados. Em todos os lugares, nos dormitórios, nos refeitórios, nos corredores e até na costa perto do antigo aeroporto militar Crissy Field, ouvia-se um murmúrio constante de preocupação. Era mais fácil esquecer o que tinha acontecido quando o tempo estava bom. Mas à noite, após o início dos tremores secundários ao terremoto, o pânico se instaurava. Essa experiência tinha sido traumática para todos na cidade e ainda não havia acabado.

Após ouvir a notícia de que o aeroporto reabriria no dia seguinte, Melanie e Tom foram sentar na praia para conversar, olhando a baía. Todos os dias eles iam para lá. Ela contou o que tinha acontecido com Jake e Ashley e desde então estava dormindo no hospital. Melanie não via a hora de voltar para casa para ficar longe deles, mas aproveitava o momento para conhecer melhor Tom.

— O que você vai fazer agora? — perguntou Melanie. Sentar para conversar com ele sempre a deixava calma e à vontade. Tom possuía um ar bem tranquilo, de confiança e decência.

Era ótimo estar com alguém não envolvido diretamente com a sua carreira nem com essa área de show business. Estava cansada de atores, de músicos e dos loucos com quem tinha que lidar todos os dias. Melanie já tinha saído com vários deles e as coisas sempre acabaram da mesma maneira que com Jake, ou pior. A maioria era completamente narcisista, viciada em drogas, lunática ou simplesmente gente que queria tirar alguma vantagem dela. Melanie observou que eles não eram coerentes, não tinham moral e faziam somente o que lhes interessava naquele momento. Ela queria algo melhor para sua vida. Apesar de ter apenas 19 anos, Melanie era bem mais estável do que eles. Ela nunca havia usado drogas, não traía ninguém, não mentia, não era obcecada por si mesma, mas decente, honesta e ética. E queria o mesmo dos outros. Nesses últimos dias tinha conversado muito com Tom sobre sua carreira, sobre seu futuro. Melanie não queria abandoná-la, mas devia ter mais controle sobre ela, embora fosse difícil conseguir que a mãe deixasse isso acontecer. Melanie comentou com Tom que estava cansada de ser controlada e usada por todos. Ele estava impressionado pelo quanto Melanie era racional, lógica e sã.

— Tenho que voltar a Berkeley para desocupar o meu apartamento — respondeu Tom. — Mas parece que isso ainda vai demorar. Pelo menos a Golden Gate e a Richmond vão reabrir, poderei ir até a East Bay. Depois, vou para Pasadena, passar o verão lá. Tenho um emprego garantido aqui no outono, mas agora tudo pode mudar, dependendo de quando o comércio vai reabrir. Talvez eu procure um emprego na área de Pasadena. — Como Melanie, Tom era prático, com a cabeça no lugar e os objetivos bem claros. Ele tinha 22 anos, queria trabalhar por alguns anos e então fazer faculdade de administração, provavelmente na Universidade da Califórnia, em Los Angeles. — E você? O que tem planejado para as próximas semanas? — Eles não haviam conversado a fundo sobre isso. Ele sabia que Melanie tinha uma turnê em julho, depois de um show em Las Vegas. Ela dissera que odiava o local, mas era uma oportunidade importante, e a turnê seria gigantesca. Quando acabasse, em setembro, Melanie voltaria para Los Angeles. Mas Tom não sabia quais eram os planos dela em junho.

— Tenho uma sessão de gravação na semana que vem para o CD novo. Vamos ensaiar uma parte das músicas que vou tocar na turnê. Vai ser um bom aquecimento para mim. Tirando isso, estou livre até o show em Los Angeles, em junho, bem antes de a turnê começar. Você acha que já estará em Pasadena até lá? — perguntou Melanie esperançosa, informando a data do evento.

Ele sorriu ao ouvi-la. Fora maravilhoso tê-la conhecido, e vê-la de novo seria um sonho. No entanto, Tom temia que Melanie se esquecesse dele assim que voltasse para Los Angeles.

— Adoraria que você fosse ao show como meu convidado. É meio louco quando estou trabalhando, mas acho que você ia gostar. Pode levar uns amigos se quiser.

— Minha irmã iria enlouquecer — disse ele, sorrindo. — Ela também vai estar lá em junho.

— Leva ela — respondeu Melanie, então, praticamente sussurrando, acrescentou: — Espero que você me ligue quando estiver lá.

— E você vai atender minha ligação? — perguntou ele preocupado. Fora de Presidio e de volta à vida normal, Melanie era uma celebridade. O que iria querer com ele? Tom era simplesmente um engenheiro novato, um ninguém no mundo dela. Mas Melanie parecia gostar de passar tempo com ele tanto quanto ele gostava de estar com ela.

— Claro que vou — reafirmou Melanie. — Espero que você me ligue.

Ela anotou o número de Tom. Os celulares ainda não estavam funcionando e iria demorar um tempo até voltarem a funcionar. Também ainda não havia internet e telefone fixo, mas ouvia-se que isso seria resolvido em uma semana. Eles voltaram para o hospital, e Tom brincou com Melanie quando chegaram lá:

— Acho que você não vai fazer enfermagem tão cedo se vai sair em turnê.

— É. Não nesta encarnação.

Ela havia apresentado Tom à mãe no dia anterior, contudo Janet não se impressionou. Para ela, ele não passava de um moleque, e seu diploma de engenharia não significava nada. Queria que Melanie namorasse produtores, diretores, cantores, atores famosos, gente que atrai a imprensa e que poderia ajudar na carreira dela. Mesmo com seus problemas, esse era o caso de Jake. E Tom nunca seria assim. Sem falar que ela pouco se interessava pela família bem-instruída, equilibrada, entediante de Pasadena. Mas não estava preocupada, pois imaginou que Melanie ia esquecer o garoto assim que voltassem para Los Angeles, porque não o veria de novo. Mal sabia dos planos dos jovens.

Melanie trabalhou o dia inteiro e quase toda a noite com Maggie. Comeram uma pizza que Tom trouxera do refeitório para elas. Por incrível que pareça, a comida continuava boa, graças a um fornecimento contínuo de frutas, carnes e verduras frescas que chegavam de helicóptero e à criatividade dos chefs de cozinha. Everett se juntou a elas depois de sua última reunião do AA. Ele tinha transferido sua posição de secretário para uma mulher cuja casa em Marina havia sido destruída e que ficaria hospedada em Presidio durante meses. Mais participantes entraram no grupo nos últimos dias, e os encontros tinham sido uma fonte de ajuda imensa para ele. De novo, agradeceu a Maggie por tê-lo encorajado. Maggie reafirmou que ele mesmo teria feito isso de uma maneira ou de outra. Eles continuaram conversando bem depois que os mais jovens saíram para dar uma volta na última noite deles ali. Todos iriam se lembrar desses dias, alguns de maneira bem marcante.

— Detesto ter que voltar para Los Angeles amanhã — comentou Everett, assim que Melanie e Tom saíram. Eles prometeram voltar para dar um boa-noite. Os residentes de Los Angeles iriam embora logo pela manhã, e Melanie não voltaria para trabalhar.
— Você vai ficar bem aqui? — perguntou Everett preocupado com Maggie. Ela parecia tão cheia de energia e empolgação, mas tinha um lado vulnerável que ele adorava.
— Claro que sim, deixe de besteira. Já estive em lugares muito piores que este. No meu bairro, por exemplo. — Maggie riu, e ele sorriu de volta.
— Eu também estive. Mas foi legal estar aqui com você, Maggie.
— Irmã Maggie, não se esqueça — comentou ela, rindo. Havia algo entre eles que a preocupava. Everett a tratava como uma mulher e não como freira. Ele se preocupava com Maggie e ela o lembrava de que freiras não são um tipo qualquer, estavam sob a proteção de Deus. — O meu criador é o meu marido — disse Maggie, citando a Bíblia. — Ele me protege. Vou ficar bem. Cuide-se também em Los Angeles. — Ela ainda tinha esperança de que Everett fosse a Montana procurar o filho, embora soubesse que ele ainda não estava pronto para isso. Mas o tinha encorajado quando conversaram sobre o assunto.
— Estarei bem ocupado, editando todas as fotos que tirei aqui. Meu editor vai enlouquecer. — Everett sorriu para ela, ansioso para ver as imagens da freira feitas desde a noite do terremoto. — Vou mandar cópias das que tirei de você.
— Vou adorar — respondeu Maggie, sorrindo. Esses dias tinham sido memoráveis para todos eles. Trágicos para alguns, mas uma mudança de curso na vida de outros. Ela havia comentado isso com Melanie naquela tarde. Maggie tinha esperança de que a jovem começasse a fazer trabalho voluntário, pois levava jeito para isso e havia consolado muitos com tanta gentileza e graça

— Ela daria uma ótima freira — comentou Maggie com Everett, e ele deu gargalhada.

— Pare de querer recrutar gente. Isso nunca vai acontecer, a mãe dela a mataria. — Everett encontrou Janet uma vez, com Melanie, e a odiou de imediato. Ele achava que ela não tinha classe, era arrogante, intrometida, pretensiosa e mal-educada. Janet tratava Melanie como se fosse uma criança de 5 anos; ao mesmo tempo explorava o sucesso da filha ao máximo.

— Eu sugeri que ela fosse procurar algum tipo de missão católica em Los Angeles. Melanie poderia fazer um trabalho maravilhoso com os moradores de rua. Ela me disse que adoraria parar tudo o que faz e viajar por uns seis meses, por algum país pobre, ajudando as pessoas. Já vi as coisas mais estranhas acontecerem. Acho que faria um grande bem para ela. O mundo no qual trabalha é muito louco. Talvez um dia precise de uma folga dessa vida.

— Talvez, mas isso não vai acontecer com essa mãe por perto. Não enquanto ela receber discos de platina e Grammys. Vai demorar até conseguir fazer algo assim, se algum dia conseguir.

— Nunca se sabe — disse Maggie. Ela tinha dado a Melanie o nome de um padre em Los Angeles que fazia um trabalho maravilhoso com os moradores de rua e que ia para o México anualmente para ajudar lá também.

— Mas e você? — perguntou Everett. — O que vai fazer agora? Voltar para Tenderloin assim que possível? — Ele odiava aquele bairro. Era muito perigoso para ela morar lá, mesmo que Maggie não admitisse isso.

— Acho que vou ficar aqui por um tempo. As outras freiras e alguns padres também vão. Muitos dos que estão nessa área não têm para onde ir agora. Esses abrigos de Presidio vão continuar abertos por pelo menos seis meses. Vou trabalhar no hospital, mas vou voltar para casa de vez em quando para ver como tudo está lá. Acho que tem mais coisa para eu fazer aqui. E posso usar meus conhecimentos de enfermeira. — Até então, Maggie usara muito bem sua habilidade.

— Quando eu a vejo de novo, Maggie? — indagou ele preocupado. Everett tinha adorado encontrá-la todos os dias, mas sentia que ela estava indo embora da vida dele, talvez para sempre.

— Não sei — admitiu Maggie, parecendo triste. Então ela sorriu ao se lembrar de algo que estava há dias para dizer a Everett. — Sabe que você me lembra de um filme que eu vi quando criança? Naquela época, ele já era velho, com Robert Mitchum e Debora Kerr. Uma freira e um oficial da Marinha ficam perdidos em uma ilha deserta. Eles quase se apaixonaram um pelo outro. Ou, pelo menos, foram sensatos o suficiente para não deixar isso acontecer e acabaram amigos. No começo, ele se comporta mal, bebe muito, e acho que ela esconde a bebida dele. De alguma maneira, ela dá um jeito nele e um toma conta do outro. Eles estavam se escondendo dos japoneses na ilha, era na época da Segunda Guerra. E no final eles são salvos. Ele volta para a Marinha e ela para o convento. O filme se chama *O céu é testemunha,* e é muito bonito. Eu adorei. A Debora Kerr ficou ótima no papel de freira.

— Você também é — respondeu Everett, tristemente. — Vou sentir sua falta, Maggie. Foi um prazer conversar com você todos os dias.

— Você pode me ligar quando os telefones estiverem funcionando de novo, mas isso deve demorar. Vou rezar por você, Everett — declarou Maggie, olhando nos olhos dele.

— Talvez eu reze por você também — disse ele. — E sobre o filme, na parte em que eles quase se apaixonaram, será que isso aconteceu com a gente?

Maggie ficou em silêncio um momento, pensando antes de responder.

— Acho que somos mais realistas e sensatos. Freiras não se apaixonam.

— E se se apaixonarem? — insistiu Everett, querendo uma resposta mais completa.

— Não se apaixonam. Não podem. Elas já estão casadas com Deus.

— Não venha com essa. Algumas deixam o convento e até se casam. O seu irmão deixou de ser padre. Maggie...

Ela o interrompeu antes que ele dissesse algo de que ambos se arrependessem. Não podiam ser amigos se Everett não respeitasse e passasse dos limites dela.

— Pare, Everett. Eu sou sua amiga e acho que você é meu amigo. Vamos nos contentar com isso.

— Mas se eu quiser mais?

— Você não quer — respondeu Maggie, sorrindo com seus olhos azuis brilhantes. — Você só quer o que não pode ter. Ou acha que quer. Existe um mundo inteiro lá fora de pessoas que pode ter.

— Mas ninguém é como você. Nunca conheci alguém como você.

— E talvez isso seja ótimo. Você vai se sentir agradecido por isso um dia — declarou Maggie, rindo.

— Eu me sinto agradecido por ter conhecido você — respondeu ele, seriamente.

— Eu também. Você é um homem incrível e fico agradecida de ter conhecido você também. Aposto que vai ganhar outro Pulitzer pelas fotos que tirou. — Everett tinha finalmente falado do prêmio a ela, em uma das longas conversas sobre vida e trabalho. — Ou outro tipo de prêmio. Estou louca para ver as fotos publicadas. — Maggie mudava gentilmente o rumo da conversa, e ele sabia disso. Ela não lhe daria outra abertura.

Já eram dez horas da noite quando Melanie e Tom chegaram para dar adeus. Eles pareciam felizes, tão jovens e meio empolgados com o começo desse possível romance. Everett sentiu inveja deles. A vida estava apenas começando para os dois e ele sentia como se a sua já estivesse acabando, pelo menos a melhor parte, embora o AA e sua recuperação tivessem sido uma grande transformação, para sempre, para melhor. O atual emprego o entediava, e sentia falta das zonas de guerra. O terremoto de São Francisco ajudara a movimentar sua rotina, e esperava que as fotos estivessem ótimas. Mas, no fundo, sabia que estava voltando para um trabalho que não oferecia desafios e não lhe dava oportunidade de exercer seu talento. Mas foi o alcoolismo que o colocou nessa posição.

Melanie se despediu de Maggie, e ela e Tom foram embora. Everett ia embora no dia seguinte junto de Melanie e seu grupo. Seriam os primeiros a sair de São Francisco, e o ônibus partiria às oito horas. Tudo havia sido organizado pela Cruz Vermelha. Mais tarde, outras pessoas também seguiriam para outros destinos. Todos foram avisados de que poderia demorar até duas horas ou mais para chegar ao aeroporto, pois teriam que dirigir por ruas secundárias e vias pequenas devido à quantidade de desvios na cidade.

Everett se despediu de Maggie com o coração apertado. Deu um abraço nela antes de ir embora e lhe entregou algo. Ela só foi olhar o que era quando ele foi embora. Era a moeda de um ano de sobriedade do AA, a moeda da sorte do fotógrafo. Maggie sorriu ao ver o objeto e, com lágrimas nos olhos, guardou-o no bolso.

Tom acompanhou Melanie até o dormitório. Ela iria dormir lá na última noite. Era a primeira vez que iria voltar para lá desde o incidente com Jake e Ashley. Mesmo quando os avistara, evitava a dupla. Ashley tinha ido várias vezes ao hospital tentar falar com ela, mas Melanie sempre fingia estar ocupada ou saía pela porta dos fundos e pedia para Maggie resolver o problema. Não queria ouvir mais mentiras, desculpas ou histórias. Eles se mereciam. E estava muito mais feliz com Tom. Ele era bem especial, mais profundo e sensível, como ela.

— Eu ligo para você assim que os telefones funcionarem, Melanie — prometeu Tom.

Ele estava muito feliz por saber que Melanie adoraria receber ligações suas. Sentia-se como um ganhador da loteria e não conseguia acreditar na sua sorte. Tom não se importava com a fama profissional dela, somente que era a menina mais legal que havia conhecido. E ela também achava o mesmo dele, pelas mesmas razões.

— Vou sentir sua falta –— sussurrou Melanie.

— Eu também. Boa sorte com as gravações.

— Elas são fáceis e normalmente divertidas, se tudo correr bem. Vamos ter que ensaiar muito quando voltarmos, já me sinto enferrujada — respondeu ela, dando de ombros.

— Difícil de imaginar. Não se preocupe com isso.

— Vou pensar em você — afirmou Melanie, rindo. — Nunca imaginei que sentiria saudade de um campo de refugiados em São Francisco.

Ele também riu. De repente, Tom a abraçou e a beijou. Ela estava sem fôlego quando olhou para ele, sorrindo. Melanie não esperava isso, mas adorou. Nunca tinham se beijado, em nenhuma vez durante suas caminhadas ou conversas. Até então, eram somente amigos e, se Deus quisesse, ainda seriam mesmo que se tornassem algo mais.

— Se cuide, Melanie — falou Tom baixinho. — Boa noite, vejo você de manhã.

No refeitório preparavam almoço para os que viajariam no dia seguinte pela manhã. Ninguém sabia quanto tempo eles teriam que esperar no aeroporto, nem se haveria comida lá. Por isso, o pessoal que cozinhava preparou quentinhas para eles levarem.

Melanie caminhou feliz, com um sorriso no rosto até o dormitório, e achou seu grupo no mesmo lugar. Ashley dormia em uma cama separada de Jake, mas ela pouco se importou. Janet estava dormindo, roncando e já vestida. Essa seria a última noite deles no abrigo; no dia seguinte tudo aquilo iria parecer um sonho quando eles voltassem ao conforto de suas casas em Los Angeles. Mas Melanie sabia muito bem que não se esqueceria dessa semana.

Ela viu que Ashley estava acordada e a ignorou. Jake estava de costas para ela e não se moveu quando ela chegou, o que era um alívio. Melanie não estava a fim de vê-lo ou de viajar com ele no dia seguinte. Mas não havia outra opção. Eles pegariam o mesmo avião junto de outros cinquenta residentes do acampamento.

Melanie se deitou e se cobriu quando ouviu Ashley sussurrar:

— Desculpa, Mel.

— Deixe para lá, Ash — respondeu Melanie, pensando em Tom. Ela virou as costas para a amiga de infância que a tinha traído e, em cinco minutos, já pegara no sono, de consciência limpa. Ashley ficou acordada, virando de um lado para o outro, sabendo que havia perdido a melhor amiga para sempre. E por alguém que não valia a pena.

Capítulo 10

Tom e a irmã Maggie foram se despedir dos residentes que partiam pela manhã. Dois ônibus escolares os transportariam, e seria uma jornada longa até o aeroporto. A comida para os viajantes já estava pronta e armazenada nos ônibus. Tom e outros voluntários no refeitório tinham acabado de preparar as coisas às seis horas da manhã. Tudo estava pronto.

Para surpresa geral, muitos choraram ao ir embora. Todos imaginaram que estariam felizes em ir embora, mas perceberam que era difícil deixar para trás os novos amigos. Foram feitas promessas de ligações, cartas e até visitas. Os residentes de Presidio tinham uma ligação para sempre, por terem passado por tanto trauma, medo e tristeza juntos.

Tom e Melanie conversavam quando Jake, Ashley e os outros entraram no ônibus. Janet apressou a filha e nem se deu ao trabalho de se despedir de Tom, apenas acenou para duas mulheres que foram dar adeus a ela. Outros também gostariam de partir, embora vários tenham perdido suas casas e não tivessem para onde ir. O povo de Los Angeles tinha sorte de ir embora, de retomar a vida. Ainda iria demorar até São Francisco voltar ao normal.

— Boa sorte, Melanie — sussurrou Tom, ao abraçá-la e beijá-la de novo. Ela não sabia se Jake a observava, porém, depois do que ele fizera, não se importava mais. O namoro deles já era, e Melanie tinha certeza de que Jake voltaria a usar drogas assim que retornasse para casa. Pelo menos no acampamento ele teve que ficar longe das drogas, ou talvez tivesse achado alguma coisa lá. Melanie não se importava mais. — Eu ligo para você assim que chegar em Pasadena.

— Se cuida também — sussurrou ela, beijando Tom gentilmente nos lábios e embarcando no ônibus. Jake olhou-a com cara feia quando ela passou por ele. Everett estava logo atrás dela antes de embarcarem. Quando se despediu de Maggie, ela mostrou a moeda do AA que guardava no bolso.

— Fica com você — disse Everett. — Vai trazer sorte.

— Mas eu sempre tive sorte — respondeu ela, sorrindo. — Eu dei sorte quando te conheci — acrescentou Maggie.

— Não tanto quanto eu. Tome cuidado. Eu te ligo — prometeu ele, ao beijá-la na bochecha. Everett fitou aqueles olhos azuis uma última vez e embarcou.

Ele abriu a janela e acenou para Maggie enquanto o ônibus manobrava para ir embora. Ela e Tom ficaram ali parados olhando a cena por um bom tempo até voltarem a seus trabalhos. Maggie estava calada e triste ao retornar para o hospital, pensando se voltaria a ver Everett, e, caso isso não fosse possível, sabia que era a vontade de Deus. Ela achava que não tinha direito de pedir mais nada nesse momento. Mesmo que eles não se vissem novamente, tinham passado uma semana memorável juntos. Maggie tocou a moeda do AA em seu bolso e voltou a trabalhar com vigor, para evitar pensar no fotógrafo. Ela sabia que não podia deixar isso acontecer. Ambos voltariam para suas respectivas vidas.

A jornada até o aeroporto acabou sendo mais longa que o esperado. Ainda havia muitos obstáculos nas ruas, com partes delas destruídas e outras bastante arruinadas. Passarelas tinham despencado, eles viram prédios desabados, e os motoristas dos ônibus enfrentaram um caminho longo e tortuoso até o aeroporto. Já era quase meio-dia quando chegaram e logo viram vários terminais danificados. Em nove dias a torre tinha desaparecido por completo. Viam-se somente alguns viajantes e poucos aviões. No entanto, a aeronave deles os aguardava. A princípio, decolaria à uma da tarde. Eles pareciam um bando de mendigos quando fizeram o check-in. Muitos perderam os cartões de crédito e poucos tinham dinheiro. A Cruz Vermelha pagou a viagem dos que precisaram. Pam tinha os cartões de crédito de Melanie e pagou pelas passagens de todos do grupo. Ela também havia feito amigos em Presidio depois de trabalhar lá por uma semana. Janet insistiu que elas ficassem na primeira classe.

— Não precisamos disso, mãe — declarou Melanie, baixinho. — Prefiro sentar com os outros.

— Depois de tudo o que passamos? Eles deveriam nos dar o avião inteiro.

Aparentemente, Janet esquecera que todos tinham passado pelo mesmo suplício que ela. Perto delas, pagando a passagem com o cartão da revista que ele ainda tinha, Everett olhou para Melanie. Ela sorriu e revirou os olhos impaciente, bem na hora que Ashley passou com Jake. A garota ainda se sentia muito envergonhada. Jake parecia estar de saco cheio.

— Jesus, não vejo a hora de voltar para Los Angeles — resmungou Jake.

— Já os outros estão loucos para ficar aqui — rebateu Everett com um sorrisinho malicioso. Melanie riu, pois, no caso deles, isso era verdade. Ambos tinham deixado para trás pessoas queridas.

Os funcionários da companhia aérea foram excepcionalmente bem-educados. Eles sabiam muito bem o que aquelas pessoas tinham passado e todos foram tratados como clientes VIP, não somente Melanie e seu grupo. A banda e os roadies estavam viajando com eles. Na teoria, a festa beneficente bancaria as passagens, que acabaram perdidas no hotel. Pam resolveria essas questões depois. Naquele momento, tudo o que queriam era ir para casa. Desde o terremoto não conseguiram se comunicar com suas famílias para dizer que estavam bem, a não ser pela Cruz Vermelha, que tinha sido de imensa ajuda. Agora era a vez de a companhia aérea ajudá-los.

Todos se acomodaram, e, assim que o avião decolou, o piloto lhes deu as boas-vindas e disse que esperava que os últimos nove dias não tivessem sido muito traumáticos, provocando o choro de vários passageiros. Everett havia tirado as últimas fotos de Melanie e seu grupo. As imagens contrastavam muito com a maneira que eles estavam quando tinham chegado a São Francisco. Melanie vestia outra calça camuflada, com uma corda amarrada na cintura, uma camiseta que deve ter pertencido a um homem dez vezes maior que ela. Janet ainda usava algumas das roupas da noite da festa. Sua calça de poliéster resistiu bem, embora até ela já tivesse pegado alguns moletons dos cestos de doações. O suéter que ela vestia era muito pequeno e não combinava com a calça e os sapatos altos, mas tinha se recusado a trocá-los pelos chinelos que todos os outros já calçavam há dias. Pam usava um uniforme completo do Exército, dado pela Guarda Nacional. E os roadies e os membros da banda pareciam prisioneiros, todos de macacões. Para Everett, o visual do grupo rendeu uma tremenda foto. Com certeza a revista *Scoop* iria reproduzi-la, provavelmente na capa, para contrastar com as fotos do show, em que Melanie usava o vestido de lantejoulas e sapatos plataforma. Melanie sentia que seus pés pareciam os de um fazendeiro — como ela vivia de chinelo, a sujeira do chão do acampamento destruíra o tratamento dos pés feito em Los Angeles. Mas Everett ainda usava a adorada bota de couro de lagarto.

Champanhe, amendoim e biscoitos foram servidos no voo, e em menos de uma hora aterrissaram em Los Angeles, em meio a berros, assobios e suspiros. Esses noves dias tinham sido um choque para todos. Alguns conseguiram lidar bem, mas no geral todos passaram por uma experiência difícil. Suas histórias eram lendas de sobrevivência, fuga, ferimentos e medo. Um homem estava com gesso na perna e de muletas fornecidas pelo hospital de Presidio, várias outras pessoas tinham braços quebrados. Melanie reconheceu diversos pacientes atendidos por Maggie. Em alguns dias, parecia que a freira tinha suturado o acampamento todo. Só de pensar, já dava saudade dela. Melanie tinha planos de ligar para ela assim que fosse possível.

O avião foi na direção do terminal, e uma muralha de repórteres os esperava. Eles eram os primeiros sobreviventes do terremoto que voltavam para Los Angeles. As câmeras de TV voaram para cima de Melanie assim que a viram sair do portão, um tanto quanto desorientada. Melanie ignorou o conselho da mãe para pentear o cabelo, pois realmente não se importava. Ela estava feliz de voltar para casa, embora não tenha pensado muito nisso no acampamento, por estar sempre ocupada.

Jake também foi reconhecido e fotografado, mas ele passou direto por Melanie sem dizer nada e foi embora. Ele comentou com alguém que nunca mais queria vê-la. Felizmente, a imprensa não escutou.

— Melanie!... Melanie!... Aqui... olha para cá... Como foi tudo lá? Você se machucou? Estava com medo?... Dá um sorriso... Você está linda!

Everett pensou com ironia que qualquer um é lindo aos 19 anos. Os fotógrafos nem viram Ashley na multidão. Ela ficou lá atrás com Janet e Pam, como sempre fazia. Os roadies e os integrantes da banda foram embora logo depois de se despedirem de Melanie e de Janet. Os músicos combinaram de encontrar a cantora na semana seguinte, no ensaio, e Pam ficou de ligar para eles. A gravação seria em menos de uma semana.

Eles demoraram meia hora para passar por todo o pessoal da imprensa. Everett as ajudou distraindo os fotógrafos e as acompanhou até os táxis. Pela primeira vez em anos, não havia uma limusine à espera. Mas tudo o que Melanie queria nesse momento era se livrar dos repórteres. Everett fechou a porta do táxi dela, acenou e viu o carro ir embora. Difícil não pensar nessa semana. Logo depois de sua partida, o pessoal da imprensa começou a se dispersar. Melanie e Pam foram no primeiro táxi; Ashley e Janet no segundo. Jake já havia ido embora, e os roadies e a banda se viraram sozinhos.

Everett deu uma boa olhada ao redor, aliviado por estar de volta. Parecia que nada tinha acontecido em Los Angeles. Era difícil imaginar que tudo estava normal ali, que o mundo quase acabara em São Francisco e lá tudo estava na mesma. Era esquisito. Ele pegou um táxi e deu o endereço do local em que ocorriam as reuniões do AA de que mais gostava. Queria ir lá até mesmo antes de ir para casa. E a reunião foi fantástica. Ele contou tudo sobre o terremoto, as reuniões organizadas em Presidio e, antes que se desse conta, revelou que se apaixonara por uma freira. Esse tipo de comentário não era permitido nas reuniões, mas ninguém falou nada. Somente depois que a reunião acabou e que várias pessoas foram falar com Everett sobre o desastre, um dos homens que ele conhecia comentou:

— Bota difícil nisso, cara. E como vocês vão fazer?

— Não vamos — respondeu ele com calma.

— Ela vai sair do convento por sua causa?

— Não. Ela adora ser freira.

— Mas então o que vai acontecer com você?

Everett pensou a esse respeito por um minuto antes de responder.

— Vou tocar a minha vida adiante. Vou continuar participando das reuniões. E vou amá-la para sempre.

— E isso vai ser suficiente para você? — perguntou o colega do AA, realmente preocupado.

— Vai ter que ser — respondeu Everett, indo embora. Ele fez sinal para um táxi e foi para casa.

Capítulo 11

Melanie tinha planos de passar o final de semana relaxando na piscina de sua casa em Hollywood Hills, como nunca havia feito antes. Era o antídoto perfeito para nove dias de estresse e choque. E ela sabia muito bem que seu trauma não era dos piores. Nem se comparava ao de outras pessoas que se machucaram, perderam entes queridos ou suas residências. Melanie tinha passado por tudo aquilo bem e até se sentido útil quando trabalhou no hospital. Sem falar que conhecera Tom.

Como imaginava, e para seu alívio, Jake não havia ligado. Já Ashley ligara várias vezes, mas tinha falado somente com Janet. Melanie disse à mãe que tudo havia acabado.

— Você não acha que está sendo um pouco dura demais com ela? — perguntou Janet no sábado à tarde, enquanto Melanie fazia as unhas ao lado da piscina.

Era um dia lindo, e Pam tinha agendado uma massagem para ela para mais tarde. No entanto, Melanie se sentia culpada por não fazer nada e gostaria de estar no hospital com Maggie e perto de Tom. Esperava vê-lo logo. Pelo menos isso era um motivo para se empolgar, agora que estava de volta em Los Angeles. Ela sentia falta dos dois.

— Ela dormiu com meu namorado, mãe — relembrou Melanie.

— Mas você não acha que a culpa foi mais dele do que dela?

Janet gostava de Ashley e tinha prometido que conversaria com Melanie quando elas voltassem para casa, e tudo ficaria bem. Mas Melanie não pensava assim.

— Ele não a estuprou. Ela é adulta e consentiu. Se realmente se importasse comigo ou com a nossa amizade, Ashley não teria feito isso. Mas ela não se importou. E agora quem não se importa sou eu.

— Deixa de ser criança. Vocês são amigas desde os 3 anos.

— Justamente por isso — respondeu Melanie, friamente. — Isso deveria valer um pouco de lealdade. Mas dá para ver que Ashley não achou isso. Ela que fique com Jake. Eu estou fora. De vez. O que ela fez foi horrível. Acho que a nossa amizade não valia tanto para ela quanto valia para mim. Bom saber disso. — Melanie não voltaria atrás.

— Eu disse para Ashley que iria conversar com você e tudo iria se acertar. Você não quer que eu pareça uma idiota, né? Ou mentirosa?

A chantagem e a interferência da mãe só tornavam a decisão de Melanie mais firme. Integridade e lealdade eram muito importantes para ela. Especialmente devido ao tipo de vida que levava, em que todos queriam usá-la sempre que possível. Isso fazia parte da fama e do sucesso. Melanie esperava isso dos outros, até mesmo de Jake, que era um cachorro. Mas não esperava nem iria aceitar uma coisa daquelas da melhor amiga. E estava furiosa com a mãe por tentar convencê-la do contrário.

— Mãe, eu já disse que acabou. E é assim que as coisas vão ficar. Se eu esbarrar com ela, vou ser educada, mas isso será o máximo que vou fazer.

— Isso vai ser muito difícil para ela — comentou Janet, de modo solidário a Ashley, mas gastando saliva à toa. Melanie não gostava de ver a mãe defendendo Ashley.

— Ela deveria ter pensado nisso antes de ir para a cama dele. Acho que dá para presumir que Ashley fez isso aquela semana toda.

Janet ficou quieta por um minuto e então tentou de novo.

— Acho que você deveria pensar nisso.

— Já pensei. Vamos falar sobre outra coisa.

Angustiada, Janet foi embora. Ela havia prometido ligar para Ashley e agora não sabia o que dizer. Ela não queria contar para a menina que Melanie não queria mais falar com ela, o que era basicamente a verdade. No que dependia de Melanie, a relação delas havia acabado. Dezesseis anos de amizade por água abaixo. E Janet sabia muito bem que, uma vez que Melanie se sentisse apunhalada, isso era o fim. E ela já tinha visto a filha fazer isso antes, com um namorado que a traíra e com um empresário que roubara dinheiro dela. Melanie tinha seus limites. Janet ligou para Ashley naquela tarde e lhe pediu para dar mais um tempo, porque Melanie ainda estava muito magoada. Ashley disse que entendia e começou a chorar. Janet prometeu telefonar de novo. Ashley era como uma segunda filha para Janet, mas ela não tinha sido uma irmã para Melanie quando dormira com Jake. E Ashley conhecia Melanie bem o suficiente para saber que não seria perdoada.

Quando a manicure terminou de fazer as unhas dela, Melanie mergulhou na piscina. Ela nadou por um tempo até seu personal trainer chegar, às seis da tarde. Pam tinha agendado o compromisso para ela antes de ir para casa. Depois que o treinador foi embora, Janet pediu comida chinesa e Melanie comeu dois ovos cozidos. Ela disse que não estava com fome e que precisava perder um pouco de peso. A comida no acampamento tinha sido boa demais e bem engordativa. Já estava na hora de voltar à rotina anterior ao show que faria nas próximas semanas. Ela pensou em Tom e na irmã dele que iriam vê-la e sorriu. Melanie ainda não havia contado para a mãe sobre os dois. Imaginou que ainda tinha tempo antes de sua vinda. Ele ia ficar em São Francisco por um tempo, não havia como saber quando chegaria a Los Angeles. Como se lesse sua mente, Janet perguntou sobre Tom enquanto ela comia os ovos na cozinha. Sua mãe se esbaldava na comida chinesa, alegando que tinha passado fome nos últimos nove dias, o que não era verdade. Toda hora Melanie a flagrava comendo. Rosquinhas, picolés, salgadinhos. Ela parecia ter engordado uns 2 quilos nessa última semana, talvez até o dobro disso.

— Você não está empolgada com esse menino do acampamento, né? O engenheiro de Berkeley.

Melanie ficou espantada com a lembrança da mãe. Ela tinha menosprezado tanto Tom que era surpreendente se recordar da formação dele. Mas, pelo visto, sabia muito bem quem ele era.

— Não se preocupe com isso, mãe — respondeu Melanie bem tranquilamente. Ela achava que isso não era da conta de Janet. Em duas semanas, faria 20 anos, já estava bem grandinha para escolher os namorados. E havia aprendido com seus erros por ter namorado Jake. Mas Tom era outro tipo de pessoa, e Melanie adorava fazer parte da vida dele, muito mais saudável e completa do que a de Jake.

— O que isso quer dizer? — perguntou Janet preocupada.

— Quer dizer que ele é um cara legal e eu já sou adulta e sim, talvez o encontre de novo. Espero que sim. Se ele me ligar.

— Ele vai ligar. Ele estava louco por você, sem falar que você é Melanie Free.

— E isso faz diferença? — perguntou Melanie, aborrecida.

— Faz muita diferença — declarou Janet —, para qualquer um no mundo, menos para você. Você não acha que está sendo humilde demais? Entenda, nenhum homem vai conseguir separar quem você é como pessoa da celebridade que você é. Isso não existe no DNA deles. Tenho certeza de que esse menino é tão impressionado com você quanto qualquer um. Quem vai querer sair com uma desconhecida quando pode sair com uma estrela? Você seria um troféu para ele.

— Duvido que ele goste de troféus. Ele gosta de coisas sérias, é um engenheiro e um cara legal.

— Ai, que tédio — disse Janet, enojada.

— Não é entediante. Ele é inteligente — persistiu Melanie.

— E eu gosto de homens inteligentes. — Ela não estava se explicando, isso era um fato.

— Então foi bom ter se livrado de Jake. Ele me enlouqueceu nesses nove dias, reclamando o tempo todo.

— Eu achava que você gostava dele — comentou Melanie, surpresa.

— Eu também achava — respondeu Janet. — Mas já estava de saco cheio dele quando fomos embora. Tem pessoas que não sabem lidar com uma crise. Ele é uma delas. Só pensa em si mesmo.

— Aparentemente, Ashley também é assim. Especialmente se ela dormir com seu namorado. Ela que fique com ele agora. Jake é um narcisista e um pé no saco.

— Talvez você tenha razão. Mas não desista de Ashley.

Melanie ficou quieta, já havia falado o suficiente sobre o assunto. Em seguida, foi para o quarto. A decoração era toda rosa e branca, de cetim, escolhida por Janet, e até tinha uma raposa de pelúcia nos mesmos tons em cima da cama. Parecia o quarto de uma dançarina de cabaré de Las Vegas, o que a mãe ainda era até hoje. Janet tinha explicado para o decorador seus planos para o aposento, nos mínimos detalhes, incluindo a raposa de pelúcia rosa. Os pedidos de Melanie por um ambiente simples foram ignorados. Era essa a vontade da mãe. Pelo menos o quarto era confortável, Melanie teve que admitir ao se deitar na cama. Era uma maravilha ter esses privilégios de novo. Mas Melanie se sentiu um pouco culpada, especialmente quando se lembrou dos outros ainda em São Francisco, que ficariam no abrigo por meses, enquanto ela estava em casa na sua cama de cetim. Isso parecia errado. Até porque a decoração não era seu estilo, mas o de sua mãe. A cada dia isso ficava mais claro para Melanie.

Ficou deitada e assistiu à TV até tarde. Viu um filme antigo, o noticiário e a MTV. Apesar da forma como se sentia mal e da experiência pela qual tinha passado, era bom estar em casa de novo.

Sábado à tarde, enquanto Melanie e seu grupo chegavam em Los Angeles, Seth Sloane estava sentado na sala de sua casa, olhando para as paredes. Já haviam se passado nove dias depois do terremoto e eles permaneciam isolados do resto do mundo. Ele não sabia mais se isso era uma bênção ou uma maldição. Não tinha como receber notícias de Nova York. Nada mesmo.

Como consequência disso, o final de semana foi muito estressante. No auge do desespero, ele tentou não pensar mais no assunto e brincar com as crianças. Sarah não falava com ele havia dias. Seth mal a via, e, assim que ela colocava as crianças para dormir, ia para o quarto de hóspedes. Ele não tinha coragem de falar a respeito disso com ela.

Na manhã de segunda, 11 dias depois do terremoto, Seth estava sentado na cozinha tomando café quando, de repente, o BlackBerry voltou a funcionar. Era a primeira chance que ele tinha de se comunicar com os outros, e aproveitou a oportunidade. Seth mandou uma mensagem para Sully perguntando sobre as novidades. Em dois minutos veio a resposta.

Uma mensagem bem sucinta:

"A Comissão de Títulos e Câmbio está na minha cola. Você é o próximo. Eles sabem o que fizemos. Estão com os extratos do banco. Boa sorte."

— Merda — sussurrou Seth, enviando outra mensagem para o amigo.

"Eles prenderam você?"

"Ainda não. Júri de acusação na semana que vem. Eles nos pegaram, meu irmão. Estamos ferrados."

Era a confirmação que ele mais temia. Porém, mesmo já prevendo as consequências, ler aquelas palavras embrulhou o seu estômago. "Estamos ferrados" era um eufemismo, especialmente se eles já tinham os extratos bancários de Sully. Os de Seth ainda não estavam acessíveis, mas era uma questão de tempo.

O banco abriu no dia seguinte e o advogado de Seth o instruiu a não fazer nada. Como os telefones não funcionavam, Seth tinha andado literalmente até a casa dele. Qualquer coisa que fizesse agora poderia incriminá-lo ainda mais, principalmente com Sully sob investigação. E como o advogado perdera parte da casa no terremoto, ele só pôde encontrá-lo na sexta. Mas o FBI chegou primeiro. Na manhã de sexta, duas semanas depois do terremoto, dois agentes especiais apareceram na porta de Seth. Sarah os recebeu, e eles pediram para falar com Seth. Ela os levou até a sala e foi chamar o marido. Ele estava entocado em seu escritório no andar de cima, onde havia passado as últimas duas semanas, apavorado. Agora que a investigação tinha começado, ninguém sabia como iria acabar.

Os agentes do FBI passaram duas horas conversando com Seth, fazendo perguntas sobre Sully em Nova York. Ele se recusou a responder quaisquer perguntas sem a presença do advogado e falou o mínimo possível sobre o amigo. Os agentes ameaçaram prender Seth ali por obstrução da justiça se ele se recusasse a responder perguntas sobre Sully. Seth estava verde quando eles foram embora. Mas pelo menos não tinha sido preso. Embora tivesse certeza de que isso aconteceria logo.

— O que eles disseram? — perguntou Sarah nervosa, logo depois que os agentes foram embora.

— Queriam saber de Sully. Mas eu disse o mínimo possível.

— E o que eles falaram de você? — perguntou de novo, bastante ansiosa.

— Eu disse que não falaria nada sem o meu advogado presente e eles disseram que voltariam. E com certeza vão voltar.

— O que nós vamos fazer agora?

Foi um alívio para Seth ouvi-la dizer "nós". Ele não sabia se tinha sido simplesmente força do hábito ou se era alguma indicação do que se passava na mente dela. Não teve coragem de perguntar. Sarah tinha ficado a semana inteira sem falar com ele, e Seth queria evitar essa situação.

— Henry Jacobs vai passar aqui hoje à tarde.

Os telefones funcionavam finalmente depois de duas semanas. Mas Seth tinha medo de entrar em contato com qualquer pessoa. Ele fez uma ligação para Sully, falando praticamente em código, e nada mais. Com o FBI na cola dele, suas ligações podiam estar sendo monitoradas e Seth não queria piorar ainda mais a situação.

Quando o advogado chegou, ele e Seth ficaram no escritório por quase quatro horas, fazendo todos os preparativos para enfrentar o problema. Seth contou toda a história e seu advogado não pareceu muito esperançoso no final. Segundo ele, assim que o FBI tivesse em mãos sua movimentação bancária, a Promotoria provavelmente apresentaria o caso de Seth ao júri de acusação. E logo depois ele seria preso. O advogado tinha quase certeza de que um julgamento era inevitável. Não sabia o que mais poderia acontecer, mas a visita do FBI não era um bom sinal.

O final de semana foi um pesadelo para eles. O Distrito Financeiro ainda estava fechado por falta de eletricidade e água, então Seth não podia ir até lá. Ele ficou em casa, esperando o resto do mundo desabar. E isso aconteceu na segunda. O chefe do departamento local do FBI ligou para ele. Como o escritório da agência permanecia fechado, ele marcou de encontrar Seth e seu advogado na tarde seguinte em sua casa. Seth também foi avisado para não sair da cidade, porque estava sendo investigado, e o FBI tinha sido informado pela Comissão de Títulos e Câmbio. Ele disse que Sully tinha audiência com o júri naquela semana, o que Seth já sabia.

Sarah estava na cozinha dando comida para Ollie. O bebê estava com o rosto sujo de mingau e Sarah conversava com ele e Molly, enquanto viam *Vila Sésamo* na TV. A eletricidade tinha voltado no final de semana, embora a maior parte da cidade ainda estivesse às escuras. Aos poucos tudo voltava ao normal. Eles deram sorte porque moravam no mesmo bairro do prefeito. A eletricidade estava retornando por áreas, e a deles fora logo a primeira. Algumas lojas, em sua maioria supermercados e bancos, já estavam abertas.

Sarah ficou apavorada ao saber da reunião no dia seguinte. A única boa notícia é que, como esposa, poderia se recusar a testemunhar contra o marido. Mas ela não sabia de nada mesmo. Seth nunca havia mencionado as transações ilegais para ela, foi um choque completo.

— O que você vai fazer? — perguntou ela quase sem voz.

— Eu e Henry vamos encontrá-los amanhã. Não há alternativa. Se eu me recusar, vai ser pior, e eles podem conseguir uma ordem judicial para me obrigar. Henry vai passar aqui hoje à tarde para me preparar.

Ele havia ligado para o advogado assim que acabou de falar com o FBI e insistiu para que Henry passasse lá naquela tarde.

Henry Jacobs chegou à casa de Seth com uma aparência sombria e bem séria. Sarah abriu a porta para ele e o levou até o escritório, onde Seth o aguardava, nervoso. Seth passou o dia perdido em pensamentos, e, depois da conversa com Sarah, se trancou no escritório. Sarah bateu à porta suavemente e Henry entrou.

Seth se levantou para cumprimentá-lo e fez sinal para o advogado se sentar.

— Obrigado por ter vindo, Henry. Espero que você tenha uma varinha de condão na sua pasta. Eu vou precisar de um mágico para sair dessa. — Seth passou a mão pela cabeça enquanto o advogado se sentava à frente dele.

— É possível — respondeu Henry, evasivamente.

Henry estava na casa dos 50 anos e já havia lidado com casos semelhantes. Seth o consultara várias vezes, em situações reversas, para saber como mascarar suas transações ilegais antes de fazê-las. Nunca ocorreu a Henry que seu cliente queria fazer exatamente essas coisas. Sempre tinha achado que as perguntas eram somente para Seth ter certeza de que não estava fazendo nada errado. Ele havia admirado Seth por ser tão cuidadoso, e só agora percebia a situação real. Não podia julgá-lo, mas, sem sombra de dúvida, Seth estava bastante enrolado, e as consequências poderiam ser catastróficas.

— Vou presumir que você já fez isso antes — comentou Henry, ao rever os fatos. As transações pareciam muito práticas, muito abrangentes e muito detalhadas para ter sido a primeira vez. Seth concordou. Henry era bem astuto e rápido no gatilho.

— Com que frequência?

— Quatro vezes.

— E tem mais alguém envolvido?

— Somente esse amigo de Nova York. Somos amigos desde o ensino médio e confio plenamente nele, mas acho que isso não importa agora. — Seth deu um sorriso sombrio e jogou um lápis longe. — Se a porcaria do terremoto não tivesse acontecido, a gente não teria problema algum. Quem iria imaginar? O prazo estava um pouco apertado, mas foi puro azar a auditoria de Sully ser marcada para logo depois da minha. Tudo teria dado certo se o desastre não tivesse parado a cidade. — O dinheiro ficou estagnado nas contas, denunciando o esquema deles.

Seth não pôde fazer nada por duas semanas, enquanto o dinheiro dos investidores de Sully estava nas suas contas. No entanto, ainda não entendia que o problema não era a inconveniência do terremoto, e sim a transação ilegal que havia feito. A trapaça só seria pior se eles tivessem esvaziado as contas e fugido com o dinheiro. Eles mentiram para dois grupos de investidores, criaram a ilusão de que possuíam um fundo enorme nas contas deles e acabaram sendo descobertos. Henry não estava chocado, afinal era seu trabalho defender pessoas como Seth, mas também não se mostrou solidário quanto à encrenca causada pelo terremoto. E Seth conseguiu ver isso claramente.

— E qual é a minha situação? — perguntou Seth aterrorizado, de repente, como um rato numa gaiola.

Ele sabia que não gostaria da resposta, mas precisava saber. Estava bem assustado. O júri de acusação iria deliberar naquela semana em Nova York para denunciar Sully, devido a um pedido especial do promotor federal. Seth sabia que ele seria o próximo, segundo informações do FBI.

— Na verdade, as provas contra você são bastante sólidas, Seth — respondeu Henry, calmamente. Não dava para amenizar.

— Eles têm provas contundentes contra você nas suas contas bancárias. — Assim que Seth ligou, Henry o orientou a não tocar no dinheiro. Mesmo que quisesse não teria conseguido, pois não havia para onde correr com ele. As contas de Sully já estavam congeladas. E não tinha como retirar 60 milhões em dinheiro vivo e esconder embaixo da cama. Por enquanto, a quantia continuaria nas contas. — O FBI está representando a Comissão de Títulos e Câmbio nessa investigação. Assim que eles passarem as informações obtidas através de você, acho que dá para presumir que vão fazer uma audiência com um júri aqui. Pode ser que nem peçam a você para estar presente se as provas contra forem irrefutáveis. Se o júri quiser indiciá-lo, vão fazer acusações contra você bem rápido e provavelmente irão prendê-lo e prosseguir com o processo. Então, chega a minha parte. Mas o que podemos fazer é bastante limitado. Talvez não faça sentido insistirmos em um julgamento. Se as provas foram realmente significativas, talvez seja melhor fazer um acordo para redução da pena. Se você admitir a culpa, talvez possamos forneceu-lhes informações suficientes para que peguem seu amigo em Nova York. Se for conveniente para a Comissão de Títulos e Câmbio, se precisarem de nós, você pode ter uma pena reduzida. Mas eu não quero lhe dar esperança. Se o que contou é verdade e eles tiverem como provar, acho que você vai para a prisão, Seth. Vai ser muito, muito difícil livrar você dessa. Você deixou um rastro de luzes néon. Não foram migalhinhas. Isso foi uma tremenda grana. Uma fraude de 60 milhões de dólares não é um troco qualquer para o governo. Eles não vão voltar atrás. — Então, Henry pensou em mais uma coisa. — O seu Imposto de Renda está correto? — Isso seria mais um grande problema, e Sarah também havia perguntado o mesmo. Se ele tivesse cometido fraude de Imposto de Renda também, iria para a prisão por muito, muito tempo.

— Completamente — respondeu Seth, ofendido. — Eu nunca trapaceei nas minhas declarações de imposto.

Só trapaceou os clientes dele e de Sully. Honra de ladrões, pensou Henry.

— Isso é bom — comentou Henry, secamente, mas Seth o interrompeu:

— E quantos anos na prisão, Henry? Na pior das hipóteses.

— Na pior das hipóteses? — repetiu Henry, pensando sobre todas as informações conhecidas. — Difícil de dizer. A justiça e a Comissão de Títulos e Câmbio não gostam de investidores fraudulentos... Não sei. Sem algum tipo de acordo, uns 25, trinta anos. Mas isso não vai acontecer, Seth — reafirmou Henry. — Podemos compensar isso com outros fatores. Na pior das hipóteses, de cinco a dez anos. Se dermos sorte, de dois a cinco. Acho que essa seria a melhor hipótese. Espero conseguir reduzir o tempo para algo assim.

— Em uma prisão federal? Você acha que eles concordariam com algum tipo de pena domiciliar, com monitoramento? Isso seria bem mais fácil para mim — disse Seth, com medo na voz.

— Eu tenho esposa e filhos.

E deveria ter pensado neles antes, pensou Henry. Seth tinha 37 anos e, por pura ganância e falta de integridade, havia destruído a vida deles e a sua própria. Isso não seria fácil, e ele não queria dar a impressão falsa de que conseguiria livrá-lo de pagar sua dívida para com a sociedade. Os agentes federais envolvidos nesse caso não brincavam em serviço. Eles odiavam pessoas como Seth, que perderam a cabeça devido à ganância e ao ego e se achavam acima da lei. A legislação aplicável aos fundos de hedge e às instituições como as deles existia para proteger os investidores de pessoas como Seth. As brechas ainda existentes na lei não eram grandes o suficiente para permitir esse tipo de crime. A obrigação de Henry era proteger Seth, por bem ou por mal. Nesse caso, por mal. Não tinha como negar que esse caso era muito difícil.

— Não acredito que será possível manter você em prisão domiciliar monitorada — respondeu Henry, francamente. Ele não iria mentir. Não queria assustá-lo desnecessariamente, mas precisava falar quais chances tinha, na melhor hipótese. — Talvez eu consiga uma condicional, mas não no começo. Seth, você tem que entender que vai ficar preso. Se tudo correr bem, não por muito tempo. Mas, levando em consideração a quantia que você e Sully movimentaram, esse caso é sério, a não ser que a gente consiga pensar em algo interessante para negociar com eles. E mesmo assim você não vai sair ileso.

Isso era basicamente o que Seth tinha dito a Sarah na manhã seguinte ao terremoto. No momento em que o tremor aconteceu e os telefones pararam de funcionar, ele sabia que estava ferrado. Assim como ela. Henry simplesmente explicou tudo de uma maneira mais clara. Eles analisaram mais uma vez os detalhes, e Seth não omitiu nada. Ele não tinha opção. Precisava da ajuda de Henry, e este prometeu acompanhá-lo na reunião com o FBI na tarde seguinte. Na mesma hora, em Nova York, o júri de acusação iria deliberar a respeito de Sully. Henry só foi embora às seis horas, e Seth parecia exausto.

Ele foi para o primeiro andar da casa e achou Sarah na cozinha, dando comida para as crianças. Parmani estava lavando roupas no porão. Sarah parecia preocupada.

— O que ele disse?

Tal como Seth, ela também esperava um milagre. Só um milagre mesmo para salvá-lo. Ele se deixou cair em uma das cadeiras e olhou tristemente para os filhos e então para a esposa. Molly tentava lhe mostrar algo, mas foi ignorada. Seth estava preocupado demais.

— O que eu já imaginava. — Ele decidiu contar a pior hipótese primeiro. — Que eu posso pegar até trinta anos de prisão. Se eu der sorte e eles quiserem fazer um acordo, talvez de dois a cinco anos. Mas para isso eu tenho que entregar Sully, e não quero fazer isso. — Ele suspirou e revelou mais um traço de seu caráter. — Mas talvez eu tenha que fazer isso. É o meu que está na reta.

— O dele também. — Ela nunca gostara de Sully. Achava que não era de confiança, e ele sempre a tratava com ar de superioridade. Sarah estava certa. Sully não prestava. Nem ele nem Seth. Mas Seth estava disposto a trair o amigo, o que parecia ainda pior. — E se ele entregar você primeiro?

Seth ainda não havia pensado nisso. Sully estava mais enrolado no processo e era possível que já estivesse contando tudo para a Comissão e para o FBI. Era bem capaz. E Seth estava pensando em fazer o mesmo. Ele já tinha decidido depois da conversa com o advogado. Não nutria a menor intenção de cumprir trinta anos de prisão, e estava disposto a fazer o possível para se salvar. Até mesmo trair o amigo. Sarah via a intenção no rosto do marido e ficou nauseada só de pensar, não por ele entregar o amigo, Sully merecia, mas porque viu que não havia nada sagrado para Seth, nem os investidores, nem o parceiro no crime, nem mesmo a esposa e os filhos. Isso realmente deixou a situação clara para ela.

— E você? Qual a sua posição nessa história? — perguntou ele, preocupado, logo depois que Parmani levou as crianças para tomar banho. Molly não teria entendido nada da conversa, e Ollie ainda era bebê.

— Eu não sei — respondeu ela, pensativa.

Segundo Henry, a presença de Sarah seria importante nas audiências e no julgamento. Quanto mais eles pudessem passar a imagem de pessoas respeitáveis, melhor.

— Eu vou precisar de você no julgamento — disse Seth, sinceramente. — E mais ainda depois dele. Posso ficar preso por um bom tempo. — Os olhos de Sarah se encheram de lágrimas e ela se levantou para colocar os pratos na pia. Ela não queria que as crianças nem ele a vissem chorar. Mas Seth foi atrás da esposa. — Não me abandone, Sarrie. Eu te amo. Você é minha mulher. Você não pode me largar agora — implorou.

— E por que você não pensou nisso antes? — sussurrou Sarah, as lágrimas rolando pelo rosto, de pé em sua cozinha linda, na casa que tanto amava.

O maior problema de Sarah não era salvar a casa nem o estilo de vida deles, e sim estar casada com um homem tão corrupto e desonesto que depois de destruir a vida e o futuro da família ainda declarava que precisava dela. E quanto ao que ela necessitava dele? E os filhos? E se Seth ficasse preso por trinta anos? O que aconteceria com eles? Que tipo de vida ela e as crianças teriam?

— Eu estava construindo algo para nós — explicou Seth, quase sem forças, ao lado dela. — Eu fiz isso por você, Sarah, por elas. — Ele acenou para o segundo andar onde as crianças estavam. — Acho que tentei fazer tudo rápido demais, por isso não deu certo. — Ele abaixou a cabeça, envergonhado. Mas Sarah percebeu que ele tentava manipulá-la, da mesma maneira que estava disposto a trair o amigo. Seth só se importava consigo mesmo. O resto que fosse para o inferno.

— Você tentou fazer isso de maneira desonesta. É diferente — declarou Sarah. — Você não estava fazendo algo por nós. Isso era para você parecer importante, um vencedor, não importava à custa de quem, até das crianças. Se você pegar trinta anos de prisão, nossos filhos nem vão saber quem você é, só vão ver você de vez em quando, nas visitas. Meu Deus, isso é o mesmo que estar morto — desabafou Sarah, finalmente colocando a raiva para fora.

— Muito obrigado — respondeu Seth com um olhar maligno. — Não conte com isso. Vou gastar cada centavo que tenho para pagar os melhores advogados e recorrer da decisão para sempre, se eu precisar. — Mas ambos sabiam bem que, mais cedo ou mais tarde, ele teria que pagar pelos crimes. Essa última transação levaria às trapaças anteriores. Eles iriam pagar um alto preço pelo que fizeram, juntos, mas Sarah não queria que ela e os filhos afundassem no mesmo barco. — O que aconteceu com "na alegria e na tristeza"?

— Duvido que isso incluísse fraude de títulos e trinta anos de prisão — respondeu Sarah, com voz trêmula.

— Mas com certeza inclui ficar ao lado do marido quando ele está atolado na merda. Eu tentei construir uma vida para nós, Sarah. Uma vida boa. Grandiosa. Não me lembro de você reclamar da parte da "alegria" quando comprei esta mansão e deixei você decorá-la com antiguidades, arte, e comprei praticamente um baú de joias e roupas caras, sem falar na casa de Tahoe e do jatinho. Não me lembro de você ter dito que isso era demais. — Ela não podia acreditar nessas acusações. Só de ouvir aquelas palavras, Sarah se sentiu mal.

— Eu disse que essas coisas eram caras demais e que eu estava preocupada — alegou Sarah. — Você conseguiu tudo isso tão rapidamente.

E agora ambos sabiam como. Seth fizera tudo isso com ganhos desonestos, enganando os investidores para que acreditassem que ele possuía muito mais do que na realidade, para que lhe dessem mais dinheiro para as transações de risco. E, segundo o que Sarah sabia, ele tirou uma parte disso para uso próprio. Pensando bem, sim, ele tinha feito isso. Seth passara por cima de todos os obstáculos para chegar ao topo, e agora ia cair feio. E talvez ela fosse cair também, depois de Seth destruir a vida da família.

— Não vi você devolvendo nada nem tentando me impedir de comprar tudo isso — retrucou ele, encarando Sarah.

— Mesmo que eu quisesse não teria conseguido parar você, Seth. Você estava determinado a fazer o que fez por pura ambição e ganância, não importa o preço. Você passou dos limites, e agora todos iremos pagar por isso.

— Eu é que vou para a prisão, Sarah, não você.

— E o que você esperava? Você não é nenhum herói, Seth, você é um golpista. E só.

Sarah recomeçou a chorar, e ele saiu da cozinha batendo a porta. Não queria ouvir isso. Seth só queria saber se ela o apoiaria, não importava o que acontecesse. Ele sabia que estava pedindo muito, mas achava que merecia.

A noite foi longa e agonizante para ambos. Seth ficou trancado no escritório até as quatro da manhã, e Sarah ficou no quarto de hóspede. Finalmente ele se deitou às cinco horas e dormiu até o meio-dia, se levantando a tempo de se arrumar e encontrar o advogado para a reunião com o FBI. Sarah já havia levado as crianças para o parque. Ela ainda estava sem carro, pois eles tinham perdido os dois automóveis no terremoto, então usavam o Honda velho de Parmani. Sarah estava aborrecida demais até para pensar em alugar um veículo, e Seth não podia ir a lugar algum. Ele estava preso em casa, completamente apavorado a respeito de seu futuro para fazer algo ou sair.

Eles estavam voltando do parque quando Sarah teve uma ideia e pediu emprestado o carro da babá. Parmani concordou e levou as crianças para casa. Parmani sentia que algo ruim estava acontecendo e temia, mas não tinha coragem de perguntar o que era. Ela imaginou que provavelmente Seth estava traindo Sarah ou havia algum outro problema conjugal. Ela não acreditaria que Seth estava prestes a ser processado e poderia acabar na cadeia, nem que eles poderiam perder a casa. Ainda tinha a impressão de que Seth e Sarah eram jovens, ricos e com uma vida estável, exatamente o que Sarah pensava até duas semanas atrás. Mas agora ela sabia que isso não era verdade. Eles ainda eram jovens, mas a riqueza e a estabilidade haviam ido por água abaixo com o terremoto. Hoje em dia, Sarah entendia que, mais cedo ou mais tarde, Seth seria pego. Não tinha como manter para sempre aquela falcatrua por baixo dos panos. A queda era inevitável, ela apenas não sabia disso.

Dirigindo o carro de Parmani, Sarah seguiu na direção norte, na Divisadero Street, dobrando à esquerda na Marina Boulevard e passando por Crissy Field para chegar a Presidio. Ela havia tentado ligar para Maggie, mas o celular da freira estava desligado. Sarah nem tinha certeza se Maggie ainda estava no hospital do acampamento, mas precisava falar com alguém e não conseguia pensar em outra pessoa. Não podia contar para seus pais o que Seth tinha feito. A mãe ficaria histérica, o pai furioso com Seth. Sem falar que, se a situação piorasse como eles esperavam, logo os pais dela saberiam pela mídia. Sarah sabia que teria que contar tudo para eles antes dos jornais, mas não tão cedo. Naquele momento, precisava somente de uma pessoa sensata e sensível para conversar, e sabia bem que a irmã Maggie era assim.

Ela saltou do Honda velho bem na porta do hospital e entrou. Sarah estava prestes a perguntar se a irmã ainda trabalhava lá quando avistou Maggie, apressada, indo em direção ao fundo da sala, carregando uma enorme pilha de toalhas e lençóis cirúrgicos. Sarah seguiu a freira, e, assim que a viu, Maggie pareceu surpresa.

— Que bom ver você, Sarah. Por que está aqui? Você está doente?

As emergências de todos os hospitais da cidade já estavam funcionando de novo, mas o pronto-socorro de Presidio continuava aberto, embora não estivesse tão lotado quanto antes.

— Não... Estou bem... Desculpe... Você tem um tempinho para conversar comigo? — Assim que Maggie viu a expressão nos olhos dela, largou as toalhas imediatamente em uma cama.

— Vamos. Por que não nos sentamos na praia um pouco? Vai nos fazer bem. Estou trabalhando desde as seis horas da manhã.

— Obrigada — respondeu Sarah ao segui-la para fora.

Elas andaram pelo caminho que dava acesso à praia, conversando trivialidades. Maggie perguntou sobre os ouvidos de Ollie, Sarah respondeu que estava tudo bem. Quando chegaram finalmente à praia, sentaram na areia para conversar. Ambas estavam de calça jeans, e a baía parecia brilhar. Era um dia agradável. Esse mês de maio era o mais bonito de que Sarah conseguia se lembrar, embora o mundo estivesse bastante feio para ela naquele momento. Especialmente o mundo dela e de Seth.

— O que está acontecendo? — perguntou Maggie carinhosamente, olhando para Sarah. Ela parecia bastante perturbada, e seus olhos mostravam uma agonia sem fim. Maggie suspeitou de problemas conjugais, algo insinuado por Sarah quando trouxera o bebê para o hospital. Mas o que quer que fosse, era claro que estava pior agora. Sarah estava visivelmente perturbada.

— Nem sei por onde começar. — Maggie esperou até ela ter coragem de falar, porém, antes de isso acontecer, lágrimas começaram a escorrer pelo rosto de Sarah. Ela nem tentou secá-las, e a freira gentil ficou sentada ao seu lado, rezando calmamente. Maggie orou para que a cruz que Sarah estava carregando fosse tirada de seus ombros. — É o Seth... — disse Sarah, e Maggie não se surpreendeu. — Aconteceu uma coisa horrível... não... ele fez uma coisa horrível... algo muito errado... e foi pego. — Maggie não conseguia nem imaginar o que era e cogitou uma traição, que Sarah tinha acabado de descobrir ou da qual já suspeitava antes.

— Ele mesmo lhe contou isso? — perguntou Maggie gentilmente.

— Sim. Na noite do terremoto, quando chegamos em casa e na manhã seguinte. — Sarah olhou para Maggie antes de contar o resto da história, mas sabia que podia confiar nela. Maggie guardava os segredos de todo mundo e só os dividia com Deus, quando rezava. — Ele fez algo ilegal... transferiu fundos sem poder para o fundo de hedge dele. Ia transferi-los de volta, mas os bancos ficaram fechados com o terremoto, então o dinheiro ficou parado na conta dele. Ele sabia que seria descoberto antes de os bancos abrirem de novo. — Maggie estava quieta, porém chocada. Esse era um problema bem maior do que ela imaginava.

— E isso foi descoberto?

— Sim. Em Nova York, na segunda-feira após o terremoto. Isso foi informado à Comissão de Títulos e Câmbio e eles entraram em contato com o FBI. Está tendo uma investigação e provavelmente ele vai ser denunciado por um júri de acusação e julgado — declarou, indo direto ao ponto. — Se ele for condenado, pode pegar até trinta anos de prisão. Talvez menos, essa é a pior das hipóteses. E agora ele está falando em entregar o amigo que o ajudou a fazer isso, que já está sendo investigado em Nova York. — Sarah começou a chorar mais ainda e segurou a mão da freira. — Maggie, eu não sei nem mais quem ele é. Seth não é o homem que eu imaginava. Ele é um marginal e uma fraude. Como ele fez isso conosco?

— E você suspeitava de algo? — perguntou Maggie preocupada. Essa história era realmente horrível.

— De nada. Nunca. Eu achava que ele era completamente honesto e realmente muito inteligente e bem-sucedido. Pensava que a gente gastava muito dinheiro, mas ele sempre dizia que nós podíamos. Agora eu nem sei mais se era nosso dinheiro ou não. Só Deus sabe o que mais ele fez. Ou o que vai acontecer. Provavelmente perderemos a nossa casa... mas, pior que isso, eu já perdi Seth. Ele já é um condenado. Nunca vai conseguir sair dessa. E quer que eu fique ao lado dele. Diz que é parte dos nossos votos de casamento, "na alegria e na tristeza"... e o que vai acontecer comigo e com as crianças quando ele for para a prisão?

— Maggie sabia que Sarah era jovem e poderia reconstruir sua vida. Mas não havia dúvida de que essa era uma maneira horrível de as coisas acabarem com Seth, se isso acontecesse. Tudo soava assustador até para ela, com o pouco que sabia.

— Você quer ficar ao lado dele, Sarah?

— Não sei. Não sei o que quero ou o que penso. Eu o amo, mas agora nem tenho mais certeza de quem eu amo, ou com quem estou casada há quatro anos, ou quem eu conhecia dois anos antes de me casar. Ele é uma fraude. E se eu não conseguir perdoá-lo pelo que fez?

— Essa é outra história. Você pode perdoá-lo e decidir que não quer continuar ao lado dele. Você tem o direito de decidir o tipo de sacrifício que quer fazer e por quem na sua vida. Perdoar é outra coisa, e tenho certeza de que, com o tempo, você conseguirá. Mas agora é cedo demais para tomar decisões sérias. Você precisa de um tempo para ver como se sente. Você pode até decidir que quer continuar com ele. Mas não precisa tomar essa decisão agora.

— Ele disse que eu preciso — declarou Sarah, completamente confusa e perturbada.

— Seth não tem o direito de dizer isso. Você é quem decide. Depois de tudo que ele fez, está pedindo muito de você. As autoridades já foram falar com ele?

— O FBI está conversando com ele agora. Não sei o que vai acontecer depois disso.

— Você vai ter que esperar para ver.

— Eu não sei mais quais obrigações tenho para com ele, com meus filhos e comigo mesma. Eu não quero me afundar com Seth, nem ficar casada com um homem que estará na prisão por vinte, trinta anos, ou até mesmo por cinco. Não sei se conseguiria lidar com isso, acho que acabaria odiando Seth.

— Seja qual for sua decisão, espero que não o odeie. Você não precisa de ódio, isso ia somente envenená-la. Ele tem o direito de ter seu perdão e sua compaixão, mas não de arruinar a sua vida e a dos seus filhos.

— Será que eu tenho essa obrigação com ele, como esposa? — Os olhos de Sarah eram uma mistura de dor, confusão e culpa, e Maggie ficou com pena dela, com pena dos dois. Eles estavam em uma tremenda confusão, e, apesar das fraudes, Maggie imaginava que Seth não estava melhor do que a esposa. Ela estava certa a esse respeito.

— Você tem obrigação de ter compaixão, pena e de tentar entendê-lo, mas não deve a sua vida a ele, Sarah. Não importa o que faça, você não pode dar isso a ele. A decisão de ficar ou não ao lado dele é toda sua. Você tem todo o direito de ir embora se for melhor para você e para as crianças. A única obrigação que tem agora é de perdoá-lo, o resto é com você. E o perdão nos coloca em um estado de graça sublime. Isso por si só vai ajudá-los.

Maggie tentava dar uns conselhos práticos, misturados a um pouco de sua crença, baseada por completo em misericórdia, perdão e amor. O próprio espírito do Cristo ressuscitado.

— Nunca estive em uma situação dessas — admitiu Maggie.

— Não quero lhe dar um conselho ruim. Estou dizendo somente o que penso. O que você vai fazer é uma escolha sua, mas talvez seja cedo demais para decidir. Se você o ama, isso já é muita coisa. Mas a maneira como esse amor vai se manifestar no final e como você vai expressá-lo, isso será decisão sua. Talvez seja uma demonstração maior de amor se você e seus filhos o deixarem. Seth tem que pagar pelo que fez, e ele fez muita coisa. Você não fez nada. Mas, de alguma maneira, você também vai pagar por isso. Qualquer que seja a sua decisão, essa situação não vai ser fácil.

— Já não é fácil. Seth fala que provavelmente perderemos a mansão. Eles podem tomar a nossa casa ou talvez tenhamos que vendê-la para pagar os advogados.

— E para onde você iria? — perguntou Maggie preocupada. Era óbvio que Sarah estava perdida e por isso tinha buscado a ajuda dela. — Você tem família aqui?

Sarah negou.

— Meus pais se mudaram para Bermuda. Mas não dá para ficarmos lá, é longe demais. Não quero que as crianças fiquem tão longe de Seth. E ainda não quero contar nada para os meus pais. Se perdermos a casa, acho que vou ter que alugar um apartamento pequeno e começar a trabalhar. Desde que me casei, parei de trabalhar porque queria ficar cuidando das crianças, e isso tem sido ótimo, mas acho que não terei outra opção. Consigo um emprego se procurar, tenho um MBA. Foi assim que conheci Seth, na Faculdade de Administração de Stanford.

Maggie sorriu para ela e pensou que Seth usava realmente seu conhecimento para o mal, mas pelo menos Sarah tinha condições suficientes para conseguir um emprego bom e sustentar os filhos se precisasse. Mas isso não importava. O grande problema era o casamento deles e o futuro de Seth no caso de um processo, o que parecia certo.

— Acho que você precisa dar um tempo para ver como as coisas vão ficar. Não há dúvida de que ele cometeu um erro gravíssimo. Só você pode decidir se vai perdoá-lo e se vai continuar com ele. Reze, Sarah — insistiu Maggie. — As respostas virão conforme o tempo passar. Tudo vai ficar claro mais cedo do que você imagina. — Ou talvez mais cedo do que ela gostaria. Maggie se lembrou de que, às vezes, quando rezava para ter clareza em uma situação, as respostas apareciam de forma mais óbvia do que ela queria, especialmente se não gostasse da resposta. Mas Maggie não mencionou isso para Sarah.

— Ele disse que vai precisar de mim no julgamento — falou Sarah, tristemente. — Estarei lá para apoiá-lo, sinto que devo isso a ele. Mas vai ser horrível. Para a imprensa, ele será um grande criminoso. — O que era verdade. — É tão humilhante.

— Não deixe seu orgulho decidir por você, Sarah — aconselhou Maggie. — Tome essa decisão com amor, dessa maneira todos serão abençoados. Esse deve ser seu objetivo. A resposta certa, a decisão certa, o futuro certo para você e seus filhos, mesmo que não inclua Seth. Ele sempre vai ter as crianças, ele é pai delas, não importa o que aconteça. A grande questão é se vai ter você. E, o mais importante, se você quer tê-lo.

— Não sei. Não sei mais quem ele é. Sinto que estava apaixonada por uma ilusão nestes seis anos. Não tenho mais noção de quem ele é. Seth é a última pessoa neste planeta que eu imaginaria fazendo isso.

— Nunca se sabe — comentou Maggie enquanto elas olhavam para a baía. — As pessoas fazem cada uma. Até mesmo aquelas que amamos e conhecemos. Vou rezar por você — reafirmou a freira. — E você reze também, se puder. Entregue a

Deus. Deixe que Ele a ajude a decidir. — Sarah assentiu e deu um pequeno sorriso.

— Obrigada. Eu sabia que conversar com você iria me ajudar. Não sei o que vou fazer, mas já me sinto melhor. Eu estava histérica quando cheguei aqui.

— Venha me ver a qualquer hora ou me ligue. Vou ficar aqui por um tempo. — Ainda havia muito a ser feito pelos desabrigados por causa do terremoto que teriam que permanecer no acampamento por vários meses. Presidio era uma área cheia de atividade para Maggie, o local certo para realizar a missão dela como freira. Ela confortava, dava amor e paz às pessoas.

Suas últimas palavras para Sarah foram:

— Tenha misericórdia. É importante ter misericórdia. Isso não quer dizer que você tenha que continuar com ele, ou abrir mão da sua vida por causa dele. Mas tem que ter misericórdia, e você deve ser gentil com Seth e consigo mesma quando tomar sua decisão, não importa qual seja ela. Amar não significa ter que continuar ao lado dele, significa simplesmente que você tem que ter compaixão. É daí que vem a graça. Você vai entender quando estiver pronta.

— Obrigada — falou Sarah ao abraçar Maggie na porta do hospital. — Vou manter contato com você.

— Estarei rezando por você — reafirmou Maggie ao acenar sorrindo enquanto Sarah ia embora. Essa conversa tinha sido exatamente o que Sarah precisava.

Ela dirigiu pela Marina Boulevard no carro de Parmani na direção sul da ladeira da Divisadero. Chegou em casa bem na hora que os agentes do FBI foram embora, o que foi um alívio. Esperou até que eles desaparecessem de seu retrovisor para estacionar. Henry estava terminando de ajeitar tudo com Seth. Sarah também aguardou a partida do advogado para ir ao escritório de Seth.

— Onde você estava? — perguntou ele, parecendo exausto.

— Fui dar uma volta. E então?

— A reunião não foi boa — respondeu Seth bem seriamente. — Eles não brincaram em serviço. Querem me denunciar na semana que vem. Isso não vai ser fácil, Sarah. Você poderia ter ficado aqui hoje para me apoiar — reclamou com o olhar de repreensão. Sarah nunca o tinha visto tão carente. Ela se lembrou da conversa com Maggie e tentou sentir compaixão pelo marido. Apesar do mal que causara indiretamente a ela, Seth estava em uma tremenda roubada, e Sarah sentiu mais pena dele naquele momento do que antes de ter conversado com Maggie.

— O FBI queria falar comigo? — perguntou ela, preocupada.

— Não, você não tem nada a ver com isso. Eu disse que não sabia de nada. Você não trabalha para mim. E eles também não podem obrigá-la a testemunhar contra mim porque você é minha mulher. — Sarah pareceu aliviada ao ouvir isso. — Eu só quero que você me apoie.

— Eu estou aqui, Seth. — Pelo menos por enquanto. Isso era o máximo que ela conseguia fazer.

— Obrigado — respondeu ele, e então Sarah saiu do escritório e foi para o andar de cima ver os filhos. Seth não disse mais nada, e, assim que ela saiu, colocou as mãos no rosto e começou a chorar.

Capítulo 12

A vida de Seth continuou a se desenrolar nos dez dias seguintes. Seu caso foi levado ao júri de acusação pelo promotor federal, e fizeram a denúncia contra ele. Dois dias depois, foi preso. Seth foi informado sobre seus direitos e levado ao tribunal federal, onde foi fotografado, formalmente acusado e teve as digitais registradas no sistema prisional. Ele passou a noite na cadeia até que a fiança foi estipulada pelo juiz na manhã seguinte.

Os fundos, depositados de forma fraudulenta em sua conta, foram enviados a Nova York por ordem judicial, para cobrir os investidores de Sully. Ou seja, os investidores de Sully não tiveram perdas, porém os de Seth perceberam que tinham visto livros contábeis com 60 milhões de dólares a mais do que na realidade. E todos tinham investido no fundo de hedge dele de acordo com esse valor, como resultado da declaração fraudulenta. A fiança foi estipulada em 10 milhões de dólares devido à natureza do crime. Seth teve que pagar 1 milhão de dólares ao agente de fiança para ser liberado da cadeia. Isso acabou com todo o dinheiro que eles tinham em mãos. O juiz avaliou que não havia risco de fuga, e, como seu crime não envolvia morte ou violência física, Seth conseguiu a fiança. O que ele fez foi bem mais sutil que isso. Não tiveram alternativa a não ser colocar a mansão como garantia da fiança. O imóvel valia por volta de 15 milhões de dólares, e, na noite em que ele saiu da cadeia, disse a Sarah que teriam que vendê-lo. O agente de fiança ficaria com 10 milhões como garantia e o restante seria para pagar os advogados, segundo Henry, um custo de 3 milhões de dólares. Esse era um caso bem complicado. Seth também disse que teriam que vender a casa de Tahoe e tudo que pudessem. A única boa notícia é que a casa de Divisadero não estava hipotecada, ao contrário da de Tahoe, o que iria diminuir o lucro deles, mas poderiam usar a diferença para pagar pela defesa de Seth e pelas outras despesas.

— Vou vender minhas joias — falou Sarah, petrificada. Ela não se importava com as joias, mas estava para morrer por perder a casa.

— Podemos alugar um apartamento. — Ele já entregara o jatinho, que ainda não tinha sido totalmente pago, ou seja, ficou no prejuízo. O fundo de hedge tinha sido fechado. Não ganhariam dinheiro; pelo contrário, perderiam muito com a defesa de Seth. Essa brincadeira de 60 milhões iria custar tudo que tinham. Como se a pena de Seth não bastasse, se fosse considerado culpado teria que pagar multas exorbitantes. Sem falar nos processos dos investidores. Do dia para a noite eles se tornaram pobres.

— Vou alugar meu próprio apartamento — declarou Sarah calmamente.

Ela havia tomado essa decisão na noite anterior quando ele estava na cadeia. Maggie estava certa. Sarah não sabia o que faria dali para a frente, mas ficou claro que não queria continuar com Seth nesse momento. Talvez no futuro eles voltassem a ser um casal, mas, por enquanto, queria um apartamento somente para si e para as crianças, e teria que procurar um emprego.

— Você vai morar sozinha? — perguntou Seth surpreso. — E como você acha que o FBI vai ver isso? — Essa era a única preocupação dele.

— Nós dois vamos morar sozinhos. E eles vão achar que você cometeu um tremendo erro, que eu estou abalada com isso e estamos dando um tempo. — E tudo isso era verdade. Ela não estava pedindo divórcio, mas precisava de um tempo. Sarah não conseguia pensar em ficar lá para ver o que iria acontecer com a vida deles só porque Seth decidira ser desonesto. Desde que encontrou Maggie, Sarah estava rezando muito e se sentia confortável com sua decisão. Um pouco triste, mas certa de que era a escolha correta, tal como Maggie tinha dito. Um passo de cada vez.

Sarah ligou no dia seguinte para os corretores e colocou a casa à venda. Ligou para o agente de fiança para informá-lo do que iriam fazer, para que ele não achasse que estavam fazendo algo ilegal. De qualquer maneira, ele já estava com a escritura da casa. Ele explicou que tinha o direito de aprovar a venda, ficar com os 10 milhões, e qualquer quantia acima disso seria deles. Ele agradeceu a ligação, pois, no fundo, tinha pena dela. Ele achava Seth um idiota. Mesmo quando encontrou com ele na cadeia, Seth tinha um ar arrogante e pomposo. O agente de fianças já tinha visto outros como ele antes. Os egos gigantes acabaram destruindo as famílias e as esposas. Ele desejou boa sorte com a venda da casa.

Depois disso, Sarah passou dias ligando para os conhecidos na cidade e no Vale do Silício, procurando emprego. Preparou um currículo com os detalhes de seu MBA em Stanford e da sua experiência de trabalho em Wall Street, em um banco de investimentos. Ela estava disposta a aceitar qualquer cargo — analista, operadora de mercado. Até tiraria uma credencial de corretora de valores ou trabalharia em um banco. Tinha a formação e a capacidade, só precisava de um emprego. Ao mesmo tempo, vários compradores potenciais visitavam a mansão, alguns com um interesse verdadeiro e outros por pura curiosidade.

Seth alugou uma cobertura no hotel Heartbreak, na Broadway. Era um prédio moderno, cheio de apartamentos pequenos, mobiliados e bem caros, repleto de homens recém-separados. Sarah alugou um apartamento pequeno de dois quartos, um para ela e outro para as crianças, em um edifício de estilo vitoriano na Clay Street. Tinha uma vaga na garagem e um pequeno jardim. O valor dos aluguéis havia despencado desde o terremoto, e ela conseguiu um preço bom. Poderia se mudar a partir do dia 1º de junho.

Sarah passou em Presidio para contar a Maggie as novidades. Maggie ficou com pena dela, mas impressionada por levar a vida adiante e tomar decisões cuidadosas e inteligentes. Seth resolveu comprar um Porsche para substituir a Ferrari destruída no terremoto, em uma transação em que ele não precisou dar dinheiro de entrada e que deixou seu advogado furioso. Segundo Henry, aquela não era a época de se exibir e sim de ser modesto e humilde. As transações de Seth haviam prejudicado muita gente, e o juiz não iria ver com bons olhos a ostentação de seu cliente. Sarah comprou um SUV da Volvo usado para substituir a Mercedes também destruída no terremoto. Suas joias foram enviadas a Los Angeles para serem vendidas. Ela ainda não havia contado nada aos pais, pois eles não teriam como ajudá-la, embora pudessem apoiá-la. Como que por milagre, a imprensa ainda não tinha noticiado a denúncia de Seth ou Sully, mas ela sabia que não demoraria muito. Então, a merda seria jogada no ventilador, mais do que nunca.

Everett passou dias editando as fotos. Ele entregou as mais relevantes para a *Scoop* e eles publicaram uma seção inteira sobre o terremoto. E, como Everett tinha imaginado, a capa da revista foi a foto de Melanie de calça camuflada. Havia somente uma imagem de Maggie, identificada como uma freira voluntária trabalhando no hospital depois do terremoto.

Ele vendeu algumas fotos para os jornais *USA Today*, *The New York Times*, para a agência The Associated Press e várias para as revistas *Time* e *Newsweek*. A *Scoop* lhe deu permissão, pois tinham muito mais fotos do que precisavam, sem falar que não queriam se concentrar demais no terremoto. Eles davam preferência às notícias de celebridades e publicaram seis páginas só com as fotos de Melanie; as restantes ocuparam apenas três outras páginas. Ele mesmo escreveu o artigo, elogiando muito os residentes e a cidade. Everett tinha um exemplar da revista para mandar para Maggie. Além disso, tinha várias fotos absolutamente espetaculares dela. Maggie estava reluzente socorrendo os feridos. Em uma imagem ela trazia no colo uma criança que chorava, em outra, a meia-luz, consolava um senhor que tinha um corte na cabeça... havia várias dela rindo com aqueles olhos azuis brilhando depois de ter acabado de conversar com ele... e uma que tirou quando o ônibus estava indo embora e o olhar dela era tão triste que Everett sentiu vontade de chorar. Pendurou as imagens da freira pelo seu apartamento. Maggie o observava enquanto ele tomava café da manhã, trabalhava na sua escrivaninha à noite ou deitava no sofá e ficava horas olhando para ela. Finalmente fez cópias das fotos para ela, como prometera. No entanto, não sabia ao certo para onde mandá-las. Everett tinha ligado para Maggie várias vezes, mas ela nunca atendia. Ela retornou as ligações duas vezes, mas Everett perdeu as chamadas. As ligações tinham se desencontrado, e, como ambos estavam bem ocupados, não se falavam desde que ele fora embora. Everett sentia muita saudade e queria que Maggie visse como as fotos dela haviam ficado bonitas, além de querer mostrar as outras que fizera.

Ele estava sozinho em casa no sábado à noite, e, como não tinha compromisso nos próximos dias, finalmente decidiu visitar Maggie. Então, na manhã de domingo, acordou bem cedo, pegou um táxi para o aeroporto internacional de Los Angeles e embarcou para São Francisco. Não tinha avisado Maggie, e esperava encontrá-la em Presidio, caso nada tivesse mudado nas últimas semanas.

O avião aterrissou às dez horas da manhã. Ele pegou um táxi e deu o endereço de destino. Everett tinha a caixa com as fotos para mostrá-las. Eram quase onze da manhã quando ele chegou a Presidio e viu os helicópteros ainda patrulhando a cidade. Ficou parado olhando o hospital, torcendo para encontrá-la. Ele sabia muito bem que havia feito uma loucura, mas tinha que vê-la, estava com muita saudade de Maggie desde que fora embora.

A voluntária que o atendeu disse que Maggie estava de folga, mas, como era domingo e ela conhecia bem a freira, imaginou que provavelmente estivesse na igreja. Ele agradeceu e resolveu ir até a residência dos religiosos. Havia duas freiras e um padre na porta do prédio quando chegou e perguntou por Maggie. Uma das freiras foi chamá-la. O coração de Everett ficou apertado enquanto esperava o que pareceu uma eternidade. Então, de repente, ela apareceu de roupão de banho e com os brilhantes olhos azuis e o cabelo ruivo molhado. Tinha acabado de tomar banho. Ela abriu um sorriso quando o viu, e ele quase chorou de tão aliviado que ficou ao vê-la. Everett chegou a pensar que não iria conseguir achá-la, mas ali estava Maggie. Ele a abraçou com emoção e quase deixou cair a caixa de fotos. Deu um passo para trás para admirá-la melhor.

— O que você está fazendo aqui? — perguntou Maggie quando as outras freiras e o padre foram embora. Os demais religiosos não consideraram estranho o encontro, nem a alegria deles. Várias grandes amizades começaram nos dias depois do terremoto. Uma das freiras se lembrava dele de quando Everett ficara no acampamento, antes de voltar para Los Angeles, e Maggie disse que os encontraria depois. Eles já haviam assistido à missa e estavam a caminho do refeitório para almoçar. Essa situação começava a parecer uma colônia de férias eterna para adultos. Everett se impressionou com o progresso que viu na cidade, mas o acampamento de refugiados de Presidio ainda se mantinha movimentado.

— Você está aqui a trabalho? — perguntou Maggie, e então os dois falaram ao mesmo tempo. Estavam tão empolgados por se encontrarem de novo. — Desculpe, eu sempre perco as suas ligações. É que deixo o telefone desligado quando estou trabalhando.

— Eu sei... Desculpe... Estou tão feliz de ver você — disse Everett ao abraçá-la de novo. — Eu vim só para te ver. Tenho tantas fotos para mostrar e, como não sabia para onde mandá-las, resolvi trazê-las pessoalmente. Trouxe todas.

— Deixa eu me vestir — pediu Maggie, sorrindo e passando a mão pelo cabelo curto molhado.

Ela voltou em cinco minutos de calça jeans, tênis rosa e uma camiseta do circo Barnum & Bailey com a estampa de um tigre. Everett riu ao ver a blusa de Maggie, uma das doações para o abrigo. Ela era, sem sombra de dúvida, uma freira bastante diferente. E Maggie estava louca para ver as fotos. Os dois andaram até uns bancos, onde se sentaram para olhá-las. As mãos dela tremiam ao abrir a caixa, e, quando Maggie viu as fotos, por várias vezes lágrimas caíram de seus olhos, ao mesmo tempo que ela também sorria ao se relembrar daqueles momentos com ele. Imagens da mulher que eles viram ser retirada dos escombros da sua casa, depois de terem que amputar a perna dela, de crianças, várias de Melanie, mas a maioria era de Maggie. Pelo menos a metade das fotos era dela, que exclamava ao ver cada uma, falando "ah, eu lembro disso!", "ai, meu Deus, se lembra dele?", "ai, coitada daquela criança", "aquela senhora tão simpática". As fotografias mostravam a destruição da cidade, a noite da festa em que tudo começou. Era uma coleção única de um momento assustador, mas profundamente emocionante da vida deles.

— Ah, Everett, elas são tão bonitas — disse Maggie, olhando para ele com aqueles olhos azuis brilhantes. — Obrigada por trazê-las para me mostrar. Pensei tanto em você e torci tanto para que tudo estivesse bem. — Eles mantiveram contato por mensagens, mas ela tinha sentido falta de conversar com Everett, quase tanto quanto ele sentia.

— Eu estava com saudades de você, Maggie — falou Everett, com toda a franqueza, logo que acabaram de olhar as fotos. — Não tenho ninguém com quem conversar quando você não está por perto. — Ele não tinha percebido como sua vida era vazia até conhecê-la e ir embora.

— Eu também senti saudade — confessou Maggie. — Você tem ido às reuniões? A que você começou aqui ainda existe.

— Tenho ido a duas por dia. Você quer sair para almoçar?

Algumas lanchonetes de fast-food na Lombard Street já haviam reaberto. Everett sugeriu que eles comprassem algo e fossem comer em Marina Green. O dia estava lindo. E de lá dava para olhar a baía e os barcos. Também poderiam fazer isso na praia de Presidio, mas ele achou que seria bom para Maggie sair de lá um pouco. Ela passara a semana toda enfurnada no hospital.

— Ótima ideia.

Sem carro não podiam ir longe, mas a Lombard era ali perto. Maggie foi pegar um suéter, deixou as fotos em seu quarto, e alguns minutos mais tarde já estavam a caminho.

Foram andando em silêncio por um tempo, então começaram a conversar sobre o que estavam fazendo. Maggie contou sobre a reconstrução da cidade e seu trabalho no hospital. Everett falou de suas matérias na revista. Ele tinha trazido um exemplar da edição da *Scoop* que cobria o terremoto, cheia de fotos de Melanie, e eles conversaram a respeito de como ela era uma ótima garota. Eles pararam na primeira lanchonete, compraram sanduíches e foram em direção à baía. Finalmente sentaram no gramado de

Marina Green. Maggie não comentou nada sobre o problema de Sarah, contado confidencialmente. Sarah havia falado com ela várias vezes desde então, e as coisas não estavam nada bem. Maggie sabia que Seth tinha sido preso e estava solto por ter pago fiança, e que a casa estava à venda. Era uma época muito difícil para Sarah, que não merecia aquilo.

— O que você vai fazer quando sair de Presidio? — perguntou Everett enquanto eles comiam os sanduíches e se deitavam na grama, um de frente para o outro, como duas crianças no verão. Ela não parecia nem um pouco uma freira, ainda mais com aquela blusa do circo e tênis rosa, ali no gramado conversando com ele. Às vezes, Everett esquecia o que ela era.

— Acho que vai demorar até eu ir embora de lá, meses talvez. Vai levar um tempo até arrumarem um lugar para todas aquelas pessoas morarem. — Uma parte tão grande da cidade havia sido destruída, poderia levar até um ano para se reconstruir tudo, talvez mais. — Depois, acho que vou voltar para Tenderloin e tornar a fazer o que fazia — declarou Maggie, percebendo o quanto sua vida era repetitiva. Trabalhava com os moradores de rua havia anos, mas isso sempre a satisfizera. Mas, de repente, ela queria mais e estava realmente gostando de trabalhar como enfermeira.

— Você não quer mais do que isso, Maggie? Ter uma vida própria um dia?

— Essa é a minha vida — respondeu ela gentilmente, sorrindo para Everett. — É isso que eu faço.

— Eu sei. É o mesmo comigo. Ganho a vida tirando fotos para revistas e jornais. Mas tem sido diferente desde que voltei a trabalhar. Algo mexeu comigo quando eu estava aqui. Parece que tem alguma coisa faltando na minha vida. — Então, enquanto eles estavam deitados na grama, Everett olhou para Maggie e disse baixinho: — Talvez seja você. — Ela não sabia o que dizer. Por um momento, simplesmente o fitou e então olhou para baixo.

— Tome cuidado, Everett — sussurrou Maggie. — Acho que a gente não deve entrar nessa história. — Ela também tinha pensado nisso.

— Por que não? — perguntou ele, teimosamente. — E se você mudar de ideia um dia e não quiser mais ser freira?

— E se eu não mudar de ideia? Eu adoro ser freira. Sou desde que acabei a faculdade, era tudo o que eu queria quando era criança. É o meu sonho, Everett. Como posso abrir mão disso?

— E se trocasse isso por outra coisa? Dá para você fazer o mesmo tipo de trabalho se sair do convento. Você pode trabalhar com os moradores de rua como assistente social ou como enfermeira. — Ele já tinha pensado nisso sob todos os ângulos.

— Mas eu faço tudo isso e sou freira. Você sabe como eu me sinto. — Ele estava assustando Maggie, e ela queria que Everett parasse com aquela conversa antes que passassem dos limites e ela sentisse que não podia vê-lo de novo. Maggie não queria que isso acontecesse, mas, se ele passasse dos limites, não teria jeito. Everett precisava respeitar os seus votos. Ela ainda era uma freira, mesmo que ele não gostasse disso.

— Então acho que só me resta ver você de vez em quando para encher sua paciência. Pode ser? — Ele tentou recuar e sorriu para ela.

— Vou adorar, contanto que a gente não faça nada errado — declarou Maggie, aliviada por ele não insistir.

— Então me explica o que seria *errado*? — Everett a pressionou, e ela entendeu bem, mas Maggie já era bem grandinha e conseguia lidar com isso.

— Seria errado se a gente se esquecesse de que sou uma freira. Mas não vamos fazer isso — disse Maggie, com firmeza. — Não é verdade, Sr. Allison? — acrescentou ela rindo, em referência ao antigo filme de Deborah Kerr e Robert Mitchum.

— É, eu sei — respondeu ele, revirando os olhos. — No final das contas, eu volto para a Marinha e você continua como uma freira, tal como no filme. Você não conhece nenhum filme em que a freira deixa o convento?

— Eu não vejo esses filmes — respondeu ela cautelosamente. — Só vejo aqueles em que a freira continua no convento.

— Odeio esses — respondeu Everett, brincando. — Eles são entediantes.

— Não são, não. São muito nobres.

— Eu gostaria que você não fosse tão nobre, Maggie — comentou Everett, gentilmente —, e tão fiel aos seus votos. — Ele não teve coragem de dizer mais nada, e Maggie não respondeu. Everett estava insistindo, e ela mudou de assunto.

Ficaram deitados ao sol até o final da tarde. De lá, podiam ver as áreas que haviam sido reconstruídas por perto. Andaram de volta para Presidio com a temperatura já baixando, e ela convidou Everett para comer algo no refeitório antes de ir embora. Maggie contou que Tom já havia voltado a Berkeley para entregar o apartamento. Porém, vários outros residentes ainda estavam lá.

Ambos tomaram sopa, e ele acompanhou Maggie até o dormitório, onde ela agradeceu pela visita.

— Eu volto para visitar você — prometeu Everett. Ele havia tirado algumas fotos dela enquanto estava deitada na grama, os olhos da mesma cor do céu.

— Se cuida — disse Maggie. — Vou rezar por você. — Ele concordou e a beijou na bochecha, que era macia como veludo. Parecia que Maggie não envelhecia, sempre com uma aparência tão jovem, ainda mais com aquela camiseta boba do circo.

Maggie ficou parada olhando enquanto ele saía pelo portão principal. Everett tinha aquele andar tão familiar, com aquelas botas de couro de lagarto. Ele se virou uma vez para acenar e foi em direção à Lombard Street para pegar um táxi de volta para o aeroporto, enquanto Maggie foi para o quarto para ver de novo as fotos. Eram realmente lindas, ele tinha muito talento. Porém, mais do que isso, a alma de Everett atraía Maggie. Embora não quisesse, estava profundamente atraída por ele, não só como amigo, mas como homem. Isso nunca tinha acontecido com ela em sua vida adulta, desde que entrara no convento. Everett mexera com ela de uma maneira que Maggie não acreditava que fosse possível, e talvez não tinha sido até conhecê-lo. Isso a perturbava muito.

Maggie fechou a caixa de fotos e a colocou na cama ao seu lado. Então, deitou e fechou os olhos. Maggie não queria que isso acontecesse, não podia se apaixonar por ele. Isso era impossível, e ela disse para si mesma que não iria acontecer.

Maggie ficou deitada rezando por um bom tempo até as outras freiras entrarem no quarto. Ela nunca tinha rezado tanto na vida, e repetia uma vez após outra: "Deus, por favor, não deixe eu me apaixonar por ele." Tudo o que podia fazer era esperar que Deus a escutasse. Maggie sabia que não podia deixar isso acontecer, e a toda hora ficava se lembrando de que pertencia a Deus.

Capítulo 13

Tom chegou à casa de sua família em Pasadena uma semana depois de Melanie ter ido embora de São Francisco e ligou logo para ela. Ele arrumou a mudança em dois dias, colocou tudo no carro, que, por milagre, estava intacto, e dirigiu para o sul. Estava ansioso para rever Melanie.

Passou a primeira noite em casa com os pais e a irmã, que estavam morrendo de preocupação por causa do terremoto. Eles queriam saber tudo o que acontecera, e foi uma noite bem agradável. Tom comentou com a irmã que eles iriam a um show e no dia seguinte foi para Hollywood logo depois de tomar café da manhã. Ao sair, comentou que provavelmente não voltaria até a noite. Pelo menos, era o que esperava. Melanie o convidara a passar o dia com ela, e ele tinha planos de levá-la para jantar. Depois da convivência em Presidio, Tom estava sentindo muito a falta dela e queria passar o máximo de tempo possível junto, especialmente porque Melanie sairia em turnê em julho. Ele também tinha que arrumar o que fazer. Obviamente, o emprego em São Francisco não daria certo, pois, como consequência do terremoto, tudo estava desorganizado, então decidiu procurar trabalho em Los Angeles.

Quando Tom chegou, Melanie o esperava. Ela abriu o portão pelo interfone para ele estacionar e foi ao seu encontro, sorrindo de orelha a orelha. Pam o avistou quando olhou pela janela, e ela também sorriu ao ver os dois se beijando. Então, Melanie foi mostrar a casa para Tom e eles desapareceram. A casa tinha uma academia de ginástica, mesa de sinuca em uma área com uma televisão de alta definição, poltronas superconfortáveis para assistir a filmes e uma piscina. Melanie tinha dito para ele trazer roupa de banho, mas Tom só estava interessado em vê-la. Ele a abraçou e a beijou suavemente nos lábios, e foi como se o tempo tivesse parado para os dois.

— Eu senti tanta saudade de você — declarou Tom, sorrindo.

— A vida no acampamento ficou horrível depois que você foi embora. Eu ficava enchendo a paciência de Maggie o tempo todo. Ela disse que também tinha saudade de você.

— Tenho que ligar para ela. Também estou com saudade dela... e de você — sussurrou Melanie, e eles riram quando os funcionários que faziam a limpeza da casa desceram as escadas. Melanie levou Tom para ver o quarto dela. Para o rapaz, parecia um quarto de criança, com toda aquela decoração rosa e branca que a mãe dela encomendara. Havia fotos dela com atores, atrizes e outros cantores famosos, e uma foto dela recebendo o Grammy, que a mãe havia colocado em um porta-retratos. Fotos dos cantores de rap e das celebridades de quem ela mais gostava também decoravam as paredes. Eles voltaram para o ar livre, pegaram uns refrigerantes e foram sentar perto da piscina.

— E como foi a gravação?

Tom era fascinado pelo trabalho dela, sem se deslumbrar pela fama. Ele a conhecera como uma pessoa normal, e era disso que gostava. Foi um alívio ver que Melanie não tinha mudado e ainda era a mesma menina adorável que conhecera e por quem se apaixonara em São Francisco. Por incrível que pareça, eles estavam mais apaixonados. Ela estava de short, camiseta sem mangas e sandálias, em vez dos chinelos que tinha usado no acampamento, mas com a mesma aparência. Melanie continuava sem parecer uma celebridade, tal como era no acampamento. Ela estava à vontade ao se sentar do lado dele em uma cadeira perto da piscina e depois na borda, com os pés balançando na água. Tom ainda não acreditava que ela era aquela estrela mundial famosa. Isso não tinha importância para ele. E dava para Melanie sentir isso a respeito de Tom, tal como em São Francisco. Ele era completamente honesto e não se importava com o sucesso dela.

Eles ficaram sentados perto da piscina, conversando calmamente. Melanie estava contando sobre a gravação quando sua mãe chegou e foi ver o que a filha fazia e com quem. Janet não ficou nem um pouco feliz de ver Tom. E não foi simpática.

— O que você está fazendo aqui? — perguntou bem diretamente, envergonhando Melanie, quando Tom se levantou para cumprimentá-la. Janet não ficou nem um pouco impressionada.

— Voltei ontem para Pasadena — explicou ele. — Pensei em passar aqui para dar um oi.

Janet assentiu e deu uma olhada feia para Melanie. Ela esperava que ele não ficasse ali por muito tempo. Não tinha nada para ser considerado um bom partido para a filha. Para Janet, não importava que ele tivesse boa formação, viesse de uma família direita e, muito provavelmente, fosse conseguir um emprego bom uma vez que acertasse sua vida em Los Angeles, que fosse amável, tivesse compaixão e fosse apaixonado pela filha dela. Um garoto daqueles vindo de Pasadena não a interessava, e ela deixou bem claro, sem sequer precisar dizer algo, que não gostava da presença dele lá. Dois minutos depois de chegar, Janet entrou na casa batendo a porta.

— Acho que ela não gostou de me ver — comentou Tom, envergonhado, e Melanie pediu desculpas pela mãe, como sempre tinha que fazer.

— Ela ia gostar se fosse um ator de cinema, drogado, contanto que você estivesse nos tabloides pelo menos duas vezes por semana e, de preferência, ficasse fora da cadeia. A não ser que isso fosse te dar uma cobertura boa na imprensa. — Melanie riu da própria descrição da mãe, e Tom suspeitou que ela fosse, infelizmente, precisa.

— Nunca fui preso nem estive nos tabloides — disse ele, meio que se desculpando. — Ela deve me achar um fracassado.

— Mas eu não acho — declarou Melanie ao sentar perto dele e o encarar.

Até então, Melanie gostava de tudo a respeito de Tom, principalmente por ele não ser daquela turma de Hollywood. Com o tempo, ela passou a odiar os problemas que tivera com Jake. As bebedeiras, a ida para clínica de reabilitação, ser alvo dos tabloides por causa dele e a vez que ele dera um soco em alguém em um bar. Os paparazzi tinham chegado logo no local, e Jake foi levado pela polícia enquanto os fotógrafos não paravam de tirar fotos. E Melanie odiava mais ainda o que ele havia feito com Ashley. Desde que eles voltaram que ela não falava com Jake, e não tinha planos de fazê-lo. Por outro lado, Tom era um rapaz honrado, decente, estável, que sabia se comportar e se importava com ela.

— Quer dar um mergulho?

Ele concordou. Tom topava tudo, contanto que estivesse com ela. Era um cara bem normal e saudável, de 22 anos. Na realidade, ele era mais legal, mais inteligente e mais bonito que a maioria. Alguém que teria um futuro, dava para perceber isso. Não o tipo de futuro que a mãe dela queria, mas o que Melanie gostaria de ter mais tarde, ou talvez agora. Tom era bem realista e sincero, tal como ela. Não havia nada de falso nele. Tom estava bem longe da turma de Hollywood.

Melanie mostrou a ele a cabine perto da piscina onde poderia se trocar. Tom saiu de lá um minuto depois, com um short estilo havaiano. Ele tinha ido na Páscoa com amigos surfar em Kauai, no Havaí. Melanie foi se trocar logo depois e apareceu com um biquíni rosa que mostrava como seu corpo era lindo. Ela estava malhando com um personal trainer desde que voltou, era parte de sua rotina. Isso e duas horas diárias na academia. Ela também ensaiava para o show de junho, que seria no Hollywood Bowl e já estava com os ingressos esgotados. Isso aconteceria, de qualquer maneira, mas depois da matéria na *Scoop* sobre o terremoto os ingressos esgotaram mais rápido que o esperado. Agora os cambistas vendiam cada ingresso por 5 mil dólares. Ela tinha dois ingressos com direito a acesso aos bastidores para Tom e a irmã dele.

Eles nadaram juntos e se beijaram na piscina, então subiram em uma boia grande e ficaram deitados, um do lado do outro, tomando sol. Melanie tinha colocado uma camada bem grossa de protetor solar porque não podia se bronzear — sua pele ficava escura demais para as luzes no palco. A mãe dela preferia que Melanie ficasse bem branca. Mas era uma delícia estar ali deitada pegando sol com Tom. Eles permaneceram lá, em silêncio, por um tempo. Tudo era bem inocente e amigável. Melanie se sentia bastante à vontade com ele, tal como no acampamento.

— O show vai ser bem legal — disse Melanie. Ela contou sobre os efeitos especiais e as músicas que ia cantar. Ele conhecia todas as músicas, e, mais uma vez, disse que sua irmã ia enlouquecer. Tom comentou que ainda não havia revelado a qual show eles iriam, nem que teriam acesso aos bastidores para visitar Melanie no final.

Quando cansaram de pegar sol, entraram e foram fazer o almoço. Janet estava sentada na cozinha, fumando e falando ao telefone enquanto folheava uma revista de fofoca. Ela estava decepcionada porque não viu nada sobre Melanie. Então, para não a perturbar, eles pegaram seus sanduíches e foram se sentar em uma mesa ao ar livre, embaixo de um guarda-sol, perto da piscina. Depois, deitaram juntos em uma rede, e Melanie sussurrou que queria fazer algum tipo de serviço voluntário, algo semelhante ao que fizera em Presidio, mas não sabia como. Ela queria fazer algo mais da vida que simplesmente ensaiar e cantar.

— Você tem alguma ideia? — perguntou ele, também sussurrando.

— Nada que minha mãe me deixe fazer. — Eles pareciam conspiradores falando tão baixo, então ele a beijou de novo. Quanto mais tempo passavam juntos, mais louco ficava por ela. Tom mal podia acreditar na sua sorte, não por quem Melanie era, mas porque era um amor de pessoa, tão simples e divertida. — Irmã Maggie me falou de um padre que tem uma missão católica aqui. Ele vai ao México todos os anos por alguns meses. Adoraria falar com ele, mas duvido que consiga fazer isso. Tenho a turnê, e o meu agente está organizando uma lista de compromissos até o final do ano. Logo logo vamos começar os planos para o ano que vem — comentou, decepcionada. Melanie estava cansada de viajar tanto e queria passar o tempo com Tom.

— Você vai viajar muito? — perguntou Tom, também preocupado. Os dois tinham acabado de se conhecer, e ele queria passar mais tempo com ela. Isso ficaria complicado para ele também, uma vez que conseguisse um emprego. Ambos estariam bastante ocupados.

— Eu passo uns quatro meses por ano viajando. Às vezes cinco. Nas outras vezes, eu viajo somente para o evento e volto logo depois, como no caso da festa de São Francisco. Para ocasiões como aquela, eu só fico fora por umas duas noites.

— Eu estava pensando em viajar para ver você em Las Vegas, e talvez eu possa ir em algumas outras paradas da sua turnê. Para onde mais você vai?

Tom tentava arrumar maneiras para encontrá-la. Ele não queria esperar até Melanie voltar, em setembro. Parecia que setembro estava a anos-luz de distância para os dois. Eles ficaram tão próximos devido ao terremoto que os sentimentos se desenvolveram com muito mais rapidez do que normalmente. Ela ia viajar por dez semanas, o que era uma turnê normal, mas agora uma eternidade para o jovem casal. E o agente dela queria que ela fosse para o Japão no ano seguinte. Melanie era o tipo de artista de que os japoneses gostavam e compravam seus CDs aos montes.

Melanie riu quando Tom perguntou para onde iria e começou a dar a lista das cidades. Ela ia viajar pelo país inteiro, mas, pelo menos dessa vez, com um avião fretado. Os anos nos quais eles saíram em turnê de ônibus foram agonizantes. Às vezes, eles viajavam durante a noite toda; na verdade, na maioria das vezes. Agora, a vida e as turnês dela estavam bem mais civilizadas. Quando Melanie disse as datas, ele comentou que achava que poderia visitá-la uma ou duas vezes. Ia depender de quando iria conseguir trabalho, mas ela achou ótimo.

Eles foram para a piscina de novo e nadaram até cansar. Tom estava em ótima forma e nadava muito bem. Ele comentou que havia participado do time de natação da Universidade de Berkeley e tinha jogado futebol por um tempo até machucar o joelho. Então mostrou a cicatriz da operação no joelho. Falou de sua vida na faculdade, da infância e dos planos profissionais. Ele queria fazer mestrado, mas pretendia trabalhar por alguns anos antes disso. Tom já tinha seus planos formados e sabia o que queria bem mais do que a maioria dos rapazes da idade dele.

Eles descobriram que ambos gostavam de esquiar, de jogar tênis, de esportes aquáticos e de várias outras atividades atléticas, embora ela não tivesse tempo para isso. Melanie explicou que precisava se manter em forma, mas não tinha horário na agenda para esportes. Estava sempre ocupada, e a mãe não queria que ela se machucasse e com isso cancelasse a turnê. Melanie ganhava uma fortuna em turnês, mas não revelou isso. Não precisava. Ela conseguia muito dinheiro hoje em dia; ele nem podia imaginar quanto. Melanie era discreta demais para fazer esses comentários, embora Janet não fosse nem um pouco, o que ainda envergonhava a filha e contrariava as ordens do agente dela de discrição para não pôr Melanie em risco. Eles já tinham muita dor de cabeça para mantê-la longe dos fãs. Hoje em dia, todas as maiores estrelas de Hollywood precisavam pensar nisso — ninguém estava isento. Janet sempre minimizava a gravidade dos problemas quando conversava com Melanie, para não a preocupar, mas, frequentemente, ela mesma tinha um guarda-costas. Argumentava que alguns fãs são perigosos, esquecendo-se de que os fãs eram de Melanie, não dela.

— Você recebe cartas de ameaça? — perguntou Tom, enquanto se secavam após nadar. Ele ainda não tinha pensado no que era necessário para proteger alguém como ela. A vida para Melanie tinha sido muito mais simples em Presidio, mas por pouco tempo. E ele não sabia que alguns dos homens que viajavam com ela eram seguranças.

— Às vezes — disse Melanie, vagamente. — As pessoas que me ameaçam são loucas. Não acredito que acabem fazendo algo de verdade. Alguns deles me escrevem há anos.

— Para te ameaçar? — perguntou Tom, horrorizado.

— Sim — Melanie riu.

Isso era uma consequência da fama, e Melanie estava acostumada. Ela recebia até cartas assustadoras e apaixonadas de prisioneiros, mas nunca respondeu. Quando saíssem da cadeia, esses homens passariam a assediá-la. Melanie tomava bastante cuidado quando frequentava lugares públicos, mas os guarda-costas a protegiam bem. Ela preferia não andar com seguranças quando passeava pelas ruas de Los Angeles, fazendo alguma tarefa ou visitando os amigos, e também preferia dirigir sozinha.

— Essas coisas te assustam? — perguntou Tom, cada vez mais preocupado. Ele queria protegê-la, mas não sabia como.

— Normalmente não. Às vezes, dependendo do que a polícia fala sobre o assediador. Já tive alguns, mas não mais do que as outras celebridades. Quando eu era mais nova, isso me assustava, hoje nem tanto. Os únicos assediadores que me preocupam hoje são os da imprensa. Eles têm o poder de te destruir. Você vai ver — comentou ela, mas Tom ainda não entendia como isso poderia afetá-lo. Ele ainda era bem inocente a respeito dos perigos da fama. Com certeza havia desvantagens, mas naquele momento, deitado ao sol conversando com ela, tudo parecia muito simples e Melanie era como qualquer outra garota.

No final da tarde, eles foram dar uma volta de carro. Tom levou Melanie para tomar sorvete, e ela mostrou a escola que frequentara antes de largar os estudos. Comentou que ainda queria fazer faculdade, mas, no momento, isso era apenas um sonho e não uma possibilidade. Melanie viajava muito e lia o máximo possível. Eles pararam em uma livraria e descobriram que gostavam de ler as mesmas coisas e adoravam os mesmos livros.

Então, voltaram para a casa dela, e, mais tarde, Tom a levou para jantar em um restaurante mexicano de que ela gostava e voltaram para a casa dela para ver um filme na televisão gigante de alta definição. Parecia que estavam em um cinema. Janet ficou surpresa ao vê-lo ainda lá quando chegou em casa. Tom ficou um pouco desconfortável ao perceber isso, e a mãe de Melanie não se esforçou para disfarçar. Ele só foi embora às onze horas da noite. Melanie foi com ele até o carro, e eles ficaram se beijando pela janela. Tom disse que tinha passado um dia maravilhoso, assim como ela. Foi um primeiro encontro bem legal e respeitável. Ele prometeu ligar no dia seguinte, mas ligou logo que saiu de lá. O telefone de Melanie tocou enquanto ela estava andando de volta para casa, pensando em Tom.

— Já estou com saudades — disse Tom, e Melanie riu.

— Eu também. Hoje foi um dia muito legal. Espero que você não tenha ficado entediado de ter passado o dia aqui. — Às vezes era difícil para ela sair, por ser sempre reconhecida. Eles não tiveram problema quando saíram para tomar sorvete, mas fora reconhecida na livraria e três pessoas chegaram a pedir autógrafo enquanto eles pagavam as compras. Melanie detestava essas coisas quando saía com alguém. Era uma intrusão e sempre incomodava quem estivesse com ela, mas Tom se divertiu.

— O dia foi muito legal — reafirmou Tom. — Ligo amanhã. Quem sabe a gente não faz algo no final de semana.

— Eu adoro ir à Disneylândia — confessou Melanie. — Acabo me sentindo uma criança de novo, mas nessa época do ano é superlotada. Melhor ir no inverno.

— Você é uma criança — disse Tom, sorrindo. — Uma criança fantástica. Boa noite, Melanie.

— Boa noite, Tom — respondeu ela e desligou o telefone com um sorriso no rosto. A mãe saiu do quarto nesse momento e a avistou quando estava voltando para casa.

— Que história foi essa hoje? — perguntou Janet, de cara feia. — Ele passou o dia todo aqui. Não se envolva com ele, Mel. Ele não é do seu mundo. — Era exatamente isso que Melanie gostava nele. — Ele só está usando você.

— Não está, mãe — respondeu Melanie, furiosa, ofendida por ele. Tom não era esse tipo de homem. — Ele é uma pessoa normal e decente. Ele não se importa com quem eu sou.

— É o que você pensa — disse Janet, cinicamente. — E, se você começar a sair com ele, nunca mais vai ser notícia na imprensa, e isso não é bom para a sua carreira.

— Estou cansada de ouvir falar da minha carreira, mãe — respondeu Melanie, bem triste. Janet só falava disso. Às vezes, Melanie sonhava com ela agitando um chicote. — Há mais coisas importantes na vida além disso.

— Não se você quiser ser uma estrela famosa.

— Eu sou uma estrela famosa, mãe. Mas ainda preciso ter vida além disso. Tom é um cara realmente legal. Bem mais legal que os tipinhos de Hollywood com quem eu saí.

— É que você ainda não encontrou o homem certo — respondeu Janet com firmeza, sem se comover pelos sentimentos da filha por Tom.

— E existe algum em Hollywood? — questionou Melanie.

— Nenhum deles me pareceu certo.

— E ele parece? — perguntou Janet preocupada. — Você nem o conhece. Ele era mais uma cara naquela droga de acampamento.

— Janet ainda sonhava com o local e os sonhos não eram bons. Todos eles tinham, de certa maneira, ficado traumatizados com o terremoto. Ela havia ficado muito feliz por voltar a dormir na própria cama.

Melanie não disse que não tinha achado o acampamento horrível. Na opinião dela, a única coisa horrível foi o namorado dormindo com a melhor amiga. Mas agora ela já havia se livrado dos dois, sem se arrepender. Só a mãe dela tinha pena disso. Janet ainda falava com Ashley pelo menos uma vez ao dia, prometendo que ia dar um jeito nas coisas com Melanie, sem que a filha soubesse de nada.

Melanie não tinha a menor intenção de deixar Ashley ou Jake voltarem para sua vida. A chegada de Tom parecia um prêmio por ter perdido aqueles dois. Ela deu boa-noite para a mãe e foi andando devagar para o quarto, pensando em Tom. Esse tinha sido um primeiro encontro maravilhoso.

Capítulo 14

Tom foi visitar Melanie várias outras vezes. Eles saíram para jantar, ir ao cinema, ficaram relaxando na piscina, apesar de a mãe dela não aprovar. Janet mal falava com Tom, embora ele fosse bastante educado com ela. Em uma das visitas, ele levou a irmã para conhecer Melanie; os três fizeram um churrasco na área da piscina e se divertiram muito. A irmã dele ficou muito impressionada com a simplicidade de Melanie. Ela era sincera, amigável e compreensiva. Não se comportava como uma estrela, mas como uma garota qualquer. A irmã de Tom ficou muito feliz quando Melanie os convidou para o show de junho no Hollywood Bowl.

Tom e Melanie ainda não tinham dormido juntos. Ambos haviam concordado em ir devagar para ver o que ia acontecer, para que se conhecessem bem primeiro. Ela ainda estava magoada com o que Jake fizera, e Tom não insistiu. Ele sempre dizia que tinham tempo. Os dois sempre se divertiam juntos. Ele levou seus CDs e filmes preferidos, e, logo depois de Melanie conhecer a irmã dele, Nancy, ele a levou para jantar em Pasadena. Ela adorou os pais de Tom. Eram autênticos, boas pessoas, amigáveis. Eles tiveram conversas inteligentes, eram muito cultos, gostavam um do outro e foram respeitosos e sensíveis com relação a quem Melanie era. Eles a receberam como fariam com qualquer outro amigo dos filhos — bem diferente de Janet, que ainda agia como se Tom fosse um intruso ou algo pior. Janet se esforçava para ser desagradável com ele, mas Tom disse para Melanie que não se importava. Ele entendeu que Janet o considerava uma ameaça e não achava que era o tipo de homem com quem a filha deveria sair, principalmente se ela quisesse que Melanie fosse badalada pela mídia. A toda hora Melanie pedia desculpas pela mãe e começou a passar mais tempo em Pasadena quando não estava ensaiando.

Tom foi duas vezes aos ensaios e ficou impressionado com o profissionalismo da namorada. A carreira dela não ocorrera por acaso ou por destino. Ela era brilhante no que dizia respeito a todos os detalhes técnicos, fazia os próprios arranjos, escrevia algumas das músicas e se dedicava muito ao trabalho. Os dois ensaios para o show do Hollywood Bowl nos quais ele foi acabaram às duas horas da manhã, até que Melanie estivesse satisfeita. Os técnicos com os quais ele conversou disseram que ela fazia isso sempre. Em algumas situações, Melanie trabalhava até as quatro ou cinco horas da manhã e queria todo mundo de volta no dia seguinte às nove. Melanie era dura com todos, porém mais ainda consigo mesma. E Tom achava que ela tinha a voz de um anjo.

No dia do show, Melanie avisou que ele e Nancy poderiam chegar mais cedo e ficar no camarim dela até o show começar. Tom levou isso a sério, e, quando chegaram lá, Janet andava por todos os lados, dando ordens. Ela estava bebendo champanhe e sendo maquiada. De vez em quando, os fotógrafos queriam que ela posasse com a filha. Janet ignorou Tom e Nancy o máximo possível e saiu para procurar o cabeleireiro da filha, que estava fumando do lado de fora com alguns dos membros da banda. Todos já conheciam Tom e o achavam um ótimo cara.

Tom e a irmã foram para seus assentos meia hora antes de o show começar. Melanie tinha que acabar de ser produzida. Para Tom, levando em consideração que ela estava prestes a se apresentar perante mais de 80 mil pessoas, Melanie estava bastante calma. Essa era a especialidade dela. Melanie iria cantar quatro músicas novas pela primeira vez, para checar a reação da plateia, antes de sair em turnê, o que aconteceria logo. Tom prometeu visitá-la sempre que possível, embora ele fosse começar em um emprego novo em julho, na Bechtel, e estivesse bastante empolgado, pois teria a oportunidade de ir para o exterior. Isso o manteria ocupado enquanto Melanie estivesse viajando e era um emprego bem melhor do que o outro em São Francisco. Essa oportunidade caíra do céu, direto no colo dele, graças a alguns contatos de seu pai. Além disso, a empresa oferecia oportunidade de crescer na carreira, e, se gostassem do trabalho dele, poderiam até financiar a faculdade de administração para Tom.

— Boa sorte, Mel — sussurrou Tom ao sair do vestiário. — Você vai arrasar.

Melanie tinha dado para eles dois ingressos na primeira fila. Quando Tom saiu, ela botou um vestido vermelho de cetim bem apertado, sapatos plataforma prateados, e deu uma olhada na maquiagem. Ela teria seis trocas de roupa com apenas um intervalo. Melanie ia trabalhar pesado.

— Vou cantar uma das músicas novas para você — sussurrou ela, e Tom a beijou. — Você vai saber qual. Acabei de escrevê-la, espero que goste.

— Eu te amo — disse Tom, e os olhos dela se arregalaram. Era a primeira vez que ele se declarava, e o que tornava esse momento mais incrível era que eles ainda não tinham dormido juntos. O que parecia praticamente irrelevante, porque eles continuavam se conhecendo e se divertindo juntos.

— Eu também te amo — respondeu Melanie, e então ele saiu do camarim na hora que Janet chegou, lembrando que Melanie tinha menos de vinte minutos e deveria parar de brincar e se arrumar. Atrás dela, quatro fotógrafos esperavam para tirar fotos da filha.

Janet a ajudou a fechar o zíper do vestido, e Melanie lhe agradeceu. Então, Pam abriu a porta para os fotógrafos. Janet posou com a filha em duas fotos. Melanie parecia uma anã perto da mãe. Janet era uma mulher grande e imponente.

Então, Melanie se dirigiu ao palco. O show estava para começar. Ela correu pelo backstage, pulando fios e equipamentos, cumprimentou a banda rapidamente e ficou fora de vista, fechando os olhos. Respirou fundo três vezes e, quando ouviu a sua chamada, andou bem devagar até o centro do palco, coberta pela fumaça. Quando a fumaça dissipou, lá estava ela. Melanie olhou para a plateia com o sorriso mais sexy que Tom já tinha visto e disse oi com uma voz sensual. Ela estava completamente diferente dos ensaios, ou da menina que ele levara para jantar em casa com os pais. Enquanto cantava do fundo do coração até o lugar quase tremer, Melanie mostrava que era realmente uma estrela. As luzes eram muito fortes para Melanie ver Tom e Nancy, mas ela sentia que ele estava ali, e cantou para o namorado naquela noite.

— Nossa! — exclamou Nancy, cutucando o irmão até ele se virar sorrindo para ela. — Ela é *fantástica*.

— É mesmo — respondeu ele, todo orgulhoso.

Tom não tirou os olhos dela até o intervalo, quando correu para o camarim para vê-la e dizer o quanto era maravilhosa. Ele estava entusiasmado por estar lá e estava adorando o show. Tom não parava de elogiá-la. Melanie percebeu então que isso era bem diferente de namorar alguém do show business. Tom nunca tinha ciúme dela. Os dois se beijaram, e ele voltou para o assento. Ela tinha que trocar de roupa de novo; dessa vez, não era uma troca fácil, e Melanie precisou da ajuda da mãe e de Pam para se arrumar. Esse vestido era mais apertado ainda que os anteriores, e ela estava linda quando voltou para o palco.

Eles deram sete bis naquela noite. Ela sempre fazia isso para agradar aos fãs. E todos adoraram a música nova que Melanie escrevera para Tom que se chamava "When I Found You" e falava de quando se conheceram e dos primeiros dias que passaram juntos em São Francisco. Falava da ponte, da praia e do terremoto. Ele ficou louco pela música, e sua irmã ficou emocionada.

— Ela está falando de você? — perguntou Nancy. Tom assentiu, e ela ficou impressionada. Não dava para prever o futuro do relacionamento, mas, com certeza, ele tinha começado de uma maneira arrebatadora e não mostrava sinais de arrefecer.

Quando o show acabou, eles foram para o vestiário de Melanie. Dúzias de pessoas estavam lá para cumprimentá-la, os fotógrafos, a assistente dela, a mãe, os amigos, os groupies que conseguiram chegar até lá. Tom e Nancy foram esmagados pela multidão, e, logo depois, todos foram jantar no Spago, embora eles só tenham chegado lá bem tarde. A refeição foi preparada pessoalmente pelo chef Wolfgang Puck.

Depois de jantar, Tom e Nancy voltaram para Pasadena, e ele deu um beijo em Melanie antes de ir embora. Tom prometeu encontrá-la pela manhã. A noite tinha sido longa. Uma limusine branca, nada discreta, esperava Melanie. Este era o lado público da namorada, ainda desconhecido para Tom. Ele amava a Melanie da vida privada, mas a da vida pública também era divertida.

Tom ligou logo depois que Melanie chegou em casa e, mais uma vez, disse que ela havia sido maravilhosa. Ele tinha se tornado seu fã número um, ainda mais sendo homenageado com a música que ela fizera, que parecia uma ótima candidata a outro Grammy.

— Vou te ver logo de manhã — prometeu Tom. Eles estavam tentando passar juntos o máximo de tempo possível, antes de ela viajar para Las Vegas na semana seguinte.

— Podemos ler as críticas juntos quando você chegar. Odeio essa parte, eles sempre acham alguma coisa para reclamar.

— Não imagino o que teriam para reclamar dessa vez.

— Eles vão reclamar — comentou ela, como uma profissional. — Inveja é uma merda. — Na maioria das vezes, as críticas ruins eram simplesmente por inveja mesmo, e não porque a apresentação tivesse sido ruim. Mesmo assim, era chato ler essas coisas. Às vezes a mãe dela ou Pam escondiam as críticas, se estas fossem muito grosseiras, o que também acontecia de vez em quando.

Quando Tom chegou no dia seguinte, a mesa da cozinha estava repleta de jornais.

— Até então, tudo bem — sussurrou Melanie para ele, enquanto a mãe entregava os jornais, um por um. Janet estava satisfeita.

— Eles gostaram das músicas novas — comentou Janet, olhando Tom com um sorriso frio. Até ela tinha que admitir que a música feita para ele era boa.

No geral, as críticas foram positivas. O show fora um sucesso, o que era ótimo para a turnê dela e para o show em Las Vegas, que seria menor, mas já estava esgotado, tal como o do Hollywood Bowl.

— E o que as crianças farão hoje? — perguntou Janet, olhando para os dois, feliz como se ela mesma tivesse cantado no show. Essa era a primeira vez que Tom era incluído, o que podia ser considerado um progresso, embora Melanie não soubesse o motivo. Talvez Janet estivesse de bom humor ou, quem sabe, tivesse finalmente entendido que Tom não queria interferir na carreira da filha. Ele estava feliz de acompanhar tudo e dar apoio.

— Eu só quero relaxar — respondeu Melanie. Ela teria que ir ao estúdio de gravação no dia seguinte e logo começariam os ensaios para o show de Las Vegas. — O que você vai fazer, mãe?

— Vou fazer umas compras na Rodeo Drive — comentou Janet, radiante. Nada a deixava mais feliz do que críticas positivas depois de um show da filha.

Ela os deixou sem fazer cara feia ou bater portas, para a surpresa de Tom.

— Acho que acabou a sua fase de iniciação — declarou Melanie, com um suspiro. — Pelo menos por agora. Ela deve ter decidido que você não é uma ameaça.

— E não sou, Mel. Amo o que você faz. Foi maravilhoso te ver no palco ontem. Não pude acreditar que eu estava lá. Quase morri quando você cantou aquela música.

— Que bom que você gostou. — Ela se inclinou e o beijou. Melanie parecia cansada, mas feliz. Ela tinha acabado de fazer 20 anos e estava ainda mais bonita, na opinião dele. — Eu gostaria de poder dar um descanso de tudo isso às vezes. Depois de um tempo fica meio entediante — confessou ela. Melanie já tinha dito isso antes. O período de trabalho voluntário no hospital havia sido um alívio.

— Quem sabe um dia desses — disse Tom, tentando encorajá-la, mas ela balançou a cabeça.

— Minha mãe e meu agente nunca vão deixar. Eles adoram o cheiro do sucesso. Vão tirar proveito disso até eu morrer — declarou com tristeza, e Tom a beijou. O olhar dela o marcou muito, tal como a música. Ela era uma mulher incrível, e ele sabia que era um homem de sorte. A sorte estava ao seu lado. Ter conhecido Melanie como consequência do terremoto fora o melhor dia da sua vida.

Enquanto Janet lia as críticas sobre o show da filha naquela manhã, Seth e Sarah Sloane liam as notícias sobre eles. Finalmente os jornais publicaram a matéria, e nenhum dos dois entendia por que tinham demorado tanto. Seth havia sido preso semanas atrás, e, de alguma maneira, ninguém ainda tinha escrito sobre isso. Mas, por fim, o assunto explodiu como fogos de artifício no Dia da Independência, foi publicado até pela Associated Press. Sarah achava que o repórter que fez a matéria sobre Sully em Nova York deve ter dado para a imprensa de São Francisco a dica de que ele tinha um parceiro lá. Até então, ninguém havia falado nada sobre Seth, mas agora as primeiras páginas estampavam a notícia. Cada mínimo detalhe sórdido estava impresso no *Chronicle*, com uma foto de Seth e Sarah na festa beneficente. As informações sobre Seth eram terríveis. A acusação foi noticiada com todos os detalhes disponíveis sobre o nome do fundo de hedge e as circunstâncias que levaram à prisão. Falaram que eles estavam vendendo a casa, mencionaram a residência de Tahoe e o avião. E deram a entender que tudo o que ele tinha fora comprado ilegalmente. Seth ganhou a fama de maior criminoso da cidade. Era profundamente humilhante para os dois. Depois que a Associated Press divulgasse a história mundialmente, sem dúvida, até em Bermuda, os pais de Sarah descobririam tudo. Sarah percebeu que precisava ligar para eles agora. Com sorte, conseguiria explicar a situação antes da imprensa. Para Seth, isso era mais simples, porque os pais dele já eram falecidos. Os dela estavam bem vivos e ficariam chocados, principalmente porque adoraram Seth desde o começo.

— Não é uma história boa, né? — comentou Seth ao olhar para ela. Ambos haviam perdido muito peso. Ele estava esquelético e ela, seca.

— Não dá para melhorar a história — declarou ela, honestamente.

Aqueles eram os últimos dias nos quais eles morariam juntos. Ambos tinham concordado em continuar na casa até ela ser vendida, pelo bem das crianças, e então se mudariam para seus respectivos apartamentos. Eles esperavam várias ofertas para o imóvel naquela semana, e não demoraria muito até vendê-lo. Sarah sabia que a venda da mansão a deixaria triste. Mas estava bem mais aborrecida com o casamento e o marido que pela residência que possuía há poucos anos. A casa de Tahoe já estava à venda, com tudo incluído, até mesmo utensílios de cozinha, TVs e roupas de cama. Assim seria mais fácil vendê-la para alguém que quisesse uma casa nas montanhas para esquiar, mas sem se incomodar em ter que decorá-la. A residência da cidade seria vendida sem nada. Eles colocaram as antiguidades e os quadros modernos à venda no leilão da Christie's. As joias de Sarah estavam começando a ser vendidas em Los Angeles.

Sarah ainda estava procurando emprego, mas até então não havia conseguido nada. Parmani continuava trabalhando para ela porque Sarah sabia que, uma vez que arrumasse um emprego, precisaria de alguém para cuidar das crianças. Ela detestava a ideia de deixar os dois em uma creche, embora isso fosse comum. O que queria mesmo era poder continuar em casa, cuidando dos filhos como nos últimos três anos, mas isso tinha acabado. Ela teria que trabalhar, não só para ajudar com os gastos, mas também para sustentar os filhos e a si mesma, sem a ajuda de Seth, que gastava cada centavo com a defesa e possíveis multas. Quem iria ajudá-los se ele fosse preso e tudo o que tivessem fosse confiscado por ordens judiciais, processos e advogados? Sarah precisava se virar sozinha.

Depois da enorme traição de Seth, Sarah só confiava em si mesma. Não tinha mais como depender do marido e ela sabia que nunca mais confiaria em Seth. E ele via isso nos olhos dela. Seth não sabia como e se conseguiria se redimir com a esposa. A julgar pelas declarações de Sarah, seria difícil. Ela não o perdoara, e ele tinha dúvidas se algum dia conseguiria fazê-lo. E não sabia se podia culpá-la por isso; estava se sentindo bastante culpado pelas consequências de seus atos. A vida dos dois estava destruída.

Seth ficou chocado ao ler o artigo no jornal. O repórter acabou com ele e com Sully e os transformou em bandidos. Não fizeram um comentário bom. Eles eram dois criminosos que organizaram fundos de hedge fraudulentos, mentiram sobre o apoio financeiro e roubaram dinheiro dos clientes. Mas o que mais eles podiam dizer? As alegações eram essas, e, como Seth havia admitido para Sarah e para seu advogado, as acusações eram verdadeiras.

Eles mal se falaram durante o final de semana. Sarah não o insultou nem o repreendeu. Não havia motivo para isso. Ela não disse nada, estava magoada demais. Seth havia destruído toda a fé e a confiança que ela depositava nele e tinha jogado tudo isso pela janela. Ele arriscara o futuro dos filhos e afetara o dela de forma negativa. Seth conseguiu tornar seu pior pesadelo em realidade.

— Não olhe para mim com essa cara, Sarah — disse Seth. Outra matéria ainda maior e pior na edição de domingo do *The New York Times* incluía Seth. A desgraça foi proporcional à importância anterior do casal na sociedade. Embora ela não tivesse feito nada, nem sequer soubesse das atividades do marido, a imagem de Sarah também havia sido maculada. O telefone deles não parava de tocar, e eles deixavam cair na secretária eletrônica. Sarah não queria falar nem ouvir nada de ninguém. A pena dos outros iria cortá-la como uma faca, tal como a satisfação dos invejosos. E ela tinha certeza de que havia muitos. Só havia falado com seus pais, que ficaram arrasados e chocados e, tal como ela, sem entender o que tinha acontecido com Seth. No final das contas, o problema fora a falta de integridade e a ganância. — Será que não dá para pelo menos manter as aparências? — reclamou Seth. — Você sabe com certeza como piorar as coisas.

— Você não precisou da minha ajuda para piorar nada, Seth. — Depois que ela colocou os pratos do café da manhã na pia, ele viu que Sarah estava chorando de novo.

— Sarah, não começa... — Os olhos dele tinham uma mistura de ódio e pânico.

— O que você quer que eu faça? — indagou Sarah, angustiada. — Estou assustada, Seth... O que vai acontecer com a gente? Eu te amo. Não quero que você vá para a cadeia. Queria que nada disso tivesse acontecido... Quero que você volte no tempo e mude as coisas... mas você não pode... Não me importo com o dinheiro. Eu não quero perder você... Eu te amo... e você jogou a nossa vida pela janela. E como acha que eu tenho que reagir?

— Ele não aguentava ver a mágoa nos olhos da esposa, mas, em vez de abraçá-la como ela gostaria, Seth virou as costas e foi embora. Seu sofrimento e pavor eram tamanhos que ele não tinha como apoiá-la. Também amava Sarah, mas temia demais por si mesmo para conseguir ajudar a família. Era como se estivesse se afogando sozinho. Da mesma maneira que ela.

O único acontecimento tão devastador na vida de Sarah tinha sido quando o bebê prematuro deles quase morrera, mas foi salvo pela unidade neonatal. Mas não havia maneira de salvar Seth, o crime dele fora grande e chocante demais. Até os agentes do FBI pareciam estar com raiva dele, principalmente depois que viram as crianças. Sarah nunca tinha perdido alguém em circunstâncias traumáticas. Seus avós ou tinham morrido de idade avançada, sem nenhuma doença terrível, ou antes de ela ter nascido. As pessoas que amou a vida toda sempre ficaram do lado dela. Ela tivera uma infância feliz com pais responsáveis. Seus namorados foram legais com ela. Até então, Seth havia sido maravilhoso com ela. E seus filhos eram adoráveis e saudáveis. Sem sombra de dúvida, isso era a pior coisa que tinha acontecido com ela. Sarah nunca tinha perdido um amigo em um acidente de carro ou devido a um câncer. Tinha passado por esses 35 anos sem maiores problemas, mas agora uma bomba atômica havia caído em seu colo. E jogada pelo homem que amava, seu marido. Fora pega tão de surpresa que, na maioria das vezes, não sabia o que dizer, principalmente para Seth. Eles não sabiam o que fazer para melhorar a situação. Na verdade, não havia o que fazer. Os advogados fariam o melhor possível com as circunstâncias terríveis criadas por Seth. E ele teria que pagar pelo que fez, não importava como. Ela também, mesmo sem ter feito nada. Essa era a parte do "na tristeza" do casamento. Sarah iria afundar com ele.

Naquela noite, Sarah ligou para Maggie e elas conversaram por alguns minutos. Maggie tinha visto as matérias em Presidio e estava com o coração apertado por Sarah, e até mesmo por Seth. Eles estavam pagando um preço altíssimo pelos pecados dele. Sem falar que a freira estava com pena das crianças. Ela aconselhou Sarah a rezar, e disse que também faria o mesmo.

— Talvez eles peguem leve com Seth — disse Maggie, esperançosa.

— Segundo o advogado, Seth pegaria de dois a cinco anos de cadeia. Mas, na pior hipótese, serão trinta anos. — Sarah já tinha dito isso antes.

— Não pense nisso ainda. Tenha fé e bola para a frente. Às vezes, é só o que nos resta fazer. — Sarah desligou, passou sem fazer barulho pelo escritório do marido e foi dar banho nos filhos. Seth estava brincando com eles, e ela o substituiu. Eles faziam tudo agora em turnos, e dificilmente ficavam no mesmo cômodo ao mesmo tempo. Até isso era difícil. Sarah começou a se questionar se ela se sentiria melhor ou pior quando se mudassem. Talvez um pouco de cada.

Everett ligou para Maggie naquela noite para falar sobre o que havia lido a respeito de Seth nos jornais de Los Angeles. Isso já tinha virado notícia no país todo. Ele estava chocado, principalmente porque Sarah e Seth pareciam o casal perfeito. Mais uma vez, percebeu que nunca sabemos o que se passa realmente com as pessoas. Tal como qualquer um que leu a matéria, Everett estava com pena de Sarah e das crianças, mas não de Seth. Se as acusações fossem tão verdadeiras quanto soavam, Seth merecia ser punido.

— Que situação horrível para ela. Eu quase não a vi na festa, mas Sarah pareceu ser uma boa pessoa. Bom, Seth também me deu essa impressão. Quem diria. — Everett tinha visto Sarah rapidamente no hospital de Presidio, mas eles não conversaram muito. Ela estava com um ar preocupado, e agora ele sabia o motivo. — Se você a vir, diga que sinto muito — falou Everett com sinceridade, mas Maggie não respondeu. Ela era fiel ao relacionamento que tinha com Sarah e manteve seus segredos, até mesmo para Everett.

De resto, Everett contou que estava tudo bem e Maggie disse o mesmo. Ela estava feliz por ter notícias, mas, como sempre, ficou inquieta quando desligou o telefone. A voz dele mexia com ela. Depois que eles conversaram, Maggie rezou por isso e foi dar uma volta na praia ao entardecer. Ela começava a se questionar se deveria parar de falar com Everett. Mas disse a si mesma que ela era forte. Ele era apenas um homem. E ela era a noiva de Deus. Quem podia competir com isso?

Capítulo 15

O show de Melanie em Las Vegas foi um grande sucesso. Tom também compareceu, e ela cantou a música para ele de novo. O espetáculo de Las Vegas teve mais efeitos especiais e foi mais impressionante, apesar de o lugar ser menor. Melanie levou o público à loucura. Ela ficou sentada na beira do palco para o bis, e na primeira fila Tom pôde tocá-la. Os fãs, espremidos na frente da cantora, eram contidos pelos seguranças. No final, houve uma explosão de luzes com Melanie em cima de uma plataforma que subia até o alto, cantando com toda a força. Tom nunca tinha visto um show tão impressionante, mas ficou chateado quando descobriu que ela havia torcido o tornozelo ao sair da plataforma, e ainda tinha mais duas apresentações no dia seguinte.

Melanie trabalhou assim mesmo, com sapatos de salto plataforma e um tornozelo do tamanho de um melão. No final da segunda apresentação, Tom a levou para a emergência. Eles saíram sem dizer nada a Janet. Melanie tomou uma injeção de cortisona para conseguir fazer os últimos três shows, que seriam menores. O evento de abertura tinha sido o mais grandioso, e ela estava de muletas quando ele foi embora no domingo à noite.

— Tome cuidado, Melanie. Você trabalha demais — comentou Tom, preocupado. Eles passaram um final de semana ótimo juntos, mas na maior parte do tempo ela esteve ocupada com ensaios e shows. Eles chegaram a ir a um dos cassinos na primeira noite. A suíte de Melanie era maravilhosa. Tom ficou lá, mas em outro quarto. Eles conseguiram se conter nas duas primeiras noites, mas, na terceira, finalmente se deixaram levar pelo desejo. Já tinham esperado bastante, e era a hora certa. Ela se sentia mais envolvida ainda com ele quando foi se despedir. — Você vai machucar esse tornozelo de vez se não descansar.

— Eu vou tomar outra injeção de cortisona amanhã — declarou Melanie, já acostumada a se machucar nos shows, não era a primeira vez. Entretanto, ela sempre voltava para o palco e nunca tinha cancelado um show. Era profissional.

— Mellie, eu quero que você se cuide direito — declarou Tom, sinceramente preocupado com ela. — Você não pode ficar tomando cortisona assim, feito jogador de futebol. — Dava para ver que o tornozelo dela estava dolorido e ainda inchado, mesmo depois da injeção, que apenas deu condições à Melanie de se esforçar demais de novo, cantando de salto alto. — Vê se descansa hoje à noite. — Ele sabia que ela partiria para Phoenix, para outro show.

— Obrigada — disse Melanie, sorrindo. — Ninguém se preocupa comigo como você. Eles simplesmente esperam que eu suba ao palco e cante, viva ou morta. Eu senti que aquela plataforma não era estável quando subi nela. A corda arrebentou quando eu desci, foi assim que caí. — Ambos sabiam que, se aquela corda tivesse arrebentado antes, Melanie teria caído de uma grande altura, talvez até morrido. — Acho que agora você viu qual é o outro lado do show business — comentou, enquanto eles esperavam pelo avião dele. Melanie o levou para o aeroporto na limusine branca que o hotel colocara à disposição dela durante a hospedagem. Os luxos eram fora de série em Las Vegas. Quando saíssem em turnê, as coisas não seriam assim. Ela ainda tinha dez semanas de trabalho pela frente e não voltaria para Los Angeles até o começo de setembro. Tom prometera viajar para reencontrá-la dali a algumas semanas. Ambos ansiavam por isso.

— Vê se vai de novo ao médico antes de ir embora. — O voo foi anunciado e ele teve que partir. Tom puxou Melanie para perto e a beijou, tomando cuidado com as muletas nas quais ela se apoiava. Melanie ficou sem fôlego. — Eu te amo, Mellie — falou ele, suavemente. — Não se esqueça disso quando estiver na estrada.

— Não vou me esquecer. Também te amo. — Eles estavam namorando havia pouco mais de um mês. Não era muito tempo, porém a relação ficou mais intensa quando Tom chegou a Las Vegas. No entanto, eles passaram por tanta coisa juntos em São Francisco que o romance havia começado bastante acelerado. Tom era o cara mais legal que Melanie já tinha conhecido. — Até logo.

— Com certeza! — Tom a beijou mais uma vez e acabou sendo o último a embarcar. Melanie cambaleou pelo terminal com as muletas e foi até a limusine. Estava morrendo de dor no tornozelo, muito mais do que queria admitir.

Quando ela voltou para a suíte no hotel Paris, fez uma compressa de gelo que não ajudou muito e tomou um analgésico. Janet encontrou Melanie deitada no sofá à meia-noite, e ela admitiu que o tornozelo doía demais.

— Você tem que ir para Phoenix amanhã — avisou a mãe. — O show também está com os ingressos esgotados. Amanhã de manhã você toma outra injeção, Mel. Não dá para cancelar.

— Talvez eu possa cantar sentada — comentou Melanie ao tocar o tornozelo e se contorcer de dor.

— O seu vestido vai ficar horrível se você fizer isso — comentou Janet.

Melanie nunca tinha cancelado um show, e a mãe evitaria isso ao máximo. Esse tipo de boato se espalhava muito rápido e podia destruir a reputação de um artista. Mas a mãe percebeu que ela estava realmente com dor. Melanie não costumava reclamar dos machucados, porém esse parecia mais sério.

Antes de Melanie dormir, Tom ligou, e ela mentiu dizendo que o tornozelo estava melhor, para que não se preocupasse. Ele disse que já sentia saudades dela. Melanie olhava uma foto de Tom ao lado da cama quando adormeceu.

Na manhã seguinte, o tornozelo estava mais inchado ainda, e Pam a levou para o hospital. O médico da emergência a reconheceu e foi atendê-la. Como não gostou do que viu, pediu mais uma radiografia. Quando Melanie foi atendida na primeira vez, os médicos disseram que era só uma torção, mas ele não concordava. E estava certo. Quando examinou as radiografias, viu uma pequena fissura. Por isso, recomendou engessar o tornozelo por quatro semanas e andar o mínimo possível.

— Até parece — declarou Melanie rindo, mas logo começou a gemer. O tornozelo doía toda vez que ela se mexia. Ia ser uma agonia se apresentar naquela noite, se é que conseguiria. — Eu tenho um show com ingressos esgotados hoje às oito da noite, em Phoenix — explicou ela. — E ainda tenho que chegar lá. Eles não pagaram para me ver com o pé engessado — falou Melanie, quase chorando por se mover.

— E uma bota imobilizadora? — sugeriu o médico habituado a tratar vários artistas, alguns que caíram do palco ou até pior.

— Você pode tirá-la quando estiver se apresentando. Mas nem pense em salto alto. — Ele conhecia bem esses artistas, e ela fez cara de culpada na mesma hora.

— Mas as minhas roupas vão ficar horríveis se eu estiver de bota.

— Vão ficar piores ainda se você acabar numa cadeira de rodas caso esse tornozelo fique mais inchado. Você vai ter que usar a bota. E sapatos baixos quando estiver no palco. E precisa usar as muletas — informou ele. Melanie não tinha outra opção. A dor era insuportável, e ela não podia colocar peso no tornozelo.

— Está bem, vou tentar então — concordou Melanie. A bota ia até o joelho e era de plástico preto brilhante com tiras de velcro. Ela sentiu um grande alívio assim que ficou de pé. Saiu mancando da emergência com a bota e as muletas, enquanto Pam pagava a conta.

— Você está uma graça — disse Janet animadamente enquanto ajudava a filha a entrar na limusine. Elas tinham tempo apenas para pegar as bagagens, encontrar os outros e ir para o aeroporto. Melanie sabia que seria uma loucura dali para a frente. A turnê havia começado e ela viajaria pelo país nas próximas dez semanas.

Ela apoiou a perna em cima de um travesseiro no avião fretado. Os integrantes da banda jogavam pôquer, e Janet se juntou a eles. Volta e meia ela olhava para a filha e tentava deixá-la mais confortável, mas no final Melanie tomou umas pílulas para dor e foi dormir. Pam a acordou quando eles chegaram, e um dos caras da banda a carregou para fora do avião. Ela estava sonolenta e pálida.

— Você está bem? — perguntou Janet quando entraram em outra limusine branca. Elas teriam carros assim e suítes em todas as cidades.

— Estou, mãe — respondeu Melanie.

Após o grupo chegar ao hotel, Pam pediu almoço para todos enquanto Melanie ligava para Tom.

— Já chegamos — anunciou ela, tentando parecer mais animada do que estava. Melanie ainda se sentia meio tonta devido às pílulas, mas a bota a ajudava bastante a andar. Porém mal conseguia se mover sem as muletas.

— Como está o seu tornozelo? — perguntou Tom, com a voz preocupada.

— Ainda inteiro. Colocaram em Las Vegas uma bota imobilizadora que eu posso tirar. Parece uma mistura de Darth

Vader e Frankenstein. Mas ajuda bastante, e posso tirar antes de pisar no palco.

— E será que isso é bom? — perguntou ele, a própria voz da razão.

— Não tem problema. — Melanie não tinha alternativa. Ela obedeceu ao médico e usou sapatos baixos naquela noite. A equipe do show retirou a plataforma do palco porque Melanie temia se machucar de novo. Ela sempre disse que se sentia uma acrobata naquela plataforma e que deveria ter uma rede de proteção, porque havia caído duas outras vezes, embora essa tivesse sido a primeira em que se machucou. Doía muito, mas poderia ter sido pior.

Naquela noite, Melanie foi mancando até o palco com as muletas. Ela recebeu uma cadeira alta para se sentar e brincou com a plateia dizendo que havia se machucado fazendo sexo, o que todos acharam engraçado. E os fãs se esqueceram logo disso assim que ela começou o show. Melanie ficou sentada na maior parte do tempo, mas ninguém se importou com isso. Ela vestia uma calça de lycra bem justa, meia-calça arrastão e um sutiã cheio de lantejoulas. E ficou sexy mesmo de sapato baixo. O bis foi curto naquela noite. Melanie estava louca para voltar para o quarto e tomar outro remédio. Ela adormeceu logo depois do show, antes mesmo de ligar para Tom. Ele dissera que iria sair para jantar com a irmã e também não ligou para Melanie.

Eles passaram dois dias em Phoenix e de lá foram para Dallas e Fort Worth. Fizeram dois shows em cada cidade, um em Austin e outro no Astrodome de Houston. Melanie usava a bota religiosamente quando não estava no palco, e seu pé estava melhor. Finalmente tiveram dois dias de folga em Oklahoma City, o que foi uma bênção, porque estavam voando pelo país inteiro e trabalhando pesado. Fazer uma apresentação machucada era apenas um dos desafios que Melanie sabia que devia encarar. Um dos roadies quebrou um braço e o técnico de som deslocou um disco na coluna carregando um equipamento pesado. Mesmo assim, eles sabiam que o show não podia parar. A vida na estrada não era fácil. Enfrentavam longas horas, apresentações extenuantes e quartos de hotel deprimentes. Sempre que possível, tinham suítes. Em cada aeroporto, limusines à disposição, mas não havia nenhum lugar legal para ir além do hotel e da casa de show. Em várias cidades, se apresentavam em estádios. Tudo isso fazia parte da vida de quem pulava de cidade em cidade. Depois de um tempo, todos os lugares ficavam parecidos e eles se esqueciam de onde estavam.

— Ai, Deus, bem que eu precisava de uma folga — comentou Melanie com a mãe, em uma noite bem quente em Kansas City. O show havia sido bom, mas ela torcera o tornozelo machucado ao sair do palco e agora doía mais ainda. — Estou cansada, mãe — admitiu ela, e Janet a olhou com um olhar nervoso.

— Se você quiser continuar a vender discos de platina, tem que fazer shows — respondeu a mãe, de maneira bem prática. Janet entendia muito bem como essa área funcionava, e Melanie sabia disso.

— Eu sei, mãe.

Melanie não discutiu com a mãe, mas estava exausta quando voltou para o hotel. O que mais queria era tomar um banho quente e dormir. Ela havia falado sério, estava louca para ter uma folga. Eles teriam um final de semana de folga quando chegassem em Chicago, e Tom planejava visitá-la. Melanie mal podia esperar.

— Ela parece cansada — comentou Pam com Janet. — Não deve ser fácil fazer um show com o tornozelo machucado.

Eles colocaram bancos para Melanie no palco em todas as apresentações, mas era óbvio que o tornozelo não melhorava e que ela sentia muita dor. Fora do palco, só andava de muletas e com a bota, o que ajudava, mas não fazia milagre. E o tornozelo continua bastante inchado, não tinha melhorado nada. Seria pior ainda se não tivessem um jato particular. Pelo menos assim ela podia se deitar em cada voo. Viajar de avião comercial com todo o equipamento teria sido praticamente impossível. Eles teriam ido à loucura. Gastariam horas para despachar o equipamento e a bagagem, e dessa maneira eles só colocavam tudo no avião e decolavam.

Quando Tom a encontrou em Chicago, ficou surpreso com a aparência pálida e cansada da namorada, sem falar que Melanie estava completamente exausta.

Tom a esperava no hotel quando Melanie e seu grupo chegaram do aeroporto, e ele a levantou nos braços mesmo com a bota pesada, e a colocou cuidadosamente em uma cadeira. Melanie sorria de orelha a orelha. Ele já tinha se registrado antes de ela chegar. Era um bom hotel, e eles tinham uma suíte gigante. Mas Melanie estava de saco cheio de serviço de quarto, de assinar autógrafos e de se apresentar todas as noites morrendo de dor. Tom ficou chocado ao ver como seu tornozelo ainda estava inchado e dolorido.

Era sábado à noite, e o próximo show era na terça. Tom iria embora na segunda pela manhã para trabalhar em Los Angeles. Ele já havia começado no novo emprego e estava amando. As viagens prometidas pareciam ótimas. O cargo era de projetista urbano, e, apesar de a empresa receber pela maioria dos projetos, alguns eram oferecidos de graça a governos de países em desenvolvimento, o que Tom adorava. Melanie tinha bastante orgulho e interesse por esse lado humanitário do namorado e estava muito feliz por ele realizar uma atividade de que gostava. Ao voltar para Pasadena, Tom tinha ficado preocupado com a possibilidade de não conseguir um emprego. Ele nem se importava de ter que dirigir até Los Angeles todos os dias. Depois do terremoto, estava feliz simplesmente por estar de volta em casa. Esse emprego tinha sido a oportunidade perfeita para ele.

Tom levou Melanie para jantar naquela noite, e ela comeu um hambúrguer enorme com cebola frita. Depois disso, voltaram para o hotel e conversaram bastante. Ela contou das cidades onde estiveram e do que acontecera em cada uma. Essa vida na estrada era um pouco como a de crianças em uma colônia de férias, ou soldados despachados para outro país.

As acomodações eram sempre provisórias, eles se mudavam com frequência. De vez em quando isso era legal; a atmosfera entre eles era ótima, mas, mesmo assim, era bastante cansativo. Por causa da monotonia, os roadies e os membros da banda resolveram jogar balões cheios d'água pelas janelas do hotel para se divertir. A intenção era atingir os pedestres lá embaixo. O gerente do hotel acabou descobrindo e deu uma tremenda bronca. Eles eram como crianças que não tinham nada melhor para fazer e estavam sempre se metendo em algum tipo de confusão. Na maioria das vezes, iam a bares para ver shows de strip-tease ou para ficar bêbados. Tom gostava deles e os achava bem divertidos, no entanto tinha mais interesse em passar o tempo com Melanie. A cada despedida, ele sentia mais falta dela. Melanie confessou a Pam que a cada dia se apaixonava mais por ele. Tom era o melhor namorado que ela já tivera. Melanie se sentia bem sortuda por ele fazer parte de sua vida. Pam a lembrou de que ela era uma das estrelas mais famosas do mundo, então Tom também tinha sorte. Sem falar que Melanie era uma boa pessoa. Pam a conhecia desde que Melanie tinha 16 anos e a achava uma das garotas mais gentis que conhecia, diferente de Janet. Segundo Pam, Melanie e Tom combinavam bastante. Eles tinham o mesmo tipo de caráter, eram amigáveis, extrovertidos, inteligentes; ele não tinha ciúme da fama ou do trabalho dela, o que era raro. Pam sabia que não havia muitas pessoas no planeta como eles, e, graças a Melanie, ela adorava o seu trabalho.

Tom e Melanie se divertiram bastante em Chicago. Foram a museus, restaurantes, cinema, fizeram compras e passaram muito tempo na cama. Ela sempre colocava a bota e usava as muletas quando saía, por exigência do próprio Tom. O final de semana foi fantástico, e Melanie ficou feliz por se encontrarem, tanto quanto ele. Tom usava todas as suas milhas. A expectativa de ver o namorado e os passeios e as descobertas das cidades com ele tornaram a turnê mais tolerável para Melanie. A próxima parada seria na Costa Leste, nos estados de Vermont e Maine. Eles iriam tocar em Providence e Martha's Vineyard. Tom disse que tentaria ir aos shows de Miami e Nova York.

O final de semana voou, e Melanie não queria vê-lo partir. O dia estava quente e úmido quando o acompanhou até a rua para que Tom pegasse um táxi. A bota e a folga do trabalho ajudaram bastante, e ela já sentia menos dor quando o namorado foi embora. Quando colocava a bota ao lado da cama antes de dormir, Melanie tinha a sensação de tirar uma perna de pau. Tom brincava com ela por causa da bota. Uma vez, Melanie a jogou em cima dele, quase o derrubando.

— Ei, vai com calma. Se comporte direito! — brincou ele, escondendo a bota embaixo da cama. Às vezes, eles pareciam crianças e sempre se divertiam bastante. Um completava a vida do outro, e pareciam cada vez mais apaixonados. Foi um verão de descobertas e alegria para Tom e Melanie.

Em São Francisco, Seth e Sarah aceitaram a primeira oferta feita pela mansão, por ter sido muito boa. Os novos donos vinham de Nova York e queriam se mudar logo. Eles pagaram um pouco mais do que o valor estipulado e fecharam a compra com rapidez. Sarah detestava perder a casa, estava desolada, mas tanto ela quanto Seth ficaram aliviados. Um depósito pelo imóvel foi feito de imediato, e Sarah enviou para a Christie's as coisas que iriam vender. Os móveis do quarto dela, alguns objetos da sala e alguns móveis e roupas das crianças foram mandados para o novo apartamento dela, na Clay Street. As crianças iriam dormir no mesmo quarto, então não precisavam de tanta coisa. Todos os arquivos e papéis do escritório de Seth foram para o apartamento novo dele, e eles dividiram os utensílios da cozinha. Sarah enviou um sofá e umas cadeiras para o apartamento dele, e o resto foi para um guarda-móveis. As obras de artes seriam leiloadas em Nova York. Sarah estava triste de ver como sua casa fora desmontada rápido, tal como a vida. Em poucos dias, a residência ficou vazia, parecia um local saqueado e desprovido de amor. A imagem fez com que lembrasse do desenrolar de seu casamento. Era impressionante como tão pouco destruíra tudo. Ela ficou deprimida ao andar pela casa no último dia que passaram nela. Seth estava no escritório, tão deprimido quanto ela. Sarah havia acabado de passar pelos quartos das crianças para verificar se nada tinha sido esquecido. Molly e Ollie iriam dormir na casa de Parmani para Sarah arrumar tudo no apartamento novo.

— Eu não quero ir embora — comentou ela ao olhar para Seth. Ele assentiu e a olhou com arrependimento.

— Desculpe, Sarah... Nunca pensei que isso iria acontecer com a gente. — Ela percebeu que ele falou "com a gente" em vez de "comigo".

— Talvez as coisas se ajeitem. — Nenhum deles sabia o que dizer. Sarah o abraçou para apoiá-lo. Seth ficou um bom tempo parado, até abraçá-la. — Você pode ver as crianças sempre que quiser — comentou de forma generosa. Sarah ainda não tinha consultado um advogado para se divorciar. Havia bastante tempo para isso, e ela teria que estar presente no julgamento. Segundo Henry Jacobs, a presença dela era um fator positivo crucial para a defesa do marido. Para defendê-lo, eles haviam contratado mais dois advogados que trabalhariam com Henry. Seth precisava de toda ajuda possível. As coisas não estavam a seu favor.

— Você vai ficar bem? — perguntou Seth preocupado. Pela primeira vez em muito tempo, o narcisismo dele incluiu outra pessoa além de si mesmo. Isso significou muito para Sarah, ela sabia que era a primeira vez. As coisas foram muito difíceis desde que ele fora preso.

— Eu me viro — respondeu Sarah. Os dois pisavam na sala de jantar pela última vez.

— Pode ligar a qualquer hora se precisar de mim — disse Seth, tristemente, enquanto saíam. Ir embora daquela casa simbolizava o final da vida em conjunto. Ele tinha colocado um fim àquela vida. Sarah começou a chorar ao olhar a casa de tijolos que amava. Chorava pelo casamento e pelos sonhos perdidos, não pela mansão. Vê-la tão triste cortou o coração de Seth. — Eu passo lá amanhã para pegar as crianças. — Sarah entrou no carro e foi embora para o novo apartamento. Esse era o começo da sua vida nova, e pelo retrovisor viu Seth entrar no Porsche que nem estava pago ainda. Ela ficou com dor no coração de vê-lo. Era como se o homem que ela havia amado, e com quem tinha dois filhos, tivesse acabado de morrer.

Capítulo 16

O apartamento novo de Sarah ficava em uma casa pequena de estilo vitoriano, pintada e reformada recentemente. Era um dúplex, nem elegante nem bonito, mas Sarah sabia que ficaria com uma aparência melhor depois que o decorasse com seus pertences. O primeiro quarto que arrumou foi o das crianças, pois queria que elas se sentissem em casa quando chegassem, no dia seguinte. Arrumou as coisas prediletas delas com cuidado, com medo de que algo tivesse quebrado na mudança, mas tudo permaneceu intacto. Sarah passou horas desempacotando livros e duas horas organizando os lençóis e as camas. Eles tinham se livrado de tanta coisa que, de repente, suas vidas pareciam mais simples. Ainda era difícil de acreditar, graças à grande traição de Seth, no rumo que as coisas tinham tomado. As matérias que continuavam a aparecer nos noticiários locais e nacionais eram incrivelmente humilhantes. Mas, humilhantes ou não, o principal para Sarah era conseguir um emprego. Ela já havia feito alguns contatos, mas teria que se esforçar ao máximo nos próximos dias.

Então, quando estava arrumando uns papéis da festa beneficente, teve uma ideia. Era algo inferior à sua capacidade, contudo, naquele momento, ficaria agradecida por qualquer oportunidade. Ela ligou para o chefe da unidade neonatal na tarde de quarta-feira, enquanto os filhos dormiam. Sarah já havia cortado as horas de trabalho de Parmani ao máximo, mas pretendia aumentá-las de novo assim que conseguisse um emprego. A doce nepalesa foi bastante compreensiva, pois estava com dó de Sarah e das crianças e queria ajudar de qualquer maneira. Àquela altura, a babá também já havia lido as notícias nos jornais.

O chefe da UTI neonatal lhe passou o nome da pessoa com quem ela precisava falar e prometeu dar boas referências a seu respeito. Sarah esperou até a manhã seguinte, para que ele tivesse tempo de fazer isso, até retornar a ligação para comunicá-la. O nome de seu contato era Karen Johnson, chefe do setor de desenvolvimento do hospital, responsável por fazer eventos para arrecadar fundos e por quaisquer investimentos que o hospital fizesse. Não era um emprego em Wall Street, mas Sarah achou que poderia ser um trabalho interessante, caso tivessem uma vaga naquele departamento. Quando Sarah ligou, Karen marcou uma entrevista para a tarde de sexta-feira. Karen era bem simpática e agradeceu a Sarah pelas grandes contribuições para a unidade neonatal, conseguidas graças à festa beneficente. Eles haviam arrecadado mais de 2 milhões de dólares. A quantia era inferior ao que Sarah esperava, porém bem maior do que no ano anterior.

Parmani foi trabalhar na sexta à tarde e levou as crianças para o parque, enquanto Sarah foi encontrar Karen. Sarah estava nervosa. Era a primeira vez em dez anos que teria uma entrevista de emprego. A última vez fora em Wall Street, antes de fazer a faculdade de administração, onde conhecera Seth. Ela refez o currículo e incluiu as festas beneficentes que organizara para o hospital. Mas sabia bem que por estar parada há muito tempo seria difícil conseguir emprego. Desde então, era uma dona de casa que tomava conta dos filhos e que estava fora do mercado de trabalho.

Karen Johnson era uma mulher alta, forte e graciosa, com sotaque da Louisiana, que foi educada e atenciosa durante a entrevista. Sarah foi honesta e falou sobre a denúncia contra Seth, a separação e sua necessidade de um emprego por motivos óbvios. Porém o mais importante era que ela tinha a capacidade para exercer o cargo.

Ela tinha plena capacidade de administrar a carteira de investimentos do hospital, mas, de repente, entrou em pânico, com medo de que a achassem tão desonesta quanto Seth. Karen viu a reação de Sarah e imaginou qual era o problema. Rapidamente garantiu que esse não era o caso e demonstrou solidariedade para com os problemas enfrentados por eles.

— Tem sido muito difícil — declarou Sarah, honestamente. — Foi um choque terrível... Eu não sabia o que estava acontecendo até o dia seguinte ao terremoto. — Ela não queria entrar em detalhes com Karen, mas isso já era notícia de qualquer maneira. Todos sabiam que Seth iria a julgamento por fraude e que estava em liberdade somente por ter pagado fiança. O país inteiro sabia o que ele havia feito, bastara ler os jornais ou assistir à TV.

Então, Karen contou que sua assistente acabara de se mudar para Los Angeles, ou seja, realmente havia uma vaga naquele departamento, e explicou logo em seguida que os hospitais não eram famosos por pagar bem. Ela propôs um salário que pareceu ótimo para Sarah. Era um valor modesto, mas uma quantia com a qual ela podia contar. E o horário era de nove horas da manhã às três horas da tarde. Sarah chegaria em casa na hora em que os filhos acordavam da soneca e ainda teria o resto das tardes, noites e finais de semana para passar com eles. Como solicitado, ela deixou três cópias de seu currículo com Karen, que ficou de entrar em contato na semana seguinte, e agradeceu o interesse dela.

Sarah saiu empolgada do prédio. Havia gostado de Karen e do trabalho. O hospital era muito importante para ela, além de ter experiência com a carteira de investimentos descrita por Karen. Também gostava da perspectiva de organizar eventos beneficentes. No momento, só restava rezar para conseguir o emprego. Até a localização era ótima, pois ficava a poucos minutos a pé de onde morava. Sem falar que o horário permitiria que passasse tempo com as crianças. O único problema era o salário, que não era fantástico, mas Sarah teria que se virar com ele. No caminho de casa, ela teve uma ideia.

Ela foi até Presidio, procurou pela irmã Maggie no hospital e contou sobre a entrevista que tinha feito. A freira ficou muito feliz.

— Isso é ótimo, Sarah!

Maggie admirava a coragem de Sarah diante de tudo que estava passando. Sarah tinha acabado de contar que eles tinham vendido a casa, se separado e que ela se mudara para um apartamento somente com as crianças. E só alguns dias tinham se passado desde a última conversa das duas. As coisas estavam andando rápido.

— Espero que eu consiga esse emprego. Estamos precisando do dinheiro. — Dois meses antes, Sarah nunca diria essas palavras, que seriam inconcebíveis tanto para ela quanto para Seth. Incrível como as coisas mudaram rápido. — Amo aquele hospital, eles salvaram a vida de Molly e por isso faço a festa beneficente para eles. — Maggie lembrou o discurso de Sarah antes do terremoto e do show de Melanie.

— E como estão as coisas entre você e Seth? — perguntou Maggie enquanto elas andavam na direção do refeitório para tomar um chá. O movimento andava mais devagar em Presidio. Vários residentes conseguiram voltar para casa, para bairros onde a eletricidade e a água haviam sido restauradas.

— Nada bem — respondeu Sarah, honestamente. — Mal nos falávamos até sairmos de casa. Ele se mudou para um apartamento na Broadway, e desde que fomos para o apartamento novo Molly fica perguntando onde o pai está.

— E o que você responde? — perguntou Maggie, gentilmente, ao se sentar com Sarah para tomarem o chá. Maggie gostava de conversar com Sarah, ela era uma pessoa boa, e a freira gostava da amizade das duas, apesar de não se conhecerem tão bem. Mas Sarah tinha aberto o coração para Maggie e confiava completamente nela.

— Digo a verdade da melhor maneira possível. Que o papai não está conosco nesse momento. E parece que isso é suficiente para ela. Ele vai passar lá nesse final de semana para sair com as crianças. Molly vai dormir na casa dele. Ollie vai ficar comigo, ele ainda é muito pequeno. — Sarah suspirou. — Eu prometi que iria ao julgamento.

— E quando será?

— Está marcado para março. — Ainda tinham nove meses até lá. Tempo suficiente para que ela tivesse o terceiro bebê que tanto queria com Seth. No entanto, agora não dava mais. Sarah não via como recuperar o casamento deles. Pelo menos não agora, ela ainda se sentia muito traída.

— Isso deve ser estressante demais para vocês — comentou Maggie, de forma solidária. Ela era sempre muito gentil. — E como você está lidando com o perdão? Eu sei que não é nada fácil, especialmente em uma situação dessas.

— É verdade — concordou Sarah, calmamente. — Para ser sincera, acho que não estou lidando bem com isso. Às vezes fico muito furiosa e magoada. Como ele pôde fazer isso? Tínhamos uma vida tão maravilhosa, eu o amo, mas não sei como ele foi fazer algo assim, como foi ser tão desonesto. Seth não tem integridade alguma.

— Algo deve ter acontecido. Com certeza foi um erro de julgamento terrível. E aparentemente ele vai pagar um preço altíssimo pelo que fez. Talvez isso já seja punição suficiente. Sem falar que vai perder tanto as crianças quanto você. — Sarah concordou. Para ela, o problema é que também estava pagando o preço por isso. Sarah perdera o marido, seus filhos perderam o pai, porém o pior de tudo é que ela perdera todo o respeito por Seth e não sabia se conseguiria confiar nele de novo. Seth estava ciente disso e não ousava encarar a mulher. A decepção transparecia no rosto de Sarah.

— Eu não quero ser dura com ele, mas isso foi terrível. Seth destruiu nossas vidas. — Maggie concordou ao pensar na situação. Era realmente difícil de entender. Ganância, provavelmente, e a necessidade de se tornar mais importante do que era. Era como se algum defeito gigante dele tivesse vindo finalmente à tona e se transformado em uma onda de um tsunami, que arrastara todos ao redor. Mas Sarah parecia melhor do que Maggie esperara. A freira sentiu vontade de falar sobre os próprios problemas, mas nem saberia por onde começar. Quando fitou Sarah com aqueles olhos azuis, a jovem mulher viu que Maggie também estava preocupada, e perguntou: — Você está bem?

— Mais ou menos. Também tenho meus desafios — respondeu Maggie, sorrindo. — Até as freiras pensam e fazem bobagem de vez em quando. Às vezes me esqueço de que temos as mesmas fraquezas que os outros. Sempre que penso que já sei de tudo e tenho um canal aberto com Deus, ele corta a conexão e eu fico perdida. É para me lembrar das minhas próprias falhas e de quanto sou humana, o que me mantém humilde — respondeu Maggie, de forma enigmática, antes de rir. — Desculpe, nem sei do que estou falando. — Ultimamente, ela tinha estado tão confusa, tão atormentada, todavia não queria que Sarah se preocupasse com os problemas dela. Sarah já possuía problemas demais. E não tinha como resolver seus tormentos, ela sabia disso. Precisava simplesmente esquecer isso. Maggie tinha prometido a Deus e a si mesma que conseguiria.

Elas voltaram para o hospital. Sarah se despediu e prometeu retornar logo.

— Vou querer saber se você conseguiu o emprego! — gritou Maggie quando Sarah ia embora. Sarah ficou pensando se conseguiria aquela chance. Com certeza era qualificada, mas não estava com muita sorte ultimamente. Quem sabe as coisas mudariam dessa vez. Precisava do emprego e não recebera resposta de ninguém mais para quem enviara currículos. No entanto, estava torcendo para conseguir aquela vaga no hospital.

Sarah dirigiu de volta para casa e ficou feliz quando viu que Parmani e as crianças já tinham voltado do parque. Molly berrou de alegria ao vê-la e Ollie abriu um sorriso para a mãe. Ela o pegou no colo e sentou no sofá com ele, com Molly deitada ao lado dela. Então Sarah viu que não importava o que havia acontecido, eles eram a maior bênção em sua vida. Enquanto preparava o jantar, pensou no quanto tinha sido bom ver Maggie naquela tarde e qual seria o problema da freira. Sarah torceu para que não fosse nada muito grave. Maggie era uma mulher tão gentil, uma alma fantástica, que era difícil imaginar algum problema que ela não conseguisse solucionar. Com certeza ela havia ajudado Sarah bastante. Às vezes, tudo que precisamos é de um ombro amigo e um bom coração, embora a irmã Maggie tenha oferecido muito mais que isso. Ela também oferecera sabedoria, amor e bom humor.

O tornozelo de Melanie ainda incomodava quando ela voltou para Los Angeles no começo de setembro. Ela sentiu dor nos dois meses da turnê. Melanie foi a um médico em Nova Orleans e a outro em Nova York, quando Tom foi visitá-la. Ambos disseram que iria demorar para se recuperar. Na idade dela, era mais fácil se curar de quase tudo, porém essa vida de shows pelo país inteiro por dois meses complicava qualquer recuperação. Quando voltou para Los Angeles, Melanie consultou finalmente o seu médico, e ele constatou que o tornozelo não sarava como deveria porque ela estava trabalhando muito, o que não era novidade. A cantora descreveu como tinham sido a turnê e suas atividades nela, e ele ficou horrorizado. Como ainda sentia dor, Melanie continuava a usar a bota imobilizadora que lhe dava um certo alívio e evitava danos maiores. O único momento em que seu tornozelo não doía era quando ela a usava. Mesmo de sapatos baixos no palco, Melanie ainda sofria.

Tom ficou preocupado quando ela ligou para ele no caminho de casa.

— O que o médico disse?

— Que eu preciso de férias ou de uma aposentadoria — brincou Melanie. Ela adorava a atenção que recebia de Tom. Jake tinha sido um idiota. Tom queria saber de tudo, até o comentário do médico quando tirou outras radiografias. — Bom, na verdade, ele disse que o osso ainda está fissurado e que se eu não tomar cuidado posso acabar precisando de cirurgia e de pinos no pés. Então vou pegar leve. Não tenho tantos compromissos agora.

— E desde quando você não tem muita coisa para fazer? — perguntou Tom, rindo. Melanie tinha organizado toda a escrivaninha dela quando chegara na noite anterior. Ela estava sempre ocupada, e Tom se preocupava com a namorada.

Janet perguntou as mesmas coisas sobre o tornozelo quando ela chegou em casa, e Melanie disse que não era nada sério, a não ser que saísse em turnê de novo.

— Isso está começando a parecer sério — comentou Janet. — Cada vez que olho para você, o seu pé está mais inchado. Você disse isso para o médico? Você nem consegue calçar sapatos de salto alto.

— Esqueci — respondeu Melanie, envergonhada.

— Pelo visto você não é tão adulta assim, aos 20 anos — acrescentou Janet.

Mas Melanie não precisava ser completamente adulta. De certa forma, ela ainda era uma garota, e isso era parte do seu charme. Tinha um bando de gente à sua volta para tomar conta dela. Por outro lado, os anos de trabalho sério e disciplina a tornaram madura. Era ao mesmo tempo uma mulher do mundo e uma menina encantadora. Janet preferiria convencê-la de que ainda era uma criança. Isso a deixava no comando, mas, apesar dos esforços da mãe, Melanie estava crescendo e se tornando independente.

Ela tentou tomar cuidado com o tornozelo. Foi à fisioterapia, fazia os exercícios recomendados e as compressas à noite. Melanie se sentia melhor, mas estava com medo de calçar sapatos plataforma ou de salto alto, sem falar que, quando ficava de pé por muito tempo, o tornozelo doía. A dor era uma lembrança constante do preço que pagava pelo seu tipo de trabalho, que não era tão fácil assim. O dinheiro, a fama e o luxo não eram conquistados de graça. Ela passou o verão se apresentando machucada, viajando constantemente e tendo que fingir que tudo era fabuloso, mesmo quando não era. Em uma noite, Melanie ficou o tempo todo acordada pensando nisso enquanto o tornozelo doía. Na manhã seguinte, fez uma ligação para um número que guardava na carteira desde que fora embora de Presidio, em maio. Melanie marcou uma entrevista para a tarde seguinte e foi ao encontro sozinha, sem contar para ninguém.

O homem com quem se encontraria era baixo e gordinho, careca e com olhos tão gentis quanto os de Maggie. Eles conversaram por um bom tempo, e Melanie dirigiu de volta para casa chorando. Eram lágrimas de amor, alegria e alívio. Ela precisava de respostas, e todas as sugestões dele tinham sido boas. Além disso, as perguntas que fez sobre a vida dela a fizeram pensar mais ainda. Ela tomou somente uma decisão naquele dia. Melanie ainda não sabia se conseguiria concretizá-la, mas havia prometido a ele e a si mesma que tentaria.

— Aconteceu alguma coisa, Mel? — perguntou Tom quando chegou para levá-la para jantar. Eles foram a um restaurante japonês que ambos adoravam. Era um lugar calmo, bonito, e a comida era boa. Tinha uma atmosfera bem serena, e Melanie sorriu ao olhar para Tom.

— Uma coisa boa, eu acho. — Melanie contou sobre o encontro com o padre Callaghan, um contato passado por Maggie quando Melanie mencionara o interesse pelo serviço voluntário. Ele administrava dois orfanatos em Los Angeles e uma missão no México, e só ficava em Los Angeles parte do tempo. Ela deu sorte de ter falado com ele naquele dia, pois o padre iria embora no dia seguinte.

Ela contou para Tom sobre o trabalho que ele fazia, principalmente com crianças abandonadas, meninas que resgatava de bordéis, meninos de 7 ou 8 anos que vendiam drogas. O padre lhes dava abrigo, amor, alimento e mudava a vida deles. Também tinha um abrigo para mulheres vítimas de violência e estava ajudando a construir um hospital para doentes de Aids. Ele dava assistência a pessoas assim em Los Angeles, mas sua paixão era o trabalho que fazia no México há mais de trinta anos. Melanie queria saber como ajudar, queria ser voluntária em Los Angeles, e achou que ele poderia também lhe pedir uma contribuição financeira para auxiliar a missão no México. Porém, em vez disso, ele a convidou para visitar o projeto de caridade, pois tinha a impressão de que isso iria ajudá-la muito. Talvez respondesse todas as dúvidas da jovem. Melanie tinha tudo no mundo para ser feliz: sucesso, fama, dinheiro, bons amigos, fãs que a adoravam, uma mãe que fazia tudo por ela, mesmo que não quisesse, e um namorado maravilhoso que amava.

— Então, por que estou infeliz? — perguntou Melanie ao padre, com lágrimas escorrendo pelo rosto. — Às vezes odeio o que faço, parece que todos mandam na minha vida, exceto eu mesma, e ainda assim tenho que fazer o que eles querem... e esse tornozelo idiota está me matando há três meses. Tive que trabalhar o verão inteiro machucada, e agora ele não sara. Minha mãe está furiosa comigo porque não posso calçar sapatos de salto alto no palco e disse que fico horrível sem eles. — A cabeça de Melanie estava uma confusão, e ela desabafava como um caminhãozinho de criança despejando blocos de construção de brinquedo. Os pensamentos dela estavam embaralhados, nem Melanie mesma conseguia organizá-los. O padre Callaghan lhe deu uns lencinhos, e Melanie assoou o nariz.

— E o que você quer, Melanie? — perguntou o padre gentilmente. — Esqueça a vontade dos outros, da sua mãe, do seu agente, do seu namorado. O que Melanie quer?

— Eu quero ser enfermeira quando crescer. — As palavras saíram antes que ela pudesse pensar.

— Eu queria ser bombeiro e me tornei padre. Às vezes acabamos tomando caminhos diferentes dos que imaginávamos. — Ele contou que tinha estudado arquitetura antes de se tornar padre, o que vinha a calhar na construção dos prédios nos vilarejos do México onde trabalhava. No entanto, ele não falou sobre seu ph.D. em psicologia, o que era mais útil ainda, até mesmo nessa conversa com ela. O padre Callaghan era franciscano, o que funcionava bem com o tipo de serviço que fazia, mas havia pensado em ser jesuíta. Ele adorava o lado intelectual dos jesuítas e não perdia a chance de conversar com eles. — Você tem uma carreira maravilhosa, Melanie. Você foi abençoada. Tem um talento enorme, e sinto que gosta do seu trabalho, pelo menos às vezes, quando não tem que trabalhar machucada e quando ninguém a está explorando. — De certa maneira, Melanie não era tão diferente assim das meninas que ele resgatava nos bordéis do México. Eram exploradas por muitos, a diferença é que o pagamento e as roupas de Melanie eram mais caros. Mas dava para perceber que todos, incluindo a mãe dela, se aproveitavam de Melanie para realizar os próprios desejos. E ela estava começando a se cansar disso. Tudo que queria agora era ir embora e se esconder. Ela queria ajudar os outros e vivenciar de novo a experiência que tivera em Presidio depois do terremoto. Aqueles dias foram de epifania e transformação para ela, mas depois teve que voltar para a vida normal.

— E se você pudesse fazer os dois? Fazer o trabalho de que gosta, sem se sobrecarregar, nos seus termos. Talvez precise tomar as rédeas da situação. Pense nisso. Aí, você pode dar um tempo dessa vida para ajudar os outros, para auxiliar pessoas que realmente precisariam de você, como os sobreviventes do terremoto que você e a irmã Maggie ajudaram. Quem sabe, então, o balanço na sua vida fizesse mais sentido. Você tem muito o que dar aos outros, Melanie. E ficaria surpresa com o quanto eles nos dão em troca. — Nesse momento, Tom era o único que lhe dava algo em troca. Os outros sugavam seu sangue.

— Quer dizer trabalhar aqui com você ou com a missão no México? — Melanie não imaginava como conseguiria tempo para isso. Janet sempre possuía planos para ela, entrevistas, ensaios, gravações, shows, festas beneficentes, aparições especiais. Nunca tinha tempo ou uma vida própria.

— Talvez, se for o que você deseja. Não faça nada para me agradar. Você já faz muitas pessoas felizes com a sua música. Quero que pense no que a faria feliz, Melanie, essa é a sua vez. Tudo que você tem que fazer é decidir o que quer, ir atrás e ser feliz. Ninguém pode tirar isso. Você não tem que fazer o que não quer. Decida o que quer e se divirta. A vida é melhor assim. E ninguém pode tirar essa felicidade de você. A vida não é deles,

Melanie, é sua — declarou o padre sorrindo para ela, e, ao ouvi-lo, ela soube o que fazer.

— Quero ir para o México com você — sussurrou ela. Melanie sabia que não tinha compromissos importantes nas próximas três semanas. Somente algumas entrevistas e uma sessão de fotos para uma revista de moda. Ela tinha gravações em setembro e outubro e um show beneficente logo depois. Mas nenhum desses compromissos era indispensável. De repente, ela percebeu que precisava sair dali e talvez isso fosse bom até para o tornozelo dela, pois não teria que mancar de sapatos de salto alto para agradar a mãe. Tudo isso era muito sufocante, mas o padre apresentava uma solução. Melanie queria tomar o controle da própria vida, algo inédito. Ela sempre fazia o que a mãe queria e o que os outros esperavam que fizesse. Sempre havia sido a menina perfeita e, agora, estava cansada disso. Melanie tinha 20 anos e, para variar, queria fazer algo que fosse importante para ela; acreditava que esse era o caminho. — E eu posso ficar em uma das missões por um tempo? — perguntou Melanie, e o padre concordou.

— Você pode viver em uma das casas para as adolescentes. A maioria delas era prostituta e drogada. Mas nem dá para notar hoje em dia, elas parecem anjos. E sua presença lá pode fazer milagres por elas. E por você também.

— E como entro em contato com você quando estiver lá? — perguntou Melanie, quase sem fôlego. Janet iria matá-la se ela fizesse isso. Embora fosse capaz de sua mãe transformar isso em uma ótima oportunidade para aparecer na imprensa.

— Meu celular funciona lá e vou te passar outros telefones — respondeu ele, anotando os números. — Se não der certo agora, talvez seja mais fácil você ir para lá daqui a alguns meses, na primavera. Entendo que isso seja muito em cima da hora para uma pessoa com o seu tipo de vida. Estarei lá até depois do Natal, então pode ir quando quiser e ficar o tempo que achar necessário. Quando for, teremos uma cama pronta para você.

— Eu vou — respondeu ela, determinada, ao perceber que as coisas tinham realmente que mudar. Melanie não poderia manter a mãe feliz para sempre. Sentia necessidade de tomar as próprias decisões. Estava farta de viver ou ser o sonho da mãe. Ela precisava de um sonho próprio. E esse seria um bom começo.

O encontro a fez refletir bastante. O padre Callaghan a abraçou e fez o sinal da cruz em sua testa.

— Se cuide, Melanie. Espero te ver lá. Caso contrário, a gente se encontra aqui. Mantenha contato.

— Manterei — prometeu ela. Melanie foi pensando nisso durante todo o caminho de volta. Ela sabia o que queria fazer, só não sabia como, mesmo que por alguns dias. Ainda mais porque queria ficar lá alguns meses.

Melanie contou tudo isso para Tom enquanto jantavam. Ele ficou impressionado e assustado; de repente, também ficou preocupado.

— Você não vai fugir e entrar para um convento, né? — Melanie viu pânico no olhar dele e negou, rindo.

— Claro que não. Não sou a candidata ideal para isso, sem falar que sentiria muita saudade de você. — Ela pegou as mãos dele. — Eu preciso fazer isso por um tempo, ajudar umas pessoas, organizar meus pensamentos, fugir de toda essa pressão das minhas obrigações. Ainda não sei se me deixariam fazer isso, e a minha mãe vai ter um ataque. Mas sinto que preciso sair um pouco daqui para ver o que realmente é importante para mim, além do meu trabalho e de você. O padre Callaghan falou que não preciso abandonar minha carreira para ajudar os outros, que eu já dou esperança e alegria para muitos com minha música. Mas quero fazer algo mais real por um tempo, como fiz em Presidio.

— Acho uma ótima ideia — declarou Tom.

Desde que voltara da turnê, Melanie estava esgotada, e ele sabia que o tornozelo ainda a incomodava muito, o que não era uma surpresa, depois de ter passado três meses dançando nos palcos e tomando pílulas para dor e injeções de cortisona como se fosse um jogador de futebol americano tentando enganar o corpo para continuar jogando. Tom tinha visto de perto o tipo de pressão que ela sofria pela fama. Para ele, tudo isso parecia exagerado demais, e achou ótima a ida de Melanie para o México por um tempo. Isso poderia ser exatamente o que ela precisava para o corpo e a mente. O problema seria a opinião de Janet a esse respeito. Tom estava vendo de perto como Janet era e o quanto controlava a vida da filha. Agora Janet o tolerava, às vezes até parecia gostar dele, mas sempre mantinha a filha num cabresto curto. Ela queria controlar Melanie como se ela fosse uma marionete e se livrava de tudo e de todos que interferissem. Tom tomava cuidado para não a aborrecer e para não contestar a influência que ela tinha sobre a filha, mas não acreditava que as coisas seriam assim para sempre. No entanto, também sabia que, se Melanie fosse contestar esse controle agora, Janet iria à loucura. Ela não queria passar o controle para ninguém, muito menos para Melanie. E a garota sabia bem disso.

— Acho que vou arrumar tudo e só então conto para minha mãe. Dessa maneira, ela não pode me impedir. Tenho que ver se meu assessor e meu agente conseguem cancelar alguns compromissos sem que ela saiba. Ela quer que eu faça tudo que vá sair na imprensa nacional, tudo que me dê publicidade e me torne a capa de qualquer publicação. Minha mãe tem boas intenções, mas não entende que, às vezes, isso é sufocante demais para mim. Não posso reclamar, ela é responsável pelo meu sucesso. Planejou tudo isso desde que eu era pequena, mas não quero isso tanto quanto ela. Quero fazer minhas escolhas e não ser soterrada por tudo que minha mãe me obriga a fazer. E como ela arruma coisa! — Melanie sorriu para Tom. Ele sabia que isso era verdade, estava vendo tudo de perto desde maio. Ficava exausto só de ouvir falar em todos os compromissos da namorada. E olha que ele tinha tanta energia quanto ela. Mas Tom não havia quebrado o tornozelo em Las Vegas, o que contribuíra bastante para Melanie se sentir assim. Ela estava exausta e, de repente, parecia energizada depois de conversar com o padre.

— Você iria me visitar no México? — perguntou ela, esperançosa, e Tom sorriu ao concordar.

— Claro que sim. Tenho muito orgulho de você, Mellie. Acho que vai adorar fazer isso, se conseguir ir em frente com essa ideia.

Ambos sabiam que a mãe dela iria se opor firmemente, principalmente por se sentir ameaçada por qualquer sinal de independência da filha. Isso seria uma prova de fogo para Melanie, a primeira vez que tomaria uma decisão sozinha. E essa seria uma grande decisão, principalmente porque não tinha nada a ver com a carreira dela, o que assustaria Janet ainda mais. A mãe de Melanie não queria que a filha se distraísse dos objetivos, ou seja, dos objetivos dela mesma. Melanie só tinha o direito de seguir os sonhos de Janet. Mas isso ia mudar. E a mudança ia assustá-la. De verdade.

Eles conversaram sobre isso no caminho de casa. Janet não estava lá quando eles chegaram; foram discretamente para o quarto de Melanie e trancaram a porta. Eles fizeram amor e ficaram abraçados na cama, vendo filmes na TV. A mãe dela não se incomodava que Tom dormisse lá de vez em quando, mas não queria que ninguém se mudasse para lá, nem por ela, nem por Melanie. Contanto que o namorado da vez não começasse a se achar importante demais ou começasse a influenciar muito Melanie, Janet estava disposta a tolerar a existência dele. Tom era esperto o suficiente para ser discreto e não a confrontar.

No final das contas, Tom decidiu ir embora às duas horas da manhã para poder chegar cedo. Melanie já estava quase pegando no sono quando ele saiu, mas, antes de ela adormecer, se despediu. Melanie sorriu sonolenta e o beijou. Quando acordou no dia seguinte, foi logo fazer umas ligações para pôr em prática seu plano. Fez seu assessor e seu empresário jurarem segredo, e ambos prometeram fazer o máximo para conseguir cancelar alguns compromissos, a maioria articulada por Janet. Ambos avisaram que não demoraria muito até ela descobrir, de uma maneira ou de outra. Melanie disse que ia conversar com ela depois que os compromissos estivessem cancelados, para que Janet não pudesse fazer nada. O empresário achou que a estada dela no México seria uma grande oportunidade de publicidade, se quisesse explorar um pouco a viagem.

— Não! — disse Melanie, com firmeza. — É por isso que quero ir para lá. Para ficar longe de toda essa bobagem. Preciso de um tempo para decidir quem sou e o que quero fazer.

— Ai, Jesus, não me diga que é esse tipo de viagem. Você não está pensando em se aposentar, está? — perguntou o assessor. Janet ia matá-los. No fundo, no fundo, Janet era uma pessoa boa, que queria simplesmente que a carreira da filha fosse o acontecimento mais importante na história desde o nascimento de Cristo. Ela amava Melanie, mas vivia indiretamente a vida da filha. O assessor achava até bom Melanie desgrudar da barra da saia da mãe. Isso ia acontecer mais cedo ou mais tarde, e seria ótimo para ela. Ele já havia previsto isso. O grande problema é que Janet não. Era ela quem mantinha Melanie grudada na barra de sua saia, como se sua vida dependesse disso. Mas só Melanie tinha o direito de mudar as coisas. — E você está pensando em ficar lá por quanto tempo?

— Talvez até o Natal. Sei que tenho o show de Ano-Novo no Madison Square Garden e não quero cancelá-lo.

— Boa ideia — disse ele, aliviado. — Senão eu teria que cortar os pulsos. Até lá, as outras coisas não são tão importantes assim. Vou dar um jeito — prometeu ele.

Dois dias depois, tanto o assessor quanto o empresário dela já haviam cumprido o prometido, e Melanie estava com a agenda livre até duas semanas depois do Dia de Ação de Graças. Alguns compromissos foram remarcados e outros cancelados ou adiados. Mas nada era tão importante. Era o momento perfeito para realizar seu plano. Só perderia as entrevistas com a imprensa em função das festas e dos eventos beneficentes para os quais fora convidada, algo imprevisível. Janet queria que a filha aproveitasse todas essas oportunidades, e, até então, Melanie tinha obedecido. Até então.

Como esperado, Janet foi ao quarto de Melanie dois dias depois que os eventos foram cancelados. Ela ainda não sabia de nada, e Melanie contou para Tom que iria conversar com a mãe naquela noite. Ela tinha planos de partir na segunda-feira seguinte e já havia feito a reserva. Antes de ir embora, Melanie queria passar o final de semana com Tom, que a apoiava completamente. Sem falar que ele planejava visitá-la sempre que possível. Estava animado com a decisão dela e também queria ser voluntário. Da mesma maneira que ela, Tom sentia muita vontade de ajudar os outros e queria balancear a carreira com o serviço humanitário em que tanto acreditava.

Três meses não eram uma separação longa, mas Tom ia sentir saudades de Melanie. O relacionamento dos dois era sólido e conseguiria sobreviver às obrigações de cada um. O namoro estava a todo vapor e se transformava em uma experiência ótima para ambos. Eles eram gentis, compreensivos, inteligentes, e se apoiavam bastante. Mal podiam acreditar na sorte que deram. Tinham inúmeras afinidades e inspiravam um ao outro de maneira positiva. Juntos, o horizonte dos dois se expandia. Tom estava até pensando em tirar uma ou duas semanas de folga para ajudar em uma das missões no México com ela, se o trabalho permitisse. Ele adorava o contato com crianças. Quando estava no ensino médio fora mentor de dois meninos que moravam nas redondezas de Los Angeles, e eles se falavam até hoje. Esse era o tipo de coisa que gostava de fazer. Quando era criança, sonhava em trabalhar para o Corpo da Paz, contudo, mais tarde, preferiu seguir uma carreira. Mas agora Tom queria fazer o mesmo no México e gostaria de poder passar três meses lá.

— Que estranho — resmungou Janet, ao olhar uns papéis que estavam em sua mão. — Acabei de receber um fax que diz que a sua entrevista com a *Teen Vogue* foi cancelada. Como é que eles fizeram uma besteira dessas? — perguntou impaciente, olhando para a filha. — E recebi um e-mail do pessoal da festa beneficente do câncer de cólon dizendo que esperam que você possa participar no ano que vem. Isso seria daqui a duas semanas. Parece que substituíram você. Falaram que Sharon Osbourne vai participar. Talvez tenham achado que você é muito nova. De qualquer maneira, acho melhor você arregaçar as mangas, menina. Sabe o que isso quer dizer? Quer dizer que já estão te esquecendo, e você só passou dois meses na estrada. Está na hora de mostrar seu rosto na imprensa. — Ela sorriu para Melanie, deitada na cama vendo TV. Melanie estava pensando no que levar em sua viagem. Provavelmente pouca coisa. E ela tinha alguns livros sobre o México espalhados na cama que, por milagre, a mãe não viu. Melanie olhou para Janet e pensou se o momento tinha chegado. Sabia que não seria fácil, não importava quando. A merda iria ser jogada no ventilador.

— Bom... na verdade, mãe — começou Melanie na hora em que Janet estava saindo do quarto —, eu cancelei esses eventos... e alguns outros... Estou meio cansada... Pensei em viajar por umas semanas. — Ela havia pensado se diria de imediato quanto tempo ficaria fora ou não. Mas precisava contar que ia viajar. Janet parou de repente e se virou para Melanie, deitada na cama rosa de cetim.

— Como assim, Mel? O que você quer dizer com "viajar por umas semanas"? — perguntou Janet, olhando para Melanie como se a filha tivesse dito que chifres e asas brotaram em seu corpo.

— Bom, você sabe... O meu tornozelo... isso está me incomodando muito... Eu pensei que... talvez seja bom tirar uma folga.

— Você cancelou esses compromissos sem me avisar?

Melanie percebeu que o ventilador estava acelerando. A merda se aproximava.

— Eu ia falar com você, mãe, mas não quis te incomodar. O médico falou que tenho que descansar.

— Isso é ideia de Tom? — perguntou Janet furiosa, já tentando descobrir quem foi a má influência que fez com que Melanie cancelasse os eventos sem consultá-la. Isso tinha cheiro de interferência alheia.

— Não, mãe, não é. É simplesmente algo que quero fazer. A turnê me deixou muito cansada. Não queria participar daquela festa beneficente, e posso aparecer *Teen Vogue* a qualquer hora, eles vivem atrás de mim.

— Mas não é isso que importa, Melanie — declarou Janet ao se aproximar da cama da filha, com fúria no olhar. — Você não cancela compromissos, você fala comigo e eu cancelo. E você não pode desaparecer da face da Terra só porque está cansada. As pessoas têm que ver o seu rosto.

— O meu rosto está em um milhão de CDs, mãe. Ninguém vai me esquecer se eu viajar por algumas semanas ou não participar de uma festa para o câncer de cólon. Preciso de um tempo sozinha.

— Que droga de ideia é essa? Só pode ser coisa do Tom. Já vi que ele está à espreita. Ele provavelmente quer você só para ele, está com ciúmes. Nem ele nem você entendem o que é necessário para construir uma carreira e para mantê-la no topo. Você não pode ficar por aí, fazendo porra nenhuma e vendo TV, ou lendo livros. As pessoas têm que ver o seu rosto, Mel. E não sei aonde você imagina que vai por algumas semanas, mas pode cancelar esse plano agora. Quando eu achar que você precisa de uma folga, eu te digo. E você não precisa. Agora, levanta dessa cama e para de sentir pena de si mesma por causa desse tornozelo. Pelo amor de Deus, é só uma fissura. E aconteceu há quatro meses. Levanta e se mexe, Mel. Vou ligar para a *Teen Vogue* e marcar de novo a entrevista. Vou deixar a festa beneficente de lado porque não quero aborrecer a Sharon. E você *nunca* mais cancele *nenhum* compromisso, está me entendendo? — berrou Janet tremendo de ódio, e Melanie, de terror. Ela se sentia mal por ouvir aquilo. Estava tudo muito claro. Janet se achava a dona da filha. Mesmo que as intenções dela fossem boas, Melanie sabia que o controle que Janet tinha sobre sua vida iria destruí-la se não fizesse algo.

— Eu entendo, mãe — disse Melanie, calmamente —, e lamento muito se você se sente assim. Mas eu preciso fazer isso. — Ela decidiu encarar o problema. — Vou ficar no México até depois do Dia de Ação de Graças. Vou viajar nesta segunda. — Melanie quase engasgou ao dizer isso. Essa era a pior briga que elas já tiveram, embora tivessem se estranhado em outras ocasiões, sempre que Melanie tentava tomar as próprias decisões e se tornar mais independente.

— Você o QUÊ? Ficou louca? Você tem um milhão de compromissos até lá. Não vai a lugar nenhum, Melanie, a não ser que eu deixe você ir. Não ouse me falar o que planeja fazer. É melhor não esquecer quem te colocou no topo.

A voz dela é que era responsável pelo sucesso, com a ajuda de Janet, mas de qualquer modo essa foi uma acusação cruel, e

Melanie sentiu-se como se levasse um golpe. Era a primeira vez que ela encarava a mãe daquela maneira, e não era nada fácil. Melanie tinha vontade de se esconder debaixo das cobertas e chorar, mas sabia que precisava se impor. E não estava fazendo nada de errado. Portanto, se recusou a deixar a mãe fazer com que ela se sentisse culpada por precisar de uma folga.

— Eu cancelei os outros compromissos, mãe — anunciou Melanie, honestamente.

— Quem fez isso?

— Eu fiz. — Ela não queria colocar o assessor e o agente em uma posição delicada, então assumiu a culpa. No fundo, os dois só o fizeram porque Melanie mandou, e era isso que importava.

— Eu preciso dessa folga, mãe. Sinto muito se isso te aborrece, mas é importante para mim.

— Quem vai com você? — Janet ainda tentava achar um culpado, o responsável por ela ter perdido o poder. Mas na verdade o responsável era o próprio tempo. Melanie tinha crescido finalmente e queria controlar pelo menos alguma parte da própria vida. Já estava na hora, e talvez o amor de Tom tivesse contribuído para isso.

— Ninguém. Eu vou sozinha, mãe. Vou trabalhar em uma missão católica que cuida de crianças. É algo que quero fazer. Prometo que quando voltar vou botar a mão na massa. Mas me deixe fazer isso sem que você enlouqueça.

— Quem está louca é *você* — berrou Janet. Melanie não havia levantado a voz por respeito à mãe. — A gente pode transformar isso em uma oportunidade para aparecer na imprensa se você quiser ir somente por uns dias — disse Janet, esperançosa.

— Mas você não pode ficar lá três meses. Pelo amor de Deus, Melanie, o que estava pensando? — Então, Janet se lembrou de algo. — Por acaso aquela freira de São Francisco está metida nisso? Ela bem que me pareceu uma intrometida. Você tem que tomar cuidado com esse tipinho, Melanie. Ela vai querer que você entre para um convento. E pode falar para ela que, se esse for o plano dela, só por cima do meu cadáver! — Melanie sorriu ao ouvir falar de Maggie, mesmo que tenha sido de uma maneira grosseira.

— Não. Eu fui conversar com um padre aqui. — Ela não disse que o contato fora passado por Maggie. — Ele administra essa missão no México. Só quero ir para lá, ficar em paz, e, quando voltar, prometo que vou trabalhar duro.

— Da maneira que você fala, parece que eu abuso de você — disse Janet, chorando ao sentar na cama da filha. Melanie a abraçou.

— Eu te amo, mãe. Sou agradecida por tudo que fez pela minha carreira. Eu só quero algo mais que isso na minha vida neste momento.

— É o terremoto — declarou Janet, tremendo e chorando. — Você deve ter estresse pós-traumático. Deus, isso daria uma matéria ótima na *People*, não é?

Melanie riu ao olhar para a mãe. Janet parecia uma caricatura de si mesma. Tinha boas intenções, mas só pensava em publicidade para a filha e em como tornar a carreira dela ainda mais grandiosa, o que era difícil. Melanie já conquistara tudo que queria, mas Janet não desgrudava da garota para ter uma vida própria. Essa era a raiz do problema. Janet queria viver a vida da filha, não a dela.

— Você também deveria viajar, mãe. Ir para um spa ou algo assim. Ou para Londres com algumas amigas, ou Paris. Não dá para você pensar em mim o tempo todo. Isso não é saudável para nenhuma de nós.

— Eu te amo — choramingou Janet. — Você não sabe do que eu abri mão por você... Eu podia ter tido uma carreira, mas dei isso a você... Só fiz o que achava ser melhor. — Esse era o discurso de duas horas que Melanie já tinha cansado de ouvir, mas do qual queria se livrar dessa vez.

— Eu sei, mãe, também te amo. Mas deixa eu fazer isso, prometo cooperar depois. Você tem que me deixar tomar as minhas decisões. Não sou mais criança, tenho 20 anos.

— Você é um bebê — respondeu Janet, sentindo-se completamente ameaçada.

— Eu sou adulta — declarou Melanie, com firmeza.

Janet passou os dias seguintes alternando entre choro, acusações e reclamações. Ela ia da ira à tristeza. Janet sentia os primeiros sinais de perda do poder, e entrou em pânico. Até tentou recrutar Tom para ver se ele convencia Melanie a desistir daquela ideia. Quando o rapaz, diplomaticamente, comentou que isso seria bom para a namorada e achava uma ideia nobre, ela ficou mais furiosa ainda. Aqueles dias foram um inferno na casa delas, e Melanie mal via a hora de ir embora na segunda. Depois de Tom passar o final de semana na casa dela, Melanie passou a última noite na casa dele, para ficar longe da mãe, somente retornando para casa às três horas da manhã, para dormir um pouco até sair para o aeroporto na manhã seguinte, lá pelas dez horas. Tom tirou a manhã de folga, para levá-la ao aeroporto. Melanie não queria ir embora em uma limusine branca para não chamar atenção, mas sua mãe, com certeza, insistiria nisso. Janet era capaz de fazer uma ligação anônima para a imprensa.

A cena de despedida com a mãe parecia uma novela ruim. Janet agarrou a filha chorando, dizendo que provavelmente estaria morta quando Melanie voltasse, porque estava tendo dores no peito desde que soube da viagem. Melanie falou que ela ficaria bem, prometeu ligar com frequência, deixou todos os números de contato e saiu correndo para o carro de Tom, com uma mochila e uma sacola de viagem. Só levaria aquilo. Quando entrou no carro dele, teve a sensação de escapar da prisão.

— Anda, anda, anda! — berrou Melanie. — Antes que ela se jogue na frente do carro!

Tom partiu logo, e ambos estavam rindo quando chegaram ao primeiro sinal. Os dois sentiam que estavam fugindo de algo. Melanie estava superanimada com a perspectiva de ir embora e com as coisas que faria no México.

Tom deu um beijo nela ao deixá-la no aeroporto, e Melanie prometeu ligar assim que chegasse. Ele tinha planos de visitá-la em duas ou três semanas, mas, nesse meio-tempo, Melanie teria muitas aventuras novas. Esses três meses no México eram um descanso mais do que necessário.

Ela já estava no avião quando resolveu ligar para a mãe, antes da decolagem. Conseguira finalmente fazer o que queria, mas sabia que era difícil e uma grande perda para a mãe. Janet estava assustada por perder qualquer tipo de poder sobre a filha, e Melanie sentia pena dela.

Janet atendeu ao telefone com uma voz depressiva, mas se animou logo quando percebeu que era a filha.

— Você mudou de ideia? — perguntou ela, esperançosa.

— Não. Estou no avião. Só queria te mandar um beijo. Eu ligo do México, sempre que possível. — A tripulação anunciou que era hora de desligar os aparelhos eletrônicos e ela avisou que tinha que desligar o telefone. Mais uma vez, Janet se lamuriou:

— Ainda não consigo entender por que você está fazendo isso. — Janet encarava tudo como uma punição e rejeição. Mas era muito mais que isso para Melanie, era uma chance de fazer algo bom para o mundo.

— Porque eu preciso fazer, mãe. Eu volto logo, se cuida. Eu te amo, mãe — disse Melanie bem na hora em que uma aeromoça lhe pedia para desligar o celular. — Tenho que desligar.

— Eu te amo, Mel — respondeu Janet às pressas, como se estivessem se despedindo para sempre, e Melanie desligou o telefone.

Ela ficou feliz por ter ligado. Essa viagem não era para magoar a mãe, mas algo que Melanie tinha que fazer para si mesma. Precisava descobrir quem ela era e se conseguia existir sozinha.

Capítulo 17

Quando chegou ao México, Melanie deu notícias a Maggie. Contou que estava adorando, que o lugar era lindo, as crianças maravilhosas e o padre Callaghan fantástico. Também disse que nunca tinha estado tão feliz e queria agradecer a ela pela sugestão.

Maggie também teve notícias de Sarah. Ela conseguiu o emprego no hospital e estava feliz e ocupada. Sarah ainda tinha que lidar com muita coisa e se ajustar à vida nova, mas estava bem, e ter uma atividade ajudava muito. Ambas sabiam que ela teria desafios pela frente, especialmente quando começasse o julgamento de Seth. Sarah havia prometido a ele e aos advogados que ficaria ao lado do marido no julgamento, mas ainda tentava decidir se pediria ou não o divórcio. O mais importante para ela era decidir se conseguiria ou não perdoá-lo. Ela ainda não tinha resposta para isso e havia conversado muito com Maggie. A freira a aconselhou a continuar rezando para obter uma resposta. Mas, até agora, nada. Sarah só conseguia pensar no que Seth fizera, traindo a todo mundo e a si mesmo e fazendo algo ilegal, o que Sarah considerava um pecado imperdoável.

Maggie continuava no hospital de Presidio. Eles estavam lá havia quatro meses, e a Secretaria para Assuntos de Emergência cogitava fechar o acampamento no mês seguinte, em outubro. Ainda havia residentes, mas não como antes. A maioria já tinha ido para casa ou para outro lugar. E Maggie planejava voltar para seu apartamento em Tenderloin no final do mês. Ela percebeu que iria sentir falta das pessoas com quem morava e convivera. De maneira estranha, havia sido uma época boa para ela. Seu apartamento em Tenderloin ficaria muito vazio, mas disse a si mesma que isso lhe daria mais tempo para rezar, embora fosse sentir falta do acampamento. Maggie fez muitas amizades lá.

Everett ligou para Maggie no começo de setembro, poucos dias antes de ela voltar para casa. Ele disse que estava a caminho de São Francisco para cobrir uma história sobre Sean Penn e gostaria de levá-la para jantar. Maggie hesitou por um momento, começou a alegar que não podia, tentando arrumar uma desculpa, mas, como não conseguiu pensar em nada e se sentiu uma boba por fazer isso, acabou aceitando. Ela rezou naquela noite para não se sentir confusa, para ficar somente agradecida pela amizade dele e nada mais.

Mas, no momento em que o viu, o coração de Maggie começou a palpitar. Everett andou na direção dela, no hospital onde ela o esperava, com aquelas pernas finas e botas que o faziam realmente parecer um caubói. Ele sorriu assim que a viu, e, mesmo sem querer, ela também. Eles estavam muito felizes por se encontrarem. Everett abraçou Maggie e deu um passo para trás, para poder admirá-la.

— Você está com uma aparência ótima, Maggie — elogiou ele, feliz. Everett fora para lá direto do aeroporto. A entrevista era apenas no dia seguinte. Aquela noite era só para eles.

Everett levou Maggie para um restaurante francês na Union Street. A cidade já havia voltado ao normal. Os detritos haviam sido retirados, e obras de construção ocorriam por toda parte. Cinco meses depois do terremoto, quase todos os bairros estavam habitáveis de novo, com algumas exceções, pois alguns tiveram que ser completamente demolidos.

— Volto para o meu apartamento na semana que vem — comentou Maggie, tristemente. — Vou sentir falta das outras freiras do acampamento. Talvez eu fosse mais feliz morando em um convento do que sozinha — acrescentou ela, quando começaram a comer. Maggie pediu um peixe, e Everett devorava um filé enquanto conversavam. Como sempre, a conversa foi animada, inteligente e não parava. Eles falaram sobre vários assuntos, e, finalmente, Everett mencionou o julgamento de Seth Sloane. Só de ouvir falar naquilo, Maggie já ficava triste, principalmente por Sarah. Era um desperdício desnecessário de um homem e de quatro vidas. Ele havia sido tão tolo e tinha prejudicado tantas pessoas. — Você acha que vai cobrir o julgamento? — perguntou ela, interessada.

— Adoraria. Mas não sei se isso vai interessar à *Scoop*, embora seja uma tremenda história. Você tem visto Sarah? Como ela está?

— Está levando — falou Maggie, sem contar nenhum segredo. — Nos falamos de vez em quando. Ela está trabalhando no hospital, com a organização de eventos beneficentes e projetos de desenvolvimento. Isso não será nada fácil para ela. Seth destruiu várias pessoas além de si mesmo.

— Esse tipo de homem sempre faz isso — respondeu Everett, sem compaixão pela situação. Ele sentia pena de Sarah e das crianças, que nunca iriam conhecer o pai de verdade se ele passasse os próximos vinte ou trinta anos na prisão. Ao falar disso, Everett se lembrou do filho. Por algum motivo, sempre se recordava de Chad quando estava com Maggie, como se eles estivessem de alguma maneira conectados. — Ela vai se divorciar dele?

— Não sei — respondeu Maggie, vagamente. Sarah ainda não sabia o que iria fazer, mas Maggie achou que não deveria discutir isso com Everett e mudou o rumo da conversa.

Eles ficaram no restaurante por um bom tempo. Era um lugar aconchegante e confortável, e o garçom os deixava à vontade.

— Ouvi dizer que Melanie está no México — comentou Everett, e a freira sorriu. — Você tem algo a ver com isso? — Ele sentia o dedo de Maggie.

— Indiretamente. Tem um padre maravilhoso que administra uma missão lá. Achei que eles fariam uma dupla perfeita. Acredito que ela vá ficar lá quase até o Natal, embora não tenha contado a ninguém oficialmente onde está. Melanie só quer passar alguns meses como uma pessoa normal. É uma menina ótima.

— Aposto que a mãe dela enlouqueceu quando ela foi embora. Trabalhar em uma missão no México não é exatamente ao que está acostumada, nem o que a mãe dela quer que Melanie faça. Não me diga que a mãe foi também! — Ele riu só de pensar nisso, e Maggie também achou graça.

— Não foi. Acho que esse era o motivo da viagem. Melanie precisava caminhar por conta própria. Se afastar um pouco da mãe vai ser ótimo para ela. E vai ser bom para a mãe também. Às vezes é difícil cortar finalmente o cordão umbilical, e uns têm mais dificuldade do que outros.

— E existem os homens que, como eu, não têm ligação nenhuma com ninguém — declarou com um certo arrependimento na voz. Maggie o observou.

— Você já fez algo para achar o seu menino? — perguntou, dando uma cutucada de leve, com cuidado para não forçar a barra. Ela sempre achou que essa sutileza era mais eficiente do que um empurrão

— Não, mas vou fazer um dia desses. Acho que já é tempo. Assim que eu estiver pronto.

Everett pagou a conta e eles andaram pela Union Street. Não havia sinais do terremoto ali. A cidade estava bela e limpa. O mês de setembro tinha sido lindo, repleto de dias quentes, e agora dava para sentir o friozinho do outono no ar. Maggie deu o braço a ele e continuaram andando e conversando sobre várias coisas, e, sem perceber, acabaram chegando em Presidio. O longo percurso, um caminho sem ladeiras, algo raro em São Francisco, permitiu que passassem mais tempo juntos.

Everett a levou até o prédio onde estava hospedada. Como já passava das onze horas, não havia ninguém do lado de fora. Eles não se apressaram para comer, e, como sempre, se completavam perfeitamente, como duas metades da mesma maçã, tanto em pensamentos quanto em opiniões.

— Obrigada por essa noite agradável — agradeceu Maggie, se sentindo tola por ter tentado evitá-lo. Ela havia ficado confusa na última vez que o vira. Maggie tinha sentido uma atração imensa por Everett, mas agora só sentia carinho. Isso era ótimo, e ele a olhava com todo o amor e a admiração que sentia por ela.

— Foi muito bom ver você, Maggie. Obrigado por ter jantado comigo. Ligo amanhã quando for embora. Se der, passo aqui, mas acho que a entrevista vai demorar, então provavelmente terei que correr para pegar o último avião. Caso contrário, passo para tomarmos um café.

Maggie assentiu ao olhar para ele. Tudo em Everett era perfeito. O rosto, os olhos, a experiência e o sofrimento profundo que emanavam deles, junto de uma luz de vida nova e de cura. Everett tinha passado por poucas e boas, mas isso o tornara o homem que era atualmente. Ao olhar para ele, ela percebeu que seu rosto estava se aproximando do dela. Maggie ia dar um beijo na bochecha dele, mas, antes que se desse conta, sentiu os lábios de Everett nos seus e se beijaram. Maggie não beijava um homem desde a época da faculdade de enfermagem, e, mesmo então, isso não acontecia com frequência. E agora, de repente, ela sentia que seu coração e sua alma ansiavam por Everett, o espírito dele se juntava ao dela. Dois indivíduos se fundindo em um único ser devido a um beijo. Quando pararam de se beijar, ela se sentiu tonta. Everett não foi o único responsável por isso, Maggie também se entregou ao momento e ficou olhando para ele apavorada. O impossível tinha acontecido, e ela havia rezado tanto para evitar isso.

— Ai, meu Deus... Everett... não! — Maggie deu um passo para trás, e ele agarrou o braço dela e a puxou para perto. Enquanto ela estava de cabeça baixa, envergonhada, ele a abraçou.

— Maggie, eu não... eu não tinha pensado em fazer isso... Não sei o que aconteceu... É como se uma força maior do que a gente tivesse nos unido. Eu sei que isso não deveria ter acontecido, e quero que você saiba que não planejei nada, mas... tenho que ser sincero. É assim que me sinto desde que te conheci. Eu te amo, Maggie... Não sei se isso faz diferença para você ou não... mas te amo... faço qualquer coisa que você queira. Não quero te magoar, eu te amo muito para te magoar. — Ela o fitou sem dizer uma palavra e viu um amor puro, honesto, nos olhos dele. Assim como nos olhos dela.

— Não podemos nos ver de novo — declarou ela, com o coração partido. — Não sei o que aconteceu. — Então, resolveu ser tão honesta com Everett quanto ele fora com ela. Ele tinha o direito de saber. — Eu também te amo — sussurrou Maggie. — Mas não posso fazer isso... Everett, não ligue mais para mim. — Isso partiu o coração dela, mas ele concordou. Faria o que ela pedisse. Maggie já era dona do coração dele.

— Sinto muito.

— Eu também — falou Maggie, com tristeza ao dar as costas para ele e entrar no prédio em silêncio.

Everett ficou ali parado, vendo a porta se fechar e sentindo seu coração se despedaçar. Ele colocou as mãos no bolso, se virou e voltou para o hotel em Nob Hill.

Deitada no escuro, Maggie sentia que o mundo tinha acabado. Estava arrasada demais até para rezar. Só conseguia pensar naquele beijo.

Capítulo 18

A temporada que Melanie passara no México tinha sido tão boa quanto o esperado. As crianças com as quais trabalhava foram adoráveis, amáveis e sempre muito agradecidas, até mesmo pelas mínimas coisas que alguém fazia por elas. Melanie trabalhou com meninas entre 11 e 15 anos, todas ex-prostitutas, várias ex-viciadas em drogas, e três tinham Aids.

Foi uma época de crescimento e com um profundo significado para ela. Tom foi visitá-la duas vezes, em dois finais de semana prolongados, e ficou impressionado com o trabalho da namorada. Melanie comentou que estava ansiosa para voltar, sentia saudades de cantar e até mesmo de se apresentar, mas queria fazer algumas mudanças. Acima de tudo, queria tomar as próprias decisões.

Ambos concordaram que já era tempo de isso acontecer, embora ela soubesse que sua mãe não iria gostar nada disso. Mas Janet precisava ter vida própria também. Melanie disse que a mãe procurara se ocupar na ausência dela, indo a Nova York para ver umas amigas, a Londres, e passando o Dia de Ação de Graças com amigos em Los Angeles. Melanie havia passado o feriado no México e queria voltar no ano seguinte. A viagem fora um sucesso completo.

Ela acabou passando uma semana a mais do que havia planejado e só aterrissou no aeroporto internacional de Los Angeles uma semana antes do Natal. O local estava decorado, e ela sabia que a Rodeo Drive também estaria. Tom foi buscá-la. Melanie estava bronzeada e feliz. Em três meses, ela se transformara de menina em mulher. O tempo no México fora um ritual de passagem para a vida adulta. Janet não foi ao aeroporto, mas tinha organizado uma festa surpresa de boas-vindas em casa, com todas as pessoas que eram importantes para ela. Melanie se jogou nos braços da mãe, e ambas choraram, felizes por se verem. Dava para perceber que Janet a perdoara por ter viajado e que, de alguma maneira, conseguira aceitar e entender a decisão da filha, embora, durante a festa, tenha comentado com Melanie a respeito de todos os compromissos que já havia agendado para ela. Melanie começou a reclamar, e ambas acabaram rindo, percebendo o que acontecera. Não é fácil mudar os antigos hábitos.

— Está bem, mãe. Dessa vez, vou deixar passar. Mas só dessa vez. Na próxima, você me consulta antes.

— Prometo — disse Janet, parecendo meio sem graça. Seria difícil para ambas se acostumarem com as novas regras. Agora Melanie tomaria as rédeas da própria vida e Janet teria que aceitar, o que não seria fácil, mas elas tentavam se adaptar. O tempo que passaram separadas tinha ajudado com a transição.

Tom passou o Natal com elas e deu um anel de compromisso a Melanie. Era uma aliança fina de diamantes que a irmã dele tinha ajudado a escolher. Melanie adorou, e ele colocou a joia na mão direita dela.

— Eu te amo, Mel — falou Tom, carinhosamente, enquanto Janet entrava na sala, vestindo um avental verde e vermelho de lantejoulas com tema natalino, servindo bebidas. Vários amigos fizeram uma visita. Ela estava de bom humor e parecia bastante ocupada. Melanie havia passado a semana ensaiando para o show no Madison Square Garden no Ano-Novo. Era uma tremenda volta ao mundo real, algo nem um pouco sutil. Tom ia viajar para Nova York com ela dois dias antes do show. O tornozelo de Melanie estava curado, pois tinha passado três meses só de sandálias.

— Eu também te amo — sussurrou ela para Tom. Ele usava o relógio Cartier que ela lhe dera. Tom havia adorado o presente. Mas, acima de tudo, adorava Melanie. Desde o terremoto em São Francisco até o Natal, o ano tinha sido maravilhoso para eles.

Sarah deixou as crianças com Seth no Natal. Ele tinha sugerido dar uma passada no apartamento dela para pegá-las, mas ela recusou. Sarah ficava pouco à vontade quando ele a visitava. Ela ainda não havia decidido o que fazer. Ela e Maggie já tinham conversado várias vezes, e a freira a relembrou que perdoar é um estado de graça. Mesmo assim, Sarah ainda não conseguia fazer isso. Ela ainda acreditava em "na alegria e na tristeza", e não sabia mais o que sentia por Seth. Continuava atordoada demais para processar o que estava acontecendo.

Ela havia celebrado o Natal com as crianças na noite anterior e naquela manhã abriram os presentes do Papai Noel. Oliver amou rasgar os papéis de embrulho e Molly adorou tudo que ganhou. As crianças verificaram que o Papai Noel tinha tomado o leite e comido quase todos os biscoitos que deixaram para ele. Rudolph, uma das renas, havia mordido todas as cenouras e duas sumiram.

Sarah tinha pena de celebrar sem o marido, mas ele disse que entendia. Seth passou a se consultar com um psiquiatra e estava tomando remédios para ajudar com as crises de ansiedade. Sarah também se sentia mal por achar que deveria estar ao lado dele, contudo, agora Seth era um estranho para ela, mesmo que ainda fosse um estranho que ela tivesse amado e ainda amasse. Era um sentimento doloroso e esquisito.

Ele sorriu ao vê-la na porta do apartamento com as crianças e perguntou se ela queria entrar, mas Sarah recusou. Ela disse que iria encontrar uns amigos, mas na realidade ficara de tomar um chá com Maggie no hotel St. Francis. Sarah havia convidado Maggie, pois o local não era longe de onde a freira morava, embora fosse completamente diferente de seu mundo.

— Como você está? — perguntou Seth, enquanto Oliver entrava cambaleando no apartamento. Ele já andava sozinho. E Molly saiu correndo para ver os presentes embaixo da árvore. Seth tinha comprado um triciclo rosa, uma boneca do tamanho dela e vários outros presentes. Ele estava tão apertado financeiramente quanto ela, mas Seth sempre fora mais esbanjador. Sarah tentava ser cuidadosa com o salário e com o dinheiro que ele dava para as crianças. Os pais dela também estavam ajudando e a convidaram para passar o Natal em Bermuda, mas ela recusou. Preferiu ficar em São Francisco e manter as crianças perto do pai. Esse poderia ser o último Natal dele em liberdade por um bom tempo, e ela não quis impedir os filhos de vê-lo e vice-versa.

— Estou bem — respondeu ela, sorrindo, inspirada pelo espírito natalino.

No entanto, a relação estava arruinada demais. A decepção e a tristeza, a força da traição de Seth, que a atingira como uma bomba, transpareciam nos olhos de ambos. Sarah ainda não conseguia entender o que tinha acontecido ou por quê. Mais uma vez, ela percebeu que existia um lado dele que nunca havia conhecido, um lado que o marido tinha mais em comum com Sully do que com ela. Era isso o que a assustava. Seth era um estranho com quem tinha dividido a casa, e agora era tarde demais para conhecê-lo, além de não querer. Aquele estranho tinha destruído a vida dela. Mas Sarah a reconstruía sozinha e aos poucos. Dois homens a haviam chamado para sair recentemente, mas recusou ambos os convites. Ainda se sentia casada e continuaria assim até que eles decidissem o contrário, embora não tivessem resolvido nada. Queria adiar essa decisão para depois do julgamento, a não ser que tivesse absoluta certeza antes disso. Ambos continuavam a usar as alianças. Pelo menos por enquanto permaneciam como marido e mulher, mesmo que morassem em casas diferentes.

Seth deu um presente a Sarah antes de ela ir embora. Ela também havia comprado algo para ele. Sarah comprou uma jaqueta de caxemira e uns suéteres para ele, e Seth lhe deu uma jaqueta linda de pele de doninha. Era exatamente o estilo de que ela gostava, e era de uma linda cor marrom-escura. Sarah a vestiu e deu um beijo nele.

— Obrigada, Seth. Não precisava.

— Precisava sim — disse ele, com pesar. — Você merece muito mais. — Antigamente, ele teria dado alguma joia cara da Tiffany ou da Cartier, mas agora não era época para fazer isso, provavelmente nunca mais seria. Ela tivera que se desfazer de todas as joias, e, finalmente, tudo havia sido vendido em um leilão no mês anterior. A quantia arrecadada fora congelada com o resto do dinheiro deles; enquanto isso os gastos com os advogados só cresciam. Seth se sentia muito mal por isso.

Sarah deixou as crianças com ele. Elas iriam passar a noite lá. Seth tinha comprado um berço portátil para Ollie, e Molly iria dormir na cama com o pai, pois ele só tinha um quarto no apartamento.

Sarah deu um beijo nele quando foi embora e saiu de coração pesado. A cruz que carregavam nos ombros era pesada demais, mas não tinham outra opção.

* * *

Everett foi a uma reunião do AA na manhã de Natal. Ele tinha se oferecido para ser o palestrante convidado. Esse era um evento importante do qual gostava de participar, com a presença de muitos jovens, algumas pessoas mais barras-pesadas, alguns ricaços vindos de Hollywood e até mesmo moradores de rua. Ele adorava essa mistura que tornava a reunião mais real. Já havia ido a algumas reuniões em Hollywood e Beverly Hills, mas elas eram um tanto quanto elitistas demais para o seu gosto. Everett preferia gente mais realista e prática.

Everett compartilhou sua história durante a reunião. Quando disse seu nome e que era um alcoólatra, cinquenta vozes responderam:

— Oi, Everett.

Mesmo depois de dois anos, esse momento ainda o fazia se sentir em casa. Ele nunca ensaiava suas falas, simplesmente dizia o que pensava ou o perturbava no momento. Dessa vez, mencionou Maggie, disse que a amava e que ela era uma freira. Contou que ela também o amava, mas continuava fiel aos seus votos e tinha pedido para que não entrasse em contato de novo. Nos últimos três meses, ele havia sentido muito a falta dela, mas respeitara seu desejo. Então, ao ir embora e entrar no carro, Everett começou a pensar no que tinha dito. Que ele amava Maggie como nunca amara outra mulher, freira ou não. Isso era importante, e ele começou a se questionar se tinha feito a coisa certa ou se deveria ter lutado por ela. Ele nunca havia pensado nisso. Já estava a caminho de casa quando mudou de ideia e foi em direção ao aeroporto. O tráfego estava tranquilo naquele Natal. Eram onze horas da manhã, e ele sabia que podia pegar um voo em duas horas e chegar a São Francisco às três da tarde. Naquele momento, nada o impediria.

Everett comprou a passagem, embarcou e ficou olhando pela janela as nuvens e as estradas lá embaixo. Ele não tinha mais ninguém com quem passar o Natal, e, se ela se recusasse a vê-lo, a perda não seria grande, apenas de algumas horas e o custo da passagem, então valia a pena tentar. Tinha sentido a falta dela nesses últimos três meses, de sua sabedoria, dos comentários inteligentes, dos conselhos, do som da voz e do brilho dos olhos. Ele mal podia esperar para vê-la. Maggie era o único e o melhor presente de Natal que teria. Everett só tinha o seu amor para dar em troca.

O voo aterrissou dez minutos mais cedo, um pouco antes das duas horas, e Everett pegou um táxi e chegou à cidade às duas e quarenta. Foi até o endereço de Maggie em Tenderloin, sentindo-se um adolescente visitando a namorada, e começou a pensar no que aconteceria se ela não quisesse vê-lo. Tinha um interfone no prédio, e ela podia simplesmente mandá-lo embora, mas pelo menos teria tentado. Não podia deixá-la ir embora de sua vida dessa maneira. O amor era muito raro e importante para ser desperdiçado. E Everett nunca tinha amado alguém como Maggie. Ele a considerava uma santa, e outros pensavam o mesmo.

Quando chegou ao endereço, pagou o táxi e andou nervosamente até a porta. Dois bêbados estavam sentados nos degraus caindo aos pedaços do prédio dela. Uma meia dúzia de prostitutas perambulava por lá, procurando "companhia" — era um dia normal de trabalho na área, mesmo sendo Natal.

Everett tocou a campainha do apartamento de Maggie, mas ninguém respondeu. Pensou em ligar para ela, mas não quis avisá-la que estava ali. Ele sentou no degrau de cima. Everett vestia calça jeans e um suéter pesado. Estava um pouco frio, mas o sol brilhava e dia estava bonito. Everett ia esperar, não importava por quanto tempo, ela chegaria mais cedo ou mais tarde. Provavelmente estaria servindo almoço ou jantar de Natal para os pobres em algum lugar.

Os dois bêbados sentados nos degraus compartilhavam uma garrafa de bebida, até que um deles a ofereceu a Everett. Era um recipiente pequeno de uísque barato. Eles estavam sujos, cheiravam mal, e ambos não tinham dentes.

— Quer um gole? — indagou um deles. O outro estava mais bêbado ainda e quase dormindo.

— Vocês já pensaram em ir ao AA? — perguntou Everett, amigavelmente, ao recusar a bebida, e o mendigo olhou para ele com nojo e virou a cara. Ele cutucou o outro bêbado e, sem falar nada, gesticulou na direção de Everett, e os dois foram sentar em outro lugar. — E se não fosse pela graça de Deus eu também estaria nessa situação — sussurrou Everett, enquanto esperava por Maggie. Era a maneira perfeita de passar o Natal: esperando pela mulher que amava.

O chá da tarde que Maggie e Sarah tomaram no hotel St. Francis foi bastante agradável. Serviram um chá inglês tradicional com bolinhos, folhados e sanduíches. Elas conversaram animadamente enquanto comiam e tomavam chá-preto. Maggie achou Sarah triste, mas não quis pressioná-la, pois ela também estava. Maggie sentia falta de falar com Everett, das conversas e das risadas deles. Contudo, depois do que havia acontecido da última vez, ela sabia que não poderia ver ou falar com ele de novo. Não teria forças para resistir se o visse novamente. Maggie tinha se confessado a esse respeito, e isso reforçou sua decisão, mas, mesmo assim, sentia falta dele porque Everett tinha se tornado um amigo valioso.

Sarah falou sobre o encontro com Seth, do quanto sentia falta do marido e da antiga vida deles. Ela nunca havia sonhado que isso acabaria.

Disse ainda que gostava do emprego e das pessoas que estava conhecendo, mas evitava a vida social, pois ainda estava envergonhada para sair ou encontrar os amigos. Ela sabia que todos na cidade ainda fofocavam sobre eles, e as coisas ficariam piores quando começasse o julgamento em março. Houve discussões para resolver se tentavam adiar o julgamento ou agilizá-lo. Seth queria que tudo acabasse logo de uma vez. E a cada dia que passava ficava mais estressado, o que também a deixava preocupada.

A conversa continuou bem agradável, e elas falaram sobre assuntos da cidade. Sarah ia levar Molly para uma apresentação do balé *O quebra-nozes*. Maggie tinha participado de uma celebração ecumênica na noite anterior, na Missa do Galo da Catedral Grace. Foi um encontro agradável entre amigas. A amizade delas fora um presente para ambas naquele ano, uma bênção inesperada depois do terremoto.

Elas foram embora às cinco da tarde. Sarah deu carona a Maggie; deixou-a na esquina de seu quarteirão e depois foi para casa. Sarah havia pensado em ir ao cinema e tinha convidado Maggie, mas a freira estava cansada e queria ir para casa. Sem falar que o filme que Sarah queria ver era um pouco depressivo. Maggie acenou dando adeus quando Sarah foi embora e seguiu andando devagar até o prédio. Ela sorriu para duas prostitutas que eram suas vizinhas. Uma delas era uma mexicana bonita, e a outra, um travesti do Kansas, que sempre era gentil com Maggie e a respeitava.

Maggie estava prestes a subir os degraus quando viu Everett. Ela parou e ele sorriu. Estava sentado lá havia duas horas e começava a sentir frio, mas não se importava de morrer congelado. Não iria se mexer até que Maggie chegasse em casa. E, de repente, lá estava ela.

Maggie ficou parada, olhando para ele sem acreditar no que via, e, lentamente, Everett desceu os degraus até onde ela estava.

— Oi, Maggie — saudou ele, suavemente. — Feliz Natal.

— O que você está fazendo aqui? — perguntou ela ao olhar para Everett. Maggie não sabia o que falar.

— Eu fui numa reunião hoje e falei de você... então vim para cá para te desejar Feliz Natal pessoalmente. — Ela assentiu, sabendo que isso era típico de Everett. Ninguém jamais havia feito algo assim por ela. Maggie queria tocá-lo para ver se ele era real, mas não tinha coragem.

— Obrigada — respondeu ela, delicadamente, com o coração disparado. — Você quer tomar um café em algum lugar? O meu apartamento está uma bagunça — declarou, achando que não seria apropriado levá-lo para lá. O móvel mais importante do apartamento era a cama, que nem estava feita.

Everett riu ao ouvir a proposta.

— Adoraria. Estou congelando nos seus degraus desde as três da tarde. — Ele passou a mão na calça para limpá-la, e os dois andaram até uma lanchonete do outro lado da rua. Era um lugar meio acabado, porém conveniente, bem-iluminado, e a comida até que era boa. Às vezes, Maggie jantava lá. Os ovos mexidos e o bolo de carne eram bem gostosos, e todos sempre a tratavam bem, por ser freira.

Nenhum deles disse nada até se sentarem e pedirem café. Everett pediu também um sanduíche de peito de peru, mas Maggie tinha acabado de comer com Sarah. Everett foi o primeiro a falar.

— Então, como você está?

— Bem. — Pela primeira vez na vida, Maggie não sabia o que dizer, mas acabou relaxando um pouco e quase ficou à vontade. — Essa foi a coisa mais gentil que alguém já fez por mim. Voar até aqui para me desejar Feliz Natal. Obrigada, Everett — declarou ela, solenemente.

— Eu estava com saudade de você. Muita. Por isso estou aqui. De repente, essa coisa de a gente não poder falar um com o outro pareceu tão estúpida. Acho que devo pedir desculpas pelo ocorrido da última vez, só que não me arrependo do que fizemos. Foi a melhor coisa que aconteceu comigo. — Everett sempre era honesto com ela.

— Comigo também. — As palavras saíram antes que Maggie pensasse, mas era assim que se sentia. — Ainda não sei como foi acontecer — falou com um jeito arrependido.

— Não sabe? Eu sei. Acho que nos amamos. Pelo menos eu te amo. E acho que você me ama também. Pelo menos tenho esperança de que sim. — Everett não queria que ela sofresse por gostar dele, mas tinha esperança de que o sentimento fosse mútuo. — Não sei se vamos fazer algo a esse respeito ou não, isso é outra história. Mas queria que você soubesse como me sinto.

— Eu também te amo — declarou Maggie, com tristeza. Esse era o maior pecado que ela tinha cometido contra a Igreja e o maior desafio aos seus votos, mas era verdade. Maggie achou que ele tinha o direito de saber.

— Isso é bom então — disse Everett, mordendo um pedaço do sanduíche. Quando acabou de mastigar, sorriu, aliviado com a declaração.

— Não, não é — retrucou Maggie. — Não posso desistir dos meus votos. Essa é a minha vida. — Mas, de alguma maneira, Everett agora fazia parte dessa vida. — Não sei o que fazer.

— Que tal se a gente simplesmente aproveitar o que temos agora e depois pensamos nisso? Quem sabe não exista uma maneira correta de você mudar de vida? Como uma dispensa honrosa do Exército. — Ela riu ao ouvir aquilo.

— Isso não existe quando você deixa a Ordem. Eu sei que tem gente que abandona a Igreja, como meu irmão, mas não consigo me imaginar fazendo o mesmo.

— Então talvez você não faça — respondeu ele. — Talvez a gente fique assim. Pelo menos sabemos que nos amamos. Eu não vim até aqui para pedir para você fugir comigo, embora fosse adorar se você fizesse isso. Por que não pensa um pouco a esse respeito, mas sem se torturar? Dê um tempo para ver como se sente. — Maggie adorou a sensibilidade e a sensatez de Everett.

— Eu tenho medo — respondeu ela, honestamente.

— Eu também — disse ele pegando na mão de Maggie. — Isso é bem assustador. Nem tenho certeza se já me apaixonei por alguém na vida. Eu estava bêbado demais por uns trinta anos para saber. Quando acordei, você apareceu.

— Eu nunca me apaixonei — respondeu ela. — Até eu te encontrar. Nunca imaginei que isso aconteceria comigo.

— Talvez Deus tenha achado que era o momento.

— Ou talvez ele esteja testando a minha vocação. Sem a Igreja, sou uma órfã.

— Quem sabe não posso te adotar? É uma possibilidade. Será que dá para adotar freiras? — Ela sorriu. — É muito bom te ver, Maggie.

Maggie começou a relaxar, e eles passaram a conversar como de costume. Ela contou sobre o que estava fazendo, ele falou sobre as matérias que cobrira. Falaram sobre o julgamento de Seth. Everett disse que conversara sobre o assunto com seu editor e tinha a chance de fazer a reportagem para a *Scoop*. Se esse fosse o caso, ele ficaria em São Francisco por várias semanas em março. Ela gostou da ideia de Everett passar umas semanas lá e de não a estar pressionando. Quando saíram da lanchonete, já estavam bem à vontade um com o outro de novo. Ele pegou na mão de Maggie ao atravessarem a rua. Já eram quase oito horas da noite, e estava na hora de ele pegar o voo de volta.

Maggie não o convidou para entrar. Eles ficaram parados na porta do prédio por um minuto.

— Esse foi o melhor presente de Natal que já ganhei — comentou Maggie ao sorrir para ele.

— O meu também. — Everett deu um beijo na testa dela. Ele não queria assustar Maggie nem a vizinhança, que sabia que ela era freira. Também não queria comprometer a reputação dela. E ela não estava preparada para isso, precisava de um tempo para pensar. — Eu te ligo para saber como andam as coisas. — Então, Everett respirou fundo e se sentiu um menino ao falar: — Você vai pensar nisso, Maggie? Sei que é uma decisão importante para você. A maior que existe. Mas eu te amo e estou aqui te esperando. Se você for louca o suficiente para aceitar, vou me sentir honrado em me casar com você. Quero que você saiba que o que estou oferecendo é respeitoso.

— Não esperaria outra coisa de você, Everett — respondeu Maggie, e então ela ficou meio encabulada. — Nunca ninguém me pediu em casamento. — Ela se sentiu tonta ao olhar para ele, ficou na ponta dos pés e deu-lhe um beijo na bochecha.

— Será que um alcoólatra recuperado e uma freira podem ser felizes juntos? Vamos ver.

Everett riu com o comentário e, de repente, percebeu que Maggie ainda era jovem o suficiente para ter filhos, talvez até mais de um, se começassem logo. Ele gostou dessa ideia, mas não disse nada para ela. Maggie já tinha muita coisa para pensar naquele momento.

— Obrigada, Everett — disse Maggie ao abrir a porta. Ele fez sinal para um táxi que passou. — Vou pensar nisso, prometo.

— Leve o tempo que for preciso. Não tenho pressa. Não se sinta pressionada.

— Vamos ver o que Deus tem a dizer a esse respeito — respondeu ela, sorrindo.

— Tudo bem. Pergunte para Ele. Enquanto isso, vou acender umas velas. — Quando ele era criança, adorava fazer isso.

Ela acenou e entrou no prédio, e ele correu para o táxi. Everett observou o edifício ao partir, pensando que aquele havia sido provavelmente o melhor dia de sua vida. Ele tinha amor e, melhor ainda, esperança. E, acima de tudo, Maggie... Quase. Mas, com certeza, ela podia contar com ele.

Capítulo 19

No dia seguinte ao Natal, Everett sentou em frente ao computador, com a energia renovada por ter visto Maggie, e começou a fazer uma pesquisa. Ele sabia que existiam sites que realizavam buscas específicas. Digitou algumas informações, e um questionário apareceu na tela. Ele respondeu cuidadosamente as perguntas, embora não soubesse todas as informações, preenchendo somente dados como nome, data e local de nascimento, nomes dos pais e o último endereço. Everett deixou o número do serviço social e endereço atual em branco. E restringiu a pesquisa a Montana. Caso não tivesse sucesso, começaria a procurar em outros estados. Ele ficou olhando para o computador, esperando pacientemente, e, logo depois, um nome apareceu. Foi muito rápido e simples. Depois de 27 anos, lá estava ele: Charles Lewis Carson, Chad. O endereço era de Butte, cidade no estado de Montana. Ele demorou 27 anos para procurar o filho, mas agora estava pronto para vê-lo. Everett também conseguiu o número do telefone e o e-mail.

Pensou em enviar um e-mail, mas achou melhor não fazer isso. Everett anotou todas as informações, se sentou para pensar um pouco, andou pelo apartamento e, finalmente, respirou fundo, ligou para a companhia aérea e fez a reserva. Havia um voo às quatro horas da tarde, e Everett decidiu comprar a passagem. Quando chegasse, ligaria para o filho ou passaria por lá para dar uma olhada na casa. Chad tinha 30 anos, e Everett não havia visto nenhuma foto dele durante todo esse tempo. Quando Chad completou 18 anos, Everett deixou de mandar o dinheiro da pensão e cortou o único contato que ele e a ex-mulher ainda mantinham. Eles pararam de escrever um para o outro quando Chad tinha 4 anos, e desde então Everett não possuía mais fotos do filho, nem havia pedido uma.

Atualmente, Everett não sabia nada sobre o filho. Se era casado ou solteiro, se tinha feito faculdade ou qual o emprego dele. Nesse momento, Everett resolveu procurar pela ex-mulher e digitou o nome Susan, mas não obteve resultados. Existiam muitos motivos para isso. Talvez ela tivesse se mudado para outro estado ou se casado de novo. Tudo o que ele queria mesmo era ver Chad, embora não tivesse certeza se queria falar com ele. Everett resolveu esperar para decidir quando chegasse lá. Foi bem difícil tomar essa decisão, e ele sabia que tanto Maggie quanto a sua reabilitação o ajudaram. Sem o incentivo desses dois fatores, nunca teria tido a coragem de fazer isso. Ele precisava encarar seus respectivos problemas: a incapacidade de se relacionar e de assumir a paternidade. Ele tinha 18 anos naquela época, era quase uma criança também. Agora Chad era mais velho do que ele quando o filho nascera. Everett tinha 21 anos quando viu o menino pela última vez antes de sair pelo mundo como fotógrafo, um soldado da sorte. Mas não importa o que Everett pudesse falar para tentar melhorar as coisas, a realidade é que havia abandonado o filho e desaparecido. Ele se envergonhava de ter feito isso, e era possível que Chad o odiasse; com certeza seu filho tinha esse direito. Maggie dera o empurrão necessário, e, por fim, Everett estava pronto para encarar essa situação.

Everett estava quieto e pensativo no caminho para o aeroporto, onde comprou um café no Starbucks e o bebeu no voo, olhando pela janela enquanto refletia. Essa viagem era bem diferente do passeio do dia anterior, quando fora visitar Maggie. Mesmo que ela o tivesse evitado ou se estivesse zangada, eles tinham um relacionamento que, completamente ou em sua maior parte, havia sido agradável. Já o único elo entre ele e Chad era a incapacidade de Everett de ser um bom pai. Não existira uma base para construir uma relação e nem mesmo alguma comunicação durante os últimos 27 anos. Tirando o DNA, eles eram estranhos.

O avião aterrissou em Butte e Everett pediu ao motorista de táxi para passar pelo endereço do filho. Chad morava em uma casa pequena e limpa, em um bairro residencial que não era sofisticado, embora também não fosse pobre. O lugar parecia mundano e agradável. A grama na frente da residência era bem-cuidada.

Depois, pediu para ser levado ao hotel mais próximo. Era um Ramada Inn que não tinha nada de especial, onde ele pediu o aposento mais barato, comprou um refrigerante de máquina e foi para o quarto. Ficou lá por um bom tempo, olhando para o telefone, sem coragem de ligar para Chad, até que, de repente, pegou o aparelho e fez a ligação. Everett queria ir a uma reunião do AA, mas primeiro desejava falar com Chad. Ele sempre teria a oportunidade de compartilhar essa experiência em outra reunião.

O telefone foi atendido prontamente por uma mulher, e, por um momento, Everett ficou na dúvida se o número estava errado. Se fosse o caso, a situação ficaria complicada; afinal, Charles Carson não era um nome tão incomum assim. Poderia haver vários na lista telefônica.

— Gostaria de falar com o Sr. Carson — pediu Everett em um tom bem agradável e educado. Sua voz estava trêmula, mas a mulher não o conhecia para perceber isso.

— Ele não está no momento, deve voltar em meia hora — respondeu ela. — Você quer deixar recado?

— Ah... não... Eu ligo novamente — declarou Everett, desligando antes que ela fizesse perguntas. Ele imaginou quem seria a mulher. Esposa? Irmã? Namorada?

Everett deitou na cama, ligou a TV e acabou dormindo. Quando acordou, já eram oito horas da noite. Ele levantou e ligou para Chad de novo. Dessa vez, um homem com uma voz bem forte e clara atendeu.

— Gostaria de falar com Charles Carson, por favor — disse Everett, quase sem fôlego. Ele tinha a impressão de que esse homem era Chad, e essa perspectiva o deixou tonto. Isso era muito mais difícil do que havia imaginado. E se Chad não quisesse falar com ele depois de revelar quem era?

— Aqui é Chad Carson — confirmou a voz. — Quem está falando? — perguntou desconfiado. Como deram seu sobrenome, ele imaginou ser um estranho.

— É... eu... eu sei que isso vai soar esquisito e não sei por onde começar — respondeu Everett. — Meu nome é Everett Carson, e sou seu pai. — O outro lado da linha ficou silencioso, enquanto o homem que atendeu tentava entender o que tinha ouvido. Everett podia imaginar facilmente o tipo de coisas que Chad poderia dizer para ele, sendo "desaparece" a mais educada da lista. — Eu não sei direito o que te dizer, Chad. Acho que desculpa é a primeira coisa, embora isso não compense 27 anos. Não sei se existe algo que compense isso. E não tem problema se não quiser falar comigo. Você não me deve nada, nem mesmo uma conversa. — O silêncio se manteve, e Everett ficou sem saber se deveria continuar falando ou desligar. Decidiu esperar mais um pouco antes de desistir. Ele levara 27 anos para procurar o filho. Chad não tinha ideia do que estava acontecendo, e ficou chocado.

— Onde você está? — foi tudo o que falou, e Everett ficou pensando no que se passava pela cabeça do filho. Isso era assustador.

— Estou em Butte — respondeu Everett, ainda com um pouco do sotaque local, apesar de ter morado tantos anos em outros lugares.

— Sério? — perguntou Chad, surpreso. — O que você está fazendo aqui?

— Meu filho mora aqui — respondeu Everett. — Tem muito tempo que não o vejo. Não sei se você quer me ver, Chad. E não o culpo se não quiser. Tenho pensado muito sobre isso. Eu vim para te ver, mas você decide se quer ou não me encontrar. Vou entender se não quiser. Você não me deve nada. Eu é que te devo desculpas pelos últimos 27 anos. — Silêncio de novo no outro lado da linha. O filho que ele não conhecia estava digerindo as informações. — Eu vim para tentar reparar as coisas.

— Você está no AA? — perguntou Chad com cautela, tendo familiaridade com a organização.

— Sim, há vinte meses. Foi a melhor coisa que já fiz, e é por isso que estou aqui.

— Eu também estou lá — respondeu Chad, um pouco hesitante. Então, ele teve uma ideia. — Você quer ir a uma reunião?

— Quero. — Everett respirou fundo.

— Tem uma às nove da noite — falou Chad. — Onde você está hospedado?

— No Ramada Inn.

— Eu passo aí para te pegar. Eu tenho uma picape Ford preta. Vou buzinar duas vezes. Chego aí em dez minutos. — Apesar de tudo, Chad queria ver o pai tanto quanto Everett queria vê-lo.

Everett jogou água no rosto, penteou o cabelo e se olhou no espelho. Viu um homem de 48 anos que já passara por poucas e boas e que havia abandonado o filho de 3 anos quando ele tinha 21. Não se orgulhava disso. Essa era uma das coisas que ainda o assombravam. Everett não havia magoado muita gente na vida, mas a pessoa que mais ferira foi o filho. Não havia o que fazer para compensar sua atitude ou todos esses anos de ausência como pai, mas, pelo menos agora, estava lá.

Everett estava esperando do lado de fora do hotel vestindo um jeans e uma jaqueta de inverno quando Chad chegou. Era um homem alto, bonito, loiro de olhos azuis, forte, e andava como um nativo de Montana quando se aproximou. Caminhou até onde Everett estava e estendeu a mão para cumprimentá-lo. Os dois se olharam nos olhos, e Everett teve que se controlar para não chorar. Não queria constranger esse homem que era um estranho para ele, mas que parecia um sujeito bom e o tipo de filho que qualquer pai gostaria de ter. Eles apertaram as mãos, e Chad o cumprimentou com a cabeça. Era uma pessoa de poucas palavras.

— Obrigado por ter vindo me pegar — disse Everett ao entrar no carro. Logo depois, viu fotos de dois meninos e uma menina. — São seus filhos? — perguntou Everett, surpreso. Não tinha passado por sua cabeça que Chad pudesse ter filhos. Chad sorriu e assentiu.

— E tem mais um a caminho. São boas crianças.

— Quantos anos têm?

— Jimmy tem 7, Billy, 5 e Amanda, 3. Pensei que já tínhamos parado com a produção, mas ganhamos uma surpresa seis meses atrás. Outra menina.

— Uma tremenda família — disse Everett, sorrindo. — Meu Deus, acabei de reencontrar meu filho e já sou avô de quatro crianças! Ótimo para mim, eu acho! Você começou cedo — comentou Everett, e Chad sorriu.

— Você também.

— Antes do que havia planejado. — Everett hesitou, mas resolveu perguntar: — E como está a sua mãe?

— Está bem. Ela se casou de novo, mas não teve outros filhos. Ela ainda mora aqui.

Everett tinha receio de encontrá-la. Ele possuía memórias amargas da relação, e ela provavelmente também. Os três anos de casamento foram horríveis, depois das quais Everett, finalmente, foi embora. Eles não foram feitos um para o outro; desde o começo havia sido um pesadelo. Uma vez, ela tinha ameaçado atirar nele com o rifle do pai dela. Everett foi embora no mês seguinte, antes que um dos dois se matasse. Foram três anos de brigas. Naquela época Everett começou a beber, e continuou assim por 26 anos.

— Você trabalha com o quê? — perguntou Everett interessado. Chad era um homem muito bonito, bem mais do que ele com a mesma idade. Chad tinha traços fortes, era mais alto e mais forte que Everett, e parecia trabalhar ao ar livre.

— Sou o capataz assistente no rancho TBar7. Fica a 32 quilômetros daqui. Só tem cavalos e gado. — Chad parecia o caubói perfeito.

— Você fez faculdade?

— Só dois anos, à noite. Minha mãe queria que eu fizesse faculdade de direito. — Ele sorriu. — Só que isso não é para mim. A faculdade foi legal, mas sou mais feliz montado em um cavalo do que atrás de uma mesa, embora eu tenha que tratar de muita papelada hoje em dia. Não gosto muito disso. Minha esposa, Debbie, é professora da quarta série. Ela monta muito bem. Participa dos rodeios no verão. — Eles eram um casal perfeito de caubóis, e Everett tinha a impressão de que era um bom casamento. Chad era o tipo de homem que seria feliz casado. — Você se casou de novo? — perguntou Chad, olhando para ele com curiosidade.

— Não, eu me curei disso — respondeu Everett, e os dois riram. — Viajei o mundo todos esses anos, até vinte meses atrás, quando entrei na clínica de reabilitação e parei de beber, o que já era tempo. Eu estava bêbado e ocupado demais para qualquer mulher decente querer algo comigo. Sou jornalista — acrescentou Everett, e Chad sorriu.

— Eu sei. Às vezes, minha mãe me mostra as suas fotos. Ela sempre fez isso. Você faz umas coisas bem legais, a maioria é sobre guerras. Você já foi a vários lugares interessantes.

— É, já fui. — Everett percebeu que, ao conversar com Chad, estava soando mais como um nativo de Montana. Frases curtas, poucas palavras. Tudo ali era esparso, tal como o terreno. O local tinha uma grande beleza natural, e ele achava interessante o filho ter permanecido por lá; o oposto do pai, que se distanciara o máximo possível de suas raízes. O restante de sua família já havia morrido. Só tinha voltado agora, pelo filho.

Finalmente chegaram à igreja onde acontecia a reunião, e, ao seguir Chad até o porão, Everett percebeu o quanto tinha sorte de ter encontrado o filho e de ele aceitar conversar. Podia ter sido facilmente o oposto. Ele agradeceu silenciosamente a Maggie ao entrar na sala. A delicada insistência da freira o convencera a fazer isso, e agora estava muito satisfeito com o resultado. Ela havia perguntado sobre o filho dele na noite em que se conheceram.

Everett se surpreendeu ao ver umas trinta pessoas na sala, a maioria homens. Ele e Chad sentaram um ao lado do outro em cadeiras de armar. A reunião acabara de começar e tinha o mesmo estilo familiar. Everett se apresentou quando pediram para os desconhecidos se identificarem. Disse o nome, que era um alcoólatra e que estava em recuperação havia vinte meses.

— Oi, Everett — responderam os outros participantes, e a reunião continuou.

Tanto ele quanto Chad compartilharam suas experiências. Everett falou primeiro e contou sobre quando começara a beber, o casamento, a fuga de Montana e o abandono do filho. Revelou que este era seu maior arrependimento na vida, que estava ali para tentar reparar o que fizera e, caso fosse possível, limpar a bagunça deixada no passado. Também se declarou muito agradecido por estar presente. Chad ficou sentado olhando para o chão enquanto o pai falava. Ele estava de botas velhas, tal como Everett, que usava seu par preferido, feito de couro de lagarto. As botas de Chad eram de caubói, sujas de lama, marrom-escuras e bem velhas. Quase todos estavam calçados assim. E todos os homens tinham chapéus Stetson de vaqueiro no colo.

Chad disse que estava há oito anos em recuperação, desde que se casara, o que era uma informação interessante para Everett. Contou que havia brigado de novo naquele dia com o capataz e que adoraria pedir demissão, mas agora não tinha como fazer isso, ainda mais com a pressão adicional de mais um bebê a caminho. Ele comentou que às vezes se assustava com todas as responsabilidades que tinha, mas amava os filhos e a esposa de qualquer maneira e acreditava que tudo iria se acertar. Entretanto, admitiu que o bebê o amarrava mais ainda ao emprego e que, às vezes, ficava ressentido com isso. Então, Chad olhou para Everett e declarou que era esquisito conhecer um pai que ficara distante a vida inteira, mas que estava feliz por ele ter aparecido, mesmo depois de muito tempo.

Os dois ficaram conversando com as outras pessoas depois que a reunião acabou, logo após o grupo fazer a "Oração da Serenidade". Quando a reunião terminou oficialmente, todos deram as boas-vindas a Everett e conversaram com Chad. Eles já se conheciam, o único novato lá era Everett. As mulheres trouxeram café e biscoitos, e uma delas era a secretária da reunião. Everett gostou do que foi compartilhado e achou que havia sido uma boa reunião. Chad apresentou o pai a seu padrinho, um caubói de aparência rústica, de barba e olhos sorridentes, e as duas pessoas de quem era padrinho, que deviam ter a mesma idade dele. Chad comentou que era padrinho há sete anos

— Você já tem um bom tempo em recuperação — comentou Everett quando foram embora. — Obrigado por ter me deixado vir com você. Eu precisava disso.

— Com que frequência você vai às reuniões? — perguntou Chad. Ele tinha gostado do depoimento do pai. Fora sincero e honesto.

— Quando estou em Los Angeles, vou duas vezes ao dia. Quando estou viajando, somente uma. E você?

— Três vezes por semana.

— Não deve ser fácil tendo quatro filhos. — Ele tinha muito respeito por Chad. De alguma maneira, havia presumido que Chad vivera todos esses anos como uma criança, mas ele era um homem feito, com filhos. De alguma maneira, Everett percebia que a vida de Chad era mais estruturada que a sua. — Qual o problema com o capataz?

— Ele é um idiota — respondeu Chad, de repente parecendo jovem e chateado. — Ele fica no meu pé o dia todo. Ele é bem antiquado e administra tudo da mesma maneira que se fazia há quarenta anos. Ele vai se aposentar ano que vem.

— Você acha que vai ficar com a vaga? — perguntou Everett, preocupado. Chad riu e se virou para olhá-lo, bem na hora que chegaram ao hotel.

— Você voltou há uma hora e já está preocupado com meu emprego? Obrigado, pai. Pois é, é bom mesmo que eu consiga ou vou ficar furioso. Trabalho lá há dez anos e é um emprego bom. — Everett ficou feliz quando Chad o chamou de pai. Era gostoso ouvir aquilo, uma honra que ele sabia que não merecia.

— Você vai ficar aqui por quanto tempo?

— Isso depende de você — respondeu Everett, honestamente. — O que você acha?

— Por que você não vem jantar conosco amanhã? Não vai ser nada demais. Eu é quem cozinho. Debbie tem passado muito mal. Ela sempre fica assim quando está grávida, até o último dia.

— Ela deve adorar crianças, para ter passado por isso tantas vezes. E você também. Não deve ser fácil sustentar quatro filhos.

— Mas eles valem a pena. Espere até conhecê-los. Na verdade — declarou Chad olhando bem para Everett —, Billy se parece com você. — Chad parecia com a mãe e os irmãos dela, Everett percebeu. Os tios dele eram altos e fortes, e há duas gerações vieram da Suécia para o Meio-Oeste e depois foram parar em Montana. — Eu passo para te pegar amanhã às cinco e meia, quando eu sair do trabalho. Você pode se entrosar com as crianças enquanto cozinho. E, por favor, desculpe a Debbie, ela não está se sentindo bem.

Everett concordou e agradeceu. Chad estava sendo bastante simpático, muito mais do que ele achava que merecia; afinal, tinha sumido da vida do filho há muito tempo.

Ambos acenaram um para o outro quando Chad foi embora, e Everett voltou correndo para o quarto. Estava muito frio lá fora e havia gelo na rua. Ele sentou na cama e ligou para Maggie. Ela atendeu logo.

— Obrigada por ter vindo aqui ontem — disse Maggie, gentilmente. — Foi bem gentil — acrescentou ela.

— Sim, foi. Eu tenho uma coisa para contar. Vai ser uma surpresa para você. — Ela ficou nervosa, com medo de que Everett fosse pressioná-la ainda mais. — Eu sou avô.

— O quê? — Maggie riu. Achou que ele estava brincando. — Desde ontem? Bem rápido, né?

— Não foi tão rápido assim. Eles têm 7, 5 e 3 anos. Dois meninos e uma menina. E mais outra a caminho — declarou radiante. De repente, percebeu que gostava da ideia de ter uma família, mesmo que ser avô o tornasse um ancião. Mas e daí?

— Espere um momento. Estou confusa. Não estou sabendo de algo? Onde você está?

— Estou em Butte — respondeu ele, todo orgulhoso. Conseguira tudo isso graças a ela. Foi mais uma das bênçãos que Maggie lhe dera.

— Montana?

— Sim, senhora. Vim hoje para cá. Ele é um garoto ótimo. Garoto, não, um homem. É o capataz assistente em um rancho aqui, tem três filhos e a esposa está grávida de novo. Vou conhecê-los amanhã no jantar na casa deles. Ele até cozinha.

— Ah, Everett! — exclamou Maggie, tão empolgada quanto ele. — Estou tão feliz! E o Chad, ele te aceitou bem?

— Ele é um homem nobre. Não sei como foi a infância dele ou como se sente a esse respeito. Mas parece que está feliz por me ver. Talvez nós dois estivéssemos prontos para isso. Ele também está no AA, há oito anos. Nós fomos a uma reunião esta noite. Chad é um cara incrível, bem mais adulto do que eu era na idade dele, ou até mesmo hoje em dia.

— Você está indo muito bem. Fico muito feliz por você ter feito isso. Sempre tive esperança de que faria.

— Nunca teria conseguido sem você. Obrigado, Maggie. — A persistência delicada dela fez com que Everett recuperasse o filho, sem falar em uma família completa.

— Teria sim. Que bom que ligou para me contar. Quanto tempo você vai ficar aí?

— Uns dois dias. Não posso ficar muito tempo, tenho que estar em Nova York no Ano-Novo para cobrir o show de Melanie. Mas estou me divertindo aqui. Gostaria que você pudesse ir comigo para Nova York. Tenho certeza de que iria gostar de ver um show dela. Ela sabe o que faz no palco.

— Quem sabe um dia desses eu vou. Bem que gostaria.

— Ela vai fazer um show em Los Angeles em maio. Eu vou te convidar. — E, com sorte, até lá ela já terá tomado alguma decisão. Era tudo o que Everett queria, mas não falou nada. Sabia que era uma decisão muito importante e que ela precisava de tempo para pensar. E tinha prometido não a pressionou. Everett só ligou para falar sobre Chad e sua família e para agradecer o incentivo de Maggie.

— Divirta-se com as crianças amanhã, Everett. Me liga para contar como foi.

— Prometo. Boa noite, Maggie... e obrigado...

— Não me agradeça, Everett — respondeu Maggie, sorrindo. — Agradeça a Deus.

E ele agradeceu antes de dormir naquela noite.

No dia seguinte, Everett comprou uns brinquedos para as crianças, um perfume para Debbie e um bolo de chocolate de sobremesa. Ele estava cheio de sacolas de compras quando Chad chegou e o ajudou a colocá-las no carro. Ele contou que iriam comer asas de frango e macarrão com queijo. Ele e as crianças eram os responsáveis pelo cardápio ultimamente.

Ambos estavam felizes por se verem, e Chad o levou até a casa pequena e bem-cuidada que Everett tinha visto logo que chegou. O interior era aconchegante, embora tivesse brinquedos espalhados pela sala, crianças jogadas no sofá, uma televisão ligada e uma mulher loira muito bonita, mas pálida, descansando no sofá.

— Você deve ser Debbie — saudou Everett, e ela se levantou para cumprimentá-lo.

— Sim. Chad ficou muito feliz por ver você ontem. Nós conversamos bastante sobre você durante os anos. — Ela deu a entender que os comentários tinham sido agradáveis, embora Everett soubesse que, na realidade, isso devesse ter sido difícil. As lembranças deveriam provocar raiva e tristeza em Chad.

Everett foi até as crianças, impressionado pela doçura delas. Eram tão bonitas quanto os pais e pareciam não brigar. Sua neta se assemelhava a um anjo, e os meninos eram dois minicaubóis, grandes para a idade deles. Eles pareciam a família propaganda do estado de Montana. Enquanto Chad cozinhava e Debbie estava deitada no sofá, visivelmente grávida, Everett brincou com as crianças. Elas adoraram os brinquedos que ganharam. Everett ensinou truques com cartas para os meninos, colocou Amanda no colo e, quando o jantar ficou pronto, ajudou Chad a servir as crianças. Debbie não podia se sentar à mesa, porque o cheiro de comida a deixava enjoada, mas ela conversou com eles do sofá. Everett se divertiu muito e não queria ir embora. Ele agradeceu muito a Chad pela ótima noite.

Quando eles chegaram ao hotel, Chad estacionou o carro e perguntou:

— Não sei se passou pela sua cabeça... mas você quer ver a minha mãe? Não tem problema se não quiser, eu só pensei que não teria problema em perguntar.

— Susan sabe que estou aqui? — perguntou Everett, nervoso.

— Contei para ela esta manhã.

— Ela quer me ver? — Everett não conseguia imaginar que quisesse vê-lo depois de tanto tempo. Susan não podia ter memórias melhores do que as dele, talvez fossem até piores.

— Ela não sabia se queria. Acho que está curiosa. Talvez fosse uma boa ideia para vocês colocarem um ponto final nessa história de maneira apropriada. Ela disse que sempre achou que você voltaria um dia e te veria de novo. Acho que ela ficou com raiva por um tempo, porque você não voltou. Mas já superou isso. Ela não fala muito sobre você. Disse que pode te encontrar amanhã de manhã, ela tem que vir para a cidade para ir ao dentista. Ela mora a 48 quilômetros daqui, depois do rancho.

— Talvez seja uma boa ideia — concluiu Everett, pensando. — Pode nos ajudar a enterrar alguns fantasmas. — Ele mal pensava nela, mas agora que tinha visto Chad a ideia de vê-la não era tão desconfortável assim, pelo menos por alguns minutos, ou por quanto tempo eles tolerassem. — Por que você não pergunta o que ela acha? Vou ficar no hotel o dia todo, não tenho muito o que fazer.

Ele havia convidado Chad e a família toda para jantar fora na noite seguinte. Segundo Chad, eles adoravam comida chinesa e tinha um restaurante chinês muito bom na cidade. Everett ia embora no dia seguinte, para passar uma noite em Los Angeles e então seguir para Nova York, para o show de Melanie.

— Vou falar para ela passar aqui, se quiser.

— O que Susan achar melhor — respondeu Everett, tentando soar bem à vontade, mas se sentindo um pouco estressado com a perspectiva de ver Susan de novo. Depois que a ex-mulher fosse embora, ele poderia participar de uma reunião do AA, como naquela tarde antes de encontrar Chad e as crianças. Everett levava as reuniões a sério, não importava onde estivesse. Em Los Angeles as opções eram várias, mas ali, nem tantas.

Chad ficou de dar o recado e de passar no dia seguinte para pegá-lo para o jantar. Everett contou tudo para Maggie. Sobre o dia agradável que teve, sobre como as crianças eram bonitas e bem-comportadas. Só não contou sobre o possível reencontro com Susan no dia seguinte. Ele mesmo ainda não tinha absorvido essa informação e continuava apreensivo. Maggie ficou mais feliz ainda ao ouvir as novidades.

Susan chegou ao hotel às dez horas na manhã seguinte, bem na hora em que Everett acabava de tomar café. Ela bateu na porta do quarto e, quando ele abriu a porta, eles se entreolharam por um longo tempo. Everett a convidou a entrar e sentar em uma das cadeiras do quarto. Ao mesmo tempo que Susan parecia a mesma, estava diferente. Ela era uma mulher alta e tinha engordado, mas o rosto não mudara. Os olhos dela o analisaram. Vê-la era como examinar parte da história dele, uma pessoa e um lugar dos quais se lembrava, mas pelos quais não sentia mais nada. Ele não conseguia se lembrar se a havia amado. Ambos eram tão jovens e ficaram confusos e com raiva da situação em que se meteram. Eles sentaram nas cadeiras, olhando um para o outro, sem saber o que dizer. O mesmo sentimento do passado de não ter nada em comum com ela persistia, porém, em meio ao seu entusiasmo e desejo de adolescente, Everett não tinha percebido isso quando começaram a namorar e ela engravidou. Então, se lembrou de como havia se sentido aprisionado, desesperado, como o futuro lhe pareceu sombrio naquela época quando o pai de Susan insistiu para que se casassem, e ele concordara, achando que estava sendo mandado para a prisão perpétua. O futuro parecia uma estrada longa e vazia, e sempre que pensava nisso ficava desesperado. Everett sentia falta de ar só de recordar a situação, e se lembrou perfeitamente dos motivos pelos quais começara a beber e fora embora de lá. Passar a eternidade com Susan teria sido um suicídio para ele. Everett tinha certeza de que ela era uma boa pessoa, mas não a mulher certa para ele. Teve que lutar para voltar ao presente e, por uma fração de segundo, ficou com vontade de beber, mas então se lembrou de onde estava e de que era um homem livre. Ela não podia aprisioná-lo de novo. As circunstâncias o tinham aprisionado muito mais do que Susan. Ambos foram vítimas de seus destinos, e ele não queria ter dividido o seu destino com ela. Everett nunca tinha conseguido aceitar a ideia de passar o resto da vida com Susan, nem mesmo pelo bem do filho.

— Chad é um garoto ótimo — elogiou ele, e ela sorriu concordando. Susan não parecia feliz nem infeliz, mas alguém sem emoções. — E os filhos dele também. Você deve ter muito orgulho de Chad. Você o criou muito bem, Susan, não graças a mim. Sinto muito por todos aqueles anos.

Essa era a chance de Everett reparar as coisas com ela também, por mais que o tempo que passaram juntos tenha sido horrível.

Mais do que nunca, percebeu o quanto tinha sido um marido e um pai terríveis.

— Sem problemas — disse Susan vagamente, enquanto Everett pensava que ela parecia mais velha do que era na realidade. A vida de Susan em Montana não fora fácil, nem a vida dele viajando. Mas, pelo menos, tinha sido mais interessante que a dela. Susan era muito diferente de Maggie, que era tão cheia de energia. Algo em sua ex-mulher o fazia se sentir morto por dentro, mesmo agora. Era difícil até se lembrar de quando ela tinha sido jovem e bonita. — Ele sempre foi um bom menino. Eu achava que Chad deveria ter acabado a faculdade, mas ele prefere ficar ao ar livre, montado em um cavalo a fazer qualquer outra coisa. — Ela deu de ombros. — Acho que está feliz assim. — Ao olhar para ela, Everett viu amor nos seus olhos. Susan amava o filho, e ele era agradecido por isso.

— Ele parece feliz.

Essa discussão entre pais soava estranha para eles. Era provavelmente a primeira e a última que teriam. Everett esperava que ela estivesse feliz, embora não fosse o tipo de pessoa extrovertida, animada. O rosto de Susan era sério e sem emoções. Esse encontro também não era fácil para ela. Parecia contente ao olhar para Everett, como se o encontro tivesse colocado um ponto final em algumas coisas para ela também. Eles eram tão diferentes, teriam sido infelizes juntos. E quando se despediram, souberam que as coisas aconteceram da melhor maneira possível.

Susan não ficou lá por muito tempo, e Everett pediu desculpas mais uma vez. Ela foi para o dentista, e ele resolveu dar uma volta na cidade e ir à reunião do AA. Relatou o encontro com a ex-mulher e como isso o lembrou do quanto tinha se sentido infeliz e aprisionado quando estavam casados. Foi, enfim, um encerramento para aquela história. Ela o lembrou das razões pelas quais fora embora. Uma vida inteira com Susan seria a morte, mas agora estava agradecido por ter Chad e os netos. Ou seja, no final das contas, ela havia compartilhado algo muito bom com Everett. Tudo tinha acontecido realmente por um motivo, e agora ele sabia qual. Nunca saberia naquela época que, trinta anos mais tarde, Chad e os netos seriam a única família que teria. Susan trouxera algo bom para a vida dele, e era agradecido por isso.

O jantar no restaurante chinês foi muito divertido. Ele e Chad conversaram o tempo todo, e as crianças brincaram, riram e espalharam comida pela mesa inteira. Debbie também foi. Apesar de o cheiro da refeição deixá-la enjoada, ela só precisou sair para tomar ar uma vez. Quando Chad deu carona para o pai até o hotel, ele, as crianças e Debbie deram um grande abraço em Everett.

— Obrigado por ter se encontrado com a minha mãe — declarou Chad. — Isso foi muito bom para ela. A minha mãe nunca teve a chance de realmente se despedir de você. Acho que ela sempre pensou que você voltaria. — Everett sabia bem por que não voltara, mas não disse isso para Chad. Susan era sua mãe e ela havia sido a única pessoa que cuidara dele. Ela podia ter sido entediante para Everett, mas soubera criar o filho deles, e ele a respeitava por isso.

— Acho que o encontro foi bom para nós dois — respondeu Everett, honestamente, e também para lembrá-lo da situação no passado.

— Ela disse que vocês passaram um ótimo tempo juntos. — Na mente de Susan, não na dele. Mas o encontro tivera seu propósito, e dava para ver que era importante para Chad, o que o tornou mais válido ainda.

Everett prometeu voltar para vê-los de novo e manter contato. Ele deixou seu número e contou que se mudava muito quando estava cobrindo matérias.

Todos se despediram, e Chad e a família foram embora. A visita havia sido um sucesso, e ele ligou para Maggie e contou tudo. Estava bastante triste por ir embora de Butte no dia seguinte. Mas tinha cumprido a missão, havia encontrado o filho, que era um homem incrível, com um doce de mulher e uma família maravilhosa. Até mesmo Susan não era um monstro, ela só não era a mulher com a qual gostaria de ter compartilhado a vida. A viagem a Montana trouxera várias bênçãos para Everett. E Maggie era a responsável por isso. Ela era a fonte das coisas boas na vida dele.

Everett observou Montana se distanciar de seus olhos pela janela do avião. Ao sobrevoarem a região onde ficava o rancho em que Chad trabalhava, ele olhou para baixo, com um sorriso no rosto, por saber que tinha um filho, netos, e que nunca mais os perderia de novo. Agora que havia resolvido seus problemas, podia voltar para vê-los novamente. Estava louco para fazer isso, quem sabe com Maggie. Everett queria ver o bebê que iria nascer na primavera. A visita, da qual tinha tanto medo, preenchera o vazio que Everett sentira talvez por toda a sua vida. Maggie e Chad eram os dois maiores presentes que já havia recebido.

Capítulo 20

Everett cobriu o show de Melanie em Nova York no Ano-Novo. O Madison Square Garden estava lotado, e a cantora estava em ótima forma. Com o tornozelo curado e em paz consigo mesma, dava para ver sua felicidade e força. Ele ficou um pouco no backstage com Tom e tirou uma foto dele com Melanie. Janet também estava lá, dando ordens, embora estivesse mais calma e menos irritante. Parecia que tudo estava bem no mundo para todos eles.

Everett ligou para Maggie quando deu meia-noite, no horário dela. Ela estava em casa, vendo TV. O show de Melanie já havia acabado, mas ele ficou acordado para ligar para Maggie. Ela disse que estava pensando nele e tinha uma voz meio preocupada.

— Você está bem? — perguntou Everett, aflito. Ele temia constantemente que ela se afastasse dele, caso isso parecesse a melhor opção para Maggie. Sabia como ela era fiel aos seus votos e ele representava um grande desafio, até mesmo uma ameaça para aquilo em que ela acreditava.

— Tenho pensado em muita coisa — admitiu ela. Maggie tinha muita coisa para decidir, avaliar uma vida inteira, o futuro deles. — Tenho rezado muito nesses dias.

— Não reze tanto assim. Talvez se você simplesmente deixar as coisas acontecerem, as respostas virão.

— Espero que sim — respondeu ela com um suspiro. — Feliz Ano-Novo, Everett. Espero que seja um ano maravilhoso para você.

— Eu te amo, Maggie — disse ele, sentindo-se carente. Everett sentia a falta dela e não sabia como as coisas ficariam entre os dois. Ele se lembrava constantemente de viver cada dia sem se estressar e falava o mesmo para ela.

— Eu também te amo, Everett. Obrigada por ter ligado. Diga oi para Melanie se a vir de novo. Diga que sinto saudades dela.

— Digo sim. Boa noite, Maggie. Feliz ano-novo... Espero que seja um ótimo ano para nós, se for possível.

— Isso está nas mãos de Deus. — Era a decisão de Maggie. Não podia fazer mais do que isso, e estava pronta para escutar as respostas por meio de suas orações.

Quando ele apagou a luz no quarto do hotel, só pensava em Maggie. Everett tinha prometido que não iria pressioná-la, mesmo que às vezes ficasse com medo. Ele recitou a "Oração da Serenidade" antes de dormir. No momento, só podia esperar e torcer para que tudo desse certo, para ambos. Everett estava pensando nela quando adormeceu, imaginando o que aconteceria.

Everett não encontrou Maggie nos dois meses e meio seguintes, embora eles se falassem com frequência. Ela precisava de tempo e espaço para pensar. Mas, no meio de março, ele chegou a São Francisco, enviado pela *Scoop* para cobrir o julgamento de Seth. Maggie sabia que Everett iria e ficaria muito ocupado. Eles jantaram juntos um dia antes do começo do julgamento. Foi a primeira vez que se viram em quase três meses, e ela estava com uma aparência ótima. Ele comentou que a esposa de Chad tivera o bebê na noite anterior, e chamaram a menina de Jade. Maggie ficou muito feliz por ele.

O jantar foi tranquilo, e ele a acompanhou até em casa. Everett a deixou na porta do prédio e eles conversaram sobre Sarah e Seth. Maggie estava preocupada com Sarah, o julgamento seria muito difícil para ambos. Tanto ela quanto Everett imaginaram que Seth iria aceitar um acordo com o promotor federal no último minuto para evitar o julgamento, mas, pelo visto, estavam errados. Desse modo, ele teria que passar por um júri e era difícil de imaginar um bom resultado. Maggie disse que rezava por Seth todos os dias.

Não mencionaram a situação deles, nem a decisão que ela tentava tomar. Everett presumiu que, quando Maggie decidisse algo, ela o comunicaria. E até então, obviamente, ainda não era o caso. Basicamente eles conversaram sobre o julgamento.

Sarah estava em seu apartamento naquela noite e ligou para Seth antes de dormir.

— Eu só quero que você saiba que te amo e espero que tudo seja resolvido da melhor maneira possível. Não quero que pense que estou furiosa com você. Só estou assustada, por nós dois.

— Eu também — admitiu ele. Seth tomava tranquilizantes e remédios para a pressão receitados pelo médico, por causa do julgamento. Ele não sabia como iria sobreviver, mas sabia que teria que dar um jeito, e estava feliz por Sarah ter ligado. — Obrigado, Sarah.

— Nos vemos pela manhã. Boa noite, Seth.

— Eu te amo, Sarah — disse Seth, tristemente.

— Eu sei — respondeu ela, também triste, e desligou o telefone. Sarah ainda não havia atingido o estado de graça que o perdão traz, sobre o qual ela e Maggie tinham conversado. Mas sentia pena dele. Ela estava demonstrando compaixão por Seth, e era só isso que conseguia fazer no momento. Mais do que isso seria pedir muito.

* * *

Quando Everett se levantou no dia seguinte, colocou sua câmera na bolsa que carregava no ombro. Ele não poderia usá-la no tribunal, mas poderia tirar fotos da movimentação do lado de fora e das pessoas. Tirou uma de Sarah quando ela entrou no fórum com o semblante sério, ao lado do marido. Ela vestia um terninho cinza-escuro e estava pálida. Seth estava com uma aparência ainda pior, o que não era de surpreender. Sarah não viu Everett, porém mais tarde ele viu Maggie chegar. Ela se sentou no fundo da sala para assistir ao julgamento discretamente. Maggie queria dar apoio a Sarah, caso isso ajudasse.

Mais tarde, Maggie foi conversar com Everett por alguns minutos. Ele estava ocupado, e ela precisava se encontrar com uma assistente social para colocar um morador de rua conhecido dela em um abrigo. Ambos tinham vidas ocupadas e gostavam do que faziam. Eles jantaram juntos naquela noite, depois de Everett acabar o trabalho no tibunal. O júri estava sendo escolhido, e ambos acharam que o julgamento iria demorar. O juiz avisou aos jurados que poderia levar um mês, pois eles tinham dados financeiros bem detalhados para analisar e muita coisa para ler. Everett contou a Maggie que Seth passara a tarde inteira parecendo abatido, e ele e Sarah mal se falaram, apesar de ela estar ao lado dele.

O processo de seleção do júri demorou duas semanas, o que foi uma lenta agonia para Seth e Sarah, mas finalmente tudo foi arranjado. Eram 12 jurados com mais dois de reserva, oito mulheres e seis homens. Então, o julgamento começou. O promotor e o advogado de defesa expuseram seus argumentos. Sarah se arrepiou ao ouvir a descrição do promotor a respeito do comportamento imoral e ilegal de Seth, mas ele não demonstrou nenhuma emoção enquanto o júri observava tudo. Os calmantes ajudaram. Ela não conseguia imaginar como os advogados de defesa rebateriam essas acusações, e dia após dia a promotoria apresentava provas, testemunhas e peritos que condenavam Seth.

Na terceira semana de julgamento, Seth parecia exausto, e Sarah foi se arrastando para casa para ver os filhos à noite. Ela pedira licença do trabalho para poder acompanhar o julgamento, e Karen Johnson a liberou sem problema. Karen estava com pena de Sarah, tal como Maggie, que ligava para ela todas as noites para saber como estava. Sarah levava as coisas da melhor maneira possível, apesar da pressão do julgamento.

Everett e Maggie jantaram juntos várias vezes durante as semanas do julgamento. Já era abril quando ele resolveu mencionar a situação deles de novo. Maggie disse que não queria falar sobre aquilo, que ainda estava rezando, portanto conversaram sobre o julgamento, um assunto bastante deprimente, mas ambos estavam obcecados por isso. Eles só falavam disso quando se encontravam. A promotoria massacrava Seth diariamente, e Everett comentou que ir a julgamento tinha sido uma ideia suicida. Os advogados de defesa faziam o melhor possível, mas o caso do promotor federal era muito consistente, e eles não tinham muito o que fazer para proteger o cliente daquela avalanche de provas. Com o passar das semanas, sempre que Maggie aparecia por lá para dar apoio a Sarah, esta parecia cada vez mais magra e pálida. Não havia escapatória, aquele julgamento era uma prova de fogo para eles e para o casamento. A credibilidade e a reputação de Seth estavam sendo destruídas. Era muito difícil para as pessoas que gostavam deles, principalmente de Sarah, verem como o processo terminaria. Ficou bem claro para todos que Seth deveria ter feito um acordo com a promotoria para pegar uma pena reduzida em vez de ir a julgamento. A absolvição parecia impossível, levando em consideração as acusações, os testemunhos e as provas contra ele. Sarah não tivera culpa, havia sido enganada tal como os investidores, mas, no final das contas, também estava pagando pelo crime do marido. Maggie ficou arrasada por ela.

Os pais de Sarah vieram para a primeira semana do julgamento, porém, como o pai dela sofria do coração, a mãe não quis que ele se cansasse com as sessões demoradas e o estresse, então voltaram para casa enquanto o caso ainda estava no começo.

Os advogados de defesa se esforçaram para inocentar Seth. Henry Jacobs teve uma conduta fantástica e usou seu talento como advogado. O problema é que Seth não tinha dado muito material para eles usarem na defesa e não dava para disfarçar suas atitudes fraudulentas, o que ficou bem claro. A defesa iria encerrar o caso no dia seguinte. Maggie e Everett jantaram na lanchonete em frente ao prédio dela, onde se encontravam com frequência. Everett escrevia matérias diariamente sobre o julgamento para a *Scoop*, e Maggie continuava com suas atividades corriqueiras e assistindo ao julgamento sempre que possível. Assim ela tinha chance de estar atualizada com o que acontecia, passar alguns minutos com Everett e abraçar Sarah sempre que possível, para apoiá-la.

— O que vai acontecer com ela quando Seth for preso? — perguntou Everett, também preocupado com Sarah. Ela estava com a aparência muito frágil, mas comparecia todo dia ao julgamento. Por fora, ela sempre estava elegante e mantinha a compostura, tentava demonstrar confiança e fé no marido, mas Maggie sabia que esse não era o caso. Às vezes elas conversavam tarde da noite pelo telefone. Na maioria das situações, Sarah simplesmente chorava do outro lado da linha, completamente subjugada por tanto estresse. — Não imagino que exista alguma maldita chance de ele sair dessa. — Depois do que tinha ouvido nas últimas semanas, Everett não tinha dúvida disso e imaginava que os jurados pensassem o mesmo.

— Não sei. Ela vai ter que dar um jeito. Não tem outra opção. Os pais dela dão apoio, mas moram longe, não há muito o que fazer. Sarah está basicamente sozinha. Não acho que eles tenham muitos amigos íntimos, e vários deles os abandonaram por causa dessa confusão. Acho que Sarah está muito envergonhada e tem muito orgulho para pedir ajuda. Ela é bastante forte, mas, se Seth for para a prisão, ela vai ficar sozinha. Não sei se o casamento deles vai sobreviver a isso. Ela terá que decidir.

— Reconheço o mérito dela por ter continuado ao lado dele. Acho que eu teria largado o infeliz no dia que em foi acusado. Seth merece. Destruiu a vida dela também. Ninguém tem o direito de fazer isso com outra pessoa por causa de ganância e desonestidade. Eu acho que ele é um merda.

— Ela o ama — respondeu Maggie — e está tentando ser justa.

— Sarah me parece mais do que justa. Esse cara acabou com a vida dela, sacrificou o futuro dela e dos filhos, somente para se beneficiar, e ela ainda o apoia. Isso é muito mais do que ele merece. Você acha que Sarah vai ficar ao lado dele se for condenado, Maggie? — Everett nunca tinha visto alguém tão leal quanto Sarah e sabia que ele mesmo não teria sido capaz de agir assim. Ao mesmo tempo que a admirava profundamente, também sentia muita pena dela. Everett tinha certeza de que todos os jurados sentiam também.

— Não sei — respondeu Maggie, honestamente. — Não sei nem se ela sabe. Sarah quer fazer a coisa certa. Mas ela tem 36 anos. Tem o direito de ter uma vida melhor, caso ele acabe na prisão. Se eles se divorciarem, Sarah vai ter a chance de recomeçar, caso contrário vai passar muitos anos visitando Seth na prisão, esperando enquanto a vida dela passa. Eu não quero dar conselhos nesse caso, não posso. Mas eu disse para ela que não tenho certeza do que deve ser feito. Não importa o que aconteça, ela precisa perdoá-lo, mas isso não quer dizer que tenha que abrir mão da vida dela por causa dele, porque Seth cometeu um erro.

— É muita coisa para perdoar — declarou Everett, seriamente, e Maggie concordou.

— Sim, é mesmo. Não sei se eu poderia fazer isso. Talvez não — comentou ela, honestamente. — Gosto de pensar que eu seria superior, mas não tenho certeza. Mas só Sarah pode decidir o que quer, e não estou certa se ela sabe. Não tem muitas opções. Ela pode até permanecer com Seth e nunca perdoá-lo, ou perdoá-lo e deixá-lo ir embora da vida dela. Às vezes, um estado de graça se expressa de maneiras estranhas. Só espero que ela descubra qual a resposta certa para ela.

— Eu sei qual seria a minha — disse Everett, seriamente. — Matar o infeliz. Mas acho que isso não ajudaria muito. Não gostaria de estar no lugar dela, dia após dia, sentada lá, ouvindo o quanto ele é um filho da mãe. E todo dia Sarah ainda tem que sair de lá ao lado dele e dar um beijo antes de ir para casa cuidar dos filhos.

Enquanto eles esperavam pela sobremesa, Everett decidiu perguntar sobre um assunto mais delicado. No dia seguinte ao Natal, Maggie tinha concordado em pensar a respeito deles. Já haviam se passado quase quatro meses, e, tal como Sarah, ela ainda não tinha decidido nada e evitava conversar sobre o assunto. Esse suspense o estava matando. Everett sabia que ela o amava, mas que também não queria sair do convento. Essa era uma decisão agonizante para Maggie. E, tal como Sarah, ela também procurava respostas e um estado de graça que lhe mostrasse finalmente a solução. Ambas precisariam pagar o preço de suas escolhas. Ou Maggie teria que abandonar o convento para ficar com Everett, para dividir uma vida com ele, ou teria que desistir disso e se manter fiel aos seus votos para o resto da vida. De qualquer maneira, perderia algo que amava e ganharia algo em retorno. Mas ela precisava trocar uma coisa pela outra, não podia ter as duas. Everett observou os olhos dela ao abordar de novo esse assunto. Ele tinha prometido que não iria pressioná-la e lhe daria todo o tempo de que precisasse, mas, às vezes, Everett só queria poder abraçá-la e implorar para que ela fugisse com ele. Sabia que Maggie não faria isso. Se ela decidisse compartilhar uma vida com ele, essa decisão não seria precipitada, mas bem-pensada, e, acima de tudo, honesta.

— E você tem pensado ultimamente sobre a gente? — perguntou ele, cuidadosamente. Maggie fitava a xícara de café, então ergueu o olhar para ele. Everett viu a agonia nos olhos dela e ficou aterrorizado, temendo que a decisão não fosse a seu favor.

— Eu não sei, Everett — respondeu Maggie, suspirando. — Eu te amo. Sei disso. Só não sei qual caminho seguir. Quero ter certeza de que estou no caminho certo, por nós dois. — Ela tinha refletido bastante nos últimos quatro meses, até antes disso, desde o primeiro beijo deles.

— Você sabe qual é o meu voto — disse ele com um sorriso nervoso. — Imagino que Deus vai te amar não importa o que você faça e eu também. Mas adoraria ter uma vida com você, Maggie. — Talvez até filhos, mas Everett não mencionou isso. Uma decisão importante de cada vez. Se fosse o caso, poderiam discutir sobre isso mais tarde. Nesse momento, ela tinha algo mais importante para decidir. — Talvez você devesse conversar com seu irmão. Ele passou por isso. Como ele se sentiu?

— Ele nunca teve uma vocação muito forte. E logo que conheceu a mulher dele, largou o hábito. Não acredito que tenha ficado em dúvida. Ele disse que, se Deus a colocou no caminho dele, então era um sinal. Eu adoraria ter tanta certeza assim. Talvez essa seja uma tentação gigante no meu caminho para me testar, ou talvez seja o destino batendo à minha porta. — Ele via o quanto Maggie ainda estava confusa e ficou na dúvida se ela conseguiria tomar uma decisão ou se simplesmente acabaria desistindo.

— Você ainda pode continuar trabalhando com os pobres nas ruas, como faz atualmente. Pode trabalhar como enfermeira, assistente social ou como as duas coisas. Você pode fazer o que quiser, Maggie. Não precisa abrir mão disso — insistiu Everett mais uma vez. Entretanto, para ela, o problema maior não era o trabalho e sim seus votos. Ambos sabiam disso. O que ele não sabia é que há três meses ela conversava com a madre superiora, sua confessora, que era uma psicóloga especializada em problemas ocorridos em comunidades religiosas. Maggie fazia tudo que era possível para tomar essa decisão de maneira sábia. Ela não estava lidando com isso sozinha. Se soubesse, Everett ficaria encorajado, mas Maggie não queria dar esperanças caso decidisse continuar na Ordem.

— Tem como você me dar mais um pouco de tempo para decidir? — perguntou Maggie, visivelmente agoniada. Ela havia definido que até junho tomaria a decisão, mas também não quis contar isso a ele, pelos mesmos motivos.

— Claro — concordou Everett, acompanhando Maggie até o prédio dela. Ele já havia conhecido o apartamento, e tinha ficado horrorizado por ser tão pequeno, praticamente vazio e deprimente. Maggie insistiu que não se importava, que o local era muito melhor do que as celas das freiras nos conventos. Ela levava o voto de pobreza bem a sério, tal como os outros votos. Everett não disse nada, mas não teria conseguido viver naquele lugar nem por um dia. A única coisa pendurada nas paredes era um crucifixo. Tirando isso, o apartamento só tinha a cama, um gaveteiro e uma cadeira quebrada que ela achara na rua.

Everett foi para uma reunião do AA assim que a deixou em casa e depois foi direto para o hotel escrever sobre o dia no julgamento. A *Scoop* estava gostando bastante das matérias dele. As reportagens de Everett eram bem-escritas, e ele tirou fotos incríveis na porta do tribunal.

Os advogados de defesa demoraram quase um dia inteiro para encerrar o caso. Durante todo o tempo, Seth permaneceu sentado com o rosto franzido, ansioso, enquanto Sarah fechava os olhos às vezes, ouvindo tudo com bastante concentração, e Maggie ficava no fundo da sala, rezando. Henry Jacobs e a equipe de defesa fizeram um ótimo trabalho e defenderam Seth da melhor maneira possível, levando em consideração as terríveis circunstâncias.

No dia seguinte, o juiz instruiu o júri, agradeceu as testemunhas e os advogados pelo excelente trabalho representando o acusado e o governo. E então o júri se retirou para tomar uma decisão. O tribunal entrou em recesso para esperar o resultado. Sarah e Seth ficaram esperando com seus advogados. Eles sabiam que isso podia demorar dias. Everett saiu do tribunal com Maggie. Ela havia parado para conversar um pouco com Sarah, que insistiu que estava bem, embora não parecesse. Em seguida Maggie andou até a rua com Everett, conversou um pouco com ele e foi embora, pois tinha um compromisso. Ela ia se encontrar com a madre superiora de novo, mas não disse nada para Everett. Apenas deu-lhe um beijo na bochecha e foi embora. Everett voltou para o tribunal para esperar o veredicto.

Sarah estava sentada ao lado de Seth no fundo da sala. Eles tinham saído um pouco para tomar ar, mas de nada adiantava. Sarah esperava para ser atingida por outra bomba; ambos sabiam que isso estava a caminho. A questão era a intensidade e a proporção da destruição.

— Eu sinto muito, Sarah — disse Seth, com carinho. — Sinto muito mesmo ter te colocado nessa situação. Nunca imaginei que isso iria acontecer. — Teria sido útil se ele tivesse pensado nisso antes, mas Sarah resolveu não dizer nada. — Você me odeia? — perguntou, olhando a esposa, e ela negou, chorando, como sempre fazia ultimamente. Suas emoções estavam à flor da pele e ela sentia que não tinha mais forças, tinha usado tudo para dar apoio a Seth.

— Eu não te odeio. Eu te amo. Eu só queria que isso não tivesse acontecido.

— Eu também. Eu deveria ter feito um acordo em vez de fazer você passar por tudo isso. Achei que a gente tinha uma chance de vencer.

Ela temia que ele estivesse tão iludido com a possibilidade de ser absolvido quanto estava quando cometera o crime com Sully. No final das contas, um incriminara o outro. No entanto, as informações que deram só serviram para confirmar ainda mais a culpa deles, em vez de salvá-los ou diminuir suas penas. Os promotores de Nova York e da Califórnia não fizeram nenhum acordo. Eles deram a oportunidade de Seth fazer um acordo com eles, bem no início, mas desistiram disso logo em seguida. Henry tinha avisado que o julgamento poderia tornar a pena dele ainda maior, mas, como Seth adorava uma aposta, muito mais do que qualquer um havia imaginado, insistiu nessa opção. Entretanto, agora estava com medo do resultado. O juiz determinaria o tempo da pena um mês depois da decisão dos jurados.

— Temos que esperar para ver o que vão decidir — falou Sarah, calmamente. O destino deles estava nas mãos do júri.

— E o que você decidiu? — perguntou Seth, ansioso. Ele não queria que ela o abandonasse agora. Precisava muito de Sarah, mesmo que o custo fosse alto para ela. — Sobre a gente. — Ela balançou a cabeça negando e não respondeu. Eles tinham problemas demais, e o divórcio só pioraria. Ela queria esperar pela decisão do júri, e Seth resolveu não a pressionar. Ele temia o que podia acontecer se fizesse isso, dava para perceber que Sarah estava no limite há um bom tempo. O julgamento estava sendo muito difícil para ela, mas estava aguentando firme, como tinha prometido. Sarah era uma mulher de palavra, o que não era o caso dele. Everett chamava Seth de lixo quando conversava sobre isso com Maggie. Outros diziam coisas piores, porém não na presença de Sarah. Nessa história, ela era a heroína e a vítima e, para o repórter, uma santa.

Eles esperaram seis dias para que o júri acabasse de deliberar. As provas eram complexas, e essa espera era agonizante para Sarah e Seth. Todas as noites, iam para seus respectivos apartamentos. Em uma noite, Seth pediu para que ela fosse para o dele, pois estava apavorado demais para ficar sozinho, porém Molly estava doente, e, na realidade, Sarah não queria passar a noite com ele. Isso teria sido difícil demais para ela. Sarah queria se proteger um pouco, embora tenha ficado triste ao dizer não para Seth. Ela sabia o quanto ele estava sofrendo, tal como ela. Seth foi para casa e acabou bêbado, ligou para ela às duas horas da manhã, falando de forma ininteligível que a amava. No dia seguinte, estava visivelmente de ressaca. Finalmente o júri voltou para o tribunal naquela tarde e a sessão foi retomada.

O juiz perguntou se o júri já havia tomado uma decisão com relação ao caso *Estados Unidos X Seth Sloane*, e o representante dos jurados se levantou, com uma expressão séria. Ele era dono de uma pizzaria, havia estudado na faculdade por um ano, era católico e tinha seis filhos. Ele levava a sério esse trabalho e fora de terno e gravata todos os dias.

— Sim — respondeu ele. Eram cinco acusações contra Seth. O juiz leu uma por uma, e, em cada caso, o representante dos jurados comunicou a decisão do júri enquanto todos os presentes ficaram em silêncio: Seth foi considerado culpado em todas elas.

Houve um silêncio momentâneo, então todos começaram a falar ao mesmo tempo, até que o juiz teve que bater o martelo para exigir ordem. O juiz agradeceu e dispensou o júri. O julgamento tinha demorado cinco semanas, no total seis, contando o tempo em que o júri deliberou. Assim que entendeu o que havia acontecido, Sarah se virou para Seth, que chorava. Ele olhou para ela, desesperado. Eles só tinham chance de recorrer da decisão se alguma prova nova aparecesse ou caso fosse comprovada alguma irregularidade no julgamento. Mas Henry Jacobs já havia avisado que, a não ser que algo assim acontecesse, eles não tinham chance de recorrer. Tudo estava acabado. Ele era culpado. Em um mês, o juiz decidira a pena. Mas Seth iria para a cadeia. Sarah estava tão arrasada quanto ele. Ela sabia que isso iria acontecer e se preparara ao máximo, portanto não foi pega de surpresa. No entanto, estava com o coração partido por ele, por ela e por seus filhos, que cresceriam sem conhecer direito o pai.

— Sinto muito — sussurrou Sarah para Seth, então os advogados os retiraram do tribunal.

Nesse momento, Everett entrou em ação para tirar a foto mais importante para a *Scoop*. Ele não gostava da ideia de se intrometer em um momento desses na vida de Sarah, mas não tinha alternativa a não ser correr na direção deles na saída do tribunal, junto de todos os outros jornalistas e fotógrafos. Esse era o trabalho dele. Seth estava resmungando ao tentar passar pela multidão, e parecia que Sarah iria desmaiar ao seguir o marido até o carro à espera deles. Um motorista aguardava para levá-los embora, e em minutos desapareceram.

Everett avistou Maggie nos degraus do tribunal. Ela não teve a chance de chegar perto de Sarah. Ele acenou e ela foi na direção dele. Maggie estava bastante séria e parecia preocupada, embora o veredicto não tivesse sido surpreendente, sem falar que a decisão da pena seria a pior parte. Não havia como prever por quantos anos Seth ficaria preso, mas provavelmente seria por muito tempo, principalmente porque ele não admitira a culpa e gastara o dinheiro dos contribuintes ao pedir um julgamento, na esperança de que seus advogados de luxo o livrassem da prisão. Isso não havia funcionado e tornava menor a chance de o juiz ter clemência. Seth tinha apostado alto, e a chance do juiz fazer o mesmo era igual. Seu futuro estava nas mãos do juiz. Maggie tinha medo de que o pior fosse acontecer, por ele e por Sarah.

— Estou com tanta pena dela — declarou Maggie a Everett ao andarem até o carro alugado por ele no estacionamento.

A revista *Scoop* pagava tudo. O trabalho de Everett em São Francisco tinha acabado. Ele voltaria somente no dia em que seria comunicada a fixação da pena para talvez tirar algumas fotos de Seth sendo levado para a prisão. Em trinta dias, a vida de Seth estaria acabada. Até então, ele estava em liberdade graças à fiança. E, uma vez que o agente de fiança devolvesse o dinheiro, este iria direto para uma conta para ressarcir os investidores que ele fraudara. A condenação de Seth era a prova de que eles precisavam para justificar os processos e, provavelmente, ganhá-los. Depois que tudo fosse pago, não sobraria nada para Sarah e as crianças. Ela sabia bem disso, tanto quanto Everett e Maggie. Tinha se ferrado tanto quanto os investidores que ainda podiam processá-lo, e o governo podia penalizá-lo. Entretanto a ela só restava juntar os caquinhos de sua vida e da dos filhos. Maggie achava aquilo completamente injusto, mas várias coisas eram assim na vida. Ela detestava ver pessoas boas passando por isso e estava visivelmente deprimida ao entrar no carro.

— Eu sei, Maggie — disse Everett, gentilmente. — Eu também não gosto disso. Mas não havia como ele escapar dessa. — Foi uma história horrível com o final pior ainda, muito diferente do final feliz que Sarah havia imaginado viver com Seth e que todos sonhavam para ela.

— Eu odeio ver Sarah nessa situação.

— Eu também — declarou Everett ao ligar o carro. Tenderloin ficava perto do tribunal, e eles chegaram ao prédio de Maggie em alguns minutos.

— Você volta hoje à noite? — perguntou Maggie, com tristeza.

— Acho que sim. Eles vão querer que eu esteja lá amanhã. Preciso dar uma olhada nas fotos e organizar a matéria. Você quer comer algo antes de eu ir embora? — Everett não gostava da ideia de deixá-la, mas já estava em São Francisco por mais de um mês e era hora de voltar.

— Não sei se consigo comer — disse Maggie, honestamente. Então, se virou para ele sorrindo. — Vou sentir saudades de você, Everett.

Ela tinha se acostumado a vê-lo todos os dias, no tribunal e quando saíam de lá. Eles jantavam juntos quase todas as noites, e a partida dele iria deixar um vazio na vida dela. Mas Maggie também percebeu que teria a chance de ver o que sentia por ele. Tal como Sarah, ela também tinha decisões importantes a tomar. Sarah não tinha nada a ganhar se continuasse casada com Seth, a não ser quando ele fosse solto da prisão, dali a muitos anos. A pena dele ainda não havia sido decidida, e a de Sarah seria igualmente longa. Maggie achava que isso era uma punição cruel demais para quem não tinha cometido nenhum crime. No caso de Maggie, ela teria bênçãos de qualquer maneira, apesar das perdas. Em cada caso, haveria uma perda e um ganho, era impossível separá-los, e isso tornava sua decisão mais difícil.

— Também vou sentir saudades, Maggie — comentou Everett, sorrindo. — Eu te vejo quando vier aqui no dia em que a pena será informada, ou posso vir outro dia, se quiser. Você decide, é só me ligar.

— Obrigada — respondeu Maggie ao olhar para ele, então Everett a beijou. Ela sentiu o coração bater acelerado e o agarrou por um minuto, pensando em como conseguiria abrir mão daquilo, mas sabendo que talvez fosse necessário. Ela saiu do carro sem dizer nada. Ele sabia que Maggie o amava, e o sentimento era recíproco. Nesse momento, não havia mais nada a dizer.

Capítulo 21

Sarah foi com Seth até o apartamento dele para ver se ficaria bem. Ele alternava entre estados de confusão e fúria, como se fosse chorar de novo. Não quis ir para o apartamento dela ver as crianças, pois sabia que os filhos iriam perceber que estava triste e desesperado, mesmo ignorando o julgamento. Era óbvio para Molly e Oliver que algo terrível havia acontecido com os pais deles. Na realidade, isso vinha de muitos meses atrás, na primeira vez que fraudou seus investidores, achando que nunca seria pego. Seth sabia que logo Sully iria para a prisão em Nova York. E agora a mesma coisa aconteceria com ele.

Assim que chegou em casa, Seth tomou dois calmantes e uma dose de uísque. Ele tomou um gole grande e olhou para Sarah. Não aguentava ver a angústia nos olhos dela.

— Sinto muito, querida — falou ele, bebendo outro gole. No entanto, não a abraçou nem a confortou. Pensava somente em si mesmo. Aparentemente, sempre fora assim.

— Eu também. Você vai ficar bem sozinho? Quer que eu passe a noite aqui? — Ela não queria, mas faria isso por Seth, especialmente por beber tanto e tomar remédios. Era bem capaz de ele se matar sem perceber. Seth precisava de alguém com ele, principalmente após o impacto do veredicto, e ela estava disposta a ser essa pessoa. Afinal de contas, era o pai de seus filhos, embora não compreendesse bem as consequências de seus atos para ela. Tudo o que importava para Seth era que ele iria para a cadeia, não Sarah. Mas ela já estava presa também, graças a ele, desde a noite do terremoto, quando a vida dos dois desmoronara, há 11 meses.

— Vou ficar bem. Vou encher a cara. Acho que vou continuar bebendo pelo próximo mês até aquele idiota me mandar para a prisão por cem anos. — Mas a culpa não era do juiz, era dele, o que estava claro para Sarah, mas não para Seth. — Pode voltar para a sua casa, Sarah. Eu estou bem.

Ele não a convenceu, e Sarah ficou preocupada. O mundo sempre girara em volta do umbigo dele, mas ele estava certo ao afirmar que iria para a prisão, e não ela. Seth tinha o direito de estar furioso, mesmo que fosse o responsável. Ela ainda podia sair dessa situação, ele não. E, dali a um mês, a vida com a qual estava acostumado acabaria. A dela já havia acabado. Naquela noite, Seth não falou de divórcio. Não teria aguentado ouvir isso dela, nem ela teria tido a coragem de falar sobre o assunto, porque ainda não se decidira.

Uma semana depois, o assunto do divórcio veio à tona, quando Seth levou as crianças de volta para casa depois de um passeio de algumas horas. Isso era o máximo que ele aguentava no momento. Estava muito estressado e com uma aparência bastante debilitada. Sarah estava assustadoramente magra. Suas roupas ficavam largas e as feições estavam encovadas. Karen Johnson sempre insistia para ela ir ao médico, mas Sarah sabia bem que não havia mistério. A vida dela tinha se despedaçado e o marido iria para a cadeia por um bom tempo. Eles perderam tudo e, dentro em breve, perderiam mais ainda. Ela só podia contar consigo mesma.

Quando Seth chegou com as crianças, ele olhou para Sarah como se quisesse falar algo.

—- Será que devemos falar do que vai acontecer com nosso casamento? Prefiro saber antes de ir para a prisão. Se não formos nos separar, talvez seja melhor a gente passar essas últimas semanas juntos. Pode demorar muito até termos essa oportunidade de novo.

Ele sabia que Sarah queria outro bebê, mas ela não conseguia pensar nisso agora. Já havia desistido dessa ideia assim que as atividades criminais de Seth vieram à tona. Engravidar era a última coisa que queria naquele momento, embora quisesse outro bebê, mas não com ele e não agora. Isso era revelador para ela. Sarah se ofendeu com a sugestão de ficarem juntos, pois não conseguia se imaginar morando de novo com Seth, fazendo amor e se apegando ainda mais a um homem que iria para a prisão. Ela não conseguiria fazer isso e tinha que encarar a situação, talvez agora em vez de mais tarde.

— Não consigo fazer isso, Seth — declarou ela, com a voz agoniada, depois que Parmani levou as crianças para tomar banho. Ela não queria que seus filhos ouvissem o que estava dizendo para o pai deles, não queria que se lembrassem disso um dia. Quando eles fossem mais velhos, acabariam descobrindo o que acontecera, mas não agora. — Eu não consigo... não tem volta. Eu queria muito, mas não dá. Gostaria que a gente pudesse voltar no tempo, mas é impossível. Eu ainda te amo e provavelmente sempre te amarei, mas não dá mais para confiar de novo em você. — Foi difícil dizer isso, mas era verdade. Seth ficou parado, olhando para Sarah, querendo ouvir outras palavras. Ele precisava dela, ainda mais agora.

— Eu entendo. — Ele assentiu e de repente pensou em algo. — Teria sido diferente se eu tivesse sido inocentado? — Sarah negou com a cabeça. Não havia como continuar com ele. Há meses ela suspeitava disso, mas tinha finalmente encarado a situação nos últimos dias do julgamento, antes do veredicto. Ela só não tivera coragem de dizer nada, nem de admitir para si mesma.

Mas agora não havia outra coisa a fazer. Ela precisava contar sua decisão para que ambos soubessem a situação real. — Acho que então foi gentil de sua parte ter ficado ao meu lado durante o julgamento. — Fora um apelo feito pelos advogados, para ajudar com as aparências, mas ela teria feito isso de qualquer maneira, por causa do amor que sentia por Seth. — Eu vou ligar para o advogado e iniciar o processo — disse ele, parecendo devastado, e Sarah concordou, com lágrimas nos olhos. Esse foi um dos piores momentos da vida dela, tão ruim quanto quando Molly quase morreu e a manhã seguinte ao terremoto, quando Seth contou o que tinha feito. Desde então, o castelo de cartas vinha desmoronando, e agora tudo estava no chão.

— Sinto muito, Seth. — Ele concordou e foi embora sem dizer uma palavra. Seu casamento acabara por fim.

Alguns dias depois, Sarah ligou para Maggie para contar o que tinha acontecido, e a freira disse que sentia muito.

— Eu sei como essa decisão foi difícil para você — confortou Maggie, cheia de compaixão. — Você o perdoou, Sarah?

Houve uma pausa longa enquanto Sarah pensava, e ela respondeu honestamente:

— Não. Não perdoei.

— Espero que um dia consiga fazer isso. Perdoar não quer dizer que você tenha que voltar com ele.

— Eu sei. — Agora Sarah entendia isso.

— Isso aliviaria vocês dois. Você não vai querer carregar esse peso para sempre no coração.

— De uma maneira ou de outra, acho que vou ter que carregar — respondeu Sarah, com tristeza.

O comunicado da pena foi um anticlímax após o veredicto. Seth tinha entregado seu apartamento e estava passando os últimos dias no hotel Ritz-Carlton. Tinha explicado para os filhos que teria que passar um tempo fora. Molly chorou, mas ficou mais tranquila quando ele disse que ela poderia ir visitá-lo. Ela só tinha 4 anos e não entendia bem a situação, nem havia como, porque até os adultos tinham dificuldade para entendê-la. Ele acertara com o agente de fiança para que o dinheiro voltasse para o banco, onde ficaria disponível para futuros processos, com uma pequena parte para Sarah sustentar as crianças, embora isso não fosse durar muito. Com o tempo, ela dependeria somente do emprego, ou dos pais, se pudessem ajudar. Mas eles eram aposentados e viviam com uma renda fixa. Talvez ela tivesse que morar com eles durante um tempo, se ficasse sem dinheiro e não conseguisse se manter com seu salário. Seth sentia pena, mas não podia fazer mais que isso. Ele havia vendido o Porsche novo e, em um ato grandioso, dera o dinheiro a ela. Qualquer coisa ajudava. Ele colocou seus pertences em um guarda-móveis e disse que pensaria no que fazer com eles mais tarde. Sarah prometeu fazer qualquer coisa que os advogados não conseguissem. Ele deu entrada no divórcio na mesma semana em que a pena seria informada. O divórcio seria finalizado em seis meses. Sarah chorou ao receber o comunicado, mas não conseguia se imaginar ainda casada com Seth, não havia outra opção.

O juiz tinha investigado a situação financeira de Seth e impôs uma multa de 2 milhões de dólares, o que iria limpar a conta dele, depois da venda de todos os bens. A pena foi de 15 anos, três anos para cada uma das acusações das quais foi considerado culpado. Era longa, mas não eram trinta anos. Os músculos da mandíbula de Seth se contraíram ao ouvir a decisão, mas ele havia se preparado para isso. Quando ele ouvira o veredicto, esperara por um milagre. Dessa vez, sabia que não haveria milagre. Ao ouvir a pena, percebeu que Sarah estava certa em pedir o divórcio. Se ele a cumprisse por completo, teria 53 anos ao sair da prisão e ela, 51. Eles tinham 38 e 36 anos, respectivamente. Era tempo demais para esperar por alguém. Mesmo que conseguisse sair em 12 anos, ela teria 48 anos, tempo demais para não ter o marido ao lado. Molly teria 19 anos quando ele saísse, e Oliver, 17. A constatação o fez realmente entender a decisão de Sarah.

Ele foi levado algemado do tribunal, e Sarah começou a chorar. Seth seria transferido para uma prisão federal nos próximos dias. Os advogados dele haviam pedido que ele fosse colocado em uma prisão de segurança mínima, o que estava sendo avaliado. Apesar do divórcio, Sarah prometeu visitá-lo tão logo ele estivesse lá. Ela não pensava em desaparecer da vida de Seth, só não conseguia mais ficar casada.

Ele se virou uma vez para olhá-la ao ser levado para fora do tribunal, e, pouco antes de colocarem as algemas, jogou para Sarah a aliança dele. Seth tinha se esquecido de retirá-la naquela manhã e colocá-la na pasta que pedira que fosse entregue na casa dela, junto de seu relógio de ouro. Ele pediu que ela doasse suas roupas e guardasse o relógio para Oliver. A cena foi horrível, e Sarah ficou lá parada, de pé, com a aliança de Seth nas mãos, chorando. Everett e Maggie a levaram embora para casa, onde a ajudaram a se deitar e dormir.

Capítulo 22

Maggie foi para Los Angeles no feriado em homenagem aos soldados mortos em ação, no último final de semana de maio, logo depois que a pena de Seth foi anunciada, para ir ao show de Melanie. Ela tentou convencer Sarah a acompanhá-la, mas não conseguiu. Sarah iria levar as crianças para visitar Seth pela primeira vez na prisão. Isso seria um choque grande para todos.

Everett tinha perguntado várias vezes a Maggie como Sarah estava, e ela respondeu que, tecnicamente, bem. Ela trabalhava, tomava conta dos filhos, mas estava profundamente deprimida. Iria demorar muito para ela se recuperar. Era como se a tragédia de Hiroshima tivesse acontecido em sua vida e em seu casamento. O divórcio prosseguia como esperado.

Everett foi buscá-la no aeroporto e a levou para o hotel onde ficaria hospedada. Maggie tinha hora marcada com o padre Callaghan naquela tarde e disse que não o via há anos. O show de Melanie era apenas no dia seguinte. Everett deixou Maggie no hotel e foi fazer uma matéria. A cobertura que ele fizera do julgamento foi tão boa que recebeu uma oferta da revista *Time*, e a Associated Press queria que voltasse a trabalhar para eles. Já fazia dois anos que estava sóbrio, e Everett deu a moeda comemorativa dos dois anos para Maggie, tal como havia feito com a anterior. Ela dava muito valor a isso e as carregava o tempo todo.

Naquela noite, eles jantaram com Melanie, Tom e Janet. O casal tinha acabado de celebrar seu primeiro ano de namoro, e Janet agia com mais descontração do que Maggie esperava. Ela estava namorando e se divertindo. Ele era do ramo musical e os dois tinham muito em comum. E parecia que ela havia aceitado que Melanie tomasse as próprias decisões, embora Everett nunca tivesse pensado que isso fosse possível. Melanie estava prestes a fazer 21 anos e se tornando bem mais independente.

Melanie sairia em turnê de novo no verão, porém somente por quatro semanas e em cidades grandes. Tom conseguiu duas semanas de folga e iria com ela. Melanie voltaria para o México em setembro, para trabalhar com o padre Callaghan, porém somente por um mês, para não ficar muito tempo distante de Tom. O jovem casal estava radiante e feliz, e Everett tirou várias fotos durante o jantar, incluindo uma de Melanie e Janet e outra de Melanie e Maggie. Melanie disse que Maggie tinha mudado a vida dela, ajudando-a a crescer e a fazer o que queria, embora ela tivesse dito isso longe de Janet. Já fazia um ano que o terremoto havia ocorrido em São Francisco, um evento que todos lembravam com uma mistura de terror e carinho. O desastre trouxera boas surpresas para a vida de todos, mas o trauma também não tinha sido esquecido. Maggie comentou que a festa beneficente do Pequenos Anjos acontecera de novo, mas Sarah não tinha participado da organização por estar ocupada demais com o julgamento de Seth, embora Maggie tivesse esperança de que ela voltasse a trabalhar nisso no ano seguinte. Todos concordaram que a festa havia sido incrível até o terremoto.

Everett e Maggie ficaram na casa de Melanie até mais tarde do que estavam acostumados. A atmosfera era descontraída e divertida. Tom e Everett jogaram sinuca, e Tom contou que ele e Melanie estavam pensando em morar juntos. Era meio esquisito para Tom dormir lá, porque Melanie ainda morava com a mãe e, embora Janet tivesse melhorado muito, ela não era nenhum anjo. Janet bebeu demais naquela noite e Everett ficou com a impressão de que, apesar de estar namorando, se Maggie não estivesse ali, Janet teria dado em cima dele. Era fácil ver por que Tom e Melanie queriam um lugar só para eles. Já estava na hora de Janet amadurecer também e encarar o mundo sem se esconder na barra da saia ou na fama da filha. Era uma época de amadurecimento para todos.

Everett e Maggie voltaram para o hotel dela conversando, e, como sempre, ele adorava passar tempo com ela. Falaram sobre o jovem casal, e estavam felizes pelos dois. Quando chegaram ao hotel, Maggie estava bocejando e quase dormindo. Ele lhe deu um beijo e então andaram abraçados até o quarto dela.

— E como foi sua reunião com o padre Callaghan? — Everett havia se esquecido de perguntar, e ele gostava sempre de saber como tinha sido o dia dela. — Espero que você não vá para o México também — brincou ele, e Maggie negou e bocejou de novo.

— Não. Eu vou trabalhar para ele aqui — disse ela, sonolenta, abraçando Everett antes de entrar no quarto.

— Aqui em Los Angeles? — perguntou confuso. — Você quer dizer São Francisco?

— Não. Aqui mesmo. Ele precisa de alguém para administrar a missão enquanto está no México, de quatro a seis meses todos os anos. Depois, eu decido o que vou fazer, ou talvez ele me mantenha lá se eu fizer um bom trabalho.

— Espere um pouco — pediu Everett, olhando para ela. — Explique isso direito. Você vai trabalhar em Los Angeles de quatro a seis meses? O que a diocese disse, você já falou com eles? — Ele sabia que a Igreja era liberal e deixava Maggie trabalhar como quisesse.

— Bom... eu falei... — respondeu ela, colocando os braços em volta da cintura dele. Everett ainda estava confuso.

— E eles vão deixar você vir trabalhar aqui? — indagou, sorrindo. Ele adorou a ideia e dava para ver que ela também. — Isso é incrível. Não imaginei que eles fossem tão legais assim para deixar você ir para outra cidade.

— Eles não podem falar mais nada — disse Maggie calmamente, enquanto Everett olhava nos olhos dela.

— O que você quer dizer, Maggie?

Ela respirou fundo e deu um abraço forte nele. Tinha sido a coisa mais difícil que ela já fizera. Maggie não tinha conversado com ninguém fora da Igreja sobre isso, nem mesmo com Everett. Essa tinha sido uma escolha que ela precisava fazer sozinha, sem nenhuma pressão.

— Eu fui liberada dos meus votos há dois dias. Não quis dizer nada até chegar aqui.

— Maggie! Maggie? Você não é mais uma freira? — Ele olhou para ela, incrédulo, e ela assentiu tristemente, lutando contra as lágrimas.

— Não. Não sei o que sou mais. Estou tendo uma crise de identidade. Liguei para o padre Callaghan para poder trabalhar e morar aqui, se você me quiser. Caso contrário, não sei o que fazer. — Ela riu, apesar das lágrimas. — E sou a virgem mais velha do planeta.

— Ai, Maggie, eu te amo... ah, meu Deus, você está *livre*! — Ela concordou, e ele a beijou. Eles não precisavam mais se sentir culpados. Poderiam explorar tudo que sentiam um pelo outro, poderiam casar e ter filhos. Maggie poderia ser a esposa dele se eles quisessem, ou não. Eles tinham todas as escolhas agora. — Obrigado, Maggie — disse Everett, sinceramente. — Obrigado de todo o meu coração. Eu não imaginei que você conseguiria fazer isso, e eu não queria te pressionar, mas eu estava louco pensando nisso há meses.

— Eu sei. Eu também. Eu queria fazer as coisas da maneira certa. Foi muito difícil.

— Eu sei — disse Everett beijando-a novamente. Ele ainda não queria pressioná-la, porque Maggie precisava se reajustar à vida nova. Ela tinha passado 21 anos em ordens religiosas, quase metade da vida. Mas não podia deixar de pensar no futuro, e a melhor parte era que o momento tinha chegado. — Quando você pode se mudar?

— Quando você quiser. O contrato do meu apartamento é mensal.

— Amanhã — respondeu ele, completamente eufórico. Everett mal podia esperar para chegar em casa e ligar para o padrinho dele, que havia sugerido que procurasse grupos de ajuda para codependência, para ajudar Everett a lidar com a falta de disponibilidade de Maggie. Quem seria mais indisponível do que uma freira? E agora a freira era dele! — Eu ajudo com a sua mudança semana que vem, se você quiser. — Maggie riu.

— Minhas coisas não enchem nem duas malas, e, além disso, onde eu moraria? — Ela ainda não tinha procurado um lugar para morar, tudo era muito recente. Maggie havia saído da ordem há dois dias e só conseguira um emprego naquela tarde.

— Você estaria disposta a morar comigo? — perguntou Everett, com cautela. Aquela noite estava se transformando na melhor noite da vida dele, e da dela também. Mas ela balançou a cabeça, negando. Maggie não queria fazer certas coisas.

— Apenas se nos casarmos — respondeu ela, bem quieta. Maggie não queria pressioná-lo, mas também não queria morar com um homem sem estar casada. Isso ia contra tudo o que acreditava e era moderno demais para ela. Maggie tinha deixado a Igreja há apenas dois dias e de maneira nenhuma iria concordar em viver em pecado com Everett, por mais que estivesse feliz.

— Isso não é um problema — disse Everett, sorrindo. — Eu só estava esperando você ficar livre. Nossa, Maggie, você quer se casar comigo? — Ele queria ter pedido a mão dela de maneira mais elegante, porém não aguentou esperar. Eles já haviam esperado demais até ela se decidir e ficar livre.

— Sim — respondeu Maggie, assentindo radiante, ao dizer a palavra que Everett esperara tanto tempo para ouvir. Ele a levantou com os braços, beijou-a e a colocou de novo no chão. Eles conversaram por mais alguns minutos e ela entrou no quarto sorrindo. Everett foi embora e prometeu ligar logo de manhã cedo ou talvez assim que chegasse em casa. A vida deles estava começando. Ele nunca tinha imaginado que ela faria isso. Era mais incrível ainda pensar que fora um terremoto que os unira. Maggie era uma mulher tão corajosa. Everett seria agradecido para sempre por tê-la.

O show no dia seguinte foi incrível. Melanie estava fantástica. Maggie só a tinha visto cantando na festa beneficente, que fora uma apresentação muito menor. Everett havia falado dos shows de Melanie, e Maggie já tinha todos os CDs dela, cortesia da própria, que os enviou após o terremoto. Mesmo assim, Maggie não estava preparada para a experiência incrível de vê-la no palco em um lugar tão grande. Maggie ficou realmente impressionada, especialmente pela apresentação de Melanie. Ela e Tom estavam na primeira fila, enquanto Everett fazia a cobertura para a *Scoop*. Ele havia decidido aceitar o trabalho da revista *Time*, mas tinha dado duas semanas de aviso prévio no emprego atual. De uma hora para a outra, tudo estava mudando em sua vida, e, por incrível que pareça, todas as mudanças eram boas.

Maggie e Everett jantaram com Tom e Melanie depois do show, e Everett insistiu para que Maggie contasse a novidade. No começo, ela estava um pouco sem graça, mas acabou contando que iriam se casar. Ainda não tinham pensado em uma data, mas passaram a tarde inteira fazendo planos. Maggie não conseguia se imaginar tendo um casamento grande nem um pequeno. Achava melhor que o padre Callaghan os casasse assim que ela se mudasse para Los Angeles, porque, como uma ex-freira, não parecia certo fazer um grande alarde a esse respeito. Segundo ela, já era velha demais para um vestido branco, e o dia dos seus votos definitivos tinha sido como um casamento. O que importava era que iriam se casar, como e quando não tinha tanta relevância assim, isso era o símbolo mais completo da união dela com Everett, uma união sagrada. Maggie só precisava do marido, do Deus a que tinha servido a vida toda e de um padre.

Tom e Melanie ficaram empolgados ao ouvir a novidade, embora Melanie estivesse um pouco surpresa.

— Você não é mais freira? — perguntou, com os olhos arregalados, e por um instante pensou que eles estivessem brincando, então percebeu que era sério. — Nossa! Mas o que aconteceu? — Melanie nunca suspeitara de algo entre eles, mas agora era óbvio. Também dava para perceber o quanto estavam felizes, como Everett estava orgulhoso e Maggie parecia em paz. Com essa decisão, ela tinha finalmente atingido o estado de graça do qual tanto falava. A decisão fora correta e abençoada para ela. Um novo capítulo começava em sua vida. Maggie olhou para Everett enquanto Tom servia champanhe para si mesmo, Melanie e Maggie. Everett sorriu de uma maneira que iluminava o mundo de Maggie, algo que nada nem ninguém conseguiria fazer.

— Um brinde ao terremoto de São Francisco! — disse Tom, segurando o copo para brindar ao novo casal. O desastre tinha trazido Melanie para ele e Maggie para Everett. Alguns perderam, outros ganharam. Alguns perderam até a vida, outros se mudaram. A vida deles tinha sido sacudida, mas depois incrivelmente abençoada e mudada para sempre.

Capítulo 23

Maggie demorou duas semanas para se mudar. Everett já tinha dado aviso prévio na revista e iria começar o trabalho na *Time* no final de junho. Ele estava planejando tirar duas semanas de férias entre um trabalho e o outro para passar com Maggie. O padre Callaghan concordou em casá-los no dia seguinte da chegada de Maggie, e ela ligou para sua família para contar a novidade. Seu irmão, que tinha sido padre, ficou bastante feliz e lhe desejou muita sorte.

Maggie comprou um terninho modesto de seda branca e sapatos brancos de cetim, um tipo de roupa bem diferente do hábito de freira, que marcava um novo começo para o casal.

Everett queria levá-la para passar a lua de mel em um hotel que ele conhecia bem em La Jolla, onde poderiam andar pela praia. Ela iria começar o trabalho com o padre Callaghan em julho, e teria seis semanas para treinar com ele até o padre viajar para o México em meados de agosto. Ia viajar mais cedo esse ano, porque teria alguém para tomar conta da missão em Los Angeles. Maggie mal podia esperar para começar a trabalhar. A vida dela era cheia de emoções agora. Um casamento, uma mudança, um emprego novo, tudo novo. Ela ficou meio chocada quando percebeu que agora teria que usar o nome verdadeiro.

Mary Magdalen foi o nome que ela tomara quando entrou no convento. Antes disso era Mary Margaret. Everett disse que continuaria chamando-a de Maggie, pois era assim que ele a tinha conhecido e era assim que pensava nela. Ambos concordaram que era um nome que combinava com ela. Mas agora teria o sobrenome dele. Sra. Everett Carson. Maggie ficou repetindo para se acostumar enquanto arrumava a mala e olhava uma última vez para seu apartamento. Ele tinha servido bem em todos esses anos morando em Tenderloin, mas esses dias terminaram. Ela colocou seu crucifixo na única mala que levaria, o restante havia doado. Maggie entregou as chaves ao proprietário, desejou boa sorte a ele e foi se despedir dos outros moradores. O travesti, de quem ela gostava, acenou quando Maggie entrou no táxi, tal como as duas prostitutas que a viram carregando a mala. Ela não tinha contado que estava indo embora, nem o porquê, mas todos pareciam saber que Maggie não voltaria. Ela rezou por eles ao ir embora.

O voo dela saiu no horário, e Everett foi encontrá-la no aeroporto. Por um momento ele tinha ficado apreensivo. E se Maggie tivesse mudado de ideia? Então, viu aquela mulher pequena, de calça jeans, cabelos ruivos, tênis rosa e uma camiseta branca que dizia "Eu amo Jesus", sorrindo ao andar na direção dele. Everett esperara uma vida toda por ela. E dera uma sorte enorme de tê-la encontrado. Maggie parecia também se achar uma mulher de sorte ao abraçá-lo. Ele pegou a mala dela e foram embora. O casamento seria no dia seguinte.

Seth foi levado para uma prisão de segurança mínima no norte da Califórnia, cujas condições eram boas. A prisão possuía uma área florestal e os prisioneiros trabalhavam como guardas da área, além de combater o fogo, quando necessário. Seth tinha esperança de ser mandado para essa área logo.

Enquanto isso, estava sozinho em uma cela, depois que seus advogados mexeram os pauzinhos para que ele tivesse um pouco mais de conforto e não corresse perigo lá. Os outros prisioneiros eram praticamente todos presos por crimes de colarinho-branco semelhantes ao dele, mas em uma escala menor. Seth era praticamente um herói entre eles. Os prisioneiros casados tinham o direito de receber visitas conjugais e pacotes, e praticamente todos liam o *Wall Street Journal*. Essa prisão era o clube das prisões federais, porém não passava de uma prisão. Ele sentia saudades da liberdade, da esposa e dos filhos. Seth não estava arrependido pelo que havia feito, mas lamentava ter sido pego.

Sarah e as crianças foram visitá-lo na primeira prisão em que ele ficou, em Dublin, uma cidade no sudeste de Oakland. Aquele era um lugar desconfortável, assustador, e tinha sido um choque para todos. Hoje em dia, visitá-lo era semelhante a uma visita de hospital ou ir até um hotel ruim na floresta. Havia uma cidadezinha perto onde Sarah e as crianças podiam se hospedar. Ela poderia fazer visitas conjugais, porque o divórcio ainda não tinha sido finalizado, mas para Sarah o casamento já havia acabado, o que ele sentia muito, tanto quanto o sofrimento que lhe causara. Seth tinha visto isso muito claramente nos olhos dela, na última vez que foram visitá-lo havia dois meses. Era a primeira vez que os via naquele verão. O lugar não era tão perto assim, e eles tinham viajado para Bermuda para ver os pais dela.

Ele estava nervoso enquanto os esperava em uma manhã quente de agosto. Seth tinha passado a calça e a camisa e engraxado os sapatos marrons de couro, que todos os prisioneiros calçavam. Ele sentia falta dos sapatos ingleses feitos sob medida.

Quando chegou a hora da visitação, ele foi até o gramado em frente à floresta. Os filhos dos prisioneiros brincavam lá enquanto os maridos conversavam com as mulheres, se beijavam e andavam de mãos dadas. Seth estava olhando a estrada quando de repente os viu. Sarah estacionou o carro e pegou uma cesta de piquenique. Os visitantes podiam levar comida. Oliver estava andando ao lado dela, agarrado à sua saia, com um olhar cauteloso, enquanto Molly saltitava com uma boneca embaixo do braço. Por um momento, ele sentiu as lágrimas ardendo em seus olhos, bem na hora em que Sarah o viu. Ela acenou, passou pela área de revista e os três entraram. Sarah estava sorrindo ao se aproximar dele. Dava para ver que ela havia engordado um pouco e estava menos encovada do que antes de o verão começar, logo depois do julgamento. Molly saiu correndo para abraçá-lo, Oliver foi mais cauteloso. Então, os olhos de Seth encontraram os de Sarah. Ela lhe deu um beijo na bochecha e colocou a cesta na mesa, enquanto as crianças corriam em volta dos pais.

— Você está com uma aparência ótima, Sarah.

— Você também, Seth — respondeu ela, um pouco sem graça.

Fazia muito tempo que não se viam, e muita coisa tinha mudado. Seth enviava e-mails para ela de vez em quando, e Sarah respondia falando das crianças. Ele gostaria de dizer mais coisas, porém não tinha coragem. Ela deixara bem claro quais seriam os limites, e Seth respeitava. Ele não contou que sentia saudades dela, embora fosse verdade. E Sarah não disse o quanto ainda era difícil estar sem ele. Não havia motivo para dizer essas coisas. Não sentia mais raiva, no entanto a tristeza havia ficado, embora ela estivesse em paz para seguir em frente com sua vida. Não tinha mais o que dizer para repreendê-lo ou para se arrepender. Isso já passara. E para o resto da vida deles teriam os filhos, as antigas memórias e as decisões a tomar relativas às crianças.

Ela serviu almoço para todos em uma das mesas de piquenique. Seth carregou as cadeiras, e as crianças se revezaram para sentar no colo do pai. Sarah trouxera sanduíches deliciosos de uma lanchonete local, frutas e o cheesecake de que Seth gostava. Ela até se lembrara de trazer os chocolates prediletos dele e um charuto.

— Obrigado, Sarah. O almoço estava uma delícia. — Ele ficou sentado, fumando o charuto enquanto as crianças brincavam. Sarah percebeu que Seth estava bem e tinha se ajustado ao seu destino. Parecia ter aceitado sua nova realidade, especialmente depois que Henry Jacobs disse que não havia base para um recurso. O julgamento fora correto e os procedimentos foram dentro da lei. Nem ele nem ela pareciam estar incomodados com a situação. — Obrigado por trazer as crianças.

— As aulas de Molly começam em duas semanas. E tenho que voltar a trabalhar.

Seth não sabia o que dizer. Ele queria pedir desculpas por ter perdido a casa, as joias e tudo mais que construíram e que fora tomado deles, mas não sabia como. Em vez disso, ficaram sentados observando os filhos. Cada vez que surgia aquele silêncio desconfortável, Sarah falava da família dela, e ele, de sua rotina na prisão. Não era uma conversa impessoal, era só diferente. Eles nunca mais diriam certas coisas um para o outro. Seth sabia que ela o amava — o almoço que Sarah trouxera, a cesta de piquenique e a visita com as crianças eram uma prova disso. E ela sabia que Seth ainda a amava. Um dia, até isso seria diferente, mas, naquele momento, era a única coisa que sobrava da união deles, união esta que acabaria com o tempo, mas que ainda existia. Até que algo ou alguém a substituísse. Até que as memórias se tornassem velhas demais ou que um longo tempo se passasse. O que não mudaria nunca é que ele era o pai dos filhos dela, o homem com quem Sarah se casara e a quem amara.

Sarah e as crianças ficaram lá até o final do horário de visitas. Um apito soou para dizer que o tempo estava acabando. Era preciso guardar os pertences e jogar fora os restos de comida. Sarah colocou o que sobrou do almoço e os guardanapos de xadrez vermelho na cesta. Ela havia trazido algumas coisas de casa para que a ocasião fosse o mais festiva possível.

Sarah foi atrás das crianças e avisou que estavam de saída. Oliver fez um olhar triste quando ela falou para se despedir do pai, e Molly se agarrou na cintura de Seth.

— Eu não quero ir embora, papai — disse ela, bem triste. — Eu quero ficar aqui. — Ele os condenara a isso, mas até essa situação mudaria. Com o tempo, os filhos se acostumariam a deixá-lo lá.

— Nós vamos voltar para visitar logo logo — declarou Sarah, esperando Molly largar o pai, o que acabou acontecendo. Seth andou com eles até a área de revista, tal como os outros prisioneiros.

— Mais uma vez, obrigado, Sarah — falou ele naquela voz que ela conhecia tão bem após sete anos de relacionamento. — Se cuide.

— Cuidarei. E você faça o mesmo. — Ela começou a dizer algo, mas hesitou, até que as crianças foram para mais longe. — Eu te amo, Seth. Quero que saiba que não estou mais com raiva de você. Só estou triste por você, por nós. Mas estou bem. — Sarah queria que ele soubesse que não precisava se preocupar com ela, nem se sentir culpado. Seth poderia se arrepender do que fosse, mas, durante o verão, ela percebeu que ficaria bem. Essa era a carta que o destino havia escolhido para ela, então era isso que tinha que fazer, sem olhar para trás, sem odiá-lo e sem desejar que as coisas tivessem sido diferentes. Agora entendia que isso era impossível. Mesmo sem entender o que acontecera, as coisas aconteceram de qualquer forma. Teria sido uma questão de tempo até tudo ser descoberto, e Sarah entendia perfeitamente agora que Seth nunca tinha sido o homem que ela pensava que era.

— Obrigado, Sarah... por não me odiar pelo que fiz. — Ele não tentou se explicar, já havia feito isso antes e sabia que ela nunca iria entender. Tudo que passara pela cabeça dele naquela época ia contra os valores de Sarah.

— Tudo bem, Seth. Aconteceu. Temos sorte em ter as crianças.
Ela ainda se lamentava por não ter tido outro bebê, mas talvez um dia. Seu destino não estava nas suas mãos. Foi isso o que Maggie dissera quando ligou para avisar que ia se casar. E, ao pensar em Maggie, Sarah se virou para Seth e sorriu. Ela ainda não havia percebido, mas, mesmo sem tentar, tinha perdoado o marido. Um peso de uma tonelada saíra do coração e dos ombros dela, sem que percebesse.

Seth ficou olhando enquanto eles transpunham o portão e iam em direção ao estacionamento. As crianças acenaram e Sarah se virou na direção dele, sorrindo, e ficou olhando. Ele acenou enquanto iam embora no carro e andou devagar de volta para sua cela, pensando neles. Eram a família que Seth sacrificara e que acabara perdendo.

Ao ver a prisão desaparecer pela estrada, Sarah olhou para os filhos e sorriu para si mesma ao perceber o que tinha acontecido. Ela não sabia como nem quando, mas havia conseguido. Era isso a que Maggie tanto se referia e Sarah nunca conseguia alcançar. Mas agora conseguira, e se sentiu tão leve que poderia voar. Sarah tinha perdoado Seth e havia atingido uma coisa que não imaginava ser possível. Era um momento de perfeição pura, congelado no tempo para sempre... uma graça sublime!

Este livro foi composto na tipologia Adobe
Garamond Pro Regular, em corpo 11,5/15, e impresso
em papel off-set 75g/m² no Sistema Cameron da
Divisão Gráfica da Distribuidora Record.